HEYNE <

JOSI WISMAR

Wandering HEARTS

Roman

Band 1 der *Wild Hearts*-Dilogie

WILHELM HEYNE VERLAG
MÜNCHEN

Liebe Leser*innen,
dieses Buch enthält potenziell triggernde Inhalte.
Deshalb findet sich auf Seite 445 eine Triggerwarnung.
Achtung: Diese enthält Spoiler für das gesamte Buch.
Wir wünschen allen das bestmögliche Leseerlebnis.
Josi Wismar und der Heyne Verlag

MIX
Papier | Fördert gute Waldnutzung
FSC® C014496

Penguin Random House Verlagsgruppe FSC® N001967

Originalausgabe 07/2024

Dieses Werk wurde vermittelt durch die
Literarische Agentur Michael Gaeb.

Redaktion: Silvana Schmidt
Umschlaggestaltung: bürosüd, www.buerosued.de
Satz: Uhl + Massopust, Aalen
Druck und Bindung: GGP Media GmbH, Pößneck
Printed in Germany
ISBN: 978-3-453-42761-7

www.heyne.de

Für BookTok und die gesamte Buchcommunity.
Danke, dass ihr einen Ort geschaffen habt,
an dem ich ganz aufrichtig ich selbst sein darf.

KAPITEL 1

Tara

Packlisten zu schreiben war mir nie sonderlich schwergefallen.

Doch jetzt stand ich hier vor meinem Koffer, der fast größer war als ich, und starrte auf die leeren Packhilfen. Ich wusste nicht, was auf mich zukommen würde. Genauso wenig wusste ich, wie viele Tage ich weg sein würde.

»Du ziehst das echt durch, ja?«, drang Milas Stimme aus dem Handy, das ich auf den Schreibtisch gelegt hatte. Direkt neben meinen Kalender, in dem ich mit babyblauem Textmarker das Wort *KANADA* hervorgehoben hatte.

»Ich glaube schon«, nuschelte ich und zählte die neun Packhilfen – die einen organisierten und ordentlichen Koffer versprachen – ein weiteres Mal ab. Ich glaubte nicht, dass die Berge an Klamotten, die daneben auf sortierten Stapeln lagen, wirklich hineinpassen würden. Ich wusste, dass es neun waren, weil ich die Kategorien für meine Klamotten selbst durchdacht und danach die dunkelgrünen Beutel aus dem Keller geholt hatte.

»Deine Stimme sagt auf jeden Fall *Ich steige morgen in ein Flugzeug, um für unbestimmte Zeit in Kanada zu bleiben, und der Gedanke macht mir überhaupt keine Angst.*« Ich konnte das Kopfschütteln meiner besten Freundin dank ihrer sarkastischen Stimme vor mir sehen, auch wenn wir nur telefonierten.

»Ich bin ja gar nicht für unbestimmte Zeit weg«, versuchte ich mich selbst vom Gegenteil zu überzeugen. »Spätestens für das nächste Sommersemester muss ich zurück sein.« Was immer noch knapp sieben Monate waren, aber das sagte ich nicht laut. Ich hörte die Haustür im Erdgeschoss, und mit einem Mal spürte ich den Herzschlag viel stärker in meiner Brust hämmern.

»Hast du schon ein Rückflugticket gebucht? So mit festem Datum und allem?«

»Nein.« Ich schüttelte den Kopf und ließ mich resigniert auf den hellen Teppich in der Mitte meines Zimmers fallen. Mila schwieg und rieb mir nicht noch mal unter die Nase, dass sie natürlich recht hatte. Ich würde erst mal auf unbestimmte Zeit in Kanada sein.

Ein Klopfen an der Tür, doch ich schaute nur weiter auf den leeren Koffer. Für jeden anderen Trip hätte ich schon gestern Mittag fertig gepackt.

»Komm rein.«

»Noch nicht fertig mit packen?« Mein Bruder schaute mich mit weit aufgerissenen Augen an.

»Ist das Matty?«, fragte Mila überflüssigerweise.

»Nein, nur ihr unglaublich gut aussehender Freund, von dem sie dir noch nichts erzählt hat«, konterte er mit einem breiten Grinsen.

»Erzähl keinen Quatsch. Ich weiß alles aus Taras Leben. Sogar die Dinge, die sie selbst nicht weiß. Wie zum Beispiel die Tatsache, dass Unterhosen für zwei Wochen völlig ausreichen und sie dann eben eine Waschmaschine zwischen Bergen und Bären finden muss.«

»Warum habe ich das Gefühl, in ein Gespräch hineingeplatzt zu sein, an dem ich überhaupt nicht teilhaben will?« Matty lachte auf, doch ich verdrehte nur genervt die Augen.

»Nanaimo ist überhaupt nicht so sehr in der Wildnis, wie das jetzt aus deinem Mund klingt.« Ich verschränkte die Arme vor der

Brust. Nanaimo war die zweitgrößte Stadt auf Vancouver Island. Da musste es eine Menge Waschmaschinen geben. Oder?

»Und warum heißt es dann *Wildlife Rescue Center*? Wo *Wildlife* ist, muss ja wohl auch *Wild* sein?« Mila kicherte über ihren eigenen Witz, aber mir war ganz und gar nicht zum Lachen zumute.

»Warum machst du dir eigentlich so sehr in die Hosen?« Mein Bruder setzte sich neben mich auf den Teppich »Du bist quasi in den Bergen groß geworden, was ist da schon ein bisschen kanadische Natur?« Ich lächelte und erinnerte mich an zahlreiche Momente, die wir gemeinsam in den Alpen erlebt hatten. Ständig waren wir von München in die Berge gefahren und hatten ganze Sommer dort verbracht. »Und mit den Tieren wirst du ja wohl klarkommen.« Ich hob den Blick und sah meinem Zwillingsbruder, der die gleichen aschblonden Haare hatte wie ich, in die Augen.

»Aber dir ist schon bewusst, dass Krallen schneiden bei Kaninchen oder Ultraschall bei Hauskatzen in eine andere Kategorie fallen als verletzte Luchsbabys und verwaiste Pumas?« Matty zuckte nur mit den Schultern.

»Und seit wann machen dir neue Herausforderungen Angst?«

»Tara, dein Bruder sagt manchmal ziemlich kluge Dinge.« Auch wenn Mila nicht hier war, half es mir, zu wissen, dass sie doch alles mitbekam, und ihre Worte beruhigten mich.

»Matthias? Tara?« Die schrille Stimme meiner Mutter hallte durch das Treppenhaus. »Kommt ihr zum Essen?« Ich schnaubte resigniert und klappte den leeren Koffer einfach wieder zu.

»Wir sollten sie nicht warten lassen.« Matty strich mir sanft über den Rücken.

»Ja, Matthias. Ihr solltet eure Eltern nicht warten lassen, Matthias.«

»Ich leg gleich einfach auf, Mila«, erwiderte dieser entnervt, doch Mila hörte ihn vor lauter Lachen vermutlich nicht einmal. Ich stand auf und war in wenigen Schritten bei meinem Handy. Mit einem schnellen »Bis morgen, Mila« verabschiedete ich mich von meiner besten Freundin und stand nun allein mit meinem Bruder im Zimmer, das auf einmal so unangenehm still war.

»Wird bestimmt nicht so schlimm.« Das war diese Sache mit den Zwillingsbrüdern. Sie konnten fühlen, was man dachte, auch wenn man der festen Überzeugung war, sein Pokerface verbessert zu haben.

»Ja, stimmt. Wir reden heute bestimmt über das schöne Sommerwetter und nicht über die Tatsache, dass ich es wage, ein Auslandspraktikum zu machen. Sprechen wir heute über den Alltag in der Praxis oder wird es doch eher wieder Thema sein, wie enttäuscht alle von mir sind, weil ich gehe?«

»Ich bin nicht enttäuscht von dir.« Die Worte meines Bruders schmerzten.

»Sorry.« Ich wollte ihn da nicht mit reinziehen. Er war auf meiner Seite, und ohne ihn hätte ich die letzten Wochen nicht überstanden, doch gegen meine Eltern hatte man den Kampf bereits verloren, noch bevor er überhaupt angefangen hatte. »Ich verstehe das nur alles nicht, Matty ...« Ich hatte aufgegeben zu zählen, wie häufig dieser Satz in den letzten Wochen meinen Mund verlassen hatte. Ich verstand nicht, warum es so ein Problem war, dass ich nach Kanada wollte, wenn doch alle in der Familie mindestens ein Semester ihres Veterinärmedizinstudiums im Ausland verbracht hatten. »Ihr wisst doch alle, dass ich zurückkomme. An dem Plan, dass wir beide die Praxis übernehmen, hat sich doch nichts geändert.« Ich warf die Hände in die Luft und schnalzte genervt mit der Zunge.

»Ich kann es dir nicht sagen.« Matty wusste, wie hart die letzte Zeit für mich gewesen war. Er legte seine Hand auf meinen Oberarm und sah mich voller Mitleid an. Jeden Tag mit meinen Eltern zu streiten, verunsicherte mich, aber ich war mir sicher: Ich wollte nach Kanada.

Mattys mitleidiger Blick wich einem schelmischen Grinsen. »Ich würde ihnen an deiner Stelle nur nicht sagen, dass du die Praktikumsstelle nicht bekommen hast und dir noch nicht sicher bist, was genau du nach der Zeit bei Beth im *Rescue Center* machst.«

»Danke, Matty. Hilfreicher Tipp.« Ich verdrehte die Augen und wollte ihm am liebsten in die Schulter boxen, aber er hatte recht. Ich war aus allen Wolken gefallen, als mich eine Absage der renommierten Praxis in Calgary erreicht hatte, aber zwischen *Wir sind enttäuscht von dir* und *Du zerstörst dir deine Zukunft* hatte ich bisher einfach noch nicht den richtigen Moment gefunden. »Wenn ich das mache, bin ich noch vor dem Nachtisch enterbt.« Wir lachten beide, auch wenn uns bewusst war, dass das kein Witz war. Abwegig war nach den letzten Wochen rein gar nichts mehr.

»Du bleibst erst mal bei Beth, und dann sehen wir weiter.« Ich legte die Packhilfe von einer Seite neben dem Koffer auf die andere und wünschte mir, Mattys Optimismus würde auf mich abfärben.

»Ich hoff's. Keine Ahnung, wie es wird, sie wiederzusehen.« Ich ließ den Kopf in alle Richtungen kreisen, um die Verspannungen in meinem Nacken zu lösen. »Ist ja immerhin schon über zehn Jahre her.« Kurz schwiegen wir beide, aber ich spürte, dass Matty noch etwas hinzufügen wollte.

»Weißt du …«, begann er, und ich richtete meinen Blick wieder auf ihn. »Manchmal tun Menschen doofe Dinge. In dem Glauben, das Richtige zu tun.«

»Meinst du mit *Menschen* zufälligerweise unsere Eltern?« Ich schnaubte ungläubig und räumte ein paar weitere Klamotten hin und her. Mein Bruder sah mich an, und das Mitleid in seinem Blick verursachte ein Stechen in meiner Brust.

»Du musst dir das nicht gefallen lassen, Tara.«

»Aha«, antwortete ich nur. Seine Worte überforderten mich. Wie sollte dieses *nicht gefallen lassen* denn seiner Meinung nach aussehen?

»Ich steh hinter dir Tara, das ist eigentlich alles, was ich damit sagen will.« Ich atmete tief ein und zog meinen Bruder in eine Umarmung.

»Danke«, nuschelte ich an seiner Schulter und hoffte, dass das die Situation irgendwie erträglicher machen würde.

Die unangenehme Stille wurde nur vom Quietschen des Bestecks unterbrochen, wenn es über die glänzend weißen Porzellanteller kratzte. Matty und ich waren nach unten ins Esszimmer gegangen, wo wir seitdem schweigend mit unseren Eltern zu Abend aßen. Es war verwirrend, wenn sich Alltägliches plötzlich anfühlte, als würde jeder meiner Schritte kritisch beäugt werden. *Was tut Tara als Nächstes? Wen enttäuscht sie nun mit ihren hirnrissigen Entscheidungen?*

»Möchtest du noch Erbsen?« Meine Mutter hielt mir die kleine Schale hin, und ich nickte, obwohl ich noch löffelweise Gemüse auf meinem Teller liegen hatte. Ich würde die Beziehung zu meinen Eltern nicht als schlecht bezeichnen. Eigentlich war sie sogar immer sehr gut gewesen. Aktuell war sie nur … kompliziert.

»Ich habe übrigens für morgen Abend einen Tisch für uns reserviert.« Die tiefe Stimme meines Vaters durchschnitt die Stille. Mein unsicherer Blick schnellte zu Matty, der offensichtlich selbst nicht so recht wusste, was er antworten sollte. Ich schluckte schwer, während meine Eltern ganz unbekümmert ein paar Nudeln auf ihre Gabeln schoben.

»Fahren wir dann vom Flughafen aus direkt ins Restaurant?«, versuchte sich Matty an meiner Rettung. Mein Vater erstarrte mitten in der Bewegung und mit ihm auch ich.

»Was will ich denn morgen am Flughafen?« Verdrängung. Darin war mein Vater ganz großartig. *Wenn ich nur fest genug die Augen verschließe, dann ist da sicher kein Problem.*

»Um mich zu verabschieden?« Ich umklammerte den Griff meines Messers so fest, dass das Weiß meiner Knöchel hervortrat. Meine ruhige Stimme war das Gegenteil dessen, was in mir vorging. Mein Puls beschleunigte sich, weil ich leuchtend hell vor mir sah, wohin sich dieses Gespräch unweigerlich bewegte. Mal wieder.

»Tara, du kannst doch nicht …«

»Alexander!« Klirrend legte meine Mutter das Besteck auf ihrem Teller ab und sah meinen Vater eindringlich an. Sie kniff die Augen zusammen und gab uns allen deutlich zu verstehen, dass sie dieses Gespräch nicht führen wollte.

»Ich will hören, was er zu sagen hat.« Ich lehnte mich in meinem Stuhl zurück und verschränkte die Arme vor der Brust.

»Tara!« Schockiert riss meine Mutter die Augen auf. So deutliche Worte fand ich sonst nie. Schon gar nicht gegenüber meinem Vater. Sie kehrte allerdings schnell zu der üblichen, ausdruckslosen Mimik zurück. Bestimmt erinnerte sie sich wieder an die guten Manieren bei Tisch, die sie uns seit unserer Kindheit vorbetete. Ich zuckte nur mit den Schultern, während ich das Adrenalin durch meine Beine fließen spürte.

»Ich …« Kurz stockte ich und atmete tief durch. Wenn ich antworten wollte, musste ich ruhig bleiben. Mich erwachsen verhalten, im Gegensatz zu den zwei Erwachsenen, die mir gegenübersaßen. »Ich möchte ein Auslandssemester machen und verstehe einfach nicht, warum ihr mich nicht unterstützt.« Die Ruhe in meiner Stimme überraschte selbst mich. Während ich mir an den Nägeln herumknabberte, starrte ich meine Mutter an, wartete auf eine Antwort. Wie schon seit Wochen.

»Tara, Schätzchen …« Meine Mutter reichte mir die Hand über

den Tisch, aber ich ließ meine nur auf meinen Schoß sinken. Ich wollte ihre Hand nicht nehmen und mich wie ein kleines Kind tätscheln lassen. Nicht, wenn ihre Stimme mir verriet, dass sie schon wieder ablenken würde. Oder an meine Vernunft appellieren. »… sei doch vernünftig.« Ich verdrehte die Augen. Da war es wieder.

»Kann denn keiner in diesem Haus einmal auf meine Fragen antworten?« Meine Stimme brach bei den letzten Worten. Eine so einfache Frage, die die letzten Wochen so unerträglich schwer gemacht hatte. Meine Augen brannten verdächtig, und mein Herz hämmerte von innen gegen meinen Brustkorb. Ich sah meine Eltern an, die im Gegensatz zu mir so ruhig schienen. Wie konnten sie mich mit Schweigen strafen, wenn mein einziges Vergehen war, eigene Entscheidungen zu treffen? Mattys Hand wanderte unter dem Tisch zu mir, und er verhakte seine Finger mit meinen. Es war okay, dass er sich nicht für mich ins Feuer warf, auch wenn ich es mir wünschte. Nach einer gefühlten Ewigkeit des stummen Starrens nahm mein Vater sein Besteck in die Hand und begann wieder auf seinem weißen Porzellanteller herumzukratzen. Er schnitt sich ein Stück Braten ab, steckte es sich in den Mund und begann zu kauen.

»Das kann doch jetzt nicht dein Ernst sein.« Meine Brust hob sich schwer, und ich starrte ihn fassungslos an. Immerhin nahm er mir jetzt die Entscheidung ab, ob ich traurig oder wütend sein sollte.

»Tara.« Er hob den Blick und sah mich mit einem entnervten Seufzen an. »Ich dachte …«

»Nichts *Ich dachte*!« Ich schlug das runde Ende meines Messers so fest auf die Tischplatte, dass ich meine Mutter im Augenwinkel zusammenzucken sah. »Nichts *Ich dachte*, nichts *Wir wollen das nicht*, nichts *Wir sind enttäuscht von dir*. Mir reicht es!« All die Wut der letzten Wochen suchte sich ihren Weg nach draußen, und ich hatte einfach keine Kraft mehr übrig, das zu verhindern. Ich sah meinem Vater in die Augen und erwiderte standhaft seinen strengen Blick. Die drückende Stille breitete sich immer weiter aus. Was tat ich jetzt? In Filmen stand man nach dramatisch emotionalen Ausbrüchen meistens auf und stürmte wütend davon, um seinen Worten Nachdruck zu verleihen. Diesen Moment hatte ich wohl verpasst.

»Tara, Liebes …« Die ruhige Stimme meiner Mutter drang zu mir durch, ließ es so klingen, als wäre das bereits alles, was sie sagen wollte. Aber nach den letzten Wochen wusste ich zu gut, dass da noch etwas folgen würde. »Wir wollen doch nur das Beste für dich.«

»Ich weiß, ihr seid enttäuscht – auch wenn ich das nicht verstehen kann. Wie auch, wenn keiner mit mir redet.« Ich hielt inne, musste mich bremsen, überrascht von der klaren Erkenntnis in meinen Worten. »Ich weiß auch, dass ihr das nicht gut findet und meine Entscheidung nicht unterstützt. Keine Sorge, das spüre ich seit Wochen.« Ich holte ein letztes Mal tief Luft, atmete mit dem Sauerstoff auch die nötige Portion Mut ein. »Ich werde morgen fliegen.«

KAPITEL 2

Jaimie

»Guten Morgen, Rusty!« Ich öffnete die kleine Voliere und trat zu dem kleinen Fischadler ins Gehege. Er sah mich, kreischte zweimal schrill und kam aufgeregt auf mich zugehüpft. »Na, wie geht es uns heute morgen?« Ich streckte ihm die linke Hand hin, die in einem robusten dunkelbraunen Handschuh steckte, sodass ich zwar die Krallen spürte, als Rusty auf meine Hand sprang, aber er mir nicht direkt die Haut blutig kratzte. Ich strich ihm ein paar seiner Federn glatt und begutachtete den Flügel, der seit einem Zusammenstoß mit einem Auto schief an der Seite herunterhing. Wir konnten ihn zwar retten, nachdem ich ihn zu Beth ins *Wildlife Rescue Center Nanaimo* gebracht hatte, aber wieder fliegen und zurück in die Wildnis können, stand für dieses kleine Kerlchen leider nicht auf dem Plan. Stattdessen würde er in diesem Gehege mit grasbewachsenem Boden und einigen gestapelten Ästen, auf denen er herumklettern konnte, leben. Er hielt nicht wirklich still und begann stattdessen in Richtung meiner Hüfte zu picken und auf meinen Fingern hin und her zu tapsen. »Kann es sein, dass du mich gar nicht um meinetwillen magst?« Vorwurfsvoll sah ich den braun-weißen Vogel auf meiner Hand an, als würde er mir diese Frage wirklich beantworten können. »Gib es zu, du hast nur gerochen, dass ich dir dein Frühstück vorbeibringe!« Rusty kreischte lediglich zur Antwort, und ich schüttelte nur resigniert den Kopf.

»Na gut, na gut«, gab ich mich geschlagen und griff das erste kleine Stückchen Fisch, das ich heute Morgen in Kleinstarbeit zerlegt hatte, aus dem Beutel an meinem Gürtel. Währenddessen hatte ich mir in einem halben Podcast Zoeys wöchentliche Zusammenfassung anhören müssen. Sie war zwar nicht Beths einzige Mitarbeiterin, aber die einzige, der ich nicht dauerhaft aus dem Weg ging. Immerhin stellte sie nicht mehr die unangenehme Frage, was ich hier eigentlich machte. Unangenehm deshalb, weil ich die Antwort darauf selbst nicht kannte. Zumindest redete ich mir das ein.

Das letzte Stück Fisch legte ich auf Rustys erhöhten Stand und setzte ihn direkt daneben ab. Nachdem ich das Gehege verlassen hatte, lehnte ich mich mit meinem ganzen Gewicht gegen das Metallgitter, das die Tür darstellen sollte und atmete erleichtert aus, als das rostige Schloss einrastete. Einige Sekunden beobachtete ich Rusty noch und dachte an den Tag zurück, an dem ich ihn auf der Straße außerhalb von Nanaimo aufgesammelt hatte. Es gab viel zu wenige offizielle Organisationen, die sich langfristig um verwundete Tiere kümmerten. Dazu fehlten schlicht die Kapazitäten. Ich lehnte mich gegen das kühle Metall und kämpfte gegen die Wut an, die mich beim Gedanken an den rücksichtlosen Fahrer überkam, der durch das abgesperrte Naturschutzgebiet gerast war. Es brachte sowieso nichts. Meistens riefen die Leute dann eben eine Tierklinik oder das *Rescue Center* an, und dann kontaktierte Beth, die sowieso täglich in Arbeit ertrank, meist einfach mich. So kam es, dass ich nach wenigen Jahren bald schon ein Drittel der dauerhaften Bewohnerinnen und Bewohner hierhergebracht hatte.

Ich zückte mein Handy und scrollte in der Galerie zurück zu dem Tag, an dem ich Rusty aufgegabelt hatte. Kurz schmunzelte ich, als ich bemerkte, dass auf all meinen Fotos nur Tiere oder Natur zu sehen waren. Oder beides. Bis auf ein Selfie, das Zoey geschossen hatte, als ich mein Handy für zwei Minuten aus den Augen gelassen hatte.

»Hast du gerade was zu tun?« Ich zuckte zusammen und schaute in die Richtung, aus der Beths Stimme kam.

»Nein«, antwortete ich knapp.

»Gut, dann ändern wir das jetzt.« Sie nickte und stapfte in Richtung der Bärengehege davon. Ich lachte tonlos über Beths unverwechselbare Art und folgte ihr kurz darauf, ohne die Situation infrage zu stellen. Wir liefen an den Bärengehegen vorbei, und Beth grüßte Dawson mit einem simplen »Guten Morgen, Großer«. Er war als Einziger gerade draußen und in einer Ecke seines Geheges damit beschäftigt, ein Loch zu buddeln. Wir liefen an zwei weiteren Gehegen vorbei, die bis vor Kurzem noch leer standen, aber jetzt von Rotfüchsen und Luchsen bewohnt wurden. An der Gabelung blieb Beth stehen und schaute erst nach links, dann nach rechts. Sie zog ein Handy aus einer der zahlreichen Taschen ihrer schwarzen Outdoor-Hose und tippte einige Male darauf herum.

»Was machen wir eigentlich?« Ich trat neben sie und schaute die Frau an, die den ganzen Laden hier fest im Griff hatte.

»Wir suchen etwas«, antwortete sie prompt, ohne ihren Blick vom Smartphone zu lösen. Mit der klassischen Zwei-Finger-Adlertechnik tippte sie in Sekundenabständen einzelne Buchstaben an. Wenn das so weiterging, würden wir noch nach Sonnenuntergang hier stehen.

»Und was suchen wir?« Musste man dieser Frau denn alles aus der Nase ziehen?

»Loui und Chester.« Mit einem leichten Schnauben ließ sie ihr Handy wieder in die Hosentasche gleiten, in die drei von diesen Backsteinen gepasst hätten. Beth bog wild entschlossen nach rechts ab, und ich folgte ihr amüsiert lächelnd. Loui und Chester sorgten oft für Unruhe und andere Situationen, die einen von den langen

To-do-Listen abhielten. Denn die beiden waren nicht unsere wichtigsten Mitarbeiter. Loui und Chester waren zwei Waschbären.

»Wir haben doch letzte Woche erst das Schloss repariert.« Ich joggte ein paar Meter, um zu Beth aufzuschließen, die sich bei jedem Schritt in drei Richtungen umguckte.

»Das ist richtig, aber sie haben die Vorzüge des Buddelns für sich entdeckt.« Mit einem kurzen Schnauben bückte sich Beth in ein breites Gestrüpp an der Seite des hellen Kieswegs. Waschbären waren leider viel zu kluge Tiere, die alles Mögliche lernten und es sich dann auch noch gegenseitig beibrachten. Ich stellte mich neben Beth und suchte die Büsche einige Meter weiter links ab, als würden die beiden Ausreißer uns nicht längst gehört haben und abhauen, sobald wir in Hörweite waren.

»Wie lange bleibst du heute?« Beth richtete sich auf, streckte ihren Rücken durch und dehnte ihren Nacken einige Sekunden.

»Ich habe heute Nachmittag ein Meeting mit dem Dozenten, der mein Abschlussprojekt betreut.« Ich versuchte bewusst ruhig zu atmen, da ich die Schwere in meiner Brust spürte, sobald wir dieses Thema anschnitten. Mein Research-Projekt beschäftigte mich mittlerweile seit über einem Jahr. Davon hing einfach alles ab. »Wir treffen uns am Campus«, schob ich nach, damit Beth klar war, dass ich heute noch an die VIU fahren würde. Sie nickte nur, und ich war froh, dass sie nicht nachfragte, ob ich sonst wirklich nichts vorhatte. Mein Leben bestand aus dem Studium, meiner freiwilligen Arbeit hier und dem Versuch, mich möglichst von Menschen fernzuhalten. Wir liefen weiter und suchten den Weg ab. Langsam kamen wir der Familienfarm näher, in der lauter kleine Tiere wohnten, die selbst unsere kleinsten Besucherinnen und Besucher streicheln konnten, und ich hoffte wirklich nicht, dass die beiden sich ein Plätzchen im Streichelzoo gesucht hatten. Ich wollte sie nicht zwischen den Ziegen und Schafen jagen. Nicht schon wieder.

KAPITEL 3

Tara

Mit einem leichten Ruckeln setzte das Flugzeug auf, und ich starrte aus dem Fenster auf die Flughafengebäude. Ich hatte es tatsächlich geschafft. Nach neun Stunden ohne Beinfreiheit war ich wirklich in Kanada. Es brannte verdächtig hinter meinen Augen, aber ich schluckte alle Gefühle runter. Ich war verdammt noch mal stolz auf mich, aber das musste der glatzköpfige Mitvierziger, der mich den gesamten Flug unterhalten hatte, ja nicht wissen. Diese Gefühle gehörten nur mir, auch wenn sie jetzt in meinem Magen rumorten.

Angespannt folgte ich den anderen Menschen aus dem Flugzeug und durch den Verbindungstunnel ins Gebäude. Ich ließ mich von der Menge treiben und versuchte immer wieder die Schilder zu finden, die mir meinen Weg in Richtung Passkontrolle und Gepäckausgabe leiteten. Große Milchglasscheiben trennten meinen Weg vom restlichen Gebäude, und ich konnte nur erahnen, wie es dahinter aussah. Ich versuchte alles in mir aufzunehmen, musste aber feststellen, dass es ein Flughafen wie jeder andere war. Die Klimaanlagen sorgten dafür, dass ich in meiner dunklen Reiseleggings nicht schwitzte, und der blau-graue Teppichboden unter meinen Füßen verwirrte mich. Auf eine sehr gedämpfte, gemütliche Weise. Ich hoffte, mich nicht zu verlaufen, und eigentlich war es auch kaum möglich, eine falsche Abbiegung zu wählen. Schließlich kam ich am oberen Ende einer Treppe an, von der aus ich eine gigantische Halle überblicken konnte.

Ich lief die Stufen nach unten, die mich in die große Halle führten, in der mit zahlreichen Bändern verschiedene vorgegebene Wege voneinander abgegrenzt waren. Mein Blick wanderte allerdings an den zwei großen Totempfählen hoch, die an beiden Seiten der Treppe in die Höhe ragten. Sie waren so beeindruckend massiv und doch voller feiner Details, dass ich mich in diesem Anblick verlor. Erst als eine fremde Schulter mich fast aus dem Gleichgewicht brachte, erinnerte ich mich daran, dass das hier noch nicht zu meinem Touri-Programm der nächsten Tage in Vancouver gehörte. Ich stolperte zwei Treppenstufen nach unten, bekam das Geländer zu fassen und spürte den schweren Rucksack auf meinem Rücken an mir ziehen.

Ich fischte nach meinem Handy, das an einer Kordel um meinen Hals baumelte, und schoss schnell einige Fotos, bevor ich mich mit dem kostenlosen WLAN verband.

Bin gelandet. Melde mich, wenn ich ohne weitere Zwischenfälle meinen Koffer bekommen habe.

Ich rieb meine schwitzigen Hände an meiner Leggings ab und wartete auf Milas Antwort, auch wenn es bei ihr schon nach Mitternacht war.

Hoffentlich finden sie nicht die Drogen und das Bargeld in deinem Handgepäck.

Mir war klar, dass meine beste Freundin nur lustig sein wollte, doch eine irrationale Angst in meinem Kopf ließ mich die Augen weit aufreißen, in der Hoffnung, dass niemand in Uniform gerade diese Nachricht gelesen hatte.

Genau Tara. Diese Nachricht. Auf deinem Handy. Auf Deutsch.

Nachdem ich an ein automatisiertes Terminal gelotst wurde, meinen Pass einscannen und ein Verbrecherinnenfoto von mir machen lassen musste, stellte ich mich in die nächste und hoffentlich letzte Schlange. Ich legte meinen Kopf in den Nacken und starrte die bestimmt vierzig Meter hohe Halle nach oben. Es war ein Flughafen, und doch redete ich mir ein, dass hier alles anders war. Dieses Gefühl in der Magengegend, die Totempfähle an jeder Ecke und die Menschen, die mit mir in der Schlange standen – das alles zauberte mir ein schmales Lächeln ins Gesicht. Es ging schnell voran, und erst als nur noch eine Person vor mir stand, erkannte ich, was hier passierte. Passkontrolle. Aber nicht wie am Münchner Flughafen, an dem ein unmotivierter Mann in seinem Glaskasten saß und einen flüchtigen Blick auf meinen Pass warf. Nein. Hier stand eine Frau in dunkelgrüner Uniform und stellte Fragen. Mein Herz klopfte unangenehm schnell in meiner Brust, während ich die Dokumente in meiner Hand ganz fest umklammerte. Dabei sprach ich mir selbst Mut zu. *Kanadier sind freundlich. Alle Kanadier sind unheimlich freundlich. Das hast du im Internet gelesen, Tara. O Gott.* Ich drückte ihr meinen Pass in die Hand und ging im Kopf alles durch, was sie von mir wissen wollen könnte. Mein Ausbildungsvisum, meine ETA, meine Impfungen, den Mädchennamen meiner Mutter, ich hatte alles griffbereit.

»Was ist der Zweck Ihres Aufenthalts?« Ich schluckte, denn mit einem Mal verließen mich all meine Englischkenntnisse, die ich mir in 13 Jahren Schule und dem wiederholten Durchsuchten von *Friends* erarbeitet hatte.

»Ehmmm …«, brachte ich hilfreicherweise als Erstes heraus. »… learning«, stammelte ich, da mir der passende Ausdruck für *Weiterbildung in verschiedenen Fachbereichen und Praktika, um herauszufinden was meine Ziele im Leben sind,* einfach nicht einfallen wollte. »Work. At the *Wildlife Rescue Center*«, bastelte ich mit dem Wortschatz einer Fünftklässlerin zusammen. »In Nanimo, Vancouver Island«, schob ich hastig hinterher und stolperte über die Wörter, die sich fremd auf meiner Zunge anfühlten.

Die blonde Beamtin nickte, und ich kam nicht umhin, das kleine Schmunzeln zu bemerken, mit dem sie mich ansah. Sie überflog meine Aufenthaltsgenehmigung und reichte mir meine Dokumente, ehe sie mir eine schöne Zeit in Kanada wünschte. Ich war versucht, ihr zu antworten, entschied mich dann aber für ein knappes Nicken. Es war nicht unbedingt nötig, noch mehr Englisch-Kauderwelsch von mir zu geben, das eben hatte mir schon gereicht, um mich irgendwo verstecken zu wollen.

Nachdem ich diese Peinlichkeit hinter mich gebracht hatte, ging ich zum Band, an dem mein Flug angekündigt wurde, und wartete auf meinen Koffer.

Ich glaube, wenn ich noch schlechter Englisch gesprochen hätte, wäre ich verhaftet worden.

Mila schlief hoffentlich schon, aber ich war mir sicher, dass sie mich morgen nachträglich auslachen würde. Völlig zu Recht. Auf jede mögliche Komplikation war ich vorbereitet, mein Handgepäck war so gepackt, dass ich exakt drei Tage ohne mein restliches Gepäck überleben würde, aber die Frage, was ich hier machte, warf mich völlig aus der Bahn. Vielleicht, weil ich die Antwort darauf nicht kannte. Weil meine Gedanken begannen, wilde Kreise zu ziehen und die Worte meiner Eltern zu wiederholen, sobald mich jemand fragte, was ich hier tat. Seit der Absage des Praktikums lag ich fast jede Nacht wach in meinem Bett, um Antworten auf Fragen zu finden, die ich nicht einmal kannte.

Aber ich wusste, dass ich das hier wollte. Weg von den ständigen Vorwürfen meiner Eltern, einer Zukunft, die sich anfühlte wie ein Albtraum. Hauptsache weg und neu und ungewiss. Ich hasste dieses Gefühl, und doch hatte ich mich genau dafür neun Stunden lang in einen kleinen Economy-Sitz mit viel zu wenig Beinfreiheit gequetscht. Konnte man etwas wollen und gleichzeitig nicht wollen?

Ich holte meinen Koffer, stieg in ein Taxi und war einfach nur glücklich, eine knappe Stunde später in mein Hotelbett zu fallen.

18:37

Zu Hause in München hätte in weniger als drei Stunden mein Wecker für den nächsten Unitag geklingelt, der nur mit viel Kaffee zu überleben war. Hier war es Zeit fürs Abendessen. Ich streifte mir die Schuhe von den Füßen und atmete erleichtert auf. Abendessen. Das wäre eine Option. Nach dem langen Flug und dem Stress zu Hause gefiel mir die Alternative allerdings deutlich besser. Genau hier und jetzt einschlafen. Ich zog mir die Decke bis über die Schultern und schloss die Augen. Um die Zeitverschiebung konnte ich mich später kümmern.

Der Alarm ging ein drittes Mal an diesem Dienstagmorgen, und mein Handy, das auf der dunklen Kücheninsel lag, gab unangenehm schrille Geräusche von sich.

Kindergarten *leuchtete es auf dem Display, gefolgt von ungefähr 17 Ausrufezeichen, die mir mitteilten, dass ich Rosalie und Anton dringend in die Kita bringen musste, wenn ich es noch pünktlich auf die Arbeit schaffen wollte.*

15 Minuten später saß ich am Steuer meines SUVs, und das Geräusch der Freisprechanlage begleitete mich beim Abbiegen auf die Hauptstraße.

»Guten Morgen, Schwesterherz.« Die tiefe Stimme meines Bruders erfüllte den Innenraum des Autos.

»Du hattest wohl schon den ersten Kaffee des Tages«, witzelte ich und rieb mir mit der flachen Hand über mein müdes Gesicht.

»Und du ganz offensichtlich nicht.« Ich schmunzelte unweigerlich

und hoffte, er würde in der Praxis mit frisch aufgebrühtem Kaffee auf mich warten.

»Was gibt's?*« Ich fuhr auf die Landstraße, die mich geradewegs in die Stadt führte. Nach Antons Geburt waren wir in einen Vorort gezogen. Die Praxis meiner Eltern, die Matthias und ich übernommen hatten, lag weiterhin im Stadtzentrum.*

»Termine.« Ich schielte auf den Beifahrersitz, wo mein aufgeschlagener Filofax in sieben verschiedenen Textmarkerfarben leuchtete. »Könntest du um 18:00 Uhr eine OP von mir übernehmen? Ich habe eine Zahnfehlstellung, die nicht zu lange dauern sollte, aber ich muss zum Elternabend in der Kita.« Ich hupte und beleidigte den Fahrer vor mir, der mich aus dem Nichts schnitt, bevor ich die Antwort meines Bruders hörte.

»Du hast eine Zahnfehlstellung? Warst du nicht letztens erst bei der halbjährlichen Vorsorge – wie es sich für eine vorbildliche Familienmutter gehört?« Das Lachen meines Bruders ging in meinem genervten »Du weißt, was ich meine« unter. Eine kurze, unangenehme Stille folgte, doch ich war einfach zu gestresst, um meinen eingestaubten Humor hervorzukramen.

»Sollte klappen.« Erleichtert atmete ich auf und hakte diesen Punkt in meinem Kopf ab. Eine Sache erledigt, nur noch 300 to go. Für heute.

»Danke.« Ich schluckte, wollte mich am liebsten wieder im Bett verkriechen, auch wenn der Tag gerade erst angefangen hatte. »Ich bin in 20 Minuten da.«

OMG WAS???

Milas Antwort kam nur wenige Sekunden, nachdem ich am rauschenden Wasser angekommen war. Es würde sich sicher noch ändern, dass sie mitten in der Nacht auf ihr Handy starrte und dann nur für mich wach blieb. Nachdem ich aus meinem Albtraum hochgeschreckt war, hatte ich beschlossen, den Sonnenuntergang am Wasser zu sehen, das laut Google Maps nur fünfzehn Minuten zu Fuß entfernt war.

ANTON UND ROSALIE???

Natürlich war das das Wichtigste. Meine eigenen Kinder hatte ich Anton und Rosalie genannt. Meine. Eigenen. Kinder.

Ich musste auf ihren Elternabend. Und habe meinen Bruder Matthias genannt. Du hättest meinen Kalender sehen müssen. Der hat bunter geleuchtet als unsere Weihnachtsdeko.

Ich setzte mich auf einen Haufen glattes Schwemmholz und lauschte dem Rauschen der Wellen. Hinter mir lagen der Campus der *University of British Columbia*, das laute Stadtzentrum und, nur einen kurzen Spaziergang entfernt, der Strand, mit Ausblick auf kilometerlange Bergformationen. Mein Gott, dieses Land war faszinierend.

Das ist aber auch keine Kunst. Doro schmückt euer Haus und das zugehörige Innenleben doch immer im weiß-blauen Farbschema, als würde ihre Karriere als Innenausstatterin davon abhängen.

Ich lachte auf bei dem Gedanken an meine Mutter, die jedes Jahr um die Weihnachtszeit vergaß, dass sie wie mein Vater Tierärztin war und stattdessen ihre innere Wohnausstatterin channelte.

Ich schoss ein Foto vom Sonnenuntergang und schickte es Mila.

Die Haken verfärbten sich nicht blau, und ich vermutete, dass sie eingeschlafen war. Ich zog mein Notizbuch aus dem Rucksack, dem deutlich anzusehen war, dass ich es täglich mit mir herumtrug. Es dauerte einige Sekunden, bis ich auch den Bleistift aus seinem Fach gefischt hatte, aber kurz darauf begann ich zu zeichnen. Ich skizzierte die Berge im Hintergrund und das Wasser davor. Mit dem konstanten Meeresrauschen im Ohr versuchte ich jedes Detail in mir aufzusaugen und selbst den angenehm salzigen Geruch auf dem Papier festzuhalten. Und mit jeder Sekunde, die der dunkle Bleistift über das Papier kratzte, rückte mein Albtraum ein kleines Stück weiter weg. So weit in den Hintergrund, dass er bald schon hinter den Bergen verschwinden und nur als unbedeutende Erinnerung zurückbleiben würde.

KAPITEL 4

Jaimie

Der letzte Akku rutschte in die Kameratasche, und ich schloss den Clip.

»Ist das jetzt alles?« Zoey saß mit verschränkten Armen auf der Werkbank.

»Ja, Zoey. Das ist jetzt alles.« Ich griff den Tragegurt und sah sie vorwurfsvoll an. Die schwarze Tasche machte den hohen Stapel voller Kameras und Testkits, die mein To-go-Labor bilden würden, endlich vollständig. »Das Projekt braucht eben ein wenig Vorbereitung.«

»Ein wenig«, wiederholte sie und malte Anführungszeichen in die Luft. Sie sprang vom hohen Holztisch und kam ein paar Schritte auf mich zu. »Aber ich mach das ja gerne.« Zoey zuckte mit den Schultern und lächelte mich an. Ohne ihre Hilfe während der letzten Wochen würde ich jetzt nicht kurz vor dem Start meines Abschlussprojekts stehen.

»Echt? Das merkt man gar nicht.« Ich schüttelte lächelnd den Kopf und ließ den Blick noch mal über alle Taschen gleiten. Ich würde zwar erst in etwas mehr als einer Woche aufbrechen, aber es schadete nicht, vorbereitet zu sein. Ich studierte jetzt seit fast zwei Jahren *Resource Management Officer Technologies* und hatte nach meinem Praxissemester bei *Parks Canada* beschlossen, dass ich etwas verändern wollte. Mein Abschlussprojekt war genau dieser

Versuch. Etwas zu verändern. Die gesamte Tour würde mehrere Wochen dauern, und am Ende gab es hoffentlich ein Naturschutzgebiet mehr in Kanada. Oder zumindest einen handfesten Antrag darauf. Ich würde ohne Ende Kameras platzieren und Proben nehmen, in der Hoffnung auf einen Fund, der alles verändern konnte. Vielleicht sollte ich bis dahin noch mal einen Testlauf …

»Jaimie?« Ich hob den Kopf und traf auf Zoeys wartenden Blick. »Hast du mir überhaupt zugehört?« Langsam schüttelte ich den Kopf. Doch als ich Zoeys verständnisvolles Grinsen sah, entspannte sich meine Haltung. Sie hatte es trotz all meiner Bemühungen geschafft, mich besser als jeder andere zu kennen und meine Freundin zu werden. Zumindest mehr als die meisten Menschen. Wenn ich einem Menschen vertraute, jemandem *zutraute*, dieses Research-Projekt mit mir anzugehen, wochenlang in der Natur unterwegs zu sein und wichtige Tests über die Mineralienzusammensetzung des Bodens 17-mal zu reproduzieren, dann war es Zoey.

Ich griff nach einem der Eimer unter der Werkbank und füllte ihn mit Getreide-Obst-Mix für die Ziegen und Schafe, die in der rot leuchtenden Scheune sicher schon auf ihr Abendessen warteten. Zoey stellte sich neben mich, hatte in einem gekonnten Handgriff drei Eimer vor sich platziert und deutlich schneller als ich jeden davon passend zu den Namen der Tiere, die mit schwarzem Edding außen drauf geschrieben waren, gefüllt.

»Was macht Beth nur ohne ihre beste Mitarbeiterin, wenn ich dich so lange entführe?« Ich warf die kleine Schippe wieder in den großen Futterbottich.

»Ich werde ersetzt.« Zoey griff zwei der Eimer und nickte in Richtung des dritten, den ich mit der freien Hand hervorzog.

»Du … was?« Ich lief ihr hinterher durch den Park und folgte den Schildern zum Kinder- und Familienbereich. Gleich hinter dem Wasserspielplatz war die kitschig rote Scheune aufgebaut, die

Platz für den Stall und den Außenanbau für unsere flauschigen Bewohnerinnen und Bewohner bot.

»Vorsicht, das klingt fast so, als würde dich das traurig machen.« Zoey lief vor mir, sodass ich sie zwar lachen hörte, doch ihr Gesicht nicht sah. »Da könnte man fast meinen, du bist also doch zu mehr Emotionen als Grumpy-Jaimie fähig.« Hätte ich nicht die Hände voll mit Tierfutter gehabt, das zu teuer war, um es einfach fallen zu lassen, hätte ich gerne etwas nach ihr geworfen. Grumpy-Jaimie war ihre ganz eigene Erfindung, auf die sie auch noch stolz war. Dabei stufte Zoey jeden Menschen als schlecht gelaunt ein, der nicht wie der optimistische Flummi, der sie jeden Tag war, durchs Leben hüpfte.

»Hmm …«, brummte ich nur und verdrehte die Augen. Natürlich musste ich brummen, nachdem sie mich grumpy genannt hatte. Klasse, Jaimie.

»Also?«, erkundigte ich mich, um das Thema zu wechseln. Zoey öffnete das Scheunentor, und der gewohnte Mief von Ziege und Schaf stieg mir in die Nase.

»Wir bekommen Zuwachs.« Sie leerte den ersten Eimer in den Trog von Sir Winston und Peanut und drehte sich zu mir. »Tust du auch noch mal das, wofür man dich bezahlt, oder stehst du nur weiter blöd rum?«

»Ich werde nicht bezahlt«, antwortete ich lediglich, blieb aber trotzdem regungslos zwischen Stroh und Ziegenkötteln stehen. »Ich mache das freiwillig.« *Weil ich mich für die Tiere hier verantwortlich fühle*, schob ich in Gedanken nach und war froh, dass Zoey bereits weitersprach.

»Irgendeine Nichte von Beth. Vielleicht auch nicht Nichte. Verwandte einer Freundin sechsten Grades oder so. Keine Ahnung, hab nicht richtig zugehört.« Mit einem Schulterzucken leerte sie den zweiten Eimer bei Matilda aus.

»Das kannst du ja besonders gut.« Zoey beachtete meinen Kommentar gar nicht und stapelte ihre leeren Eimer ineinander. Das laute *Klonk*, als sie beide auf den Boden fallen ließ, zeigte mir deutlich, dass sie nicht vorhatte ewig darauf zu warten, dass ich den kleinen Fellbällen auf meiner Stallseite ihr Abendessen auftischte. Ich leerte die Eimer an den dafür vorgesehenen Plätzen aus und schnaubte.

»Na toll.« Ich griff nach Zoeys Eimern und stapelte sie in meine, sodass ich an einem Henkel alles tragen konnte, während wir zurückschlenderten.

»Was? Angst, dass die Neue auch so eine Serotonin-Liebhaberin ist wie ich?«

»Ach Quatsch.« Ich winkte ab. Der ironische Kommentar lag mir auf der Zunge, doch ich war nicht länger in Stimmung, Witze zu machen. »Ich brauch nur nicht so eine anstrengende Touristin, die das hier als gemeinnütziges Praktikum für ihren Lebenslauf nutzt.« Zoey nickte und sah mich einfühlsam an. Sie kannte die Praktikantinnen, die hier regelmäßig ein- und ausgegangen waren, die Lücke im Lebenslauf den dreckigen Händen dann aber doch vorgezogen hatten. Beth hätte dem gerne schon längst einen Riegel vorgeschoben, aber wir brauchten jede helfende Hand. Auch wenn manche von denen anpackten, als würden drei andere loslassen.

»Wart doch erst mal ab. Vielleicht ist sie ja total nett.« Zoey zuckte erneut mit den Schultern.

»Ich bin eigentlich nur froh, dass sie hier ist, während ich ganz weit weg bin«, schnaubte ich leise. Ich blickte zu Zoey, die mich skeptisch musterte.

»Seht mich an …« Sie stapfte bewusst grob über den Kiesweg, schob ihre Ellenbogen nach außen, um möglichst breit zu wirken, was sie fast rechteckig aussehen ließ. »Ich bin Jaimie. Ich mag keine Menschen. Brumm Brumm Brumm.« Sie lachte und hielt sich den Bauch.

»Du lässt mich ja so aussehen, als würde ich *Täglich-ins-Fitness-studio-rennen-und-Gewichte-Stemmen* mein spannendes Hobby nennen.« Ich schüttelte den Kopf, konnte und wollte aber nichts gegen das schmale Lächeln tun, das ich auf meinem Gesicht spürte.

»Hast du in letzter Zeit mal in den Spiegel geschaut, Outdoor-Boy?« Noch bevor sie ihren Satz beendete, rannte sie los, dicht gefolgt von mir. Ich lief ihr hinterher, spürte den Puls deutlich an meiner Halsschlagader und brauchte deutlich länger als erwartet, um sie einzuholen. Schwer atmend kamen wir an der kleinen Hütte an, die unser Raum für alles war. Futter neben Bohrmaschine neben Halftern und Medizin für die Sorgenkinder.

»Aber jetzt mal im Ernst, was hast du gegen ein bisschen Unterstützung?«

»Nichts«, brummte ich und überzeugte damit weder Zoey noch mich. Ich wollte keine Vorurteile gegenüber einer Fremden haben, aber ich wollte jetzt schon so wenig Zeit wie möglich mit ihr verbringen. Da war ich mir sicher. »Ich brauche nur nicht noch eine von denen, die hier ankommen …« Ich fuchtelte wild in der Luft herum, machte die unausstehlichen Touristinnen nach, die wir hier zu oft sahen. »… und sagen *O mein Gott. Vancouver hat mein Herz gestohlen.*«

KAPITEL 5

Tara

Vancouver hatte mein Herz gestohlen.

Diese Großstadt, in der man sich zwischen all den Wolkenkratzern doch zu Hause fühlte und in der vor den perfekt geformten Bergen das Meer im Sonnenschein schimmerte. Die Menschen hier waren so freundlich, als würde man sich seit Jahren kennen, und die entspannte Art sorgte dafür, dass ich freier atmete, während ich den Kopf in den Nacken legte und staunend an den architektonischen Meisterwerken entlang zum blauen Himmel blickte. Ich hatte mich immer mehr für ein Kind der kleinen Orte gehalten. Nicht ganz deutsches Dorfkind in dem Vorort, in dem ich aufgewachsen war, aber eben auch nicht für die Anonymität der Metropolen dieser Welt gemacht. Aber jetzt saß ich hier, meinen 7$-Iced-Latte in der Hand, das Meer vor und drei Tage Vancouver hinter mir.

Drei Tage, in denen ich zwischen Wolkenkratzern hindurchspaziert war und ungefähr 394 Fotos an Mila und Matty geschickt hatte. Ich war auf den Grouse Mountain gefahren und über die Capilano Suspension Bridge gelaufen, weil *getyourguide* mir gesagt hatte, das dürfte ich nicht verpassen. Aber viel schöner als die Tage voller Menschenmassen an den Touri-Attraktionen waren die Abende am Strand, mit meinem eigenen kleinen Picknick an der salzigen Meeresluft. Diese drei Tage waren wie in einem Film an mir vorbeigezogen, trotzdem fühlte es sich so an, als hätte ich Erinnerungen für zwei Monate gesammelt.

Aber immerhin war ich jetzt bereit. Bereit für die übermäßig große und übermäßig hässliche Fähre, die mich gleich zur Insel bringen würde, auf der mein Ziel lag. Wobei das Wort Insel für falsche syltähnliche Vorstellungen in meinem Kopf gesorgt hatte. Eine kurze Google-Suche später war ich schlauer und wusste nun, dass Vancouver Island ungefähr 300-mal so groß war wie Sylt. Den Gedanken, die Insel zu umrunden, strich ich vorerst von meiner Liste möglicher Aktivitäten.

Ich kontrollierte ein letztes Mal mein Ticket, das ich schon in Deutschland gekauft hatte. Horseshoe Bay, Vancouver, nach Nanaimo, Vancouver Island. Eine Erwachsene. Abfahrt 11:40. Boarding 11:10. Der Blick auf die Uhr verriet mir, dass noch etwa 10 Minuten vergehen würden, bis die Schlange vor mir sich hoffentlich bewegte. Acht, um genau zu sein.

Eine knappe Stunde später war ich mitsamt meines Gepäcks auf dem Innendeck. Mein Gesicht klebte an der Glasscheibe, und ich beobachtete, wie sich das Wasser kräuselte. Ein leises *Oh* wechselte sich mit dem üblichen *Wow* ab, wann immer ich eine spannende Bewegung im Wasser ausmachte oder Silhouetten weit entfernter Berge am Horizont sah. Ich konnte mich gar nicht sattsehen und lächelte bei dem Gedanken, dass das hier mein neues Leben war, zumindest für einige Monate. Die schneebedeckten Gipfel der massiven Berge würde ich jeden Tag sehen. Ich spielte mit dem Gedanken, aufs offene Deck zu gehen, die salzige Meeresluft einzuatmen und den Wellen zu lauschen, aber bei einem Blick auf mein fünfteiliges Gepäck, das ich nicht so einfach aus den Augen lassen wollte, entschied ich mich dagegen. Ich würde noch genug Zeit dafür haben, nach Seehunden Ausschau zu halten und den salzigen Wind in meinen Haaren zu spüren. Ich zückte mein Handy, und ungefähr 100 Fotos später wählte ich drei davon aus und schickte sie Mila. Als sich die kleine wartende Uhr nicht wie üblich in einen oder gar zwei Haken verwandelte, erinnerte mich das wieder daran, dass ich eine kanadische SIM-Karte kaufen sollte. Das würde ich an meinem ersten Tag in Nanaimo erledigen. Gleich nachdem ich mich bei Beth eingerichtet und meine ersten Aufgaben im *Wildlife Rescue Center* erledigt hatte.

Ich lehnte mit der Stirn gegen das Fenster, den Blick starr auf das sich kräuselnde Wasser gerichtet. Matty hätte sich bestimmt die Nase an der Scheibe platt gedrückt und mir dann die einzelnen Namen der Berge in der Ferne runtergebetet, die er vorher auswendig gelernt hätte. Ich vermisste Matty. Mehr als ich zu Hause vermisste. Natürlich vermisste ich auch meine Eltern, aber erst hier, so weit weg von zu Hause, spürte ich die Erleichterung, nicht ständig auf rohen Eiern laufen zu müssen. Nicht ständig mit Gegenwind zu rechnen oder von meinen Eltern mit Vorwürfen konfrontiert zu werden, die ich bis jetzt nicht verstand. Kurz überkam mich der Wunsch, mich bei ihnen zu melden. Zu sagen, dass es mir gut ging und ich gerade richtig glücklich war. Aber so hart es klang, sie würden mir dieses Glück mit nur einer Nachricht wieder nehmen. Da war ich mir sicher. Also verließ ich mich darauf, dass Matty sie weiter darüber informieren würde, dass ich atmete und einen Herzschlag hatte. Alles andere ging sie gerade nichts an. Ich verschränkte die Arme vor der Brust und mahlte mit dem Kiefer, während die Wellen im unregelmäßigen Rhythmus gegen die gigantische Fähre schlugen, die unbeeindruckt durchs Wasser schipperte.

So spannend die Überfahrt und das blau glitzernde Wasser auch waren, irgendwann siegten die Müdigkeit und der immer noch nicht ganz verschwundene Jetlag, und ich beschloss, für die verbleibende Stunde die Augen zu schließen. Ein bisschen Erholung, ehe ich in Nanaimo mit Bus oder Uber an mein Ziel kommen musste, schadete nicht.

KAPITEL 6

Jaimie

Das laute Fluchen hallte durch meinen Truck, und ich schlug aufs Lenkrad. Der Fahrer des schwarzen Mercedes stieg aus. Nicht, um meine Einfahrt freizumachen, sondern um einen Koffer aus dem Auto zu wuchten, der fast die Größe eines durchschnittlichen Teenagers hatte. Ich hupte erneut, was der Uber-Fahrer – wie ich mittlerweile vermutete – nur mit einem flapsigen Winken quittierte. Er rollte den Koffer zu der Frau, die neben dem alten Eingangsschild zum *Rescue Center* wartete und hievte danach ihren knallig roten Rucksack aus dem Kofferraum, wobei er sich fast in all den losen Schnallen und Bändern verhakte. *Anfängerin,* dachte ich nur, während die Frau den Rucksack schulterte und eine Schnalle nach der anderen schloss. Rückenschmerzen vorprogrammiert. Ich schüttelte den Kopf und beobachtete, wie sie in der völlig falschen Reihenfolge die verschiedenen Gurte festzurrte. Sie strich sich mehrere Strähnen ihrer matten, blonden Haare aus dem Gesicht, die sich aus ihrem Zopf gelöst hatten. Unsicher sah sie sich um, die Hand fest am Griff des Koffers, der dem Uber-Fahrer eben fast einen Bandscheibenvorfall beschert hätte. Ihr Blick schweifte über die großen Schilder, den Parkplatz und blieb dann hängen. An … mir. Ich öffnete den Mund, starrte sie durch die Windschutzscheibe meines Trucks an und wich ihrem festen Blick nicht aus. Die Wut, die meinen Puls bis eben beschleunigt hatte, verpuffte.

Alle Gedanken, die seit Tagen in meinem Kopf kreisten, rückten wie unbedeutendes Flüstern in den Hintergrund. Ich starrte sie an und dachte nichts. Rein gar nichts ging mir mehr durch den Kopf, während ich sie dabei beobachtete, wie sie ihr Gepäck zurechtrückte. Ich räusperte mich, und erst, als ich – um überhaupt etwas zu tun – erneut den Uber-Fahrer anhupen wollte, bemerkte ich, dass er längst abgefahren war. Ich schob den Hebel zurück auf D für Drive und fuhr dann im Schritttempo an der Frau vorbei, die mich und meinen Truck nicht aus den Augen ließ. Bestimmt würde ich ihr noch länger im Gedächtnis bleiben. Immerhin hatte sie gerade ihren ersten unfreundlichen Kanadier kennengelernt.

Tara

Der Koffer ruckelte ungleichmäßig über die großen und kleinen Steine auf dem Schotter. Dieser blöde Kerl im Truck hatte mich so lange angehupt und angestarrt, dass ich meinen Rucksack in der Eile völlig falsch festgezogen hatte und er jetzt schmerzhaft auf meinen Schultern hing. Der Staub, den der Truck vor mir aufgewirbelt hatte, als der blonde Typ an mir vorbeigefahren war, blieb direkt an mir kleben. An meiner verschwitzten schwarzen Leggings, die mir in der Sonne auf den Beinen brannte. Aber ich hatte mich informiert. 22 Grad und Sonne waren eine angenehme Seltenheit. Wenn das Meer den feuchtkalten Nebel in die Stadt drückte, der manchmal den ganzen Tag nicht verschwand, würde ich mir und meinen gut recherchierten Packlisten noch danken. Ich hatte einen Plan. Ich würde das schaffen. Der Wind wehte mir in den Nacken, und ich sah mich um. Der große Bogen, auf dem in metallenen Lettern *Wildlife Rescue Center* stand, war an den Seiten leicht angerostet und wiegte sich quietschend im Wind. Beth hatte mir geschrieben, dass ich den ehemaligen Eingang wählen sollte, den jetzt nur noch Angestellte benutzten. Während eines Umbaus vor gut drei Jahren hatten sie durch eine groß angelegte Spendenaktion einen neuen Eingang inklusive modernisiertem Informationszentrum gebaut. Das lag – meinen Internetrecherchen zufolge – genau am anderen Ende des Geländes. Die nächste Windböe wehte den ländlichen Geruch von Ziegen und Stroh in meine Nase, der mich an die Alpenurlaube in meiner Kindheit erinnerte. Ich zog den Koffer weiter über den Schotter und ging an der großen roten Scheune und einigen kleinen, scheinbar leer stehenden Gehegen vorbei, die ich mir später sicher noch genauer anschauen würde.

»Kann man dir helfen?« Ich ließ meinen Koffer auf alle vier Räder plumpsen und sah ihn unsicher an, während er einige Male gefährlich wackelte.

»Ehmm, vielleicht.« Ich blickte zu der jungen Frau, die mich anlächelte und ihre Hände in den Taschen ihrer schwarzen Arbeitshose vergraben hatte. Mit einem dumpfen Knall landete mein Koffer auf der Seite, und ich sah leicht unbeholfen auf die helle Staubwolke, die er aufwirbelte. »Scheiße«, fluchte ich und zog an der seitlichen Schlaufe.

»Du musst Tara sein.« Die Frau schmunzelte, während sie mir amüsiert bei meinen Versuchen zusah, den Koffer hochzuhieven, der bestimmt genauso viel wog wie ich. »Die neue Aushilfe, die wegen irgendeiner Verbindung zu Beth hier ist, oder?« Ich starrte auf ihre hellen Haare, deren Spitzen in einem dunklen Blau schimmerten. Kopfschüttelnd löste ich mich von ihrem einnehmenden Anblick. Sie packte den Koffer von der anderen Seite, und wir stellten ihn wieder auf. Wobei ich mir sicher war, dass sie den großen Teil des Gewichts stemmte.

»Wie kommst du nur auf die Idee, dass ich neu hier sein könnte?«

Ich lachte leise und ließ meinen Blick über die zahlreichen Koffer und Taschen gleiten, die definitiv nicht für dieses Gelände gemacht waren. Man sah mir sicher schon aus drei Kilometern Entfernung an, dass ich nicht hierhergehörte.

»Dein Akzent.« Sie zuckte mit den Schultern und lachte nun ebenfalls. »Ich bin übrigens Zoey.« Sie streckte mir die Hand hin, und ich ergriff sie zögerlich. Meine staubbedeckten Finger berührten ihre, und ich spürte ungewohnte Schwielen an ihrer Hand. »Und die Tatsache, dass dein Fluchen eben echt süß geklungen hat, aber ich absolut keine Ahnung habe, was du gesagt hast.« Ihr unbeschwertes Lachen nahm mir etwas von meiner Unsicherheit, und ich notierte mir in Gedanken, in Zukunft häufiger auf Englisch zu fluchen. Auch wenn das hoffentlich nicht allzu häufig nötig sein würde.

»Ich bin Tara«, begann ich unsicher »aber das weißt du ja offensichtlich schon.« Ich presste meine Lippen fest aufeinander und schluckte. Ich wollte hier sein, ich wollte aber auch, dass Zoey mich mochte. Ich wünschte, es wäre nicht so, aber es war mir immer noch wichtig, was andere Leute über mich dachten.

»Ich kenne deinen Namen, aber mehr auch nicht.« Zoey zuckte erneut mit den Schultern. Ihre Antwort gefiel mir. Einen kurzen Moment sah sie mich noch an, ehe sie meinen schweren Rucksack schulterte und mir bedeutete, ihr zu folgen. »Komm, ich bring dich zu Beth.«

Ich schleppte meinen Koffer hinter mir her und versuchte verzweifelt, mich auf dem Weg ein wenig umzuschauen. Ich hoffte, einen Blick auf das ein oder andere Gehege erhaschen zu können, doch der Koffer forderte fast meine gesamte Aufmerksamkeit. Ich hätte sicher ein wenig nach rechts und links schauen können, aber die Peinlichkeit, dass Zoey meinen Koffer erneut hochheben musste, wollte ich mir ehrlich gesagt ersparen.

»Du kannst dein Zeug hier abstellen.« Zoey lehnte den Rucksack an eine graue Betonwand. Ich blickte an der Wand entlang und las die fett gedruckten Buchstaben über der automatischen Glastür. *Education Center*. Ich drehte mich zu Zoey, die aber schon wieder gute fünfzehn Meter weitergegangen war.

»Zoey?« Schnell joggte ich ein paar Schritte, um aufzuholen. »Stört das denn niemanden? Was ist mit den Besucherinnen und Besuchern?« Es fiel mir schwer, mit ihr Schritt zu halten, wenn sie keinen Rucksack mehr trug, der ihr Tempo bremste.

»Wir haben Montag«, sagte sie, als müsste ich wissen, was das bedeutete. Zoey drehte sich zu mir und sah wohl die Fragezeichen, die mir ins Gesicht geschrieben standen. »Wir haben montags geschlossen.«

»Oh, ach so.« Verlegen kratzte ich mich am Hinterkopf. Das hätte ich wissen müssen. Warum wusste ich das nicht?

»Das hier ist kein Test, den du bestehen musst, Tara.« Zoeys freundliche Stimme beruhigte mich, auch wenn sich das Ganze tatsächlich wie eine Prüfung anfühlte. Eine, in der ich von Sekunde eins an kläglich versagte.

»Also, warum bist du eigentlich hier? Du und Beth, ihr kennt euch?« Ich folgte Zoey um die Kurve und warf das erste Mal einen Blick in eines der großen Gehege. Sie sah erst mich an und trat dann näher an den Zaun.

»Na ja, so halb. Sie ist mit meiner Mutter zu Schule gegangen und ist … sagen wir einfach wie eine Tante für mich.« Ich stellte mich neben Zoey an die hölzerne Absperrung, die einen knappen Meter hinter dem Zaun angebracht war. In ihrer Gegenwart setzten sich die englischen Sätze viel leichter zusammen als noch vor wenigen Tagen am Flughafen. »Ich habe sie aber eine halbe Ewigkeit nicht mehr gesehen. Das letzte Mal war ich glaube ich sieben. Seitdem haben wir nur hin und wieder telefoniert.« Ich schluckte bei dem Gedanken daran, wie viel Zeit vergangen war, seit Beth uns das letzte Mal besucht hatte. Es war verständlich, dass sie nicht mehrfach im Jahr einfach mal rüber fliegen konnte. Aber irgendwann waren die Leben von Beth – die eigentlich Bettina hieß – und meiner Mutter so voll und verplant gewesen, dass die beiden, abgesehen von ihren monatlichen Telefonaten, kaum noch Zeit füreinander fanden. Und selbst die Telefonate wurden irgendwann von einer regelmäßigen Verabredung zu erfreulichen Überraschungen. Mila hatte immer gesagt, dass wir ganz sicher nicht so werden würden. Ich schluckte schwer bei dem Gedanken an meine beste Freundin. Das hatten Beth und meine Mutter sicher auch gesagt, und dann war Beth ans andere Ende der Welt geflogen. Genau wie ich.

»Also wird sie dir jetzt gleich in die Wange kneifen und überrascht feststellen, wie groß du geworden bist?« Ich hörte Zoeys Lachen und grinste ebenfalls, während ich Ausschau nach dem Schwarzbären hielt, der laut Informationsschild hier leben sollte.

»Ich hoffe nicht.« Kopfschüttelnd sah ich Zoey an, die ihren Blick recht plötzlich von mir abwandte.

»Da!« Mit dem Blick folgte ich ihrem ausgestreckten Arm, der auf einen kleinen schwarzen Punkt in der hinteren Ecke des weitläufigen Geheges zeigte. Einen kleinen schwarzen Punkt, der sich bewegte. »Das ist Dawson.« Zoey stieg auf die untere Querstrebe der Absperrung und stützte sich entspannt auf dem dunklen Holz ab. »Er war Beths erste Rettung.« Zoey schmunzelte und legte ihr Kinn auf den verschränkten Armen ab »Ihr *Ich-nehme-ihn-nur-zum-Übergang-auf-aber-eigenlich-habe-ich-kein-Wildlife-Center.*« Sie stieß sich kraftvoll ab und stützte die Hände in die Hüften. »Wie gut das geklappt hat, siehst du selbst.« Zoey bog nach rechts ab, und ich folgte ihr unaufgefordert. Mein Blick hing noch ein paar kurze Sekunden an Dawson, während ich mir die junge Beth vorstellte. Der Kies knirschte unter meinen Füßen, immer wieder zweigten kleine Seitenwege ab, die zusammen ein großes Labyrinth bildeten.

»Wohin gehen wir?«, fragte ich, weil ich mich immer wohler fühlte, wenn ich wusste, was als Nächstes passierte.

»Zu Beth«, antwortete Zoey nur. Mir entging nicht, dass sie einen flüchtigen Blick in jedes Gehege warf, an dem wir vorbeikamen. Vermutlich wusste sie genau, worauf sie achten musste, und konnte so in wenigen Sekunden sicher sein, dass es allen gut ging. Im Gegensatz zu mir. Aber ich würde es so schnell es ging lernen und jeden Tipp von Zoey dankend annehmen.

»Na gut, das war eine blöde Frage.« Kurz war ich froh, einen halben Schritt hinter Zoey zu laufen. So konnte sie nicht sehen, wie ich sie musterte. Ich hoffte einfach, dass das Mädchen mit den blauen Strähnen mich nicht für die doofe Touristin hielt, die ich vielleicht sogar war. »Wo ist Beth?«, fragte ich stattdessen schnell hinterher. Zoey zuckte wieder locker mit den Schultern, und ich bekam das Gefühl, dass sie das den lieben langen Tag tat. Warum genaue Antworten geben, wenn man auch mit den Schultern zucken konnte?

»Ich weiß es selbst nicht«, schob sie nach, weil sie vermutlich gemerkt hatte, dass ihr Schulterzucken mir nicht weiterhalf. »Das kann man nie so genau wissen.« Sie drehte sich zu mir und lief rückwärts weiter. »Sie ist hier und da. Wo sie eben gerade gebraucht wird. Wir haben zwar die hier …« – Zoey löste das Walkie-Talkie von ihrem Gürtel und drückte einen seitlichen Knopf. »Hat jemand von euch Beth gesehen?« Sie ließ den Knopf los und sah mich wieder an – »… aber meistens lässt sie das irgendwo liegen.« Das Funkgerät rauschte kurz, bevor eine fremde Stimme erklang.

»Absolut keine Ahnung, aber ihr Walkie-Talkie liegt hier auf der

Arbeitsplatte im Futterhaus.« Zoey bedankte sich und sah mich danach mit schief gelegtem Kopf an. Ein ganz klares *Siehst du*. Fehlte nur noch, dass sie erneut mit den Schultern zuckte.

»Tara!« Beth stürzte auf mich zu und schlang ihre Arme um mich. Nach knappen zehn Minuten, die wir über das Gelände geirrt waren, hatten wir den entscheidenden Tipp bekommen und sie endlich neben ihrem Werkzeugkasten kniend vor einem Gehege gefunden.

»Beth!« Ich erwiderte die Umarmung, aus der sie sich direkt wieder löste, um mich an den Schultern zu halten.

»Lass dich ansehen, mein Kind!« Ihr Blick glitt einmal über mich, während ich nur zu Zoey schielte, die das Ganze grinsend verfolgte. »Bist du gut hergekommen? Wie gefällt dir das schönste Land der Welt? Waren alle nett zu dir?« Beth löcherte mich mit Fragen und zog mich an der Hand mit sich, zurück zur Umzäunung, an der sie eben noch gekniet hatte.

»Ja, es hat alles gut geklappt.« Beth griff nach der spitzen Zange und ließ sie einmal in ihrer Hand rotieren.

»Kind, ich brauche da ein paar mehr Details.« Mit leicht vorwurfsvollem Blick sah sie mich an.

»Vielleicht muss Tara erst mal ankommen, ihr Zeug wegräumen, und du stellst ihr all diese unangenehmen Fragen nach ihrem Mittagsschlaf?« Zoey hatte die Arme vor der Brust verschränkt und verlagerte ihr Gewicht auf ein Bein. Dabei kam ihre Hüfte noch mehr zur Geltung, als es in der hoch sitzenden Arbeitshose eh schon der Fall war. Ich löste meinen Blick und dachte an das, was sie vorgeschlagen hatte. Ein Mittagsschlaf klang wirklich verlockend.

»Ach Quatsch. Tara kann mir hier zur Hand gehen.« Sie drückte mir die Zange in die Hand und kniete sich wieder vor den Zaun. »Und dabei kann sie mir erzählen, wie es ihrer Mutter geht und wie das Studium läuft.« Beth sah mich gar nicht weiter an und machte sich an dem Loch im Zaun zu schaffen. In meinem Kopf setzte sich das Puzzle zusammen. Vermutlich standen wir am Waschbärengehege und flickten wieder einmal den Zaun, nachdem Chester und Loui außerhalb ihres Geheges Abenteuer erlebt hatten. An so viel erinnerte ich mich aus unseren Telefonaten vor wenigen Tagen. Auch wenn ich absolut keine Ahnung hatte, wie ich ihr dabei helfen sollte. Ich hatte noch nie in meinem Leben einen Zaun repariert.

»Beth, wenn du mich gleich auch noch nach meinem Beziehungsstatus fragst, laufe ich direkt wieder zurück zur Fähre.« Sie hielt mit einer Hand zwei Drähte zusammen und verlangte mit der freien nach der Zange, die ich immer noch unbeholfen festhielt.

»Na gut. Ich will nur wissen, was ich so verpasst habe in den letzten 15 Jahren. Danach führe ich dich rum und zeige dir alles«, versprach sie, und ich kniete mich tatsächlich neben sie.

»Ich lass euch zwei dann mal allein«, verabschiedete Zoey sich, die ich fast vergessen hatte.

»Danke noch mal.« Sie erwiderte mein freundliches Lächeln und lief gleich darauf wieder davon.

»Du hast schon eine Freundin gefunden, wie ich sehe?« Beth zwirbelte die zwei Drähte zusammen, und langsam schloss sich das Loch, unter dem die zwei Wirbelwind-Waschbären sich ganz unbehelligt ihren Weg in die Freiheit gebuddelt hatten.

»Na ja, das ist jetzt vielleicht etwas übertrieben.« Ich reichte Beth das neue Drahtstück, das sie dankend ergriff.

»Zoey mag dich. Das sieht man.«

»Wenn du meinst …« Verwirrt zog ich die Augenbrauen zusammen, aber wenn Beth etwas konnte, dann war es Menschen zu lesen. Das war schon früher ihre beste Eigenschaft gewesen. Sie wusste immer, was in anderen vorging. Auch in mir.

»Was beschäftigt dich, Tara?« Sie bog das Ende des verbundenen Drahts zweimal um und sah mich an. Es lag keine unbegründete Sorge in ihrem Blick, sondern lediglich das Wissen, dass ich auf einer Menge Gedanken rumkaute.

»Ich bin nur ein bisschen überfordert. Ich freue mich wirklich auf all das hier, keine Frage.«

»Aber?«

»Aber es beschäftigt mich, dass Papa nicht wollte, dass ich hierherkomme. Selbst Mama hat sich quergestellt.« Es war komisch, so von meinen Eltern zu sprechen. Mit jemandem, der konkrete Bilder vor dem inneren Auge hatte, wenn ich Mutter oder Vater sagte. Beth warf die Zange in den Eimer hinter sich, wo sie mit einem Klirren auf das restliche Werkzeug fiel.

»Ich habe das Gefühl, das musst du mir heute beim Abendessen ausführlich erklären.« Ich atmete tief ein und aus, überlegte, was ich ihr alles erzählen musste, damit sie mir folgen konnte. 15 Jahre waren eine lange Zeit, und ein paar Telefonate reichten nicht aus, um auf dem Laufenden zu bleiben. »Aber jetzt räumen wir den Kram hier erst mal wieder weg, und ich zeige dir alles. Es gibt da zwei Hängebauchschweine, die dich unbedingt kennenlernen wollen.«

KAPITEL 7

Tara

Du musst mir einfach alles erzählen!

Wie war der erste Tag?

Hallo?

Bist du etwa schon mit einem sexy Ranger durchgebrannt?

Ignorierst du mich?

Erde an Tara?

Ach so … Zeitverschiebung. Vergiss, was ich gesagt habe. Schlaf gut.

Ich entsperrte mein Handy und las die Nachrichtenflut, die Mila mir über Nacht geschickt hatte. Mein Kermit-Sticker, der sich genervt gegen die Stirn schlug, war eine passende Antwort.

Ich beschloss, meiner besten Freundin noch einen ausführlichen Bericht zu schreiben, doch erst checkte ich die restlichen Benachrichtigungen, die mein Display fast sprengten. Einige unwichtige Mails, eine von der Uni, auf die ich noch antworten musste, und eine Nachricht von meinem Bruder.

> Hoffe, du bist gut bei Beth angekommen. Ist sie immer noch die verrückte Frau von damals?

Ich schmunzelte bei den Erinnerungen an die Abenteuer, die Beth mit mir und Matty immer erlebt hatte. Ich war noch keine 24 Stunden hier, doch die Zeit hatte ausgereicht, um mir sicher zu sein. Ich war erleichtert, dass sie sich kein Stück verändert hatte. Sie war immer noch die Frau, die mit uns beiden auf dem Rücken durch den Garten gerannt war und uns dabei glauben gemacht hatte, wir würden auf einem Drachen durch fremde Welten fliegen.

> Ein paar mehr Lachfältchen um die Augen, und das graue Haar steht ihr unverschämt gut. Sonst ist alles beim Alten. Sie fragt auch, wann sie dich mal wieder sieht.

Ich las seine Nachricht noch mal. Und noch mal. Matty richtete nichts von meinen Eltern aus, und ich fragte erst gar nicht nach. Man stellte keine Fragen, auf die man die Antwort nicht hören wollte.

6:37 prangte es auf meinem Sperrbildschirm, und ich rieb mir die verquollenen Augen. Ich stand gerne früh auf. Aber Beth und ich hatten offensichtlich unterschiedliche Definitionen von früh. Mein Hintergrundbild, auf dem ich und Mila nachts zu zweit auf einer winzigen Kinderschaukel saßen, wurde durch ihr Kontaktbild ersetzt, das sie selbst in meinem Handy eingespeichert hatte. Das Selfie, auf dem sie mich mit Doppelkinn und Mondgesicht angrinste, kündigte den FaceTime-Anruf an.

»Mila?«, fragte ich verwirrt, während ich mich vor meinem eigenen Anblick erschrak und Milas noch bufferte.

»Sag mal, glaubst du ein Kermit-Sticker reicht mir als Antwort?« Ihr Gesicht erschien, beleuchtet von dem orangegelben Licht der Nachttischlampe, die neben ihrem Bett stand. Zeitverschiebung war eine verrückte Sache. Während ich mich auf den neuen Tag vorbereitete und hoffte, dass die aufgehende Sonne mich wärmte, verschwand die Sonne zu Hause bei Mila gerade am Horizont, und sie würde bald schlafen gehen.

»Ich hätte dir ja noch ausführlich geantwortet.« Ich lachte und stellte das Handy mit Milas vorwurfsvoll schauendem Gesicht auf den kleinen dunklen Holzschreibtisch, der gegenüber vom Bett stand.

»So wie gestern?« Sie zog bestimmt gerade skeptisch eine Augenbraue nach oben, aber mein Blick war auf den geöffneten Koffer gerichtet, um den herum Klamotten auf dem gesamten Zimmerboden verteilt waren – wie bei einer Explosion. Zum Glück hatte ich ihn kaum zweihundert Meter schleppen müssen, da ich in Beths großem Haus auf dem Gelände unterkam. Es beruhigte mich auch, dass die Besucherinnen und Besucher hier hinten keinen Zugang hatten und es sich nicht ganz wie öffentlich präsentiertes Wohnen anfühlte. »Schlaf ist keine Ausrede, deine beste Freundin nicht mit allen wichtigen Informationen zu versorgen«, scherzte sie, während ich eine Packhilfe nach der anderen öffnete, bis ich endlich die richtige griff.

»Kurze oder lange Hose?« Milas letzten Kommentar überging ich komplett und hielt stattdessen zwei Hosen in die Kamera, die ich der Kategorie praktisch und *outdoorgeeignet* zugeordnet hatte.

»Die khakifarbene. In der sieht dein Hintern unglaublich gut aus.« Mila nickte zufrieden.

»Danke Mila, dann bin ich ja jetzt vorbereitet, wenn mir der sexy Ranger über den Weg läuft, mit dem du mich verkuppelst, seit du von Kanada weißt.«

»Du musst einfach immer vorbereitet sein«, antwortete sie nur und ließ sich noch ein bisschen tiefer ins Kissen sinken.

»Mhmm, ist klar.« Das Brummen ging halb in meinen Gedanken unter. Tatsächlich war die khakifarbene die klügere Wahl. Das Thermometer an der Außenseite meines kleinen Fensters zeigte gerade mal 7 Grad an. Möglicherweise würde ich später in der Sonne schwitzen, aber jetzt war die lange und hoffentlich warme Hose meine Rettung.

»Ich glaube nicht, dass ich das sage …« Ich streifte mir meine dünne Pyjamahose von den Hüften und schlüpfte in frische Unterwäsche. »Aber ich wünschte, ich hätte eine dieser Hosen, die mein Vater auch hat. Diese mit den komischen Reißverschlüssen gleich über dem Knie, um für jedes Wetter vorbereitet zu sein.« Nachdem ich Reißverschluss und Knopf geschlossen hatte, drehte ich mich einmal und begutachtete mich selbst im Spiegel. Mila hatte recht, mein Hintern sah in dieser Hose wirklich verdammt gut aus.

»Das ist so deutsch, ich glaub, ich muss kotzen.« Mila schüttelte entsetzt den Kopf.

»Deutsch, aber praktisch.« Schulterzuckend sah ich zurück zu meiner besten Freundin. Ich konnte nichts dagegen machen. Vielleicht würde ich in einem Outdoor-Shop im Zentrum von Nanaimo so eine Hose finden. Wenn ich sie kaufte, durfte ich das bloß Mila nicht erzählen.

»Wie geht's dir? Plagt dich schon die unerträgliche Sehnsucht nach mir?« Ich zog den Gürtel durch die Schlaufen und sah meine beste Freundin an. Es tat gut, ein so selbstverständliches Gespräch zu führen, das mich nicht all meine Gehirnleistung kostete.

»Selbstverständlich!« Mila lachte, und ganz automatisch breitete sich auch ein Lächeln auf meinem Gesicht aus. »Ich bin nur unglaublich neidisch auf dich, dass du dich nicht mit den Themen für deine Hausarbeiten auseinandersetzen musst …« Sie verdrehte die Augen. Ich war tatsächlich froh, bisher keinen Gedanken an die Uni verschwendet zu haben. »Vielleicht buche ich mir doch spontan ein Ticket, einfach nur um dieser Folter zu entkommen.« Ich legte den Kopf schief und stellte mir für einen kurzen Moment vor, wie es wäre, wenn Mila mit mir hier wäre.

»Also?« Gerade zog ich mir das schwarze Nirvana-Shirt über den Kopf, das ich mir aus Mattys Schrank geklaut hatte. Es fühlte sich richtig an, ihn an meinem ersten Tag hier bei mir zu haben. »Zurück zu den wichtigen Fragen, du lenkst mir zu sehr ab. Wie war dein erster Tag?«

»Kurzfassung?«, fragte ich an Mila gerichtet, wartete ihre Antwort aber nicht ab, da für mehr sowieso keine Zeit mehr blieb. »Gestern war es ziemlich überwältigend, aber gut. Ich arbeite heute zusammen mit Zoey – 22, blonde Haare mit blauen Spitzen, ihr würdet euch super verstehen –, die mir alle Aufgaben zeigt, die ich in den nächsten Wochen übernehme. Zoey ist cool, wir mögen Zoey.« Ich warf meinen flauschigen Hoodie über und zog die Ärmel zurecht. Dann griff ich mein Handy und hielt mir die Kamera näher ans Gesicht, das man mit der aufgehenden Sonne immer besser erkannte. »Viel mehr gibt es gar nicht. Ich hab ein bisschen Respekt vor den großen Tieren, aber das kriege ich schon hin. Ich muss ja nicht gleich einen Bären operieren, sondern erst mal die freche Sparvariante füttern.« Ich lachte über meinen eigenen Witz, und war mir sicher, die beiden aufgeweckten Waschbären warteten schon auf ihr Frühstück. Erst mal musste ich mich aber um mein eigenes kümmern. Zumindest eine große Tasse Kaffee musste ich irgendwo auftreiben.

»Das klingt echt so spannend, Tara. Wenn ich mich gerne draußen aufhalten würde und kein Problem mit Dreck an den Fingern hätte, wäre ich echt neidisch auf dich.« Wir lachten beide, und ich vermisste meine beste Freundin jetzt schon.

»Bist du aufgeregt?« Ich ließ mich aufs Bett sinken und starrte auf die Schlappen an meinen Füßen, die ich unten durch festeres Schuhwerk ersetzen würde.

»Definitiv«, gab ich leiser zurück als beabsichtigt.

»Das ist gut.« Ich zog die Augenbrauen zusammen, stellte mein Handy wieder vor mich und sah in ihr Gesicht, das klein auf meinem Bildschirm leuchtete. »Das heißt, dass es immer noch das Richtige ist.«

»Aha«, brummte ich nur und war mir da nicht so sicher. Wie konnte es das Richtige sein, sich mit seinen Eltern so sehr zu verkrachen, dass sie sich nicht einmal erkundigten, ob man gut am anderen Ende der Welt angekommen war?

»Ich weiß, das sagt sich von hier aus so einfach.«

»Gut erkannt.« Ich stand auf und heftete das Walkie-Talkie, das Zoey mir gestern gegeben hatte, an meinen Gürtel.

»Aber denk doch mal nach«, fing meine beste Freundin wieder an.

»Ich mache doch den ganzen Tag nichts anderes, Mila.« Der Drang, mich einfach wieder geschafft aufs Bett plumpsen zu lassen, war groß, doch ich widerstand ihm. Teils, weil ich mich auf meinen ersten Arbeitstag freute, teils, weil ich stehen bleiben und nach unten laufen musste, um an Kaffee zu kommen.

»Na gut, dann nehme ich meine soeben geäußerte Aufforderung zurück und möchte sie durch folgende ersetzten: Denk nicht zu viel nach.« Ich schüttelte nur den Kopf.

»Du bist doch echt nicht normal.« Ich ging zum Schreibtisch und nahm mein Handy in die Hand.

»Ach, was ist schon normal?« Mila zuckte mit den Schultern, und ich hoffte, dass wir hier keine Grundsatzdiskussion aufmachen würden. Dazu war es zu früh und ich zu spät dran. »Aber mal im Ernst: Denk dir nicht alles kaputt. Was hat uns *Grey's Anatomy* immer gelehrt? Die Gelassenheit, Dinge hinzunehmen, die man nicht ändern kann, den Mut, Dinge zu ändern, die man ändern kann und die Weisheit, das eine von dem anderen zu unterscheiden.«

»Das ist das Gebet der Anonymen Alkoholiker.« Ich verdrehte die Augen, ließ mir ihre Worte aber dennoch durch den Kopf gehen.

»Ist doch egal, dann haben wir es eben mal auf die nicht ganz so anonymen Zerdenkerinnen übertragen.« Wieder musste ich lachen und war froh, dass Mila mich tatsächlich aufheiterte.

»Fit check«, wies sie mich aus dem Nichts an. Gehorsam stellte ich mein Handy wieder ab, trat ein paar Schritte zurück und präsentierte Mila mein Outfit von allen Seiten. Dunkle grüne Hose, dunkler Hoodie und zwei holländisch geflochtene Zöpfe. Total unspektakulär und doch passend. »Du bist einfach 'ne Schnitte Tara, da kann man nichts machen.« Ich lachte und beugte mich zu Mila vor.

»Danke, danke.« Ich schüttelte den Kopf und blickte auf die Uhr, die oben rechts in der Ecke auf 6:58 sprang. »Mila, ich muss wirklich los.«

»Jaja, viel Spaß beim Zu-früh-Kommen. Erzähl dann später, wie dein erster Tag war.« Ich nickte. Beeilen musste ich mich mit Updates allerdings nicht, da Mila den Großteil meines Arbeitstages verschlafen würde. Wir verabschiedeten uns, ich ließ das Handy in meine Hosentasche gleiten und zog die Zimmertür hinter mir zu.

Fast zwei Stunden hatten Zoey und ich damit zugebracht, durch das *Rescue Center* zu gehen und an jedem Gehege Halt zu machen. Jetzt standen wir vor dem Luchsgehege und starrten durch das Gitter.

»Das ist Robert.« Zoey war auf die erste Stufe der hölzernen Absperrung geklettert und lehnte mit den Unterarmen auf dem runden Balken. »Er wurde 2012 in Radium, British Columbia, gefunden und ist seitdem bei uns.« Ich lehnte mich ebenfalls gegen das helle Holz und blickte quer durch das große Gehege, genau zu der Stelle, an der ein hell getigerter Luchs im Schatten lag. Sicher würde er später, wenn die Sonne stärker wurde, in seine kühle Höhle verschwinden.

»Was ist passiert?«, fragte ich Zoey, da ich mittlerweile wusste, dass es grundsätzlich das Ziel war, die Tiere wieder auszuwildern. Als Antwort deutete Zoey nur auf Robert, der sich gerade von seinem gemütlichen Platz erhob und ein paar Schritte durch das hohe Gras schlenderte.

»Oh«, formte mein Mund den ersten Gedanken. Ich erkannte, dass der stämmige Luchs nur drei Beine hatte, bevor er sich wieder ins Gras plumpsen ließ.

»Ja.« Zoey klang bedrückt. »Er wurde ohne Fuß gefunden und war schwer verletzt. Die Infektion war so weit fortgeschritten, dass sie ihn nur noch durch eine volle Amputation des Beins retten konnten.« Sie stieg vom Geländer, wobei der Kies unter ihren Schuhen knirschte.

»Deshalb musste er hierbleiben«, schlussfolgerte ich, denn ich konnte mir nicht vorstellen, dass ein Luchs mit nur drei Beinen Überlebenschancen in der Wildnis hatte. Zoey nickte nur und streckte sich dann ganz weit nach oben, bis ich einige Wirbel in ihrem Rücken knacken hörte. Ich sah wieder zu Robert, der gerade dabei war, sich im Sand zu wälzen und dabei einige Staubwolken aufwirbelte. »Mein Gott, er ist echt so süß.« Er erinnerte mich an unsere Katze Smarty, mit der ich jahrelang im Garten gespielt hatte. Nur eine sehr, sehr große Version von Smarty.

»Lass dich nicht täuschen.« Zoey lachte leise und ging den Weg entlang Richtung Informationszentrum. So viel hatte ich mir schon merken können. »Die Tierchen können richtig aggressiv sein und erlegen auch ohne Probleme Beute, die deutlich größer ist als sie selbst.« Ich verzog mein Gesicht beim Gedanken daran, wie Robert sich auf ein Reh stürzte. Es waren eben doch keine Hauskatzen und Meerschweinchen, sondern Wildtiere.

Eine halbe Stunde und noch mehr Infos, die mein Gehirn überfluteten, später, standen wir am schmalen Metalltor, Zoey schon eine Hand am Öffner.

»Raven ist relativ zahm, da passiert dir nichts, aber du solltest trotzdem nicht unbedingt versuchen, sie zu streicheln.« Ich nickte und folgte Zoey kurz darauf in das Gehege des kleinen Rotfuchses. Nachdem ich einen groben Abriss über die Tiere bekommen hatte, stand jetzt die Versorgung eines kleinen Sorgenkinds an.

»Wir werden sie mit etwas Futter anlocken und uns dann erst mal einen Überblick verschaffen.« Ich nickte wieder und hockte mich neben Zoey, um Raven nicht zu viel Angst einzuflößen. Sie griff in den kleinen Eimer und warf ein Stück Fleisch auf eine offene Fläche in etwa zwei Metern Entfernung. Es dauerte nur einige Sekunden, da kam Raven auch schon aus ihrem kleinen Versteck getapst.

»Hattest du nicht gesagt, sie ist ein …«

»Rotfuchs?«, beendete Zoey meine Frage und sah mich schmunzelnd an. Ich sah zurück auf das weiß-grau melierte Fellknäuel und zog fragend die Augenbrauen nach oben.

»Aber …«, stotterte ich nur und sah Raven dabei zu, wie sie das kleine Stück Fleisch beschnupperte.

»Seltene Färbung, die durch Zucht entstanden ist. Sie ist über ein Projekt der *SPCA and Humane Society* aus Quebec zu uns gekommen.«

»Da!«, flüsterte ich aufgeregt und zeigte auf Ravens linkes Hinterbein. »Siehst du, wie sie jegliche Belastung von ihrem Hinterlauf nimmt und ihr Gewicht rüberkippt? Es ist schwer, das von hier aus zu beurteilen, aber bei einer ernsten Fraktur könnte sie das Bein nicht so knicken. Ich gehe aktuell von einem Splitter in der Pfote aus, der sich eventuell entzündet hat.« Ich dachte an eine Schicht mit meinem Vater zurück, in der ich genau das von ihm gelernt hatte. Nur, dass unser Patient ein alter Rauhaardackel gewesen war, kein weißer Rotfuchs. Da Zoey immer noch schwieg, drehte ich mich zu ihr. Sie starrte mich aus weiten Augen an. Kurz verunsicherte mich ihr Blick, aber dann hoben sich zum Glück ihre Mundwinkel.

»Ich glaube, ich habe mich gerade verliebt.« Zoeys schiefes Grinsen verwirrte mich, und ich legte den Kopf zur Seite. »Wo hast du das alles gelernt? Und jetzt sag nicht eine schnelle Google-Suche. Dann muss ich ernsthaft meine Millennial-Google-Kompetenzen überdenken.« Ich lachte leise auf und beobachtete Raven wieder, um weitere Anhaltspunkte für meine Vermutung zu finden.

»Ich studiere Tiermedizin.« Raven schlang das Stück Fleisch hinunter und sah uns danach aus schwarzen Kulleraugen heraus an. Ein klares Zeichen, dass sie noch mehr von Zoey erwartete. »Und meine Eltern haben eine Praxis, in der ich mitarbeite, seit ich 14 bin.« Ich dachte zurück an die Zeit, in der ich mir mit Kalenderorganisation am Empfang und Krallenschneiden bei Meerschweinchen mein Taschengeld aufgebessert hatte.

»Das ist ja so unfassbar cool!« Zoey wurde so überschwänglich, dass der kleine Rotfuchs verschreckt ein paar Schritte zurückwich. Wir versuchten, uns noch ein wenig kleiner zu machen.

»Ja«, sagte ich lediglich und versuchte mich nicht zu sehr in meine Gedanken ziehen zu lassen. Es war wirklich cool. Wenn man mal davon absah, dass meine Eltern Erwartungen an mich formulierten, die ich nie würde erfüllen können. Aber das hier war nicht der Zeitpunkt, um darüber nachzudenken und mich davon runterziehen zu lassen.

»Also …« Entschlossen sah ich Zoey an und verdrängte den Gedanken an meine Eltern. Ich fühlte mich wohl, war in meinem Element und würde mir das nicht von meinen Eltern, die sich mir nicht erklärten, nehmen lassen. »… dann schauen wir doch mal, ob wir der kleinen Maus helfen können.« Zoey lachte auf, und ich folgte ihrem Blick zum zweiten Stück Futter, das sie immer noch in ihrer behandschuhten Hand hielt.

»Also der Maus hier ist nicht mehr zu helfen.« Ich schüttelte den Kopf bei ihrem schlechten Witz über die tote Maus, die gleich verfüttert werden würde, konnte mir das Lächeln aber nicht verkneifen. »Aber versuchen wir doch einfach dem Fuchs hier zu helfen.«

KAPITEL 8

Jaimie

»Hier in etwa muss es sein.« Die braunhaarige Frau zeigte auf den kleinen Steg im Hafen und verschränkte dann wieder die Arme vor der Brust, um sich vor dem kühlen Meerwind zu schützen.

»Danke.« Die alten Planken knarzten unter meinem Gewicht, und der Steg wog sich leicht in den Wellen, die immer wieder dagegen schlugen. Ich blickte mich in der kleinen abgelegenen Bucht um, zu der ich etwas mehr als eine Stunde rausgefahren war. Drei kleine Motorboote waren im seichten Wasser verankert und wippten mit jeder Welle auf und ab.

»Und sie wurden vom *Rescue Center* geschickt, ja?« Ich presste die Lippen aufeinander und nickte knapp. Wer sollte sonst über die Insel düsen und zufällig fragen, ob hier ein Tier gerettet werden musste.

»Ja, Mam«, antwortete ich gepresst und wendete mich ab, damit sie nicht sah, wie ich die Augen verdrehte.

»Wie gesagt, es hat die ganze Nacht gequäkt, irgendwas ist da ganz sicher.« Ich nickte erneut, während sie die Infos runterratterte, die Beth mir schon am Telefon gegeben hatte.

»Na, dann schauen wir uns das mal an.« Ich krempelte die Ärmel meines dunkelgrünen Hemds hoch und kniete mich auf den Steg.

»Ach Gott, ich bin ja ganz gespannt. Mein Mann und ich

machen Urlaub hier. Draußen kann man so schön fischen …« Sie zeigte auf das große Haus, das direkt am Ufer stand. »Niemals hätte ich gedacht, dass wir so etwas Spannendes erleben werden. Das müssen wir den Enkelkindern erzählen, wenn wir zurück sind. Die werden sich vielleicht freuen.«

»Echt? Sie werden sich freuen, dass wir hier vielleicht ein verwaistes Tierbaby haben, das ohne unsere Hilfe morgen früh schon tot wäre?« Die Frau starrte mich an und wischte sich schnaubend eine Haarsträhne aus dem Gesicht.

»Ich … kann ich was tun?« Ich schüttelte nur den Kopf und legte mich mit dem Bauch auf den wackeligen Steg.

»Sie können vor allem den Mund halten.« Sie riss die Augen weit auf, und ich atmete tief ein. So fies hatte ich das gar nicht klingen lassen wollen. »Sonst verschrecken wir womöglich das kleine Findelkind.« Ich legte mir den Zeigefinger auf die geschlossenen Lippen, und sie nickte. Immerhin hatte sie meine Anweisung schnell verstanden. Ich rutschte an die Kante des Stegs und lehnte mich so weit es ging drüber. Mein Blick glitt über das Wasser unter dem Steg, und ich suchte alles nach der möglichen Quelle des nächtlichen Gequäkes ab. Ich hoffte zwar nicht darauf, schon wieder einen neuen Patienten zu Beth zu bringen, aber wenn die ganze Nacht tierisches Geheule zu hören war, das sich nicht von Menschen verschrecken ließ, war das nie ein gutes Zeichen.

»Hallo, mein kleines Kerlchen.« Meine Stimme veränderte sich ganz automatisch, und ich redete, als würde ich in den Kinderwagen eines Freundes schauen und sein Kind begutachten. Nur, dass ich keine Freunde mit Kindern hatte. Zum Glück.

»Was ist dir denn passiert, hmm?« Das kleine Otterbaby schwamm aufgeregt zwischen zwei Pfählen hin und her. Hier stimmte etwas ganz und gar nicht. Otterbabys waren ohne ihre Mutter kaum überlebensfähig und wurden nur selten für wenige

Minuten aus den Augen gelassen, wenn die Mutter nach Muscheln oder anderen Snacks tauchte – um nicht selbst zu verhungern, bei all der Milch, die sie produzierte. Wenn es die ganze Nacht schon allein hier war, steuerten wir bald schon auf einen kritischen Punkt zu. Ich beobachtete ihn, wie es immer wieder umher paddelte, nur um dann doch zurück zu einer kleinen geschlossenen Ecke unter dem Steg zu schwimmen.

»Was …« Aber in diesem Moment trieb eine größere Pfote hinter dem Pfahl hervor. Eingewickelt in helles Fischernetz. Aufgeregt blickte ich hin und her, veränderte den Winkel, in dem ich lag, um besser in die dunkle Ecke schauen zu können und folgte mit dem Blick dem weißen Netz unter Wasser, bis ich bei dem festgetauten Boot ankam und mein Verdacht sich bestätigte. Ich wollte am liebsten gegen etwas schlagen, das Boot zu Kleinholz verarbeiten, aber der kleine Notfall war wichtiger. Ich würde später jemanden anschreien. Vielleicht sogar das ältere Pärchen, das für all das hier verantwortlich war. Sie hatten das Fischernetz nicht richtig eingeholt, es trieb im Wasser. Zusammen mit der toten Ottermutter, die sich darin verfangen hatte und wahrscheinlich ertrunken war. Gott, ich hasste Menschen. Ich richtete mich auf, öffnete die kleine Transportbox und wickelte das Handtuch um meine Hand. Das Otterbaby war zu jung für einen Muschelköder und trank vermutlich noch Milch bei seiner Mutter. Zumindest bis gestern Abend. Ich tätschelte einige Male das Wasser, um seine Aufmerksamkeit zu erregen.

»Komm her, mein kleiner Freund, ich will dir nur helfen.« Ich schätzte die Breite des Stegs ab und hoffte, dass es funktionierte. Kaum ein halber Meter, den der Otter mir entgegenschwamm, würde reichen. Dann könnte ich in einer schnellen Bewegung reingreifen und ihn mit dem Handtuch packen. Dann wäre es geschafft.

Tatsächlich ging alles ganz schnell. Das neugierige Baby schwamm auf mich zu, und ohne selbst baden zu gehen, verstaute ich den Otter in der Transportbox. Ich sicherte das Schloss, richtete mich auf und klopfte mir den Dreck von der Kleidung.

»So, dann gucken wir mal, dass wir dich versorgt kriegen.« Mein Lächeln erstarb, als ich den neugierigen Blick der alten Dame sah und mich daran erinnerte, warum ich hier war.

»Dürfte ich schnell ein Foto machen? Für die Enkelkinder?« Sie zückte ihren Fotoapparat und sah mich fragend an.

»Nein«, entgegnete ich nur und biss mir auf die Lippe. »Sie können ihnen aber berichten, dass Sie für den Tod der Mutter dieses Kerlchens hier verantwortlich sind.« Ich schnaubte und mahlte einige Sekunden mit dem Kiefer. »Schönen Tag noch«, sagte ich, ohne auch nur ein Wort davon zu meinen, und ließ sie einfach stehen. Ich hatte andere Probleme, und eines davon wälzte sich in der kleinen Transportbox in meiner Hand.

Die Bremsen quietschten, und der Kies knirschte unter meinen Reifen, die abrupt zum Stehen kamen.

»Auf geht's, kleiner Kerl, wir sind da.« Ich stieg aus, lief um den Truck herum und zog das Tuch von der Ladefläche. Der kleine Seeotter, der die Stunde hierher ziemlich gut überstanden hatte, schaute mich verängstigt an. Möglichst ruhig hob ich den Käfig von der Ladefläche runter.

»Alles gut, Kleiner«, versuchte ich das Jungtier mit möglichst sanfter Stimme zu beruhigen. Kurz fragte ich mich, ob ich hier überhaupt ein Männchen aufgegabelt hatte oder ob ich eine *Kleine* fälschlicherweise *Kleiner* nannte. Nur wenige Schritte trennten mich vom Hintereingang, und ich konnte an den geparkten Autos sehen, dass sowohl Beth als auch Zoey da waren. Von unserem Tierarzt Ryan fehlte allerdings jede Spur. Ich wuchtete die Tür auf und federte sie ab, damit der laute Knall das flauschige Otterbaby nicht erschreckte.

»Wen haben wir denn da?« Zoey sprang vom großen Tisch im Gemeinschaftsraum auf, in dem ich abwartend stand.

»Einen neuen Dauergast, fürchte ich.« Mein Blick wanderte zu dem Hinterbein, das dem kleinen Tier sichtliche Schmerzen bereitete. Das hatte ich erst bemerkt, als ich den Babyotter bereits verladen hatte. Armes Kerlchen. Erst die Mutter verlieren und jetzt auch noch solche Schmerzen haben.

»Wo ist Ryan?« Ich suchte den Raum nach ihm oder jemand anderem Brauchbaren ab, blieb jedoch an der Frau mit den geflochtenen Zöpfen hängen, deren Uber mir gestern die Einfahrt versperrt hatte. Na toll. Das hatte mir gerade noch gefehlt.

»Ausgeflogen«, antwortete Zoey knapp und hatte sich schon zum Käfig hinuntergebeugt, der auf dem dunklen Holztisch stand. Eigentlich hätte es mich nicht wundern dürfen, da er nur wenige Stunden in der Woche bei uns war. Aber genau jetzt weg zu sein, war einfach unpraktisch. Die Neue stand auf, zückte ihr Handy und kam einige Schritte auf uns zu.

»Keine Fotos.« Sie zuckte bei meinen Worten kaum merklich zusammen, aber das störte mich nicht. Sollte sie ruhig wissen, was ich vom unnötigen Fotowahn fremder Touristinnen hielt. Das Foto würde sicher auf einer aussagelosen Instagramseite landen. Am besten noch mit #armerkerl #ichhabeeinotterbabygerettet. Sie starrte mich einfach an, bewegte das Handy in ihrer Hand nicht.

»Ich wollte Beth anrufen.« Ihre Stimme klang ruhig und gefasst und stand in einem deutlichen Kontrast zu ihrer verunsicherten Körperhaltung.

»Das ist eine gute Idee, Tara.« Zoey lächelte Tara an, die direkt konzentriert auf ihrem Handy herumtippte und sich von uns abwandte, als sie zu telefonieren begann.

»Musst du eigentlich immer so ein Arsch sein?« Zoeys musterte mich mit einem Todesblick. Ich schluckte und zuckte gleichgültig mit den Schultern.

»Beth ist unterwegs.« Tara hielt ihr Handy mit beiden Händen umklammert und sah unsicher von Zoey zu mir und zurück zu Zoey.

»Danke.« Zoey trat vom Käfig weg und stellte sich neben Tara »Da hast du dir ja einen tollen Tag ausgesucht, um hier anzufangen. Gleich das volle Programm.« Ich verschränkte die Arme vor der Brust und musterte Tara ausgiebig. Sie ging mir jetzt schon auf die Nerven, und ich wusste nicht einmal warum. »Wir bekommen zum Glück nicht zu häufig neue Schützlinge, aber in letzter Zeit kommt fast monatlich jemand hinzu.« Zoey schnaubte deprimiert, und ich schluckte meinen Kommentar über die Schuld der Menschen runter. Fürs Erste zumindest. Taras Blick traf meinen, ehe sie ihre Aufmerksamkeit zurück auf unseren kleinen Patienten richtete.

»Ich könnte …« Doch weiter kam sie nicht, da Beth durch die Tür stürmte.

Tara

»Was ist das Problem?« Die Tür fiel hinter Beth ins Schloss, die sich noch während ihrer Frage die grauen Wellen im Nacken zusammenband.

»Menschen sind das Problem«, erwiderte der groß gewachsene, gut gebaute Mann grummelig. Erst jetzt wurde mir klar, dass er mich bereits angepflaumt hatte, ich aber nicht mal seinen Namen kannte.

»Jaimie …« Beth legte den Kopf schief und sah ihn eindringlich an »Was ist passiert?« Sie griff den Käfig und trug ihn in den Nebenraum. Wir folgten ihr in das sporadisch ausgestattete Behandlungszimmer. Ich sah mich um, konnte ein paar Kisten mit sterilem Verbandmaterial und handelsüblichen Nahrungsergänzungsmitteln, die man bei Mangelerscheinungen verabreichte, ausmachen. Die Medikationen und Utensilien für simple Blutuntersuchungen waren wohl in den Wandschränken verstaut – hoffte ich zumindest.

»Ich könnte …«, begann ich erneut, stellte jedoch schnell fest, dass noch zu viel Aufregung und Klärungsbedarf herrschte, bevor mein Hilfsangebot auf offene Ohren stoßen würde. Beth hörte nicht einmal Jaimie richtig zu, der ihr davon erzählte, wie er das hilflose Otterbaby in einer kleinen Bucht außerhalb von Nanaimo aufgegabelt hatte.

»Die Mutter hat sich in einem Fischernetz verheddert und ist vermutlich ertrunken. Aber das kleine Kerlchen ist viel zu jung, um allein zu überleben.« Jaimie fuhr sich durch die dunkelblonden Haare, die wild in alle Richtungen abstanden, und beobachtete jeden von Beths Handgriffen. »Und erst recht nicht mit diesen Verletzungen. Ich vermute mal, er hat sich auch im Netz verhakt, weil er immer wieder zu seiner Mutter geschwommen ist. Das Netz hat jedenfalls tief in sein Hinterbein eingeschnitten. Direkt über der Pfote. Diese Menschen haben einfach nicht nachgedacht und interessieren sich vermutlich nicht mal dafür, dass sie …«

»Jaimie«, unterbrach Zoey ihn, auch wenn ihre Augen voller Mitgefühl waren.

»Was denn?« Er warf die Arme nach oben »Ist das denn so abwegig?« Keiner von uns sagte etwas. Beth hatte sich inzwischen Handschuhe übergezogen, starrte unseren Patienten aber doch nur weitere Momente unsicher an. Die kurze, unangenehme Stille nutzte ich aus.

»Ich könnte dir helfen, oder ihn mir auch einfach mal kurz ansehen.« Aber Jaimie grätschte dazwischen. Noch bevor die Worte seinen Mund verließen, wusste ich, was kommen würde. Sein angewiderter Blick sagte mir alles, was ich wissen musste.

»Was willst du denn da jetzt mitmischen? Das ist dein erster Tag hier.«

»Was ist eigentlich dein scheiß Problem?« Herausfordernd sah ich ihn an. Jaimie wich einen Schritt zurück, sichtlich überfordert mit meinem Gegenangriff. »Du marschierst hier rein, hast nur Müll zu mir zu sagen und kannst jetzt nicht mal Hilfe annehmen, wo du sie doch ganz offensichtlich so dringend brauchst.« Ich war mir der Blicke von Beth und Zoey bewusst, aber es hätte mir nicht egaler sein können. Jaimie mahlte mit dem Kiefer, sah mich eindringlich an, aber ich dachte gar nicht daran, einzuknicken. Das konnte dieser arrogante Mistkerl sich sonst wohin stecken. Er schluckte und atmete dann hörbar laut aus. War mir egal, ob der Blödmann sich zusammenreißen musste. Sollte er ruhig etwas Dummes sagen, meine Herzfrequenz glich sowieso schon der eines Meerschweinchens. Jaimie öffnete den Mund, ließ seinen Blick abschätzig über mich gleiten und stockte. Er legte seine Lippen wie in Zeitlupe aufeinander, während sein Blick an meinem schwarzen Shirt mit übergroßem Nirvana-Aufdruck hängenblieb. Es war mir unangenehm, dass er auf Mattys Shirt starrte, das jetzt meins war. Jaimie stand da wie erstarrt, fand aber schließlich die Sprache wieder.

»Da du ja so offensichtlich weißt, was ich oder gleich jeder hier braucht, schafft ihr das sicher auch allein. Meldet euch, wenn was ist.« Mit diesen Worten drehte er sich um und war schneller zur Tür hinaus, als eine von uns reagieren konnte. Was zur Hölle war das denn?

»Glückwunsch, jetzt hast du auch Jaimie kennengelernt.« Zoey klatschte in die Hände und sah mich an, als hätte ich mich nicht gerade mit einem Wildfremden gestritten.

»Tut mir leid, Tara«, wandte sich Beth wieder an mich. Unsicher, was folgen würde, sah ich sie fragend an. »Ich vergesse manchmal, wie viel Erfahrung du schon hast.« Lachend schüttelte sie den Kopf. »Bitte, sieh ihn dir gern an. Ich hab zwar nach den Jahren die Basics drauf, aber normalerweise überlasse ich die großen Sachen Ryan. Du bist sicher die bessere Alternative, bis er hier sein kann.« Beth trat vom Käfig weg und sah mich an. Sie vertraute mir. Sie traute mir das hier zu.

»Also Frau Doktor«, begann Zoey mit hörbarem Schmunzeln in der Stimme »Wie können wir helfen?«

KAPITEL 9

11.07.2022

»Passt auf euch auf, Jungs.« Dad klopfte Josh auf die Schulter und sah mich sanft lächelnd an.

»Wir sind nur knapp zwei Wochen weg, Dad. Danach müssen wir sowieso zurück auf den Campus«, entgegnete mein kleiner Bruder kopfschüttelnd. »Außerdem wird Jaimie garantiert konstant den großen Bruder raushängen lassen.« Genervt sah er mich an, was ich mit einem lockeren Schulterzucken beantwortete. Da musste er durch, es war mein Job als großer Bruder, ihm auf die Nerven zu gehen. Genauso wie es mein Job war, ihn zu beschützen.

»Jaimie wird vor allem gleich ohne dich losfahren, wenn du noch länger trödelst.« Ich lehnte im Türrahmen und verschränkte die Arme vor der Brust. Mom war schon heute Morgen zur Arbeit aufgebrochen, dementsprechend kurz fiel die Verabschiedung aus. Wobei ich schon vorher jede Wette eingegangen wäre, dass Dad uns aufhalten würde.

»Dad, wenn wir fürs neue Semester am College weg sind, sind das doch auch mehr als zwei Wochen.« Josh sah mich an, während mein Dad nur abwinkte.

»Das ist doch nicht dasselbe.« Dad klang wenig überzeugt. Fragend sah ich ihn an. Ehrlich gesagt war es das. Josh war gerade mal etwas mehr als ein Jahr jünger als ich und studierte seit diesem Semester mit mir an der VIU auf Vancouver Island. Zur VIU fuhr man von unserem kleinen Vorort nahe Edmonton weit über 1 000 Kilometer und in einen anderen Staat.

»Sei doch lieber froh, dass wir unsere Semesterferien nicht in Miami Beach verbringen.« Josh lächelte unseren Dad an und schulterte den schweren Rucksack, aus dem er die nächsten zwei Wochen leben würde.

»Genau«, stimmte ich meinem kleinen Bruder ausnahmsweise zu. »Backpacking auf dem West Coast Trail ist so ziemlich das Gegenteil von Miami Beach.« Kurz dachte ich an meine ersten Semesterferien zurück. Ich hatte mich von meiner Freundin überreden lassen, mit einer Gruppe von Freunden feiern zu gehen. Es war die schlimmste Woche meines Lebens, und danach hatte ich mich nicht nur vom Alkohol, sondern auch von meiner Freundin getrennt. Sie hatte sich sowieso den gesamten Urlaub darüber beschwert, was für ein gigantischer Langweiler ich war.

»Echt jetzt?« Josh drängte sich an mir vorbei, aber ich legte meine flache Hand auf seine Brust und musterte sein Shirt mit hochgezogenen Augenbrauen.

»Ist doch cool!« Josh zuckte nur mit den Schultern und präsentierte mir das schwarze Shirt mit verwaschenem Nirvana-Aufdruck.

»Nenn mir einen einzigen Song von Nirvana«, forderte ich ihn auf, aber mein kleiner Bruder legte nur den Kopf schief.

»Ach, darum geht es doch gar nicht.« Er lachte, und ich ließ mich anstecken.

»Und worum dann?« Ich verschränkte die Arme vor der Brust »Um die tolle Isolierung und Funktionalität, die dir auf dem Trail helfen wird?«

»Weißt du was, Jaimie?« Josh schüttelte den Kopf und drückte sich jetzt doch an mir vorbei. »Du musst dringend mal entspannen. So bist du ja nicht auszuhalten.«

Zwanzig Minuten später saßen Josh und ich endlich im Auto. Jetzt fuhren wir endlich aus der Stadt und waren auf dem Weg in den *Pacific Rim National Park*. Zwei Wochen weder an den Alltag noch den Unistress denken. Das konnte ich jetzt wirklich gebrauchen.

»Weißt du, woran ich letztens erst gedacht habe?«, fragte Josh. Ich spürte seinen Blick auf mir, konzentrierte mich aber weiter auf die Straße vor mir.

»Nein, aber ich nehme an, du wirst es mir gleich verraten.« Josh verdrehte genervt die Augen, doch ich kannte ihn gut genug, um das gerade von echter Genervtheit zu unterscheiden.

»Ich habe an unsere Sommer auf dem Mount Cartier gedacht, und dass ich echt gern mal wieder eine Nacht in dem Fire Lookout oben auf dem Gipfel verbringen würde.« Noch während Josh redete, formten sich Bilder vor meinem inneren Auge. Erinnerungen an vergangene Sommer voller Wanderungen, Abkühlungen im See und Schneeballschlachten im Shirt auf den breiten Schneefeldern, gegen die die Sonne nicht ankam. Das unbeschwerte Gefühl breitete sich in mir aus, wann immer ich an die Zeit mit meiner Familie in den Bergen dachte.

»Wir können ja auf dem Rückweg einen Abstecher machen«, schlug ich schulterzuckend vor.

»Na klar, ein Trail in der kanadischen Wildnis, ein Umweg in die Rockies. Alles kein Problem für Jaimie.« Mein Bruder boxte mir leicht gegen die Schulter, und ich lachte auf.

»Na klar.« Kurz schielte ich zur Seite und sah, dass Josh ebenfalls lächelte. »Ich hoffe nur, dass der Ort sich nicht allzu sehr verändert, bis wir das nächste Mal da sind.« Ein kleines, unscheinbares Grinsen breitete sich auf meinem Gesicht aus.

»Ich hoffe, dieser Ort verändert sich niemals.« Joshs Stimme hörte ich an, dass er wieder in alten Erinnerungen hing. Also ließ ich ihn fokuslos aus dem Fenster schauen, während ich den Wagen sicher ans Ziel brachte. Bereit für unvergessliche Semesterferien mit meinem kleinen Bruder.

KAPITEL 10

Tara

Handy, Walkie-Talkie, Gürtel, knöchelhohe Boots. Ich klopfte meine Taschen ab und hakte im Kopf einen Punkt nach dem anderen ab. Ich war zwar noch nicht ganz eine Woche da, aber die Basics hatte ich mir schnell draufgeschafft. Und dass ich ohne Walkie-Talkie mit keinem der acht Mitarbeitenden kommunizieren konnte, hatte ich bereits an meinem zweiten Tag gemerkt.

Ich schaute auf mein Handy und las die Nachricht, die Mila mir heute Nacht geschrieben hatte noch mal.

Du gehst deinen Weg. Ganz egal, was deine Eltern sagen. Du machst das schon.

Den ganzen Abend hatten wir telefoniert, weil das Schweigen meiner Eltern mich einfach nicht losließ. Als die Worte *toxisches Verhalten* aus Milas Mund gekommen waren, hatte ich erst auflegen wollen. Aber je mehr Zeit verging, desto eher sackte der Gedanke, dass sie vielleicht recht haben könnte. Zumindest ein bisschen. Im Ansatz.

Ich rückte mein Funkgerät zurecht, damit die Antenne mich nicht störte, und begutachtete den brauen Ledergürtel, den ich durch die einzelnen Schlaufen meiner dunkelgrünen Hose gezogen hatte. Ich war zu Hause nicht unbedingt jemand, der Wert auf hübsche Gürtel legte. Aber ich hatte schnell gemerkt, dass mir hier alles kreuz und quer rutschte, sobald ich die erste halbe Stunde des Tages arbeitete.

»Ich verstehe langsam, woher dieses Klischee der deutschen Pünktlichkeit kommt.« Zoey lächelte mich kopfschüttelnd an und beäugte mein Outfit, in dem ich die Treppen runter in die Küche gekommen war. Mein Blick jedoch ging zuerst zur Uhr, die an meinem Handgelenk hing und schon nach wenigen Tagen einen bleichen Abdruck hinterlassen hatte, da die ständige Arbeit draußen meine Haut drum herum bräunte.

»Ich komme eben nicht gern zu spät«, entgegnete ich zu meiner Verteidigung, wusste aber, dass das nicht wirklich zählte. Wer kam schon gern zu spät?

»Du siehst vor allem nach nicht mal einer Woche wie eine geborene Kanadierin aus.« Zoey lachte erneut, und ich schaute an mit runter.

»Meinst du echt?«, fragte ich unsicher und hoffte, dass Zoey mir dieses Kompliment einfach noch mal machte. Mit genau diesen Worten.

»Werd jetzt bloß kein Pick-me-girl.« Enttäuscht schüttelte sie den Kopf, während sie ihre Kaffeetasse mit beiden Händen fest umschloss. »Das halte ich nicht aus.« Sie pustete in die dunkle Tasse, während ich mich auf die harte Holzbank gegenüber fallen ließ. Zum Glück hatte eine Woche im *Nanaimo Rescue Center* ausgereicht, um etwas meines alten Selbstbewusstseins zurück an die Oberfläche zu ziehen. Sonst hätte mich Zoeys Kommentar verunsichert. So schmunzelte ich nur und nickte dankbar, als sie mir eine zweite Tasse mit dampfendem Kaffee rüberschob.

»Siehst du.« Ich griff nach dem Henkel der ebenfalls dunklen Tasse. »Deutsche Pünktlichkeit hat den Vorteil, dass du nach wenigen Tagen weißt, wann du mit mir rechnen kannst und ich brühend heißen Kaffee von dir serviert bekomme.« Ich pustete einige Sekunden auf die dampfende Schwärze und schlürfte lautstark den ersten Schluck.

»Was steht heute an?« Mein Blick schnellte zum Whiteboard, auf dem wir über Tage hinweg miteinander kommunizierten. Am nächsten Morgen im Bärenkäfig Knute seine Medizin geben? Kritzel es ans Whiteboard. Checken, ob das obligatorische Verschließen des Zauns die Waschbären davon abgehalten hat, wieder auszubüchsen? Schreib's dazu. Am besten in leuchtend Rot. Nicht vergessen, bei unserem neusten Zuwachs, dem kleinen Otterbaby, einen Verbandswechsel durchzuführen? Quetsch es neben die anderen dreizehn lebenswichtigen Dinge, die wir nicht vergessen dürfen. Aber bitte gut leserlich. Es steckte kein echtes System dahinter, dafür war dieser ganze Ort inklusive Beth viel zu chaotisch. Aber irgendjemand fühlte sich immer verantwortlich, und am Ende des Tages waren alle aufgeführten Punkte mit Häkchen versehen. Einige davon setzte ich auch selbst jeden Tag.

Die kurze Zeit hatte gereicht, um Zoey zu meinem persönlichen Kaffeebringdienst zu machen. Sie hatte aber auch gereicht, um zu verstehen, wie man in einem von Spendengeldern und Eintritten finanzierten *Rescue Center* arbeitete.

Beth reichte mir den Schraubenzieher, und ich fixierte die Querstrebe, an der wir den neuen Maschendrahtzaun anbringen würden.

»Ich hoffe, das neue Gehege wird so lange wie möglich leer stehen.« Ich schaute zu Beth, die die Hände in die Hüften gestemmt hatte und unsere bisherige Arbeit begutachtete. In nur wenigen Stunden hatten wir das Grundgerüst für das kleine Gehege errichtet.

»Wieso?« Ich sah an ihr vorbei zu einer großen Familie, deren drei Kinder auf dem Weg Fangen spielten. Es war zur Normalität geworden, die Besuchenden um mich herum auszublenden, um konzentriert arbeiten zu können.

»Ein volles Gehege bedeutet viele Notfälle.« Beth wischte sich den Schweiß von der Stirn, und ich musste an das kleine Seeotterbaby denken, das immer noch auf der Krankenstation lebte, bis es final über den Berg war. »Und neue Kosten. Wir kriegen mit den Eintrittspreisen der Besuchenden über den Sommer die meisten Kosten gedeckt, aber ohne regelmäßige Spenden von Vereinen oder Privatleuten würden wir über keinen einzigen Winter kommen.« Der Gedanke bedrückte mich. Beth rammte nun mit einem dicken Gummihammer einen Pflock in den Boden. Ich sagte nichts und machte mich stattdessen daran, den Balken mit einer zweiten Schraube zu sichern.

»Dich hat wirklich der Himmel geschickt, Tara.« Beth trat neben mich und hielt ein kleineres Holz weiter oben an den Balken. Ich lachte auf und sah sie mit zusammengezogenen Augenbrauen an. »Ich meine das ernst.« Sie ließ das Holz in ihrer Hand wieder sinken und berührte mich sanft an der Schulter. »Du hast das alles hier nach wenigen Tagen drauf UND kannst dich um Notfälle kümmern.« Sie lächelte mich an, und ich lächelte zurück. Ganz automatisch, weil sich bei ihren Worten meine Mundwinkel Stück für Stück gehoben hatten. »Wenn ich nicht wüsste, dass du einen tollen Praktikumsplatz hast, würde ich dich anflehen, dauerhaft bei mir zu arbeiten.« Beth lachte und legte das Holz ab. Sie trat an den Werkzeugkasten und fischte einige Nägel und den Hammer heraus, während ich wie erstarrt dastand. *Praktikumsplatz.*

»Was ist los?« Beth stand wieder vor mir und sah mich an. Auf diese *Ich-frage-dich-zwar-was-los-ist-aber-eigentlich-weiß-ich-genau-was-in-dir-vorgeht*-Art. Sie konnte eigentlich gar nicht wissen, was in mir vorging, aber ich versuchte trotzdem erst gar nicht, drum herumzureden.

»Ich habe die Praktikumsstelle nicht bekommen.« Mein Herz setzte einen Moment aus. »Ich … bitte sag es nicht meinen Eltern.

Ach Mann … Es tut mir leid, Beth.« Ich ließ die Schultern hängen und meine Mundwinkel gleich mit.

»Ach was, Tara, das ist doch absolut kein Problem! Und deine Eltern müssen wir nicht unnötig stressen, dir geht es hier doch gut.« Ich hob den Kopf und sah zu Beth, die nur mit den Schultern zuckte. »Wenn es jemandem leidtun muss, dann denen! Die wissen gar nicht, was sie verpassen!« Beth schüttelte den Kopf und sah mich eindringlich an. »Und selbst wenn, was ist schon dabei? Machst du eben was anderes!« Die Leichtigkeit in ihrer Stimme ließ mir mehr Luft zum Atmen. Ich wusste nicht, mit welcher Reaktion ich gerechnet hatte, aber diese war es sicherlich nicht gewesen. »Und weißt du was?« Beth zeigte mit dem Hammer direkt auf mich, und ich zuckte ein klein wenig zurück. »Lass dir Zeit mit deiner Entscheidung. Jeder Tag, den du hier bist, ist ein guter Tag.« Ich lächelte und wusste nicht einmal, was ich sagen sollte. Beth wartete nicht, bis ich mich zu einer passenden Antwort durchgerungen hatte, und drehte sich wieder zu unserer kleinen Baustelle.

»Und jetzt komm. Der Zaun baut sich nicht von selbst.«

KAPITEL 11

Tara

»Na, ihr zwei.« Ich lehnte mich über das Gatter und beobachtete zwei der kleineren Schafe beim Fressen. Ich umklammerte den runden Balken und lehnte mich etwas zurück, um auf das außen angebrachte Schild zu schielen. »Soso, Sir Winston also.« Ich lachte und suchte das passende Bild zum zweiten Schaf, das fröhlich neben Sir Winston am Futtertrog stand und zu Abend aß. Ich machte sie aufgrund ihrer dunkelbraunen Fellfarbe als Baarbara aus. Ich las den Namen erneut, bis ich feststellte, dass es wohl ein Wortwitz sein sollte. Vermutlich genau so witzig wie ein deutsches Schaf *Mähbert* zu nennen. Ich überflog das grüne Schild, bis ich zum üblichen gelb und groß gedruckten *Did you know?* kam. So etwas wie Funfacts, die Beth auf jedes Schild gedruckt hatte, um Besuchende zu amüsieren und sie so dazu zu animieren, die Schilder mit den restlichen interessanten Fakten zu lesen.

Ich zückte mein Handy und schoss ein Foto. Das musste ich Mila schicken. Ich achtete darauf, dass alles gut lesbar war.

Wusstest du, dass Schafe rechteckige Pupillen haben, die ihnen erlauben, ein Sichtfeld zwischen 270 und 320 Grad zu haben?

Das daneben abgedruckte Bild von Baarbara erschien mir mit einem Mal viel verstörender. Kein Wunder, dass Mila sich vor den Fellknäueln gruselte.

Mein Blick ging zurück zu den entspannten Schafen, und ich

knipste ein paar weitere Fotos. Bald hatte ich meine Galerie voll mit Bildern von allen Tieren. Aktuell waren es 37 Wildtiere und eine unbestimmte Menge an Schafen, Ziegen und Kleintieren. Beth hatte gesagt, dass sie bei hundert aufgehört hatte zu zählen, und solange alle genug zu fressen bekamen, war es ihr egal, wer in der roten Scheune lebte. Die Schafe sahen so zufrieden und unbekümmert aus, wie sie eins neben dem anderen standen. Ich drückte den weißen Kreis am unteren Bildschirmrand erneut, als eine Stimme mich erschreckte.

»Noch ein paar Fotos für Facebook?« Ich drehte mich und sah Jaimie in meine Richtung schlendern, bevor er ein genervtes Schnauben ausstieß. Das dunkle Shirt saß eng an seinem Oberkörper und war fein säuberlich in den Bund seiner schwarzen Arbeitshose gesteckt.

»Niemand benutzt mehr Facebook.« Mit einem gebührlichen Augenverdrehen wandte ich mich wieder Baarbara und Sir Winston zu. Lieber starrte ich in rechteckige Augen, als in Jaimies grünen nur Vorwürfe und Verachtung zu lesen. Die bloße Anwesenheit dieses Typen trieb mich in den Wahnsinn. Ich machte Bilder von allem, was mir erinnerungswert erschien, was so ziemlich jede Sekunde dieses Trips der Fall war. Alle Bilder landeten in meinem Kanadaordner und ein paar ausgewählte davon würde ich sogar zeichnen. Nur für mich, in meinem kleinen dunkelroten Notizbuch.

»Oh, Entschuldigung.« Für einen kurzen Moment hatte ich vergessen, dass er immer noch neben mir stand. Wunschdenken. Jaimie hob beschwichtigend die Hände, aber sein Ton klang alles andere als entschuldigend. Viel mehr klang er, als würde er sich konstant über mich lustig machen. »Facebook, Instagram, TikTok – ist doch alles dieselbe Zeitverschwendung.« Er war drauf und dran, an mir vorbeizugehen.

»Oh, Entschuldigung«, äffte ich ihn nach. »Mister zu cool für Social Media?« Ich schüttelte den Kopf und hielt mich weiter am Gatter fest. Jaimie blieb stehen und zog die Augenbrauen zusammen. »Schaut mich an, ich bin besser als alle anderen, weil ich kein Social Media benutze.«

»Was machst du da überhaupt? Musst du nicht arbeiten? Oder bezahlt Beth die Touristinnen jetzt schon fürs Rumstehen?« Jaimie legte den Kopf schief und ließ seinen Blick an mir entlangwandern. Ich musterte ihn einige Sekunden lang.

»Ich wüsste ehrlich gesagt nicht, was dich das angeht …« Ich presste meine Kiefer aufeinander und starrte ihn eindringlich an. Ich würde ihm garantiert nicht unter die Nase reiben, dass ich Mittagspause machte, auch wenn dieser aufgesetzte Ich-bin-ein-grumpy-Alleingänger-Modus mich mehr einschüchterte als ich zugeben wollte.

»Es geht mich schon etwas an, wenn eine unfähige Touristin hier rumläuft und eine potenzielle Gefahr für unsere Tiere darstellt.« Er verlagerte sein Gewicht auf das andere Bein, und ich stieg vom Balken, der eben noch für meine erhöhte Position gesorgt hatte.

»Du … was?« Ich öffnete den Mund und schloss ihn, ohne ein weiteres Wort zu sagen. Er meinte das ernst. Ich atmete durch. Tief ein und aus. Ich würde sein Problem mit mir nicht zu meinem werden lassen.

»Was genau weißt du eigentlich über mich?«

»Genug.« Seine Antwort kam genauso schnell, wie ich erwartet hatte.

»Hör zu, Jaimie.« Ich trat einen Schritt näher, machte mich so groß, wie ich nur konnte und hob mein Kinn. »Ich sag das jetzt nur ein einziges Mal. Und nicht auf diese Hollywood-Kitsch-Art, bei der ich dich bitte, das zu ändern.« Ich sah ihm bei jedem meiner

Worte in die Augen. »Du weißt rein gar nichts über mich.« *Tief Luft holen, Tara.* Meine innere Stimme beruhigte mich.

»Ach, aber du über mich, oder was?« Er legte den Kopf schief. Sein gleichgültiger Ton war eine Sache, aber ich sah genau, wie er mit seinem Kiefer mahlte und die verschränkten Arme gegen seine Brust presste.

»Nein, Jaimie. Ich weiß auch kaum etwas über dich. Ich ziehe keine voreiligen Schlüsse und weiß auch, wenn mich etwas nichts angeht«, sagte ich so ruhig, dass man meinen konnte, nichts könnte mich aus der Fassung bringen. »Ich weiß aber, dass du dich seit dem ersten Moment, da ich dieses *Rescue Center* betreten habe, wie ein Arsch verhältst.« Jaimie schob den Unterkiefer nach vorne. »Also sag mir Jaimie, was habe ich dir getan? Damit wir das ein für alle Mal aus der Welt schaffen können.«

Jaimie

Sie stemmte die Hand in die Hüfte und sah mich fragend an. Tara machte mich fertig. Ich hatte etwas gegen Touristinnen, die für den Hashtag *Gap year* lebten und unsere Schafe mit Farn vergifteten. Ich hatte etwas gegen Tara. Und doch sagte ich nichts. Sie starrte mich einfach nur mit hochgezogenen Augenbrauen an, die fast schon ihre blonden Haare erreichten, die heute im Gegensatz zum ersten Tag zu einem einzigen Zopf geflochten waren. Es machte mich wütend, wie sie mich einfach nur weiter erwartungsvoll ansah. Als wäre ich verpflichtet, ihr eine Liste vorzulegen, mit all den Dingen, die mich störten. Als müsste ich ihr erklären, wieso es mich so nervte, dass ich kaum einen klaren Gedanken fassen konnte, wenn sie mich so ansah.

»Also zunächst einmal …«, begann ich, hielt aber inne. Taras Gesichtsausdruck blieb gewohnt hart. Ich hatte sie mit Zoey gesehen, ihr Lachen gehört, aber mich hatte sie bisher immer nur mit bösen Blicken gewürdigt. *Zu Recht*, sagte ich zu mir selbst und suchte immer noch nach Worten. »… hast du mit deinem Uber die Einfahrt blockiert, als du hier ankamst.« Vor meinem inneren Auge flackerte das Bild von ihr in schwarzen Leggings und Shirt auf. Jetzt stand jemand ganz anderes vor mir. Eng geschnürte Arbeitsschuhe und eine dunkelgrüne funktionale Hose, in deren Taschen sie gerade ihre Hände schob.

»Wenn das so ist …«, sagte sie, als würde sie mit einem Kleinkind reden. »… werde ich mit meinem persönlichen Chauffeur sprechen. Wird nicht wieder vorkommen, dass ich nach einer stundenlangen Anreise an einen wildfremden Ort nicht darauf achte, wo mein Uber-Fahrer, den ich seit 20 Minuten kenne, sein Auto abstellt.« Kaum merklich schüttelte sie den Kopf. »Wenn das alles ist.« Sie wartete keine weitere Reaktion von mir ab und kletterte wieder auf die erste Sprosse des Gatters, wo sie den Schafen beim … Schaf sein zusah? Diese Frau verwirrte mich.

Tara

»Könntest du die Nudeln abgießen?« Zoey schob das angebratene Gemüse in der Pfanne hin und her. »Aber fang ein bisschen Nudelwasser auf, das muss noch in die Soße«, wies sie mich an, während ich einfach tat, was sie sagte. Ich stellte den Topf mit den Nudeln zurück auf den Herd und wartete auf weitere Anweisungen von Zoey.

»Also?« Sie sah mich an, während sie aus passierten Tomaten, etwas Sahne und etwa siebzehn verschiedenen Gewürzen begann, eine Soße in der gleichen Pfanne, in der auch das Gemüse brutzelte, zu kreieren. »Wie war dein erster echter Tag alleine?«

»Puh …« Ich schnaufte und dachte an den Tag zurück, der sich in meinen Gedanken schon wie Wochen entfernt anfühlte. »Eigentlich war alles entspannt.« Einen Punkt nach dem anderen hatte ich abgearbeitet. Futter verteilt, Käfige gecheckt, eine Gattersprosse repariert und mittags eine Führung mitgemacht, damit ich sie bald selbst geben konnte. »Aber Jaimie bringt mich echt auf die Palme.« Ich stützte meine Ellenbogen auf der Arbeitsplatte ab. Beths Küche war nicht mehr als eine Ecke in ihrem großen Wohnzimmer, aber es reichte Zoey und mir aus, um Abendessen für uns drei zu machen, da sie heute noch etwas länger blieb, bevor sie in ihre eigene Wohnung fuhr. Wann auch immer Beth Feierabend machen würde.

»Du hast Jaimie gesehen?« Zoey probierte von ihrer Eigenkreation und nickte zufrieden. »Ich wusste nicht, dass er heute hier war.«

»Wieso sollte er nicht?« Neugierig probierte ich auch von der Soße und verstand sofort, warum Zoey so zufrieden genickt hatte. Es schmeckte köstlich nach Butter und Zitrone. Der fein gehobelte Parmesan, den Zoey eben erst untergerührt hatte, machte die Soße perfekt cremig.

»Weil er nicht hier arbeitet.« Zoey schüttelte grinsend den Kopf und schöpfte die Nudeln in die Pfanne, bis diese fast überlief.

»Er … was?« Ich hörte, was sie sagte, konnte ihr aber nicht folgen.

»Er studiert an der VIU und ist ehrenamtlich bei der Wildtierrettung.« Sie hob die Nudeln unter die Soße, bis alles ein großer Gemüse-Soße-Nudel-Mix war, der das ganze Haus in einen buttrig aromatischen Duft hüllte. Fast wie zu Hause, wenn mein Vater sich sonntags in die Küche stellte und ein neues Rezept ausprobierte. Ganz auf die altmodische Art blätterte er eines seiner zahlreichen Rezeptbücher durch, die fein säuberlich auf einem eigenen Eichenholzregal in der Küche standen. Immerhin wussten mein Bruder und ich so immer, was wir meinem Vater zu Weihnachten schenkten.

»Ich brauche mehr Kontext.« Ich öffnete einen Hängeschrank und schloss ihn gleich darauf wieder, als ich feststellte, dass es der falsche war. Wo hatte Beth noch gleich die Teller versteckt? Wenn sie nicht noch länger arbeiten würde, hätte ich sie einfach fragen können.

»Na ja, das ist nicht so einfach zu erklären.« Ich lächelte triumphierend, als ich die Teller fand und zwei davon auf die Anrichte stellte. »Er bringt die verletzten Tiere aus der Region zu uns«, fuhr Zoey fort, während sie uns beiden auftat. Das hatte ich schon mitbekommen. Unseren neusten Gast wollte ich heute Abend noch besuchen, um zu sehen, ob alles in Ordnung war. »Und da er mit Tieren meist besser klarkommt als mit Menschen …« Mir entfuhr ein Schnauben. Zoey sah mich wissend an. »Es ist kompliziert, Tara. Jaimie ist kompliziert.« Ich zog eine Packung Reibekäse und drei Dosen kalte Cola aus dem Kühlschrank und stellte sie auf den Couchtisch, während ich weiter Zoeys verzweifeltem Erklärungsversuch lauschte. »Er fühlt sich verantwortlich für die kleinen oder auch großen Findelkinder, die er zu uns bringt. Und sein viel zu ausgeprägtes Helfersyndrom führt dazu, dass er eigentlich konstant hier hilft, wenn er nicht gerade an der Uni ist oder Überstunden für sein Abschlussprojekt macht.« Mit dem Besteck in der Hand hielt ich inne und sah Zoey an. Hatte dieser Kerl eigentlich auch ein Privatleben?

»Und was hat das alles mit mir zu tun? Was hat er gegen mich?« Ich legte das Besteck neben unsere dampfenden Teller und ließ mich resigniert auf die weichen Sofapolster fallen.

»Gar nichts.« Zoey fiel gleich neben mich und sah mich leicht mitleidig an. »Du bist einfach neu. Und Jaimie braucht ein bisschen, um aufzutauen, wenn es um fremde Menschen geht.« Ich blickte auf die Nudeln vor mir und verfolgte den tanzenden Dampf darüber.

»Was ist das eigentlich für ein Abschlussprojekt?«

»Das ist quasi der letzte Schritt vor seinem Master. Es ist eine Art Research Projekt, das den Einfluss von Tourismus auf naturbelassene Gebiete messen soll. Primär geht es aber darum, ein neues Naturschutzgebiet zu etablieren.«

»Okay …«

»Ja, ich werd die Zeit, in der ich mit ihm unterwegs bin, schon überleben. Ich habe mir vorgenommen, ihn konstant zu bespaßen und etwas abzulenken von dem Druck, den er sich selbst immer macht.«

»Du?« Schockiert sah ich Zoey an. »Du kannst mich doch nicht allein lassen?«

»Sieh es doch mal so, ich bin zwar weg, aber ich nehme immerhin auch Jaimie mit.« Da war etwas dran. Aber auch wenn er für einige Wochen weg sein würde, kam er doch irgendwann wieder, und ich bezweifelte, dass es dann anders sein würde als jetzt. *Es hat nichts mit mir zu tun,* wiederholte ich Zoeys Worte in meinem Kopf. Er war nur skeptisch gegenüber Fremden. Immer wieder sagte ich das in meinen Gedanken zu mir. Und auch wenn Zoey ihn besser kannte, als ich es jemals würde, wollten die Zweifel sich einfach nicht vertreiben lassen. Jaimie hatte ein Problem mit Fremden, und Jaimie hatte ein Problem mit mir. Und egal, wie lange er normalerweise brauchte, um aufzutauen, ich wettete, dass es bei mir siebenmal so lange dauern würde. Wenn es überhaupt jemals passieren würde.

KAPITEL 12

Tara

»Punkt eins: Das hier sind die Eimer, in die das jeweilige Futter kommt.« Zoey hob einen Stapel aus mindestens sieben Eimern hoch. »Eigentlich ist fast egal, welches Futter wo reinkommt, nur bei den einzeln beschrifteten musst du drauf achten, was du einfüllst.« Bisher hatte ich die vorbereiteten Eimer nur verteilt. Ganz eindeutig der unkompliziertere Teil des Jobs. »Hier oben hängt die magische Liste. Die wird deine beste Freundin.« Zoey deutete auf ein laminiertes Blatt, das an allen vier Ecken mit Panzertape an der Wand fixiert worden war. »Hier steht jedes Gehege und noch mal in einer Unterkategorie jedes einzelne Tier, und was da verfüttert wird.« Ich sah auf die Liste und war mit all den Spalten und Farben überfordert. »Wir machen das heute noch mal zusammen, keine Sorge, es ist nicht so kompliziert, wie es aussieht.« Zoey lächelte mich ermutigend an, doch von ihrer Zuversicht spürte ich noch nichts.

»Ich zweifle noch, aber okay.« Ich kratzte mich am Hinterkopf und sah zu Zoey, die einen erneuten Blick auf ihr Handy warf. Sie hatte einen Plan, der ganz offensichtlich in ihrer Notizen-App schlummerte. Sie würde eins nach dem anderen mit mir durchgehen, sodass während ihrer Abwesenheit nichts schiefgehen konnte. Ein kleiner Teil von mir hoffte, dass sie mir am Ende ihrer Präsentation einen vorgefertigten Ordner aushändigen würde, in dem absolut alles Wichtige noch mal stand und an dem ich mich orientieren konnte. Während meiner Zeit hier hatte ich zwar schon viel gelernt, aber noch nicht genug, um mich ohne Zoey sicher zu fühlen.

»Jetzt mach dir nicht ins Hemd.« Sie ließ ihr Handy in die Hosentasche gleiten. »Du machst dich besser als wir alle geglaubt haben, und Beth ist ja auch noch da.«

»Eine seltsame Art, mir ein Kompliment zu machen. Aber danke … schätze ich?« Ich zog fragend die Augenbrauen zusammen. Zoeys stetiges Lächeln erleichterte mich.

Wir verbrachten den restlichen Vormittag damit, Futter zusammenzustellen, das Kassiersystem nochmals durchzusprechen und die letzten Punkte auf Zoeys Liste abzuarbeiten. Es war bereits nach zwölf, mein Magen grummelte hungrig, und Zoey blätterte den Show-Ordner mit mir durch. Der eigentlich nichts weiter war, als eine viel zu knappe Erläuterung der einzelnen Tiervorstellungen, die seit Jahren nicht mehr so regelmäßig angeboten wurden, wie es Beth lieb wäre. Chronische Unterbesetzung.

»Die Reptilienshow kannst du ohne Probleme machen.« Zoey zeigte auf den zugehörigen Reiter im Ordner, der eine leere Seite beinhaltete. Ich hatte noch nicht mal eine eigene Führung gegeben und sollte mich jetzt schon an eine Show wagen?

»Oh ja. Die Anleitung ist auf jeden Fall klar und eindeutig«, scherzte ich und sah sie an.

»Die fehlende Anleitung sollte dich nicht abschrecken. Ich erkläre es dir gerne.« Sie schlug den Ordner zu und setzte sich im Schneidersitz auf ihren Stuhl.

»Du holst Stitch aus seinem Terrarium.« Soweit konnte ich ihr folgen, ich wusste, dass Stitch eine ältere Landschildkröte war. »Dann lädst du ihn in diesen Bollerwagen.« Zoey deutete tatsächlich auf einen in die Jahre gekommenen Bollerwagen in der Ecke.

»Und fährst ihn auf diese Wiese.« Ihr Finger landete auf dem Parkplan und deutete auf eine Grünfläche in der Nähe des Eingangs. »Da setzt du ihn hin und lässt ihn ein bisschen grasen. Wenn Leute vorbeikommen, beantwortest du Fragen oder schmeißt mit ein paar Funfacts um dich.« Sie breitete die Arme zu einer ausladenden Geste aus. »Tadaaaa. Reptilienshow mit Tara.« Einige Sekunden starrte ich sie einfach nur an. Meinte sie das ernst, oder verarschte sie mich von vorne bis hinten? Ich kannte Zoey noch nicht lange genug, um alle Facetten ihres Sarkasmus auszumachen, aber … das hier war ihr Ernst.

»Und dafür zahlen die Leute Eintritt?« Kurz dachte ich an zu Hause. Für so was würde man in Deutschland sicher sein Geld zurückverlangen.

»Na ja, unsere Reptilienshow mit Stitch ist nicht unbedingt der größte Publikumsmagnet … aber ja.«

Wir gingen die restlichen Punkte auf ihrer Liste durch, und ich atmete erleichtert auf, als wir nach einem langen, anstrengenden Tag endlich alles erledigt hatten.

»Musst du wirklich drei Wochen wegfahren?« Ich folgte Zoey zurück in den Raum für die Mitarbeitenden, den ich mittlerweile nur noch Blackbox nannte, weil hier einfach alles kreuz und quer gestapelt war und man nie so recht wusste, wo die Dinge auftauchen würden, die man gerade suchte.

»Ich helfe Jaimie bei seinem Research-Projekt. Das geht nun mal nicht allein.« Wir kamen am Gehege der Schwarzbären vorbei, und ich betrachtete Knute und Dawson, wie sie am Zaun entlangtapsten.

»Warum?« Neugierig sah ich Zoey an, die sich neben mich stellte und Knute bei seiner Runde durchs Gehege beobachtete.

»Weil es schwierig ist, ein ganzes Gebiet ökologisch zu untersuchen, Wildkameras zu platzieren, Proben zu nehmen und zu testen, Fotos zu machen, alles fachgerecht zu dokumentieren und dann auch noch …«

»Schon gut«, unterbrach ich Zoeys Redeschwall. »Ich habs verstanden.« Ich biss auf meine Unterlippe und starrte erneut zu Dawson, der mittlerweile dazu übergegangen war, weiter an seinem Loch zu buddeln.

»Wenn Jaimie mich um Hilfe bittet, kann ich gar nicht Nein sagen.« Zoey zuckte mit den Schultern und ging in Richtung unseres Ziels.

»Irgendwie tue ich mich schwer mit der Vorstellung, dass er jemanden um Hilfe bittet. Ist er dazu überhaupt fähig?« Ich lachte, und Zoey fiel mit ein. Sie zog die Tür auf, und ich folgte ihr in den breiten Raum mit massivem Tisch in der Mitte.

»Ich verstehe einfach nicht so recht …« Weiter kam ich nicht. Ich stockte und hielt mich selbst vom Reden ab. Ich starrte direkt in Jaimies Gesicht, der, eine Kamera und zwei Akkus in der Hand, geradewegs zurückstarrte. Die weiß-graue Kappe auf seinem Kopf hatte er sich so tief ins Gesicht gezogen, dass ich ihm kaum in die Augen schauen konnte. Der Schatten ließ seine Augen dunkel schimmern, während er mich mit angespanntem Kiefer musterte.

»Die Spannung ist ja zum Greifen«, kommentierte Zoey die Situation, und ich löste meinen Blick von Jaimie, nur um sie vorwurfsvoll von der Seite anzuschielen.

»Ich geh dann mal.« Ich schloss Zoey in eine schnelle Umarmung. »Wehe du fährst, ohne dich morgen früh von mir zu verabschieden, ist das klar?« Ich löste mich aus der Umarmung, doch Zoey hielt mich am Handgelenk fest.

»Du musst nicht gehen, Tara.« Sie sah mich an, ihre blondblauen Wellen wippten, während sie kurz zu Jaimie schielte.

»Ich weiß.« Ich zuckte mit den Schultern. Ich würde garantiert nicht verschwinden, nur um Jaimie aus dem Weg zu gehen. »Aber ich habe noch was vor.« Ich löste mich aus Zoeys Griff und sah Jaimie an. »Ich muss unserem Seeotterbaby Sebastian noch einen Besuch abstatten, um dumme Touri-Fotos zu machen und ihn mit giftigem Essen zu füttern.« Ich zog eine Grimasse und machte auf dem Absatz kehrt. Dieser Blödmann konnte mich mal. Kreuzweise.

Jaimie

Einige Sekunden starrte ich auf die dunkle Holztür, die Tara gerade hinter sich zugeknallt hatte, doch ich konnte Zoeys Blick nicht länger ausweichen. Seit einer gefühlten Ewigkeit spürte ich, wie sie mich ansah.

»Das hast du ja ganz toll hinbekommen.«

»Was denn?« Ich hob verteidigend die Arme, als würde ich nicht wissen, wovon sie sprach. Zoeys Blick erweichte sich nicht, also ließ ich die Arme fallen und winkte ab. »Der Punkt geht an sie«, gab ich zu. Touri-Fotos und giftiges Futter. Das klang genau nach den Worten, mit denen ich sie vor wenigen Tagen zu Unrecht angeblafft hatte. Zoey nahm mir die Sachen aus der Hand, stellte sie auf den Tisch und bedeutete mir, ihr nach draußen zu folgen.

»Du sorgst noch dafür, dass Tara wieder nach Hause fliegt, obwohl sie eine echte Bereicherung für uns ist.« Sie schlenderte über den Weg in Richtung Wasserspielplatz, und es tat gut, sich nach dem stundenlangen Packen ein wenig die Beine zu vertreten.

»Wenn du das sagst.«

Zoey ließ sich auf eine Parkbank fallen, die leicht im Schatten lag. Vor uns spielten einige kleine Kinder an den Wasserfontänen, und ich beobachtete, wie sie immer wieder aufgeregt darauf warteten, dass die nächste anging, nur um dann erschrocken zurückzuhopsen.

»Ja, das sage ich.« Zoey verlieh ihren Worten Nachdruck, aber ich sah sie weiterhin nicht an und ließ meinen Blick über die Besuchenden gleiten, die eine Pause an der Familienfarm einlegten. Ich stellte ein Bein auf der Bank auf und legte entspannt einen Arm auf meinem Knie ab. Ich hoffte sehr für Beth, dass diese Saison weiter so gut laufen würde und wir vielleicht mit einem deutlichen Plus in den Herbst starten würden.

»Was ist das mit euch beiden?« Fragend hob Zoey eine Augenbraue »Was hast du gegen sie?«

»Du weißt selbst, dass ich Fremde, Touris und all so was nicht abkann«, antwortete ich schnell. In diesem Moment ging mein Blick zwischen den kreischenden Kindern hindurch und blieb an Tara hängen, die am Geländer zum Streichelzoo lehnte. Ich sah sie nur von der Seite, konnte aber doch ihre geflochtenen Haare ausmachen. Das Kreischen der Kinder rückte in den Hintergrund und kam nur noch gedämpft bei mir an. So war es. Tara war eine Touristin, die wie alle kommen und auch wieder gehen würde. Mit einem weiteren Punkt im Lebenslauf, der ihr nichts bedeutete und Fotos, die sie an ihre Lichterkette klipsen würde. Dann konnte sie allen von ihren tollen lebensverändernden Erinnerungen erzählen, wenn sie endlich wieder zu Hause war. Wenn sie nicht mehr ihre dunkelgrünen Arbeitshosen trug, sondern zurückkehren würde zu Leggings, Sneaker und Hoodie. Ich beobachtete sie dabei, wie sie mit einem Stift immer wieder über die Seiten eines dunkelroten Notizbuches flog. Sie hatte ihren Kopf ganz leicht schief gelegt und ihre Unterlippe konzentriert eingesogen. Sie war so in ihr Notizbuch vertieft, dass ich nur zu gern wüsste, was sie da schrieb. Vielleicht, wie sehr sie mich hasste. Dann waren wir immerhin schon zwei. Sie kniete sich an den Zaun, als Sir Winston angetrottet kam und neugierig an ihr schnupperte. Ich zog verwirrt die Augenbrauen zusammen, als ich beobachtete, wie sie begann ihn zu streicheln und sich mit ihm unterhielt. Ihre Lippen bewegten sich, aber der Wind trug den Klang ihrer Stimme nicht bis zu mir. Es war seltsam zu beobachten, da Sir Winston sich normalerweise von Menschen fernhielt und lieber allein in seiner Ecke graste, wenn Kinder den Streichelzoo betraten. Deshalb war er mir auch so sympathisch.

»Du magst sie.« Zoeys Stimme holte mich aus meinen Gedanken zurück.

»Ich … was?« Ungläubig riss ich die Augen auf und sah Zoey an, die erst zu mir und dann rüber zu Tara blickte. »Du hast sie doch nicht mehr alle.« Ich verschränkte die Arme vor der Brust. Zoeys Blick folgte meiner Bewegung, was sie nur noch breiter grinsen ließ. Schnell lockerte ich meinen Griff und ließ die Arme neben meinem Körper runterhängen. Alles daran fühlte sich falsch an, aber ich wollte nicht, dass Zoey auch nur irgendwas in mein Verhalten hineininterpretierte. Was sie ohnehin tat. Ich hatte bereits verloren, obwohl ich ihr Spiel gar nicht mitspielte.

»Und das weißt du, weil …?«, fragte ich provokativ und verschränkte meine Arme doch wieder vor der Brust. Es nicht zu tun, war definitiv das größere Übel. Zoey lehnte sich auf der Bank zurück und sah mich triumphierend an. Jetzt spielte ich ihr Spiel doch mit.

»Weil du alles tust, damit sie dich nicht mag.« Zoey zuckte mit den Schultern und zog die breite Bank unter dem Tisch hervor.

»Aha.« Mehr sagte ich nicht. Keine Rückfragen, auch wenn alles in mir wissen wollte, was zur Hölle Zoey da meinte.

»Du kannst es nicht leugnen.« Sie setzte sich hin und lehnte sich schwer gegen meine Schulter. »Du magst sie«, betonte sie erneut ihre Meinung, von der ich sie sowieso nicht abbringen konnte.

Zoey konnte das so oft wiederholen, wie sie wollte. Ich mochte Tara nicht. Sie brachte mich vom ersten Tag an nur durcheinander, und ich war froh, dass ich ab morgen drei Wochen weg sein würde und ihr nicht über den Weg laufen musste, wenn sie mal wieder über ihrem Notizbuch hing und dabei auf ihrer Unterlippe herumkaute. Ich konzentrierte mich einfach weiter darauf, meine Packliste durchzugehen. Zum ungefähr siebzehnten Mal, allein heute.

»Alles gut?« Ich schielte zu ihr rüber, während sie die Augen leicht geschlossen hielt.

»Bin nur sehr müde.« Sie nickte langsam »Ich hab nicht sonderlich gut geschlafen, aber das ist vielleicht eine gute Vorbereitung für unseren Roadtrip.« Sie lachte leise, und ich dachte wieder an die nächsten Wochen, die uns bevorstanden. Zoey und ich würden eine anstrengende Zeit haben, aber hoffentlich würde sich das alles lohnen.

»Du bist angespannt.« Zoey sah zu mir auf und schlang ihre Arme um mich.

»Wie könnte ich das nicht sein?« Ich drehte mich zu ihr, während sie den Blick hob, sodass der mitfühlende Ausdruck, der in ihren Augen lag, mich mitten ins Herz traf.

»Wie fühlst du dich?« Es kostete mich einiges, nicht meinem ersten Instinkt zu folgen und ihr ein sarkastisches *Großartig* vor die Füße zu werfen.

»Ging schon besser.« Keine wirklich sinnvolle Aussage, aber sie wusste meine Worte einzuordnen.

»Hast du mal mit deinen Eltern gesprochen?« Ich schnaubte und schüttelte den Kopf. Zoey wusste genau, dass ich seit Jahren keinen Kontakt mehr zu meiner Familie hatte und dass sich das auch nicht von heute auf morgen ändern würde. Mein Schweigen war Antwort genug. Aber wer wäre Zoey, wenn sie zulassen würde, dass unser Gespräch damit einfach endete?

»Hast du dich schon mal gefragt, ob du das Richtige tust?« Zoey setzte sich wieder auf die Bank und klopfte auf den freien Platz neben sich.

»Ständig.« Ich setzte mich stattdessen auf die Kante und stellte meine Füße bequem auf der Bank ab. »Aber ich muss es tun.« Ich stützte meine Arme auf den Knien ab und ließ den Kopf sinken. So fühlte es sich wirklich an. Es war meine Pflicht. »Manchmal fühlt sich das Richtige zu tun nicht gut an«, sprach ich aus, was wir beide so klar dachten.

»Ich will nur nicht, dass du kaputtgehst, während du versuchst die Welt zu retten.« Zoey legte ihre Hand auf meinen Oberschenkel. Dankbar lächelte ich sie an.

»Ich rette nicht die Welt, Zoey.« Mir entwich ein leises Lachen. »Ich will nur ein neues Naturschutzgebiet etablieren, damit dieser blöde Hotelkomplex nicht gebaut wird.« Natürlich war es mein Abschlussprojekt, aber wenn ich einen guten Grund fand, konnte ein Naturschutzgebiet verhindern, dass alles dort oben rücksichtslos zerstört wurde.

»Klingt verdächtig nach Welt retten, finde ich.« Sie ließ ihren Kopf gegen mein Bein sinken, und gemeinsam starrten wir ins Nichts.

»Was, wenn das alles nichts wird?« Ich wollte Zoeys Frage nicht hören, auch wenn ich sie mir seit Wochen selbst täglich stellte.

»Dann haben wir es wenigstens versucht«, antwortete ich in die gedrückte Stimmung hinein, die Besitz von uns ergriffen hatte. Ich lauschte Zoeys ruhigem Atem, während ich eine Hand auf ihren Kopf legte. Ohne Zoey könnte ich es nicht einmal versuchen, und ich war unendlich dankbar für ihre Hilfe. Das wusste sie, auch wenn ich es nicht täglich sagte. Es waren Momente wie dieser hier, die unsere Freundschaft ausmachten. Sie brauchte keine bestätigenden Worte oder ausführliche Erklärungen. Sie verstand und akzeptierte, wer ich war. Sie verstand, dass meine Hand, die sanft über ihr Haar strich, genug war. Genug und gleichzeitig alles, was ich bereit war zu geben.

Mein Handy vibrierte und riss mich aus meinen Gedanken. Ich schaute auf das leuchtende Display, dessen Hintergrund Rusty in seinem Gehege zeigte. *Heute vor zwei Jahren*, las ich die Benachrichtigung meiner Fotogalerie. *Sieh dir deinen neuen Rückblick an*, forderte sie mich auf, und noch bevor ich mein Handy entsperrte und die App öffnete, wurde mir schmerzhaft bewusst, was mich erwartete.

KAPITEL 13

14.07.2022

»Das nennt man heutzutage Einweisung?« Josh schulterte seinen Rucksack und zog die Träger so an, dass der Hüftgurt wirklich auf seiner Hüfte saß, um ihn dann zu schließen und festzuziehen.

»Wir können froh sein, dass wir genug Erfahrung haben und uns das hier nicht verunsichert.« Ich zurrte meinen Rucksack ebenfalls in Position und spürte schon nach der ersten geschlossenen Schnalle, wie sich das Gewicht angenehm verteilte.

»Hauptsache, wir können die Gezeitentabelle richtig lesen. Der Rest sollte nicht sonderlich anders sein, als bei jedem Rucksacktrip, den wir bisher unternommen haben.« Mein kleiner Bruder lachte und zog das Tempo an.

»Warte, Josh!«, rief ich ihm zu und griff das Handy bereits aus meiner Hüfttasche. Josh drehte sich um und lachte direkt in die Kamera. Er stand neben den zwei Totempfählen, die den Eingang zum West Coast Trail markierten. Jetzt konnten meine Eltern sich nicht wie sonst beschweren, dass wir immer ohne Bilder zurückkamen, die sie dann ausdrucken und ins Wohnzimmer hängen konnten.

»Also dann.« Ich holte zu meinem Bruder auf und stellte mich neben ihn. Einige Sekunden nahm ich mir Zeit, an den Totems hochzusehen, die klar markierten, dass wir das Privileg hatten, in einem Gebiet der First Nations wandern zu dürfen. »Sieben

Tage feuchter Regenwald, nasse Klamotten und übermüdete Muskeln?«

»Wir kommen«, antwortete Josh mit der gleichen Euphorie, die auch ich verspürte, wenn ich an die nächste Woche dachte.

KAPITEL 14

Tara

Noch vor dem ersten Klingeln meines Weckers lag ich wach im Bett, das sich mittlerweile wirklich wie *mein* Bett anfühlte. Für eine Weile verkroch ich mich noch unter der wohlig warmen Decke, dann schlüpfte ich in meine Klamotten. In den letzten Tagen war es immer häufiger vorgekommen, dass ich noch vor neun auf eine kurze Hose umgestiegen war. Selbst am Meer auf einer vergleichsweise kühlen kanadischen Insel brannte die Sonne gefühlte Löcher in meine lange Hose. Zumindest war Sonnencreme hier zu meiner neuen besten Freundin geworden.

Ich füllte meine Tasse mit frischem Kaffee, den Beth schon aufgebrüht hatte, und trottete, die dampfende Tasse in der Hand, vor die Tür. Ein Blick auf die Uhr verriet mir, dass wir erst in etwa drei Stunden öffneten. Zoey und Jaimie brachen aber noch lange vor Öffnung auf, um die erste, ziemlich lange Tagesetappe anzutreten. Zumindest glaubte ich mich zu erinnern, dass Zoey das gestern Abend gesagt hatte. Von all den Informationen, die sie in den letzten Tagen in mich reingeprügelt hatte, rauchte mein Kopf, und ich vertraute meinem Gedächtnis nur noch bedingt.

Beth stand an ihrem alten orangenen Van, den sie den beiden für den Trip zur Verfügung stellte und unterhielt sich mit Jaimie. Vermutlich einige letzte Anweisungen, bevor es endlich losgehen würde. Auch wenn ich Zoey vermissen würde – immerhin war sie das, was meiner einzigen Freundin hier in Kanada am nächsten kam –, freute ich mich auf drei Wochen Jaimie-frei. Entspannt bei dem Gedanken schlürfte ich an meinem Kaffee und sah Beth und Jaimie weiter zu. Zoey sah ich nicht. Einige Minuten später warf ich einen ungeduldigen Blick auf mein Handy. Komisch, ich war nicht davon ausgegangen, dass Zoey sich ausgerechnet heute verspäten würde. Ich sah wieder zu Beth, die Jaimie am Arm hielt und bemerkte erst jetzt seinen geknickten Blick. Was war hier los? Ich ging auf Beth und Jaimie zu.

»Wo ist Zoey?« Die beiden hatten mich nicht bemerkt, und Jaimie zuckte leicht unter dem Klang meiner Stimme zusammen. Beth drehte sich zu mir und sah mich mit müden Augen an. Ich sah allerdings an ihr vorbei und beobachtete, wie Jaimie sich mit beiden Händen übers Gesicht rieb.

»Sie kommt nicht.« Ungläubig starrte ich Beth an, konnte nicht glauben, dass diese Worte gerade ihren Mund verlassen hatten. »Sie ist krank geworden und liegt mit hohem Fieber und Grippe im Bett. So kann sie den Trip nicht antreten. So …« Beth stockte.

»So ist alles im Arsch«, beendete Jaimie ihren Satz und trat gegen einen der großen Autoreifen.

»Hey, hey.« Beth sah Jaimie tadelnd an. »Betsie kann nichts dafür.« Sie tätschelte den alten Van, als hätte Jaimie wirklich gerade die Gefühle des alten, rostigen Autos verletzt.

»Aber …« Ich versuchte, einen klaren Gedanken zu fassen, immer noch unsicher, was das bedeutete. »… könnt ihr nicht einfach losfahren, wenn Zoey wieder gesund ist?« Fragend sah ich die beiden an. Als Antwort kassierte ich nur ein genervtes Schnauben von Jaimie. Als wäre meine Frage so abwegig gewesen.

»Leider nicht«, half Beth an Jaimies Stelle aus, von dem gerade wohl keine sinnvollen Antworten zu erwarten waren. Beth erklärte mir, dass die monatelange Planung nicht so einfach über den Haufen geworfen werden konnte.

»Die Genehmigungen in den jeweiligen Parks sind genau datiert. Das lässt sich nicht so einfach um ein paar Tage verschieben. Zumal Zoey bestimmt eine ganze Woche ausfällt, so wie es ihr geht.« Beth schluckte schwer. Jaimie stand gegen den Van gelehnt, sein Blick ging in die Leere. Ich mochte ihn nicht. Aber es tat mir trotzdem weh, ihn so zu sehen. Das alles hier schien ihm unglaublich wichtig zu sein.

»Außerdem ist die Finanzierung der Uni an eine feste Deadline gebunden, zu der ich das Projekt abgeben muss.« Er sah mich nicht an und fuhr sich gedankenverloren mit den Fingern über sein Kinn.

»Oh.« Ich verstand die ganzen Zusammenhänge, die sich hier auftaten, kaum, ich wusste nur dank Zoey, wie wichtig es für Jaimie war. Und ich verstand, dass wir an einem Alles-oder-nichts-Punkt standen. Oder mehr an einem Heute-oder-nie.

»Ja. Oh«, wiederholte Jaimie meine Worte. Seine Stimme war eher ein Flüstern.

»Wir sollten erst mal reingehen.« Beth schob mich am Arm leicht in Richtung des kleinen Hauses, aus dem ich vor einer knappen Viertelstunde getrottet war. Im Glauben, mich von Zoey zu verabschieden. »Kommt, ihr beiden.« Sie wandte sich zu Jaimie, der immer noch wie ein Häufchen Elend an Betsie lehnte. Wenn jemand den Van bewegen würde, würde er vermutlich einfach auf den Kies fallen. Und gerade jetzt, wo ich Jaimies traurig glasigen Blick ausmachte, den er nicht länger versteckte, war ich mir fast sicher, dass er nicht wieder aufstehen würde.

»Bei einer Tasse Kaffee können wir vielleicht eine Lösung finden.« Beths grenzenloser Optimismus war bewundernswert. Ohne ihn hätte sie vermutlich aber auch nicht das *Rescue Center* eröffnen und halten können.

»Was denn für Lösungen?« Jaimie ließ seine Hände in die Taschen gleiten und schüttelte den Kopf. Wenn seine Stimme Beths Optimismus keinen Dämpfer verpasste, wusste ich auch nicht. Auf mich schlug sie jedenfalls langsam über. Ich spürte seine Verzweiflung, auch wenn mich das ganze Thema eigentlich nicht interessierte. Eigentlich.

»Wenn niemand mitfährt, der das Projekt mit mir durchzieht, ist alles am Arsch. Dann wird das nichts, und wir haben verloren.« Ich wusste zwar nicht, was genau er verlieren würde, aber seine Worte legten einen Schalter in mir um. Einen, von dem ich nicht einmal wusste, dass er zur Option stand.

»Ich fahre mit.« Die Worte verließen meinen Mund, noch bevor ich eine weitere Sekunde darüber nachdenken konnte. Jaimies Kopf hob sich ruckartig. Er sah mich genauso verwirrt an, wie ich mich fühlte.

»Du ...« Es war Beth, die unsicher nachfragte.

»Ich fahre mit«, wiederholte ich. Diesmal deutlich sicherer, auch wenn sich nichts in mir sicher fühlte. Keine Ahnung, was ich hier gerade tat, aber ich wusste, dass ich mitfahren würde. Mit Jaimie. O Gott.

»Vergiss es.« Jaimies harter Blick traf mich. »Du ...«

»Oh nein«, unterbrach ich ihn schnell. »Ich hör mir jetzt nicht an, dass ich das nicht kann und lediglich die dumme Touristin bin, die im Weg rumsteht. Das können wir jetzt einfach mal überspringen.« Der Schwall an Worten stoppte gar nicht mehr, und ich beobachtete, wie Jaimies Augen mit jedem Wort, das ich sagte, größer wurden. »Du musst jetzt auch gar nicht hin- und herüberlegen, ob du das alleine schaffst und bla, bla, bla.« Ich gestikulierte wild in der Luft herum, und obwohl ich Beth nicht sah, hörte ich ihr leises Lachen.

»Du brauchst jemanden, der mit dir mitfährt. Heute. Jemanden, der Erfahrung in der Natur, mit Tieren oder sonstigem kanadischen Gedöns hat.« Jaimie hob skeptisch eine Augenbraue. Zu Recht. Kanadisches Gedöns? Was redete ich hier eigentlich? »Und es tut mir leid, dir das mitzuteilen, aber ich bin so eine Person. Eine mit Erfahrung, die es dazu noch ziemlich draufhat. Und was ich noch nicht weiß, erklärst du mir unterwegs. Wenn ich mich richtig an Zoeys Ausführungen erinnere, haben wir unzählige Stunden Autofahrt vor uns, während denen du mir das Ohr abkauen darfst.« Ich atmete schwer, spürte, wie mein Brustkorb sich hob und wieder senkte. Jaimie stand immer noch regungslos da. »Ich weiß, ich bin die letzte Person, mit der du die nächsten drei Wochen verbringen willst. Glaub mir, ich würde auch lieber freiwillig Müsli mit Rosinen essen, als mit dir mitzufahren. Und ich hasse Rosinen, nur dass das klar ist.« Jaimie lachte leise auf, und etwas in mir löste sich, als ich ihn zum ersten Mal heute mit einem schmalen Lächeln auf den Lippen sah. »Das ist ein einmaliges Angebot«, schob ich hinterher, um meinem Redeschwall wenigstens etwas Deutlichkeit zu verleihen.

Keiner sagte etwas. Stille lag über uns und wurde nur von verschiedenen Tierlauten unterbrochen, die in den letzten Wochen für mich zu beruhigenden Hintergrundgeräuschen geworden waren.

»Beth …« Jaimie sah sie fragend an, die Hände immer noch in den Hosentaschen vergraben.

»Du hast sie gehört, Junge.« Sie zuckte mit den Schultern und sah mich dabei mit einem Blick an, den ich nicht ganz einordnen konnte. »Jetzt oder nie.«

Jaimie zog die Hände aus den Taschen und lächelte sie einen Moment stumm an.

»Eigentlich wollte ich nur fragen, ob du Tara für die nächsten drei Wochen entbehren könntest.« Diesem Satz fehlte jeglicher gewohnte Unterton. Jegliche Abwertung. Er sah Beth an, die sofort nickte.

»Ich will jetzt nicht behaupten ohne Probleme, aber Zoey wird ja auch wieder gesund, und ich möchte nicht zwischen dir und deinem Glück stehen.«

Mein Mund würde jeden Moment aufklappen. Ich wollte verwirrt aufschreien, jubeln, mich ärgern oder auch nur irgendwie reagieren. Stattdessen blieb ich einfach nur stehen und sah ihn an.

»Dann gehe ich wohl mal meine Sachen packen.« Jaimie nickte, und ich meinte Dankbarkeit in seiner Geste zu lesen. Ich erwiderte die Geste, drehte mich um und stapfte zurück ins Haus. Wie schrieb man eigentlich Packlisten für einen dreiwöchigen Wildnis-Roadtrip mit einem halb Fremden, den man täglich erwürgen wollte?

Ich musste dringend Mila schreiben. Aber noch dringender musste ich packen.

KAPITEL 15

Jaimie

Keine zwanzig Minuten später wuchtete ich den schweren roten Rucksack in den vollgestopften Kofferraum und schlug die Klappe zu. Ich musterte Tara, die immer noch neben mir stand.

»Was?«, fragte sie und zog dabei die Augenbrauen zusammen, sodass sich eine niedliche Falte auf ihrer Stirn bildete.

»Nichts.« Ich zuckte mit den Schultern und führte gleich danach aus, was ich mit meinem »nichts« eigentlich meinte. »Ich hatte nur mit mehr Wartezeit gerechnet. Und einem dicken Hartschalenkoffer statt eines gut reinzuquetschenden Rucksacks, das ist alles.« Tara legte den Kopf schief und sah mich vorwurfsvoll an. Ihr Blick wanderte zu der Uhr an ihrem Handgelenk und dann wieder zu mir.

»Wow. Das waren ganze zwei Minuten, und schon bin ich wieder das kleine Dummchen.« Sie schüttelte den Kopf, doch ich schluckte nur. Sie lachte, obwohl ich schon wieder so etwas zu ihr gesagt hatte.

»Tut mir leid«, sagte ich schnell. Taras Augenbrauen schossen in die Höhe.

»Hast du … dich da gerade entschuldigt?« Sie verschränkte die Arme vor der Brust. Ich zuckte nur mit den Schultern und ging an ihr vorbei in Richtung der Fahrertür.

»Ich bin vielleicht doch nicht das große Arschloch, für das du mich hältst«, rief ich und hoffte, dass sie mich über das Autodach hinweg hörte. Wem machte ich etwas vor? Ich war genau das Arschloch, für das sie mich hielt. Aber sie rettete gerade mein Research-Projekt. Ich stieg ein und warf die Tür hinter mir zu.

»Davon musst du mich erst überzeugen.« Sie ließ sich auf den Beifahrersitz fallen »Aber dafür hast du ja jetzt genug Zeit.« Sie grinste, zog die Tür hinter sich ebenfalls zu und sah mich erwartungsvoll an. Es löste einen Teil meiner Anspannung, dass sie es zumindest oberflächlich mit Humor nahm.

»Also dann …« Ich drehte den Zündschlüssel und startete den Motor, legte allerdings noch keinen Gang ein. Stattdessen sah ich zu Tara, die schon gebannt durch die Windschutzscheibe starrte, als würden wir gleich in das aufregendste Abenteuer überhaupt starten. Vielleicht war es ja auch so. »Danke noch mal.« Ich erkannte mich selbst nicht mehr. Aber in dem Moment, da sie vor mir stand und voller Entschlossenheit *Ich fahre mit* gesagt hatte, hatte sich ein Schalter in mir umgelegt, von dem ich noch nicht ganz sicher war, was er mit mir machte. Diese ruhige Stimme, die Taras Blick auf mich lenkte. Ihre grünen Augen schauten mich direkt an. Mit diesem verständnisvollen, fast wissenden Ausdruck. Obwohl sie rein gar nichts wusste. Sie verstand nicht, dass es für mich um so viel mehr ging als nur meinen Masterabschluss. Es war etwas, das ich der Welt schuldig war. Dieses Naturschutzgebiet zu etablieren, war nicht einfach nur ein Ziel. Es war der Grund für all die harte Arbeit der letzten Wochen, all die Vorbereitungen bis ins kleinste Detail. Und sie hatte gerade dafür gesorgt, dass das nicht alles einfach umsonst war. Nach einigen Sekunden, die sich anfühlten wie Minuten, nickte sie einfach, und ich war ihr dankbar, dass sie keine große Sache daraus machte. Auch wenn es eine große Sache war. Es war eine verdammt große Sache, dass ich den Van vom Parkplatz fahren konnte. Ich konnte starten. Wir konnten starten. Alles nur dank Tara.

KAPITEL 16

Tara

»Okay. Erzähl mir alles!« Wir waren vielleicht zwanzig Minuten gefahren und standen jetzt in der Schlange vor der Fähre.

»Was genau verstehst du unter *alles*?« Jaimie lehnte entspannt in seinem Sitz, den er, sobald der Motor abgestellt war, so weit vom Lenkrad weggeschoben hatte wie möglich. Genug Platz würde in diesem Van wohl zur Seltenheit werden. Ich löste meinen Gurt und drehte mich um. Mein Blick schweifte über den gesamten Innenraum, der fast bis unters Dach beladen war. Unsere Rucksäcke in der hintersten Ecke. Taschen voller Equipment, die ich erkannte, weil Jaimie sie schon vor Tagen in meiner Gegenwart gepackt hatte.

»Ist das ein Käfig?« Ich sah auf den großen Metallkasten, der zwar viel Platz wegnahm, in dem aber weitere Taschen verstaut waren. Jaimie nickte.

»Für den Fall, dass wir eine bedrohte Spezies oder Ähnliches finden. Wir können ein paar Untersuchungen machen und vielleicht einige Tiere chippen, um über einen längeren Zeitraum hinweg ihr Verhalten zu beobachten.« Ich musterte den Käfig noch kurz und sah mich dann weiter im Van um. Eine winzige, vielleicht einen halben Meter breite Spülnische mit einem einzigen Schrank darunter. Die Kochplatten waren sicher woanders verstaut. Ein paar kleine Regale, Tausende Kabel direkt neben einem gigantischen Wasserkanister. Mutig. Und ein schmales Bett, das mehr einer dünnen Matratze auf einem Holzkasten glich, der sicher Stauraum für tausend versteckte Dinge war.

»Moment mal …« Ich sah vom Bett zu Jaimie und wieder zum Bett. »Wird das jetzt so eine Und-es-gab-nur-ein-Bett-Geschichte?« Lachend sah ich ihn an und hoffte inständig, dass er mir gleich den Knopf zeigen würde, mit dem dann ein zweites Bett aus der Decke fuhr. Oder aus dem Boden. Das war mir egal. Aber es musste gleich ein verstecktes Bett auftauchen.

»Ich fürchte schon.« Jaimie zog ein Bein an und stellte es lässig auf dem Sitzpolster ab. Seine hellbraunen Boots waren voller Staub und hoben sich so deutlich vom Innenleben ab, auf das ich immer noch starren wollte. Stattdessen starrte ich ihn an. Das durfte doch nicht wahr sein. »Aber man kann es mit einem ausziehbaren Brett erweitern, dann dürfte es breit genug für …«

»Es tut mir leid, dir das mitteilen zu müssen, aber ich werde nicht in einem Bett mit dir schlafen.«

Jaimie verzog das Gesicht zu einem schmalen Grinsen. Ich war verwirrt von dieser neuen Mimik, die ich so gar nicht von ihm kannte. Aber das Lächeln stand ihm unverschämt gut.

»Das trifft mich jetzt sehr, Tara. Dass all meine bisherigen Flirtversuche so gnadenlos gescheitert sind. Wirklich, du reißt mir das Herz raus.« Schon nach den ersten drei Worten, die Jaimie gesprochen hatte, wusste ich, dass er mich verarschte. Und dabei auch noch viel zu viel Spaß hatte.

»Also schläfst du wie der kotzbrockige Gentleman, der du bist, auf dem Boden? Und lässt es mich jeden Tag wissen, damit ich ja nicht vergesse, was für ein guter Samariter du bist?« Ich verschränkte die Arme demonstrativ vor der Brust und sah Jaimie herausfordernd an.

»Nein, wo denkst du hin. Als guterzogener junger Mann, der ich bin, schlafe ich draußen.« Er schmunzelte und zeigte in das ebenfalls vollgestopfte Fach über unseren Köpfen.

»Aha, und auf was genau starren wir da jetzt wie zwei vollgedröhnte Katzen?« Ich lachte über meinen eigenen Witz, was aber nichts daran änderte, dass ich ihm nicht folgen konnte.

»In den Taschen sind mein Schlafsack, meine Isomatte und mein Tarp.«

»Oh, entschuldige. Da hat wohl eben mein Röntgenblick versagt. Wie außerordentlich dumm von mir.« Ich verdrehte die Augen, und Jaimie presste die Lippen aufeinander, sodass sie zu einer schmalen Linie wurden.

»Ich schlafe jedenfalls draußen, du brauchst dir keine Sorgen machen, dass ...« Er brach ab, und ich sah, wie sein Kehlkopf einmal auf und ab hüpfte, als er schluckte.

»Na ja, also ... dann ist das ja geklärt.« Ich schmunzelte. Ja. Damit war das dann wohl geklärt. Und ich genoss es viel zu sehr, zu sehen, wie unsicher Jaimie plötzlich geworden war.

Ein Blick auf die Uhr verriet mir, dass noch etwa zehn Minuten vergehen würden, bis das Boarding auf die Fähre runter von Vancouver Island startete. Genug Zeit, um ein paar weitere Eckpunkte zu klären. Denn mit einem Mal hatte ich das Gefühl, viel zu wenige Fragen gestellt zu haben, bevor ich in dieses Auto gestiegen war. Um ehrlich zu sein, hatte ich keine einzige Frage gestellt.

»Also ...«, begann ich unsicher. »Was ist das Ganze hier eigentlich? Zoey hat was von einem Abschlussprojekt erzählt. Warum machen wir das? Oder eher du. Mit mir.« Jaimie schielte zu mir rüber, wandte seinen Blick dann aber wieder auf die Schlange Autos vor uns, die sich nicht bewegte.

»Es ist ein Research-Projekt für die Uni.« Das wusste ich schon von Zoey, aber das war mir in diesem Moment egal. Denn es war etwas anderes, das mich an seine Worte fesselte. Etwas in Jaimies

Stimme veränderte sich. Da war keine Spur von Leichtigkeit, stattdessen legte sich Anspannung auf sein Gesicht, die ich noch kurz sah, ehe er seine Schuhe musterte. »Ich mache gerade meinen Master, und dieses Projekt ist sozusagen meine Masterarbeit. Danach habe ich meinen Abschluss und kann mich nach Jobs umsehen.« Die Frage, in welchem Beruf er sich sah, lag mir auf der Zunge, doch ich beschloss, sie mir für später aufzuheben.

»Okay.« Damit konnte ich etwas anfangen. »Und … was genau …« Seine plötzlich veränderte Körperhaltung verunsicherte mich dermaßen, dass ich nicht einmal mehr wusste, ob ich diese Frage stellen wollte. Es fühlte sich an, als würde ich dafür sorgen, dass er so betrübt in den Fußraum sah, in dem er ein kleines Steinchen, das wohl beim Einsteigen mitgekommen war, hin und her kickte.

»Wir beobachten. Sammeln Daten. Vergleichen. Wir messen Bodenbeschaffenheiten, datieren Tierbestände und lassen Analysen laufen, in der Hoffnung, auf etwas Relevantes zu stoßen. Ergebnisse, die etwas verändern könnten.« Er räusperte sich und straffte die Schultern. Ich kannte ihn nicht, wagte aber zu glauben, dass er sich erinnerte, mit wem er hier saß.

»Okay«, sagte ich nur noch mal, auch wenn mich das in meinem Verständnis nicht viel weiter brachte. Ich strich mir eine Strähne hinters Ohr und sah ihn an. Gab ihm Zeit, mir das Ganze genauer zu erklären, wenn er das wollte. Denn auch wenn ich es noch nicht verstand, konnte jeder Mensch auch ohne viel Empathie sehen, dass dieses Thema Jaimie ganz schön an die Nieren ging.

»Letztlich ist es ein Projekt, das versucht, den menschlichen Einfluss auf die Natur zu dokumentieren und damit zu skalieren. Vor allem in Bezug auf den Tourismus. Wie er sich auf Flora und Fauna auswirkt. Das Verhalten von Tieren. Die Population generell, aber besonders geht es um bedrohte Spezies … so was eben.«

Ich nickte. *So was eben.* Ich knibbelte an meinen Nägeln herum und sah ihn an. Kurz war ich mir nicht mehr sicher, ob ich wirklich so geeignet war, ihn bei diesem Trip zu begleiten.

»Klingt … spannend.« Am liebsten hätte ich mir mit der flachen Hand gegen die Stirn geschlagen. *Hört sich spannend an.* Meine Worte klangen, als würde ich lieber das aktuelle TV-Programm vorlesen, dabei war es wirklich interessant. Auch wenn ich noch nicht alles verstand.

»Ich weiß irgendwie nicht so recht, welche Frage ich sinnvollerweise als nächste stellen sollte«, gab ich wahrheitsgemäß zu. *Was ist mein Job bei der Sache? Was tun wir da genau im Detail? Wieso finde ich es so faszinierend, eine andere Seite an dir zu sehen? Wieso … was?!*

»Das wird sich schon alles unterwegs ergeben, mach dir nicht zu viele Gedanken.« Er lächelte mir aufmunternd zu und startete den Motor. Meine Gedanken, denen ich immer noch etwas verwirrt nachhing, hatten mich so sehr abgelenkt, dass ich nicht gemerkt hatte, wie das Boarding gestartet war. Wir fuhren über das laut klappernde Metall, das den asphaltierten Steg mit dem Bauch des Schiffes verband, in den wir geradewegs fuhren. Jaimie parkte den Van auf dem ihm zugewiesenen Platz.

»Wir haben ein paar Stunden Zeit.«

»Ich weiß«, antwortete ich nur. »Ich bin auch mit der Fähre hergekommen.«

»Ach so«, erwiderte er nur. Die entspannte Offenheit hatten wir wohl draußen im Hafen gelassen.

»Wir könnten einen Kaffee auf dem Deck trinken oder so.« Ich kratzte mir am Hinterkopf und sah ihn abwartend an. Jaimie räusperte sich.

»Ich … habe ehrlich gesagt noch ein bisschen was zu tun. Vorbereitungen und so.«

»Ach so.« Diesmal war ich es, die diese sinnlosen Worte ausspuckte. »Klar, ergibt Sinn«, schob ich hinterher, obwohl das ganz und gar nicht der Fall war. Nachdem Jaimie weitere zwei Minuten nichts sagte, fischte ich meine Sonnenbrille aus der Tasche und steckte sie mir auf die Haare oben auf. »Dann geh ich wohl allein ein bisschen Sonne tanken.« Jaimie sah mich an, aber ich lief bereits den Gang entlang und ließ ihn allein da sitzen.

»Wie ist das bitte innerhalb von 24 Stunden passiert?« Mila schrie fast durch den Hörer, und ich hielt meine Hand abschirmend davor.

»Ich weiß es doch auch nicht« flüsterte ich zurück.

»Dir ist schon klar, dass es egal ist, ob die Leute dich hören oder nicht?« Ich zog die Augenbrauen verwirrt zusammen und starrte weiter durch die breite Glasfront aufs Wasser, das sich bei jeder kleinen Welle weiß kräuselte.

»Du sprichst Deutsch, Tara. Was glaubst du, wie viele der Leute um dich herum verstehen Deutsch? Und dann auch noch in dem Tempo.«

»Oh«, machte ich nur.

»Ja. Oh«, wiederholte Mila. »Aber lenk jetzt nicht ab. Du wolltest mir eben erklären, wie es dazu gekommen ist, dass du mit Mr. Grumpy in romantische Outdoor-Flitterwochen startest. Hallo?!«

Ich verdrehte die Augen, und auch wenn Mila das nicht sah, verstand sie das genervte Seufzen, das ich direkt hinterher schob.

»Es ist ein Research-Trip, Mila. Nichts weiter.« Ich rieb mir die Falten auf der Stirn, die bestimmt schon festgewachsen waren, so oft, wie ich heute etwas oder jemanden verwirrt angeschaut hatte.

»Genau. Und den konnte er natürlich nicht ohne dich machen«, steuerte sie sarkastisch bei und schwieg sichtlich überrascht, als ich mit einem simplen, aber eindeutigen Ja antwortete. Also erklärte ich ihr schnell, dass Zoey krank war, und wieso Jaimie diesen Trip nicht allein stemmen konnte. Um ehrlich zu sein, betete ich einfach Beths und Jaimies Worte nacheinander runter, in der Hoffnung, Mila würde dem ganzen Chaos, das seit heute Morgen entstanden war, folgen können.

»Und jetzt?«, fragte Mila, die im Hintergrund mit irgendetwas kruschelte. Vermutlich ihrer Sporttasche, da sie gleich noch trainieren gehen würde, aber ich erkannte es durch den kleinen Bildschirm kaum.

»Jetzt sind wir auf einer Fähre, die uns nach Vancouver bringt und fahren danach stundenlang in Richtung der kanadischen Rockies.«

»Aber Tara, das ist doch mega! Du wirst so viel von Kanada sehen. Ich bin ja so krass neidisch.« Ich lachte leise auf. So hatte ich das bisher noch gar nicht gesehen. In den letzten Stunden hatte mir wohl die nötige Zeit gefehlt, um das zu realisieren. »Zugegeben, wenn du bisher davon erzählt hast, dass du Bärenscheiße aufsammelst, war ich ganz froh hier zu sein, aber jetzt … Tara, wenn du mir nicht täglich mindestens 37 Bilder schickst, kündige ich unsere Freundschaft!« Jetzt lachten wir beide, und ich freute mich fast ein bisschen auf die nächsten drei Wochen. Natürlich würde das kein Urlaub werden, aber Mila hatte recht. Ich würde so verdammt viel sehen.

»Wenn Mr. Grumpy jetzt auch noch auf wundersame Weise zu Mr. Sunshine werden könnte, wäre das kanadische Wunder perfekt«, scherzte ich und fixierte die Küste, die sich immer deutlicher am Horizont abzeichnete.

»Ach, der taut schon noch auf.« Mila war da deutlich zuversichtlicher als ich, aber ich versuchte, ihr an dieser Stelle einfach mal zu glauben. Das würde alles schon werden.

»Ich hab dich wirklich lieb, Tara, aber wenn es keinen weiteren Notfall gibt, würde ich dich jetzt ganz unfreundlich abwürgen, um ins Gym zu fahren. Nach diesem beschissenen Tag in der Bib hab ich das absolut nötig.« In Momenten wie diesem vermisste ich meine beste Freundin.

»Was ist los?« Ich legte den Kopf schief und musterte meine beste Freundin.

»Nur Klausurenstress. Ich wollte schon einmal in der Bib Material für meine Hausarbeiten sichten, aber irgendwie ist das gerade alles einfach zu viel.« Mila seufzte, und ich wünschte mir nichts mehr, als bei ihr zu sein. Ich würde mit einer Portion Eis vorbeikommen, und wir würden den ganzen Abend über Dozierende lästern, die viel zu hohe Ansprüche stellten.

»Du weißt, auch wenn ich weit weg bin, kannst du mir immer alles erzählen, und ich bin da.« Genau wie sie für mich. Zu jeder Tages- und Nachtzeit.

»Ich weiß. Aber jetzt lass ich meinen Frust erst mal in einer Spinning-Klasse aus.« Sie warf einen Blick auf die Smartwatch an ihrem Handgelenk. »Ich muss los!«

»Viel Spaß, Mila.« Meine Worte gingen halb in ihrem Gähnen unter, bevor wir auflegten. Auch wenn es kein stundenlanges Gespräch bei Chips und Kerzenschein gewesen war, hatte es doch geholfen. Mila hatte recht: Vielleicht war das hier auch einfach meine Gelegenheit, so viel mehr von Kanada zu sehen.

Ich wischte über meinen Bildschirm und bemerkte die kleine rote Eins an dem grünen Icon mit der Sprechblase in der Mitte. Eine neue Nachricht. Von Zoey.

> Danke!! Du hast nicht nur mich gerettet, sondern auch Jaimie, auch wenn er das nie zugeben wird. Bring ihn bitte nicht um, wenn er zu fies ist. Ich haue ihn dafür, wenn ihr zurück seid. Versprochen.

Zoeys Worte zauberten ein Lächeln auf meine Lippen.

Ich kann nichts versprechen, aber ich gebe mein Bestes.

Ich schickte die Nachricht schnell ab und versprach Zoey, genau wie Mila, sie auf dem Laufenden zu halten und ihr regelmäßige Updates zu schicken. Ich las ihre Nachricht noch ein zweites und auch ein drittes Mal.

Ich hatte Jaimie gerettet. Vielleicht etwas dramatisch ausgedrückt, vielleicht stimmte es aber auch einfach.

Ich hoffte nur inständig, dass ich das nicht bereuen würde.

KAPITEL 17

Tara

»Okay, was ist unsere Aufgabe hier?« Ich stieg aus und ging zu Jaimie an den Kofferraum. Ich war voller Tatendrang. Die stundenlange Fahrt steckte mir zwar in den Knochen, aber das spielte jetzt keine Rolle.

»Abendessen machen. Schlafen. Vielleicht vorher etwas lesen, ich weiß nicht, ob du da so der Typ für bist.« Jaimie zog eine Schublade unter dem Bettkasten hervor, die so lang war, dass sie sicher gleich abbrechen würde.

»Keine Sorge. Schwerlastschublade«, sagte Jaimie nur, der meinen Blick richtig interpretiert hatte.

»Aber also …«, begann ich, um auf die eigentliche Frage zurückzukommen. »Keine Proben nehmen, Fotos von irgendwas machen? Tabellen am Klemmbrett ausfüllen, die mich so richtig klug aussehen lassen?« Jaimie schaute von der Schublade, in der er wühlte, auf und sah mich an.

»Ich halte dich nicht davon ab, in den Wald zu gehen und irgendwas zu sammeln. Aber pass auf, hier gibt es – wie überall – Bären und andere Tiere, denen du nicht unvorbereitet über den Weg laufen willst.« Ich sah mich unsicher um. Auf einmal zuckte ich zusammen. Da war doch etwas gewesen? Jetzt, wo ich wusste, dass es hier Bären gab, hörte ich auf einmal jedes leise Knacken eines Astes und noch mehr brummende Laute zwischen den Bäumen. Überall beunruhigende Geräusche, die alle von einem Bär stammen konnten. Oder schlimmer noch von einem Puma. Der Wind, der durch die Büsche raschelte, neben denen wir Betsie geparkt hatten, wirkte mit einem Mal viel unheimlicher. Dass die Sonne langsam unterging und der Wald dahinter im aufkommenden Dämmerlicht die Konturen verlor, machte es nicht gerade besser.

»Ganz ruhig.« Jaimie lachte und musterte mich. Man sah mir meine Angst wohl an. Hoffentlich roch man sie nicht. O Gott, konnten die Bären das riechen? Bestimmt.

»Ich brauche kurz Deo.« Ich ließ Jaimie stehen, rannte zu meiner Tasche, die auf dem Beifahrersitz war und schmierte mich mit Deo ein. Das würde helfen. Oder? Ich sah über die kleine, offene Waldfläche, auf der wir parkten. Wir waren kaum drei Minuten von der Landstraße entfernt, und doch ließ die ohrenbetäubende Stille mich glauben, dass wir mitten im Nirgendwo waren. Wo niemand hören würde, wenn etwas passierte …

»Jaimie …« Ich stand wieder am Kofferraum, wo er in der Zwischenzeit ein Kochset aufgebaut hatte.

»Ja?«, antwortete er leicht schnaubend. Mein Verhalten während der letzten Minuten hatte ihn sicherlich verwirrt. Wenn es ihn überhaupt interessierte.

»Ich hasse es, dir hiermit in die Karten zu spielen …« Ich kratzte mich am Arm und biss mir auf die Lippe. Doch es führte nichts drum herum. »… aber kannst du mir irgendetwas Beruhigendes sagen, damit ich nicht wie die dumme Touristin, für die du mich hältst, Angst habe, dass gleich ein Bär aus dem Wald auf uns zu springt?« Ich schluckte, während Jaimies Augen größer wurden. »Weißt du, bei uns in den Bergen gibt es … ach keine Ahnung, was es überhaupt in den Alpen gibt, aber nichts, wovor ich auch nur annähernd solche Angst hätte.« Jaimie sah mich an, schaute mir einfach nur tief in die Augen. Seine schimmerten dunkelgrün. Waren sie schon immer dunkelgrün gewesen, oder war es mir bisher einfach nicht aufgefallen, weil ich sie noch nie länger als drei Sekunden angesehen hatte, ohne ihn von einer Klippe schubsen zu wollen?

»Es wird kein Bär einfach so aus dem Wald springen und dir an die Kehle gehen. Keine Sorge.« Er lachte leise auf, sofort sah ich ihn vorwurfsvoll an und verschränkte die Arme vor der Brust. Verteidigend hob er die Hände. Vermutlich war meine Vorstellung von einem halb fliegenden Bären, der über unseren Van hinweg auf uns zusprang, so absurd, dass kein Kanadier sich das Lachen verkneifen könnte. »Zunächst einmal ist es jeglichen Tieren gerade noch zu warm.« Ich blickte an meiner kurzen Shorts und dem Top runter, die ich die ganze Fahrt getragen hatte. »Weißt du, die können ihr dickes Fell nicht so einfach zu Hause lassen, wenn es zu warm wird. Also verkriechen sie sich in der Mittagshitze in ihrer Höhle. Und an Tagen wie heute, an denen wir weit über 30 Grad haben, werden sie vermutlich erst nach Sonnenuntergang Lust haben, sich überhaupt zu bewegen.«

»Okay.« Ich nickte. Das half. Zumindest etwas. Jaimie griff den Topf und hielt ihn unter den großen Wasserkanister, aus dem er etwas Wasser in den Topf laufen ließ.

»Gerade sind wir ihnen außerdem viel zu laut.« Jaimie zuckte mit den Schultern. Er zog eine Nudelpackung aus der Schublade, und ich sah ihn skeptisch an.

»Ein bisschen Plastikknistern ist zu laut?« Ich zeigte auf die Nudeln in seiner Hand.

»Auch«, antwortete er nur. Klar. Damit war ja alles gesagt. »Bären mögen keine Menschen, Tara.«

»Da haben du und die Bären ja was gemeinsam.« Ich schnaubte, aber Jaimie ging überhaupt nicht auf meinen Kommentar ein.

»Sie hören uns, ohne dass du überhaupt ahnst, dass ein Bär in der Nähe ist. Und ich meine nicht nur das Knistern von Nudelpackungen.« Er wedelte demonstrativ damit in der Luft, was sie unangenehm laute Geräusche machen ließ. »Damit meine ich dicke Wanderschuhe auf Waldboden. Das Zurren von Rucksackgurten. Stimmen, wenn wir uns leise unterhalten. Das hören Bären, Pumas, Wölfe, welches Tier dir auch immer Angst macht.«

»Wölfe? Seit wann reden wir denn hier auch noch von Wölfen?« Meine Stimme überschlug sich beinahe.

»Tara …« Jaimie sah mich eindringlich an, und auch wenn er vermutlich hoffte, dass sein Anblick mich beruhigte, raste mein Herz nur immer schneller. »Bären und alle wilden Tiere halten sich von Menschen fern. Solange es ihnen möglich ist und sie keine Gefahr in dir sehen. Wenn du dich dann an ein paar Grundregeln hältst – wie Essen und Zahnpasta nachts sicher zu verstauen –, dann kann dir quasi nichts passieren.« Ich sah ihn an, musterte seinen Bartschatten, und ließ seine Worte sacken. »Wenn ein wildes Tier angreift, ist es die Schuld des Menschen. Immer.« Seine Worte waren hart, aber vielleicht stimmte es. Doch egal, ob es stimmte, es beruhigte mich. Solange ich wusste, wie ich mich verhalten sollte, konnte mir recht wenig passieren. Außerdem hatte ich Jaimie an meiner Seite. Jaimie, dessen Heimat das hier war.

> Mir geht es soweit gut, bin durch eine ungeahnte Planänderung die nächsten Wochen in den Rockies unterwegs.

Ich machte noch ein schnelles Selfie und hängte es der Nachricht an meinen Bruder an.

> Wie ist es zu Hause?

Die Frage schmerzte. Der Gedanke an zu Hause schmerzte. Nicht nur, weil ich mein Zuhause, meinen Bruder und meine Eltern vermisste. Sondern auch, weil meine Eltern sich seit meiner Abreise kein einziges Mal bei mir gemeldet hatten. Gut, ich hatte auch nicht versucht, sie anzurufen. Über Matty an Infos zu kommen, war deutlich einfacher, und so konnte ich praktischerweise auch jeder Konfrontation aus dem Weg gehen.

Es ist komisch ohne dich.

Seine Antwort kam schnell.

Das ist es hier auch. Vermisse dich.

Matty und ich hatten noch nie wie kitschige Zwillinge alles miteinander gemacht und nur mit dem anderen zusammen existiert. Aber er war trotz allem mein Zwillingsbruder, der mich binnen Sekunden verstand und immer wusste, was in mir vorging.

Weißt du schon, wie lange du bleiben möchtest?

Willst du das wissen, oder stellst du die Frage für jemand anderen?

Tara ...

Sorry. Ist nur gerade alles etwas viel.

Schon gut.

Ich weiß es nicht, Matty. Ich bin jetzt erst mal hier, und danach sehen wir weiter. Beth meinte, ich kann bei ihr bleiben, wenn ich nichts anderes finde. Vielleicht mache ich das.

Dieser Gedanke kam mir nicht erst jetzt, es das erste Mal so geschrieben vor mir zu sehen, machte es aber seltsam real.

Okay.

Ich las aus jedem dieser vier Buchstaben, dass absolut gar nichts okay war. Aber Matty wollte mir offensichtlich die Zeit geben, die ich brauchte. Dafür war ich ihm dankbar.

»Morgen erreichen wir unser erstes Ziel.« Jaimie reichte mir einen Teller Spaghetti mit Pesto, den ich dankend annahm. »Wir kommen in Revelstoke an, das gehört zum *Mount Revelstoke National Park.*« Ich nickte und nahm mir fest vor, später noch einmal auf der Karte in meinem Handy nachzuverfolgen, an welcher Route wir uns eigentlich entlang bewegten. »Wir stellen einige Wildkameras auf, die automatisierten Aufnahmen können wir dann später auswerten.«

»Okay.« Ich drehte einige Spaghetti auf meiner Gabel auf und dippte sie in einen kleinen Pestosee, der sich an der Seite meines Tellers gebildet hatte.

»Dazu müssen wir noch einige weitere Daten sammeln.« Ich nickte erneut und versuchte, Jaimie so aufmerksam wie möglich zu folgen, während ich gleichzeitig hungrig meine Spaghetti verspeiste. Er erklärte, wie wir Proben sammeln und einige Beobachtungen dokumentieren würden, dass es aber vor allem darum ginge, die Kameras gut zu platzieren, damit sie über den Zeitraum unseres

Roadtrips hinweg Fotos machten, die hilfreich für das Forschungsvorhaben sein würden. Je länger Jaimie sprach, desto eher verstand ich, warum man diesen Trip nicht allein stemmen konnte. Es ging gar nicht darum, was ich an Expertise mitbrachte. Oder eher nicht mitbrachte. Es ging vor allem um eines: Zeit. Die Aufgaben, die wir in den nächsten drei Wochen bewältigen mussten, waren allein schlicht und einfach nicht machbar. Nicht, wenn man gleichzeitig auch noch mehrere tausend Kilometer Strecke hinter sich bringen und nachts vielleicht noch mehr als zwei Stunden schlafen wollte. Es war ein monströses Projekt, aber nachdem ich verstanden hatte, wie wichtig es Jaimie war, war ich motivierter denn je.

Ich war bereit.

Jaimie

Ich betrachtete den Van, in dem Tara vermutlich friedlich im Bett lag. Es war fast ein wenig süß, dass sie noch dreimal gefragt hatte, ob mich hier draußen kein Bär fressen würde. Aber solange ich weder Essen noch Zahnpasta oder andere gut riechende Dinge in größeren Mengen bei mir hatte, war ich so sicher, wie man nur sein konnte. Der Van, in dem das Essen lag, war gut verschlossen, sodass auch Tara sicher war.

Was genau war in den letzten 24 Stunden passiert? Gestern Abend noch war ich der festen Überzeugung gewesen, Zoey würde diesen Trip mit mir antreten. Zoey, mit der ich das seit Wochen plante und die über alles Bescheid wusste. Zoey, der bewusst war, was der Mount Cartier mir bedeutete und die verstand, dass die Uni mir herzlich egal wäre, wenn sie das Ganze hier nicht finanzieren würde.

Tara hatte keine Minute dieser Vorbereitung mitgemacht. Ich würde ihr alles erklären müssen, jeden einzelnen Schritt, den Zoey im Schlaf beherrschte. Unsicherheit rumorte in meiner Magengegend, Zweifel, ob das alles wie geplant funktionieren würde. Ich fragte mich, ob Tara und ich den Zeitplan gemeinsam einhalten würden. Ob wir überhaupt zusammenarbeiten konnten.

Aber ich konnte nicht wütend sein. Oder verunsichert. Letztlich überwog gerade einfach nur die Dankbarkeit, dass Tara diesen Trip gerettet hatte.

Es war ihr einnehmendes, strahlendes Lächeln, das ich vor meinem inneren Auge sah, ehe ich endlich einschlief.

KAPITEL 18

17.07.2022

Es knisterte und knallte einmal laut, während ich das Zelt mit all meiner Kraft ausschüttelte. Die Nässe war nach drei Tagen auf dem Trail in die letzte Ritze des Zelts, in jedes Kleidungsstück und bis zwischen meine Zehen gekrabbelt.

»Vergiss es, Jaimie«, kommentierte Josh meine lächerlichen Trocknungsversuche. Ich wusste selbst, dass es vergebens war, darauf brauchte er mich nicht auch noch hinzuweisen.

»Mach's besser«, pampte ich ihn an, doch mein Bruder hörte das Lachen darin und verstand meine Worte einzuordnen. Joshs Blick ging zum Himmel, und ich folgte ihm. Die kleine blaue Lücke konnte Trockenheit bedeuten, aber die grauen Schleier drum herum verdrängten den Gedanken an Sonne schnell wieder.

Ich trat ein paarmal in dem feuchten Sand umher, bis ich einen halbwegs stabilen Stand hatte. Mit einer ausladenden Bewegung breitete ich das Zelt auf der Unterplane aus.

»Wir werden wohl oder übel hoffen müssen.« Ich steckte die Zeltstangen zusammen und musterte die feinen Tropfen, die überall auf der Zeltoberfläche klebten. Mit etwas Glück konnte das trocknen. Genau wie mein Bruder, der es geschafft hatte, seine Regenjacke zu Hause zu vergessen und seitdem konstant aussah wie ein begossener Pudel.

»Nicht so pessimistisch. Das wird schon!« Josh lachte schulterzuckend, als würde uns nichts etwas anhaben können. Ich schüttelte nur den Kopf und klipste die Zeltstange an den dünnen Stoff.

Ich glaubte meinen Augen kaum, aber zwei Stunden später erholten wir uns am Strand – nur in Unterhosen. Die Sonne hatte sich tatsächlich durchgekämpft, und so lagen wir inklusive all unserer ausgebreiteten Sachen in der Sonne und trockneten. Ein verdammt gutes Gefühl, das durch nichts auf der Welt übertroffen werden konnte. Zumindest in diesem Moment.

»Es ist so unglaublich zu sehen, dass sich hier nichts verändert hat. Vor zwanzig Jahren, als Mom und Dad hier waren, sah es genau so aus, und ich wette auch vor vierzig Jahren war alles hier … genau so.« Josh hatte die Arme hinter dem Kopf verschränkt und sah auf den massiven Regenwald, der sich hinter dem kleinen Küstenstreifen, auf dem sich unser Camp befand, auftat. Mein Blick lag auf dem rauschenden Meer.

»Das ist das Ergebnis strenger Restriktionen.« Ich schob den Pulli, den ich zu einem Kopfkissen umfunktioniert hatte, unter mir zurecht und sah meinen kleinen Bruder an. »Nur eine Handvoll Menschen jede Saison, alle Gebühren, die wir bezahlen gehen direkt wieder ins Parkmanagement und an die First-Nations-Community und eine ›Take out what you Take in‹-Regel, die keine Ausnahmen duldet.« Josh lachte wissend.

»Wenn du unterwegs keine Mülleimer hast, achtest du darauf, so wenig Müll wie möglich zu produzieren. Wer schleppt den sonst?« Ich nickte zustimmend und dachte an den winzigen Plastikbeutel, in dem unser Müll der letzten drei Tage schlummerte. So viel Müll hatte ich zu Hause schon nach dem Frühstück erzeugt. Besorgniserregend, wenn man so darüber nachdachte.

»Ich hab Angst, Jaimie.« Joshs Blick hing an den wenigen weißen Wolken, die am blauen Himmel vorbeizogen. Schäfchenwolken. Ein gutes Zeichen.

»Wovor?«

Mein Bruder sah mich an. Ich kannte diesen Blick. »Vor der Zukunft. Dass dann nichts mehr da ist.« Er musste nicht weitersprechen. Ich verstand ihn sofort. »Dass unsere Kinder nie wissen werden, wovon wir sprechen, wenn wir von Orten wie diesem erzählen. Stell dir mal vor, sie könnten nie in dem Fire Lookout oben auf dem Mount Cartier übernachten, weil ... keine Ahnung, da unten jetzt ein blöder Hotelkomplex steht, alles Privatbesitz wird und sie am besten noch den Echo Lake verschmutzen.«

»Ich weiß«, antwortete ich nur. Meine Stimme klang genauso resigniert, wie ich mich fühlte. »Aber was sollen wir tun?« Josh zuckte mit den Schultern und sprach mir damit aus der Seele. Wir wussten, dass etwas gewaltig schieflief. Aber wir wussten auch, dass wir allein nicht die Welt verändern konnten.

»Keine Ahnung, Jaimie.« Josh schaute wieder in den Himmel, wo sich in den letzten Minuten Anfänge dunkler grauer Wolken entwickelt hatten. »Irgendwas. Hauptsache irgendwas.«

KAPITEL 19

Jaimie

Tara gähnte laut neben mir auf dem Beifahrersitz.

»Nicht gut geschlafen, Prinzessin?« Mit hochgezogenen Augenbrauen sah sie mich an.

»Wenn ich eine Prinzessin bin, dann wohl die auf der Erbse.« Tara schnaubte kopfschüttelnd. »Wenn ich's mir recht überlege, nenn mich einfach nicht Prinzessin.« Sie verzog das Gesicht und kniff ihre grünen Augen zusammen. Kurz war ich versucht, im nächsten Satz das Wort Prinzessin gleich dreimal unterzubringen, aber ich hielt mich zurück. Tara wirkte zu müde, um angemessen zu kontern.

»Müssen wir in Zukunft mehr Zeit für deinen Schönheitsschlaf einplanen?«

»Nein, schon gut.« Sie gähnte demonstrativ, was mir ein Schmunzeln entlockte. Ich blickte auf die Straße vor uns und hörte, wie Tara weitersprach. »Ich brauche nur ein paar Tage, um nicht mehr bei jedem ungewohnten Geräusch hochzuschrecken.« Sie streckte sich, so gut es in ihrer eingezwängten Position ging. »Und die Träume zwischen den Wachphasen handeln irgendwann bestimmt auch nicht mehr von Bären, die plötzlich mit uns im Van mitfahren.« Sie ließ nacheinander ihre Fingergelenke knacken und lehnte sich dann entspannt zurück. Ich nickte und wartete ab, ob sie noch etwas sagen würde. Vielleicht würde es ihr helfen, wenn ich ihr noch mehr über das Wildleben in British Columbia erzählte? Ich verwarf den Gedanken schnell wieder. Sie würde sowieso nicht viel damit anfangen können.

»In etwa zwei Stunden sollten wir in Kamloops sein.« Der Highway folgte immer mehr Kurven, je weiter wir in die Berge fuhren. Die Rockies waren zwar noch einige Stunden entfernt, doch die Ausläufer konnte man schon hier erahnen.

»Glaubst du, wir können uns bis dahin irgendwo einen kleinen Mittagssnack holen?« Tara wickelte ihre dunkelblonden Haare zu einem Knoten auf ihrem Kopf und sah mich an.

Ich nickte. »Wir sollten demnächst an einem Tim Hortons vorbeikommen.«

»Tim … was?«, fragte sie nur, und mir stand der Mund offen.

»Du weißt nicht, was *Tim Hortons* ist?« Schockiert sah ich sie an und wandte meinen Blick dann zurück auf die Straße vor uns, der wir noch gute 120 Kilometer folgen würden.

»Ist das so was wie McDonald's?«

Empört schüttelte ich den Kopf. McDonald's und Tim Hortons hatten in etwa so viel gemeinsam wie ich und Ryan Gosling. Wobei die blonden Haare schon mal stimmten.

Das Glück war auf unserer Seite, und keine zehn Minuten später fuhr ich auf den Parkplatz.

Tara stieg aus und musterte das große rote Schild, das tatsächlich recht schnell erkennbar machte, dass es sich um eine Fast-Food Kette handelte. Die hier war aber ganz anders als McDonald's. Wir betraten den Laden und stellten uns vor die Auslage. Während Tara ehrfürchtig die leuchtenden Angebotstafeln und die Auslage voller frittierter Teigbällchen musterte, klebte mein Blick an ihr. An ihr und ihrem kindlichen Strahlen, das nichts als pure Freude vermittelte.

»Was ist das?« Ich spürte meinen linken Mundwinkel zucken,

während sie so nah an den Tresen trat, dass ihre Nase sicher gleich kleine Schlieren auf dem Glas ziehen würde, das sie und die Zuckerbomben noch voneinander trennte.

»Timbits«, antwortete ich auf die Frage, die jedes zweijährige Kind in Kanada beantworten konnte.

»Können wir bitte alle davon kaufen?«

»Ich dachte, du hast Hunger?« Ich lachte beim Gedanken daran, dass diese Frage auch von meiner Mutter kommen könnte. Wobei ich mir nicht sicher war, ob sie immer noch der Mensch war, der in meiner Erinnerung lebte. Dazu hatte ich sie zu lange nicht mehr gesehen. Ich schluckte schwer und schüttelte mich leicht, um mich wieder daran zu erinnern, wo ich war.

»Und wer hat gesagt, dass ich den nicht mit 20 dieser kleinen Timbots stillen kann?« Sie verschränkte die Arme vor der Brust.

»Timbits«, verbesserte ich sie grinsend. »Wenn du echt kanadisch sein willst, dann bestellst du dazu noch einen Iced Capp.« Ich nickte in Richtung der Tafel, auf der die verschiedenen Größen und Preise angezeigt wurden.

»Ist das flüssige Diabetes?« Tara sah mich an, mit diesem sanften Lächeln, das immer auf ihren Lippen lag. Ganz egal, ob sie das beabsichtigte oder nicht: Sie sah immer glücklich aus. So voller federleichter, positiver Gefühle. Ich hoffte, dass es auch in ihr drin so aussah.

»In etwa. Ein süßer Cappuccino, der mit ganz viel Crushed Ice zu einer Art Slushie gemixt wird.« Ich gab mein Bestes zu erklären, auf was sie sich hier einließ, und kam mir dabei ziemlich dämlich vor.

»Du willst mir sagen, ich kann mir Kaffee als Slushie holen?«

»Ich hoffe, das ist okay?« Ich kratzte mich am Hinterkopf und begann kurz an meiner Wahl fürs Mittagessen zu zweifeln.

»Nicht okay ist nur, dass du mir nicht schon früher von Tim

Hortons erzählt hast. Oder Zoey!« Mit gespielter Entgeisterung sah sie mich an. Wir stellten uns vor die Kassiererin, als die Schlange vor uns endlich durch war.

»Hallo, ihr beiden, wie geht es euch heute?« Die junge Frau lächelte uns an.

»Gut, danke«, antwortete ich ebenfalls freundlich und bemerkte Taras seltsamen Blick. Ich bestellte zwei Iced Capps, ein BLM-Sandwich für mich und einen riesigen Berg an Timbits, an denen Tara und ich uns bestimmt die nächsten Tage satt essen konnten.

Ich trug die Tüten nach draußen und stellte sie aufs Autodach, während ich in meiner Tasche nach dem Schlüssel kramte. »Was ist?«

Tara stieg ein, und die kleine Falte auf ihrer Stirn verriet, dass sie verwirrt war. »Ich habe ja so viele Fragen.« Ihr Lachen beruhigte mich, und ich stieg ebenfalls ein.

»Schieß los.« Ich stellte die Kaffee-Slushies in die Getränkehalterungen und zog mein Sandwich aus der Tüte.

»Zuerst einmal: Woher kennst du die Kassiererin?« Sie zog ihre Beine in einen Schneidersitz und machte es sich gemütlich.

»Ich … Hä?« Ich biss von meinem Sandwich ab und sah sie an, während ich den ersten Bissen schluckte.

»Du warst so freundlich zu ihr, das ist verwirrend …«

»Ja, aber das gehört sich so.« Ich zuckte mit den Schultern, wunderte mich aber dennoch über mich selbst. Tara hatte schon recht. Klar war man hier in Kanada freundlich. Aber ich war in dieser Hinsicht nicht unbedingt der Vorzeigekanadier. Sie musterte mich und lachte laut.

»Was? Wird man das in Deutschland nicht gefragt?«, fragte ich schließlich.

Tara dachte nach. Kurz schaute sie in die Leere, bevor sie den

Blick wieder auf mich richtete. Hoffentlich tropfte mir keine Soße vom Kinn.

»Auf keinen Fall. Fremde spricht man nicht an, das ist komisch.« Das klang ziemlich schrecklich. »Im Gegensatz dazu, hatte ich das Gefühl, dass diese fremde Kassiererin eben *wirklich* wissen wollte, wie es uns geht.« Immer noch lachend schüttelte sie den Kopf. Mich ließ der Gedanke immer noch nicht los, dass ich mich leichter fühlte, seit wir unterwegs waren. Tara und ich. Das war etwas Gutes. Oder?

Ich zuckte nur mit den Schultern und stopfte mir den letzten Bissen des Sandwiches in den Mund. Direkt danach zog ich den kalten Kaffee aus der Halterung und spülte das Essen mit einem großen Schluck runter. Tara griff in die Tüte und zog eine der zwei roten Faltboxen raus, die mit Timbits gefüllt waren.

»Moment«, sagte ich schnell und bedeutete ihr, noch kurz zu warten. »Halt den mal!« Ich drückte ihr den Iced Capp in die Hand und kramte mein Handy aus der Ablage zwischen uns hervor.

»Was machst du?« Tara lachte unsicher. Ich drückte auf den weißen Kreis am unteren Ende des Bildschirms und fing Taras strahlendes Lächeln ein.

»Dein erstes Mal Tim Hortons. Das müssen wir Beth und Zoey schicken.« Ich lächelte, während ich ein Foto auswählte, um es den beiden zu senden.

»Zeig mal her.« Tara lehnte sich zu mir rüber und stützte sich an meiner Schulter ab, um auch auf den Bildschirm meines Handys zu schauen. Ihre Haare kitzelten sanft die Haut in meinem Nacken, und ich nahm ihr Deo wahr, das nach frisch gewaschener Wäsche roch. Das, womit sie sich gestern in Panik vor einem Bären fast am ganzen Körper eingerieben hatte. Die Erinnerung daran entlockte mir ein leises Schmunzeln, das ich mit einem kaum merklichen Kopfschütteln zu unterdrücken versuchte. Ich drehte mich leicht und sah sie über meine Schulter hinweg an. Ihr Blick hing immer noch an meinem Bildschirm, während ich ihr so nah war, dass ich die Sommersprossen auf ihrer Haut hätte zählen können.

»Das sieht schön aus.« Sie meinte das Bild, aber ich fand, dass das auch auf sie zutraf. Ich antwortete nicht, worauf sie sich fast wie in Zeitlupe zu mir drehte. Ihre Hand immer noch auf meiner Schulter, wo ich jeden ihrer Finger so deutlich spürte. Sie hob den Blick, legte den Kopf leicht in den Nacken – so nah waren wir uns –, traf auf meine Augen, bevor ich mit meinem Blick nach unten wanderte. Über ihre kleine Stupsnase hinweg, bis ich an ihren vollen Lippen hängen blieb, die direkt vor mir auf Augenhöhe schwebten. Sie befeuchtete sie mit der Zunge, und ich schluckte.

»Ich schicke das dann mal ab«, flüsterte ich. Ich wusste nicht, was ich mir erhoffte. Vielleicht, dass wir beide beim Klang meiner Stimme zusammenzucken würden und uns zurück auf unsere Sitze setzten. Uns voneinander lösten. Nichts dergleichen passierte.

»Ja«, flüsterte sie ebenfalls.

Ich sah ihr in die grünen Augen und spürte ihren warmen Atem auf meiner Haut. Plötzlich räusperte sie sich, und schließlich zuckten wir doch zusammen. Tara zog ihre Hand ruckartig zurück und schüttelte sie, als hätte sie sich an meinem Shirt verbrannt. Keine zwei Sekunden später saß sie wieder auf ihrem Sitz und hielt die rote Pappbox mit beiden Händen auf ihrem Schoß. Sie fischte einen dunklen Ball mit Zuckerglasur heraus und schob ihn sich in den Mund.

»Hmm. Die Dinger sind echt gut.« Sie schmatzte mit halb vollem Mund. Ich wollte es nicht süß finden, wollte die Gedanken von eben beiseiteschieben, doch mein stummer Blick klebte an dem Puderzucker, der noch immer an ihrer Unterlippe hing.

Fuck, Jaimie. Reiß dich verdammt noch mal zusammen.

»Wir sollten dann mal weiterfahren. Wir haben noch einiges vor uns.« Tara schob sich den nächsten Timbit, diesmal einen hellen mit bunten Streuseln, in den Mund und nickte nur. Sie schnallte sich an und starrte aus der Windschutzscheibe. Sie war bereit, die letzten Stunden unserer Tagesetappe anzutreten – genauso wie ich bereit war, diese Situation auf dem Tim-Hortons-Parkplatz einfach hinter uns zu lassen.

Tara

»Was ist hier passiert?« Wir fuhren um die nächste Kurve, und alles, was ich sah, war braun. Braun verbrannte Flächen, wo früher Wiesen und grünes Gras gewesen sein mussten. Dürre Äste verdorrter Büsche und … »Kannst du da vorne bitte mal anhalten?« Jaimie fuhr in die kleine Parkbucht, und noch bevor er den Motor abgestellt hatte, war ich ausgestiegen. Der Kies knirschte unter meinen Füßen, während ich auf die Kante des kleinen Aussichtspunkts zusteuerte. Von hier aus konnte man sehen, wie die Straße sich die nächsten Kilometer durchs Tal schlängelte und die kleinen Berge links und rechts davon. Ich starrte auf den Hügel gegenüber von uns, von dem uns nur der Fluss trennte, der sich etwa 50 Meter unterhalb von uns befand und der nach der Hitze der letzten Zeit kaum mehr als ein Rinnsal war.

»Sind das …«, begann ich und hörte, wie Jaimie sich neben mich stellte.

»Die Überreste eines Waldbrandes, ja.« Er bestätigte meine schlimmste Befürchtung. All diese schwarzen dünnen Striche, die sich über die gesamten Hügel und Berge zogen, aneinandergereiht wie fein säuberlich aufgestellte Zahnstocher … waren verkohlte Bäume.

»O Gott«, flüsterte ich. Unfähig etwas anderes zu sagen.

»Mhmm«, brummte Jaimie nur zustimmend.

»Wie …«, begann ich, auch wenn ich wusste, wie Feuer entstand. Wie Waldbrände entstanden. Doch das hier trieb mir fast die Tränen in die Augen. Überall wo Wald sein sollte, wo ich Vögel zwitschern hören und grüne Wiesen sehen sollte, wechselte sich Braun mit Schwarz ab.

»Hitze. Unbändige Hitze, die eigentlich nicht nach Kanada gehört. Aber das interessiert den Klimawandel recht wenig.« Jaimie stieß ein resigniertes Schnauben aus, als hätte er dieses Gespräch schon zu oft geführt. »Einmal angefangen ist es fast unmöglich, einen Waldbrand aufzuhalten. Es ist schlimm, das mit anzusehen.« Ich schluckte schwer bei seinen Worten und fühlte mich schrecklich hilflos. Man musste dem Wald dabei zusehen, wie er verbrannte. Ein schwerer Stein saß dort, wo mein Herz sonst so kräftig pochte, und erschwerte mir das Atmen. Ich spürte, wie Jaimie seinen Arm um mich legte, und ich versuchte Frieden mit diesem Anblick zu schließen, der mich so aus dem Nichts getroffen hatte. Anders als gerade sorgte Jaimies Nähe diesmal nicht für ein Knistern auf meiner Haut. Jetzt stand er hier neben mir und bot mir den Halt, den ich dringend brauchte. Ich drehte meinen Kopf und sah ihn an. Noch bevor mein Blick seine Augen erreichte, zuckte er zusammen, als hätte ich ihn zurück in die Realität geholt. Ich musterte ihn und sah, wie er schwer schluckte, das Gewicht von einem Bein aufs andere verlagerte.

Schließlich war ich es, die sich als Erste löste. »Komm, lass uns weiterfahren.« Ich drehte mich langsam zu Jaimie, dessen Hand immer noch an meinem Arm lag und lächelte ihn dankbar an. Er zog sich die weiß-graue Kappe vom Kopf und fuhr sich durch die dunkelblonden Haare, die wild in alle Richtungen abstanden.

Wir stiegen wieder ins Auto, wo ich mir dankbar kalte Luft von der Klimaanlage ins Gesicht pusten ließ. Ich wusste ja, dass Jaimie Umweltschutz wichtig war und dass das eine große Rolle in seinem Projekt spielte. Ich wusste allerdings nicht, wie sichtbar die Folgen des Klimawandels bereits waren.

Das hier würde schwerer werden als gedacht.

KAPITEL 20

Tara

Die kühle Abendluft zog durch die geöffnete Heckklappe über mich hinweg und aus dem Seitenfenster wieder hinaus. Die Sonne ging in zarten Rosatönen hinter den Bergen unter, und ich lag hier mit meinem Notizbuch und unternahm den kläglichen Versuch, diesen Anblick einzufangen. Mit einem Bleistift.

»Was machst du da?« Ich schreckte zusammen und klappte das Buch reflexartig zu.

»Nichts«, spulte ich den üblichen Automatismus ab. Ich presste die Lippen zusammen und sah Jaimie an, der nun vor mir stand und mir die Sicht auf den traumhaft schönen Sonnenuntergang versperrte. Er musterte mich, und ich kam nicht umhin, meinen Blick über seinen Oberkörper gleiten zu lassen. Seinen T-Shirt-losen, gut trainierten Oberkörper.

»Ich zeichne, Jaimie.« Ich klappte das Notizbuch wieder auf und kratzte mich mit dem Bleistift am Haaransatz. »Und ich muss dich enttäuschen und jegliches Angebot, das du mir hier unterbreiten willst, ausschlagen, aber könnten du und dein naturgeformter Astralkörper sich bitte zur Seite bewegen? Sonst verpasse ich den Sonnenuntergang.« Ich deutete mit dem Bleistift in die Ferne hinter ihm, woraufhin er mit seinem Blick der ungefähren Richtung folgte.

»Ehmm … okay?« Er kratzte sich am Hinterkopf und zog die

Augenbrauen kraus. »Ich wollte dich eigentlich nur fragen, ob du was zu Abend essen willst. Ich … habe gekocht.«

»Oh.« Ich sah von Jaimie auf mein Notizbuch und dann wieder zu Jaimie. »Kann ich noch kurz zu Ende zeichnen?«

»Ja, klar.« Jaimie nickte schnell und ließ seine Augen auf das Papier wandern. Entgegen meinem Instinkt hielt ich die Hand nicht darüber, es war okay, dass er ein wenig von meiner Zeichnung erkannte. Was auch immer das kopfüber sein würde.

»Du kannst ruhig schon anfangen, dann wird dein Essen nicht kalt«, schob ich hinterher und versuchte mich an einem freundlichen Lächeln. Jaimie erwiderte es unsicher und entfernte sich wieder aus meinem Sichtfeld.

Etwa fünfzehn Minuten später schälte ich mich aus dem Auto und sprang aus dem Kofferraum. Ich war voll und ganz in der Zeichnung versunken und das erste Mal seit Langem wieder zufrieden mit dem, was der Bleistift und ich da aufs Papier gebracht hatten.

Ich drehte mich einmal um mich selbst und entdeckte Jaimie auf einem kleinen Stück Wiese, keine fünf Meter von Betsie entfernt. Ich setzte mich auf einen kleinen Baumstumpf, und Jaimie reichte mir eine Schale mit Couscous und Gemüse.

»Danke.« Ich nahm ihm Schale und Besteck ab, sah zu, wie er seine eigene griff.

»Du solltest doch schon essen!«, stellte ich überrascht fest und sah ihm dabei zu, wie er schulterzuckend eine erste Gabel voll nahm.

»Ich wollte eben auf dich warten.«

»Okay.« Verunsichert nahm ich ebenfalls einen Bissen meines Abendessens.

»Darf ich einen komischen Gedanken mit dir teilen?«, fragte

ich, woraufhin Jaimie in seiner Bewegung innehielt und mich grinsend ansah.

»Tust du das nicht jeden Tag?« Vorwurfsvoll legte ich den Kopf schief.

»Schon gut. Darfst du«, sagte er lachend, und ich lächelte ebenfalls, ehe ich noch einen Happen nahm. Ich kaute auf dem Couscous herum und deutete mit der Gabel einige Male schwungvoll in die Richtung.

»Ich habe mich gefragt, ob man einen Menschen anders kennenlernt, wenn man 24 Stunden am Tag mit ihm verbringt.« Jetzt wo ich es laut aussprach, kam mir meine Erkenntnis ziemlich banal vor.

»Sicher«, antwortete Jaimie.

»Ich meine nur …« Ich versuchte, meine Gedanken zu sortieren und das Chaos zu ordnen, das mich während des Zeichnens beschäftigt hatte. »Ich habe mich gefragt, ob zwischen uns – weil wir so viel Zeit miteinander verbringen – ganz automatisch so was wie eine Freundschaft entstehen würde, wenn du mich leiden könntest.« Ich schob mir die nächste volle Gabel Couscous in den Mund und beobachtete Jaimie, der immer noch reglos mir gegenüber auf seinem Baumstumpf saß.

»Ich kann dich leiden, Tara.« Ich verschluckte mich und hustete einige kleine Couscous-Körnchen auf die Wiese vor mir. Ich selbst hätte mich sicher ausgelacht, aber Jaimie sah mich einfach nur eindringlich an. »Irgendwie …«, schob er hinterher, nachdem ich ihn eine Weile einfach nur ungläubig angestarrt hatte.

»Echt?« Ich lachte sarkastisch »Ich dachte, ich bin der Inbegriff all dessen, was du hasst.« Ich griff nach meiner Wasserflasche und trank einen großen Schluck daraus.

»Ich … nein. Also …«, stotterte Jaimie. Er stellte die Schale vor sich ab und rieb sich mit der flachen Hand über das Gesicht. »Das ist nicht so einfach, Tara«, schob er hinterher.

»Aha.« Ich zog den Mundwinkel schief nach oben und dachte nach. Was wollte ich eigentlich gerade von ihm hören? Das alles verwirrte mich einfach nur noch. Kurz überlegte ich, nachzufragen, entschied mich dann aber doch, das Gespräch in eine andere Richtung zu lenken.

»Warum ist dir das Ganze eigentlich so unglaublich wichtig?« Ich sah Jaimie an, der in seiner Schale herumpickte. Ich wollte nur diese eine Frage stellen, aber nachdem ich einmal gestartet hatte, konnte ich den Wortschwall nicht mehr stoppen. »Und ich meine jetzt nicht den guten Samariter in dir, der die Welt retten will, oder den Vorzeigestudenten, der seinen Master abschließen will. Ich möchte wissen, warum dieser Ausdruck in dein Gesicht tritt, sobald du über das Projekt redest. Warum ist es dir so unglaublich wichtig?«

Jaimie schluckte, sah mich für einige Sekunden fassungslos an. Er öffnete den Mund, schloss ihn dann aber wieder. Auf einmal schüttelte er den Kopf und sah mich mit fast steinerner Miene an, die er immer aufsetzte, sobald das Projekt Thema wurde.

»Und das geht dich genau was an?«

»Wow, du …« Aber weiter kam ich nicht, denn das Handy in meiner Hosentasche vibrierte.

Papa stand da auf meinem Bildschirm geschrieben.

»Sorry, das ist wichtig«, entschuldigte ich mich und wartete keine Reaktion von Jaimie ab. Noch während ich vom Baumstumpf aufstand, wischte ich nach rechts und nahm den Anruf an.

»Ja?« Die Wut auf Jaimie ließ mein Herz immer noch pochen. Vielleicht war es besser, dass dieser Anruf mich unterbrach, sonst hätte ich sicher noch etwas gesagt, was ich später bereuen würde. Wie hatte ich nur glauben können, dass es jemals möglich sein würde, ein normales Gespräch mit diesem Mann zu führen?

»Tara!« Ich war überrascht, wirklich die vertraute Stimme meines Vaters zu hören, die mich wieder an das eigentliche Problem erinnerte.

»Ja. Hi«, sagte ich erneut mit fast zitternder Stimme.

»Wie geht es dir?« Ich starrte auf die dunklen Berge. Die Konturen, die ich eben noch so klar mit dem Bleistift gezeichnet hatte, verblassten bereits.

»Ich …« Aber ich brachte es nicht über mich, diese vermeintlich alltägliche Frage, die so falsch aus seinem Mund klang, einfach zu beantworten. »Weshalb rufst du an, Papa?« Es kostete mich so unglaublich viel, diese Worte auszusprechen. Aber es half, dass er nicht vor mir stand. Am Telefon war das alles leichter.

»Darf ich mich nicht einmal danach erkundigen, wie es meiner Tochter geht?«

»Doch, eigentlich schon«, entgegnete ich kühl. »Aber nicht, nachdem ihr euch nicht einmal richtig von mir verabschiedet habt und ich in eine wochenlange Funkstille geflogen bin.« So, jetzt hatte ich es gesagt.

»Jetzt wollen wir aber mal die Kirche im Dorf lassen, Mäuschen.« Ich verdrehte die Augen und wollte am liebsten aufstöhnen, doch das hätte nur zu einem unnötigen Konflikt geführt, für den ich gerade nicht bereit war. »Du bist immerhin einfach in ein Flugzeug gestiegen, ohne das mit uns zu klären und obwohl du wusstest, was wir von deinen Plänen halten.«

»Ist okay, Papa«, sagte ich nur, obwohl es absolut nicht das war, was ich sagen wollte.

»Weißt du was?«, fuhr ich fort. »Es geht mir richtig gut hier. Es ist total toll, ich lerne super viel, und generell ist einfach alles der Knüller.« Ich atmete schwer und kämpfte gegen das Brennen in meinen Augen an. *Alles echt der Knüller*, wiederholten sich die Worte in meinem Kopf, und ich kaufte mir kein einziges davon ab. Einige Sekunden sagte keiner von uns etwas.

»Deine Mutter will dich auch sprechen.«

Ich holte tief Luft und rieb mit dem Zeigefinger über meine Nasenwurzel. »Wenn sie mir auch nur sagen möchte, wie enttäuscht sie ist, kann sie gerne wann anders noch mal anrufen.« Ich war zu müde, um mir irgendeine nette Antwort aus den Fingern zu saugen.

»Tara …« Vier Buchstaben, die aus seinem Mund so beeindruckend vorwurfsvoll klangen. Das war schon ein Talent.

»Was will sie mich denn fragen?« Ein letzter Versuch. Eine letzte Frage, die mich mehr kostete, als ich mir eingestehen wollte.

»Sie möchte wissen, wann du wieder nach Hause kommst.«

»Gute Nacht, Papa.« Ich zog das Handy von meinem Ohr weg und drückte so fest auf den roten Knopf, dass der Bildschirm unter meinen Fingern flimmerte. Familie war immer anstrengend, aber warum hatte ich das Gefühl, dass meine immer noch eine Schippe drauflegen musste? Gute Nacht, hatte ich gesagt. Bei ihnen musste es gerade Mittagszeit sein. Der Gedanke an meine Eltern, die sich für ein Nickerchen hinlegten, entlockte mir ein leises, aber schmerzhaftes Lachen.

Ich schlurfte zurück zum Van, mit dem klaren Ziel, mich unter meiner Decke zu verkriechen und erst wieder darunter hervorzukommen, wenn die Sonne mich morgen früh weckte.

»Tara.« Jaimie kam auf mich zu und blieb einige Meter entfernt von mir stehen. Den hatte ich ja total vergessen.

»Ja«, sagte ich nur und rieb mir die müden Augen. Ich hatte keine Lust, mich neben einer verständnislosen Familie jetzt auch noch mit einem Mann rumzuschlagen, der bei jeglicher Form von Emotion abblockte und stattdessen zum Gegenschlag ausholte.

»Was … wer hat dich da eben angerufen?« Jaimie musterte mich, und ich schüttelte nur schwach den Kopf.

»Und das geht dich genau was an?«

KAPITEL 21

Tara

Das laute Motorsurren war das einzige Geräusch, das uns begleitete. Jaimie und ich hatten seit gestern Abend kein einziges Wort mehr gewechselt. Was hätten wir auch sagen sollen? *Sorry, dass ich so ein Arsch war. Du aber auch?* Das hätte bestimmt ganz wunderbar funktioniert. Mein Blick glitt über das dunkelbraune Armaturenbrett und blieb an der Klappe des Handschuhfachs hängen. Getrieben von Neugier öffnete ich es mit einem leichten Klacken, und ohne Federung fiel mir die Klappe entgegen. Ich wusste nicht so recht, warum ich erwartet hatte, dass mir zerknüllte Papiere und andere Dinge entgegenfliegen würden, aber ich war positiv überrascht, dass das nicht der Fall war. Stattdessen lagen in dem schmalen Fach lediglich zwei Bücher. Ich zog beide heraus und identifizierte das obere schnell als Handbuch für Betsie. Ich schob es zurück an seinen Platz, in der Hoffnung, dass wir es auf diesem Trip nicht brauchen würden. Das zweite weckte allerdings mein Interesse. Ich strich über das schwarze Ringbuch, auf dessen geriffelter Außenklappe rein gar nichts stand. Neugierig schlug ich die erste Seite auf.

Reisetagebuch

Der schwarze Edding war schon leicht verblasst. Hoffnungsvoll blätterte ich auf die nächste Seite und starrte enttäuscht auf weiße Leere. Im Schnelldurchlauf blätterte ich das gesamte Buch durch und fand nichts als blanke Seiten.

»Was hast du da?« Ich löste meinen Blick vom Buch und sah zu Jaimie, der mit der gleichen stoischen Miene, die sein Gesicht seit gestern Abend nicht verlassen hatte, auf die Straße vor uns sah.

»Ich glaube eine Art Reisetagebuch, das Beth mal führen wollte, aber nie richtig angefangen hat.« Ich drehte das Buch in meiner Hand und suchte alle Seiten nach einem Hinweis auf Beth ab.

»Wieso glaubst du, dass es ein Reisetagebuch werden sollte?« Ich blinzelte ein paarmal und hätte Jaimie den schwarzen Schriftzug am liebsten direkt unter die Nase gehalten.

»Ich weiß nicht, aber das Wort *Reisetagebuch* auf der ersten Seite war ein ziemlich guter Hinweis.« Meine kühle Stimme überraschte mich selbst. Das Gespräch mit meinem Vater gestern Abend hing mir mehr nach, als ich mir eingestehen wollte.

»Was Beth wohl alles erlebt hat, was nie seinen Weg auf diese Seiten gefunden hat?« Ich strich bedächtig über das Buch, in der seltsamen Hoffnung, einen Einblick in Beths Vergangenheit zu bekommen.

»Ich glaube, Beths Abenteuer würden zehn solcher Bücher füllen«, scherzte Jaimie. Wie ich Beth kannte, waren zehn noch zu wenig.

»Ist es nicht schade, dass kein einziges hier drinsteht? Keine feste Erinnerung, zu der man immer wieder zurückkehren kann?« Ich wurde nostalgisch wegen Erinnerungen, die ich nicht einmal selbst erlebt hatte. Nachdenklich sah ich aus dem Fenster und erlaubte mir zum ersten Mal an diesem Tag, die massiven Berge zu bewundern, die sich wie fremde Schönheiten überall um uns herum aufbauten.

»Nutz du es doch.« Jaimies Stimme zog mich zurück in den Van.

»Was?« Ich schüttelte den Kopf »Ich kann doch nicht Beths Erinnerungen hier reinschreiben.«

»Du sollst nicht Beths Erinnerungen nachtragen, du sollst deine eigenen Abenteuer festhalten.« Ich schaute zu Jaimie. Für den Bruchteil einer Sekunde wandte er seinen Blick von der Straße ab und sah mich an. Aber mein Anblick reichte scheinbar aus, um ein sanftes Lächeln auf seinen Lippen entstehen zu lassen.

»Ich …« Offensichtlich war ich nicht mehr dazu in der Lage, ganze Sätze zu formen.

»Du sollst deine eigenen Erinnerungen schaffen. Bilder einkleben, Tagebuch schreiben, Zeichnungen anfertigen, so wie du es gestern schon gemacht hast, oder …«

»Danke, Jaimie. Ich habe deinen Vorschlag schon beim ersten Mal verstanden«, unterbrach ich ihn. »Ich war mir nur nicht sicher, was ich davon halten soll. Immerhin ist es Beths Buch …«

»Beth hat bestimmt längst vergessen, dass dieses Buch existiert.« Er schüttelte lächelnd den Kopf, und ich versuchte nicht einmal, ihm zu widersprechen. Wenn ich Beth anrief, um zu fragen, ob ich das Buch benutzen dürfte, würde sie sich bestimmt erkundigen, von welchem Buch ich überhaupt redete.

»Okay«, sagte ich, noch bevor ich meine Gedanken zu Ende gedacht hatte. »Ich mach's.«

Ich übersprang die erste Seite und beschloss, zu einem späteren Zeitpunkt noch eine schöne Titelseite zu gestalten. Der Bleistift schwebte über der weißen Leere, aber ich setzte ihn nicht auf.

»Eine wichtige Frage vorab.«

»Hm?«, machte Jaimie nur.

»Können wir mir in der nächsten Stadt Buntstifte kaufen? Das hier darf nicht schwarz-weiß bleiben.« Jaimie lachte. Offensichtlich hatte er mit einer schwierigeren Frage gerechnet.

»Ja, Tara.« Er sah mich mit diesem Jaimie-Lächeln an. »Wir können dir gern Buntstifte kaufen.«

KAPITEL 22

Tara

Wir folgten der letzten Abbiegung in Richtung Revelstoke, und auch wenn sich die Stadt langsam näherte und ich einige bunte Backsteinhäuser erkannte, hatte ich doch nur Augen für die massiven Berge, deren schneebedeckten Gipfel in der Sonne glänzten.

»Wunderschön«, flüsterte ich und behielt das Bergmassiv im Auge, das alle Häuserdächer überragte, an denen wir vorbeifuhren.

»Mount Revelstoke.« Wir standen an einer Ampel, und Jaimie beugte sich leicht vor, sodass er ebenfalls einen guten Blick auf dieses schöne Monstrum von Berg hatte.

»Ist das unser Ziel?« Ich fragte mich, was man von dort oben wohl alles sehen konnte.

»Nicht ganz.« Die Ampel sprang auf Grün, und Jaimie fuhr den Van an. »Unser Berg ist nicht das beliebteste Touri-Ziel hier, auf das man sogar mit der Gondel hochtuckern kann.« Jaimie verzog den Mundwinkel, und ich wollte es nicht zugeben, aber der Gedanke, ohne Anstrengung auf den Gipfel gebracht zu werden, gefiel mir tatsächlich. »Für uns geht es um den Mount Cartier.«

Ich schmunzelte. Den Witz, dass Cartier mir bisher immer zu teuer gewesen war, verkniff ich mir allerdings.

»Okay«, sagte ich nur und ließ meinen Blick links und rechts über die karminroten und ockerfarbenen Häuserfassaden gleiten.

Ihre flache Blockform ließ die Stadt ein wenig so wirken, als hätte jemand einen Legostein neben den anderen gesetzt.

»Wir stellen unseren Van unten am Echo Lake ab, bis dahin sind es noch etwa zwanzig Minuten. Aber Revelstoke ist die einzige Stadt auf dem Weg. Wir kaufen hier noch ein paar Kleinigkeiten ein und gönnen uns vielleicht auch die ein oder andere Pizza.« Ich nickte. Pizza war immer ein guter Plan. Jaimie parkte den Van in einer Seitenstraße.

»Möchtest du mit reinkommen?« Jaimie sah mich abwartend an.

»Nein danke …« Mein Blick glitt zurück auf die Straße vor uns. »Ich glaube, ich würde das hier gerne noch etwas länger beeindruckt anstarren.«

»Okay, ich bin gleich wieder da, brauchst du etwas?« Er zeigte mit dem Schlüssel in der Hand auf den Supermarkt hinter sich. Ich schüttelte nur den Kopf.

»Wobei … Buntstifte?« Ich sah ihn fragend an. Jaimie nickte nur und drehte sich dann mit einem schmalen Lächeln auf den Lippen um. Noch bevor er den Supermarkt betrat, machte ich einige Schritte Richtung Straßenmitte. Revelstoke war keine winzige Stadt, immerhin hatte sie einen halbwegs normal aussehenden Supermarkt, kleine Cafés, an denen wir vorbeigefahren waren und eine Menge Autos, die an beiden Straßenseiten parkten. Aber trotz allem stand ich auf dem dicken gelben Streifen, der den breiten Asphalt in zwei Hälften teilte. Ich blickte die Straße entlang, die wohl mit einem Lineal gezogen worden war. Große gelbe Hausfassaden mit dicken Säulen davor, direkt neben kleinen, in die Jahre gekommenen Häusern, deren bunte Markisen fast ein wenig fehl am Platz wirkten. Und am Ende dieser Straße zeichneten sich in verschieden dunkeln Blautönen die Konturen der Berge voreinander ab. Ich zückte mein Handy und schoss ein Foto. Auch wenn alles in mir danach verlangte, diesen Anblick auf Papier festzuhalten, schadete ein Erinnerungsfoto sicher nicht. Mila würde definitiv vor Neid sterben. Das hier war nicht mal annähernd vergleichbar mit Bärenkacke.

»Können wir?« Jaimies Stimme erschreckte mich, und ich drehte den Kopf ruckartig zu ihm herum. Er hielt zwei Beutel mit dem Logo des *Wildlife Rescue Centers* in der Hand, die Ausbeulungen zeigten deutlich, dass sie mit einer Menge Essen gefüllt waren. Ich nickte und stieg wieder in den Van ein. Wir verließen den Highway 1, der uns bis hierhergebracht hatte, und ließen Revelstoke hinter uns.

Jaimie

Gute 20 Minuten später parkte ich den Van an einem verlassenen Seeufer. Hinter uns lag ein kleiner Parkplatz, auf dem eine Handvoll Autos stand. Menschen, die von hier aus ihre Wanderungen starteten, hatte ich Tara erklärt.

»Warum ist hier eigentlich jeder verdammte Berg oder See so schön, als wäre er direkt aus einer Pinterest-Pinnwand kopiert worden?«, fragte sie mich jetzt.

Ich stieß lachend Luft aus und zuckte mit den Schultern. »Weil Kanada nun mal das schönste Land der Welt ist?«

Tara stemmte die Hände in die Hüften. »Bist du als Kanadier da nicht ein wenig voreingenommen?«

Ich schüttelte nur den Kopf »Nein, ich bin ja kein Amerikaner.«

Taras Mundwinkel hoben sich. Ihre Lippen öffneten sich leicht, und ihre Zähne blitzten hindurch. Ihr Lachen ließ mein Herz schneller schlagen, auch wenn ich mir das nicht erklären konnte.

Oder wollte. Vielleicht war es wirklich, wie Tara sagte. Wenn man mehrere Tage jede Minute miteinander verbrachte, musste zwangsläufig so etwas wie eine Freundschaft entstehen. Auch wenn sie mir dafür zu häufig auf die Nerven ging. Mit ihren Fragen zu Dingen, die sie nichts angingen.

»Also, was steht an?« Taras erwartungsvoller Blick ruhte auf mir. Ich blickte auf mein Handy und sah, dass wir gut in der Zeit lagen.

»Heute steht vor allem Vorbereitung an. Kameras einrichten und mit den Systemen verbinden. Unseren Van so einrichten, dass wir genommene Proben gut verstauen oder nach Möglichkeit direkt untersuchen können. All so was.«

»Also unser eigenes kleines Outdoor-Labor?«, fragte Tara nach, und ich nickte. »Cool!« Sie lächelte mich an und klatschte einmal euphorisch in die Hände. Ich wusste nicht, ob ihr klar war, dass das hier kein Kinderspiel war, so wie man sich früher immer ausgedacht hatte, in wichtigen Geheimlaboren zu arbeiten. Das hier war ernst.

»Wir werden eine Menge Spaß haben«, schob sie hinterher. Fragend zog ich eine Augenbraue hoch.

»Wir sind nicht vom Geheimdienst, Tara.«

»Wir erleben Abenteuer, sammeln kuriose Dinge in der Natur, schießen Fotos mit Kameras, die im Wald fast unsichtbar werden, und mikroskopieren Proben, um vielleicht noch unentdeckte Spezies zu finden! Für mich klingt das verdächtig nach einer Angelegenheit für den Geheimdienst.« Sie verschränkte die Arme demonstrativ vor der Brust und strahlte mich weiter mit dieser kindlichen Freude an.

»Ich habe kein Mikroskop dabei«, sagte ich stumpf, wollte ihr aber nicht erklären, dass wir lediglich die Konzentration gewisser Stoffe im Boden messen würden. Langweiliger Naturwissenschaftskram eben.

»Ich bastle dir eins.« Sie bückte sich und löste die Schnürsenkel ihrer Boots. »Hab ich als Kind auch schon gemacht. Nur, dass es funktioniert, kann ich dir nicht garantieren.« Sie lachte auf, zog sich die Schuhe von den Füßen, und ich fragte mich, ob sie gerade in Erinnerungen schwelgte an Zeiten, in denen sie sich aus alten Klopapierrollen ein Mikroskop gebaut hat. So hätte ich das zumindest gemacht.

»Gute Idee!« Ich zeigte auf Taras Füße, die nur noch in ihren dunklen Socken steckten, und zog mir ebenfalls die schweren Stiefel aus. Das befreiende Gefühl war unbezahlbar.

»Wow, dass ich dir noch was beibringe hier draußen«, scherzte sie, aber der Punkt ging an sie. Ich war so verkopft, so sehr auf die Arbeit fokussiert, dass ich nicht einmal an meinen eigenen Komfort gedacht hatte. Ich stopfte die Socken schnell in die Schuhe und genoss das kühle Gras und die kleinen Steinchen, die ich in meiner Fußsohle spürte. Und so räumten wir, barfuß auf dem warmen Gras am Seeufer, den Van aus.

Etwa zwei Stunden hatte es gedauert, alles vorzubereiten. Morgen früh würden wir aufbrechen und ein erstes Mal auf den Mount Cartier laufen, der sich hinter meinem Rücken auftat. Ich starrte auf das Wasser, das sich unter dem leichten Wind kräuselte und dachte daran, wie mein Bruder und ich uns nach einem langen Abstieg ins eiskalte Wasser geschmissen hatten. Es war ein seltsames Gefühl, wieder hier zu sein, ohne Josh. Noch seltsamer würde es sicher werden, morgen auf den Berg selbst zu laufen und dabei nicht mit meinem Bruder über nervige Profs zu lästern. Auch wenn es sich trotzdem so anfühlte, als wäre ich ihm nah. Es fühlte sich wie vertraute Heimat an, in der man jahrelang nicht gewesen war, und doch fehlte etwas.

»Geschafft.« Tara stellte die letzte Kiste an ihren Platz vor dem

Auto und pustete sich eine Strähne aus dem Gesicht. Ich beobachtete sie, wie sie sich auf die Kofferraumkante fallen ließ und sich entspannt auf ihre Ellenbogen zurücklehnte.

»Scheint ganz so.« Ich setzte mich neben sie und starrte ebenfalls auf das türkisblaue Wasser. Es war noch nicht so diesig hell wie der Lake Louise, doch das helle Türkisblau ließ den See so kalt wirken, wie er war.

»Warum ist das Wasser hier oben nicht so klar, wie man es bei einem sauberen See erwarten würde?«

Kurz sah ich zu Tara und zog meine Augenbrauen zusammen. Konnte sie etwa meine Gedanken lesen? »Der See wird von einem Gletscher gespeist«, erklärte ich ihr. »Das Wasser fließt also durch den Gletscher hier runter, und auf dem Weg hierher nimmt es winzigste Gesteinsbrocken mit, die im Wasser schweben. Das Licht wird dann anders gebrochen, sodass es so diesig türkis wirkt.« Ich zeigte mit dem Finger in Richtung des anderen Endes des Sees, der in einigen hundert Metern Entfernung eine Linkskurve machte. »Hier kannst du es nur erahnen, aber in noch größeren Gewässern kannst du einen großen Unterschied sehen. Dort, wo das Gletscherwasser einfließt, ist es grau-blau und diesig. Je weiter du dich davon entfernst, desto klarer wird das Wasser.«

Taras Blick war immer noch ganz gebannt auf den Echo Lake gerichtet, der ihre volle Aufmerksamkeit einnahm. Ich musterte ihr Profil, die feinen Schweißtropfen, die ihr auf der Stirn klebten und in der Sonne glitzerten. Ihre dunkelblonden Wellen hatte sie im Nacken zusammengebunden, sodass ihre Ohren darunter hervorschauten.

»Lust, schwimmen zu gehen?« Ich nickte in Richtung des Sees, während Tara sich zu mir drehte.

»Was?« Mit offenem Mund starrte sie mich an. »Da rein?« Sie schielte zum Wasser, richtete den Blick dann aber wieder auf mich.

Das helle Grün glitzerte in der Sonne noch mehr als sonst, und ich machte einen schmalen braunen Ring aus, der sich um ihre Pupille formte.

»Ja.« Ich zuckte nur mit den Schultern und lächelte sie an. »Es ist doch warm.« Meine Haut brannte in der Sonne, und ich schloss die Augen, um ihr zu demonstrieren, wie sehr ich die Wärme in meinem Gesicht genoss.

»Du hast sie doch nicht mehr alle.« Ich hörte das Lachen in Taras Stimme und hielt meine Augen weiter geschlossen.

»Möglich«, sagte ich nur und reagierte nicht weiter. Kurz sagte keiner von uns etwas, aber ich ließ mich nicht davon verunsichern.

»Ich halte vielleicht mal die Füße rein«, stimmte sie irgendwann zu, und Betsies Federung ruckelte leicht, als Tara aufstand. Sie lief in Richtung des steinigen Ufers, wo sie auf mich wartete. Ich streifte mir das Shirt über den Kopf und legte die Shorts auf den gleichen Haufen, sodass ich mich nur noch mit Boxershorts neben sie stellte. Tara wandte schnell den Blick ab, aber sie konnte nicht mehr verstecken, dass sie mich angesehen hatte. So wie ich es jetzt bei ihr tat. Sie hielt die Hände am unteren Bund ihrer kurzen Shorts, die ihren Hintern gerade so bedeckte. Sie streckte ihr Bein aus und dippte nach kurzem Zögern den großen Zeh ins Wasser.

»O mein Gott«, stieß sie schrill aus, und ich konnte mir ein Schmunzeln nicht verkneifen. Sie ging ein paar Schritte zurück und gewann einen Sicherheitsabstand zum Wasser, das immer wieder über die kleinen, rund gewaschenen Steinchen vor uns schwappte.

»Ach komm, ist doch nicht so schlimm.« Ich stützte meine Hände in die Hüfte und sah Tara an, die auf der Stelle tippelte.

»Ach ja?« Sie musterte mich mit hochgezogener Augenbraue. »Und warum stehst du dann noch hier und ziehst nicht schon deine gemütlichen Bahnen?« Ich schüttelte nur den Kopf und sagte ihr nicht, dass nichts an diesem Wasser gleich gemütlich werden würde. Aber darum ging es nicht. Außerdem wusste sie das garantiert selbst. Ihr großer Zeh hatte es ihr ja bereits verraten.

»Ich genieße noch das Kino«, erwiderte ich grinsend.

»Arsch!« Sie hob einen kleinen Kieselstein auf und warf ihn nach mir. Mit einem großen Schritt wich ich ihm gerade noch so aus und tappte damit direkt ins Wasser. Die Kälte traf mich so überraschend, dass eine Gänsehaut meinen gesamten Körper überzog. Eine sanfte Welle umspülte meine Knöchel, und ich sprang reflexartig einen Schritt zurück. Ich drehte mich zu Tara, die mir einen selbstzufriedenen Blick zuwarf. Ich sagte nichts und sah sie einfach nur an. Tara musterte mich, blickte zu meinen Füßen, an denen die Wassertropfen an meiner Haut entlangperlten, und dann wieder in mein Gesicht. Wie in Zeitlupe drehte sie sich zum See und schaute in die Ferne. Zu gerne hätte ich gewusst, was in diesem Moment in ihr vorging. Sie schien so ruhig und frei, ihr Brustkorb hob und senkte sich im immer gleichen Rhythmus. Ihre Füße gruben sich in den Boden unter ihr, suchten nach Halt. Sie presste die Lippen aufeinander, atmete tief ein und wieder aus. Plötzlich riss sie sich ihr Shirt über den Kopf und öffnete den Knopf ihrer Hose.

»Scheiß drauf!«, rief sie, und in der Sekunde, da sie aus dem zweiten Hosenbein geschlüpft war, rannte sie ins Wasser und sprang mit einem großen Platschen mitten hinein. Ich hatte nicht einmal realisiert, was hier gerade passierte, da tauchte sie wieder auf und wischte sich das Wasser aus dem Gesicht.

»Kommst du?« Sie zappelte wild umher, und ich war mir sicher, ein Zittern in ihrer Stimme zu hören. »Ich bleibe nämlich nur noch ungefähr sieben Sekunden hier drin, sonst frieren mir die Zehen ab!« Ich dachte nicht länger nach und machte ebenfalls einige große Schritte ins Wasser. Sobald ich hüfttief drinstand, stieß ich mich ab und tauchte mit einem Kopfsprung, der sicher mehr einem Bauchklatscher glich, in die flüssige Kälte. Alles in mir zog sich zusammen, und ich sog erleichtert den Sauerstoff ein, als ich wieder an der Oberfläche war. Ich atmete flach und schnell, und mein Brustkorb wurde unangenehm eng. Mit jedem Atemzug versuchte ich mich etwas mehr an die beißende Kälte zu gewöhnen, aber bei nur wenigen Grad über dem Gefrierpunkt war das kaum möglich.

»Wunderbar!«, hörte ich Tara neben mir und drehte mich zu ihr. Doch sie war schon wieder dabei, in großen Zügen zurück zum Ufer zu schwimmen und watete durch das triefende Nasskalt, sobald sie stehen konnte. »Raus hier!« Ich folgte ihr, und war dankbar für das Handtuch, das sie mir reichte. Ich hörte Taras Zähne laut aufeinanderschlagen, und das Klappern unterstrich das Gefühl, das auch durch meinen Körper jagte. Ich breitete das Handtuch aus und setzte mich in die Sonne, in der Hoffnung, schnell wieder aufzutauen. Die Wärme brannte, während mein Körper mit dem extremen Temperaturunterschied kämpfte.

Ich beobachtete Tara, wie sie im Van nach etwas kramte und mit voll beladenen Händen zurückkam. Sie breitete ihr Handtuch in der Sonne aus und schmiss die Packung Buntstifte, die ich in Revelstoke besorgt hatte, direkt daneben. Ich bemerkte das schwarze Ringbuch in ihrer Hand.

»Wenn ich schon in der Sonne wieder auftauen muss, kann ich die Zeit auch sinnvoll nutzen.« Sie zuckte mit den Schultern und setzte sich in den Schneidersitz, das Buch auf ihrem Schoß. Ich lachte leise auf und zog das Handtuch um meine Schultern noch etwas enger. Zum Glück würde die Sonne noch einige Stunden am Himmel stehen, sodass ich nicht für immer der Eisblock bleiben würde, der ich gerade war.

»Was zeichnest du?« Ich setzte mich neben sie ins Gras und sah ihrer Hand dabei zu, wie sie den Bleistift in feinen Linien über das weiße Blatt zog.

»Eine Straße in Revelstoke« Sie hob den Kopf und sah mich lächelnd an. »Siehst du …« Sie blätterte eine Seite zurück und zeigte auf die weiße Seite. »Hier will ich gleich noch etwas zu den letzten beiden Tagen schreiben. Wenn wir das machen, dann richtig.« Sie nickte zufrieden und blätterte wieder um. Ich erkannte über ihre nackte Schulter hinweg die Straße, auf der wir vorhin gehalten hatten. Sie war dabei, die Berge im Hintergrund zu skizzieren, und auch wenn sich erst so wenige Linien auf dem Blatt befanden, konnte ich kaum erwarten zu sehen, was Tara daraus machte.

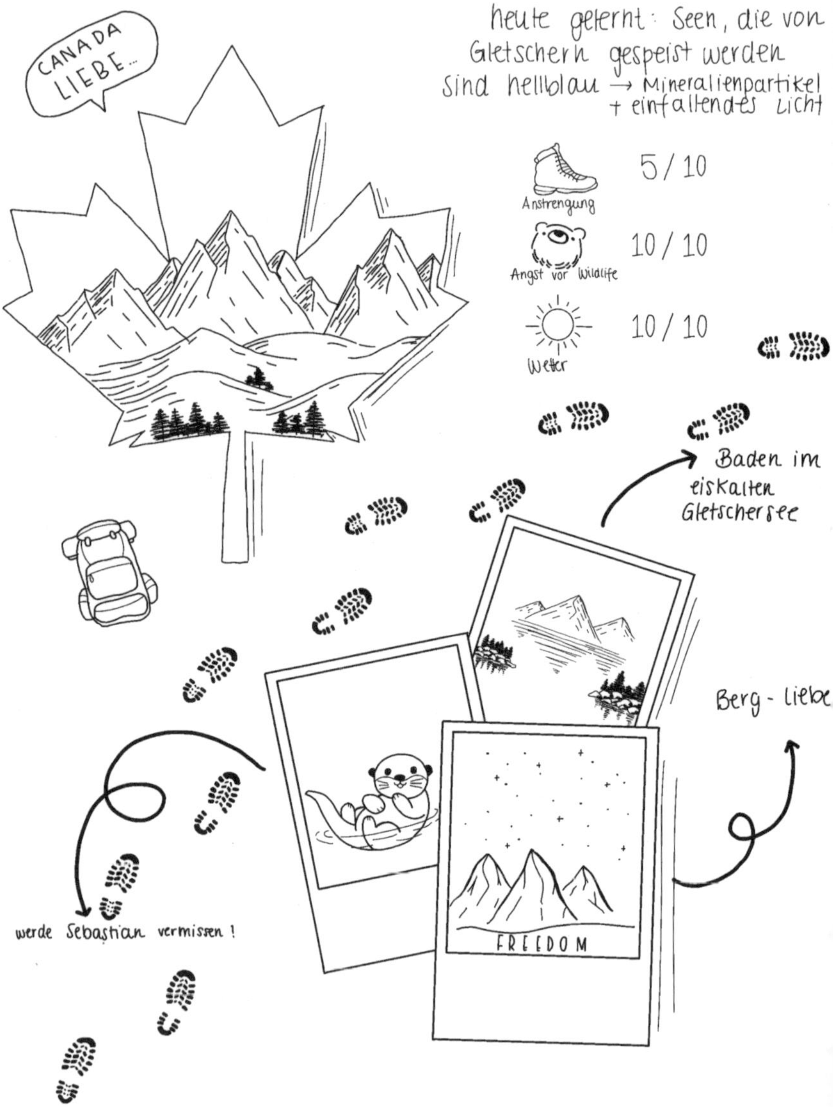
CANADA LIEBE...
heute gelernt: Seen, die von Gletschern gespeist werden sind hellblau → Mineralienpartikel + einfallendes Licht
5/10
Anstrengung
10/10
Angst vor Wildlife
10/10
Wetter
Baden im eiskalten Gletschersee
Berg-liebe
werde Sebastian vermissen!
FREEDOM

Tara

»Das gestern Abend am Telefon war übrigens mein Vater.« Meine Stimme durchbrach die entspannte Stille. Wir lagen einfach nur da und ließen die Sonne auf unsere Körper scheinen. Ich hielt die Augen geschlossen, wollte nicht sehen, ob Jaimie mich ansah. Wollte nicht sehen, *wie* er mich ansah.

»Oh. Okay.« Seine sanfte Stimme drang an mein Ohr. Das leichte Fragezeichen, das er seinen Worten hinterherschob, bewegte mich dazu, weiterzureden.

»Das war das erste Mal, dass wir gesprochen haben, seit ich hier bin.« Es tat fast ein bisschen weh, diese Worte auszusprechen, doch die letzten Stunden, die ich zeichnend mit mir selbst verbracht hatte, gaben mir einen seltsamen Mut, dessen Momentum ich nutzen musste. Mein Vater war nicht mein bester Freund, aber es war nicht üblich für uns, wochenlang nicht zu reden. Es war auch nicht üblich für uns, uns derart zu streiten …

»Wieso habt ihr nicht gesprochen?« Ich schluckte bei Jaimies Worten und hörte, wie er sich im Gras zurechtrückte.

»Meinungsverschiedenheit«, antwortete ich nichtssagend und legte die Hände flach auf meinen warmen Bauch. »Ich wollte nach Kanada gehen. Er wollte nicht, dass ich nach Kanada gehe. Ich bin trotzdem gegangen«, fasste ich die letzten Wochen recht treffend zusammen. Diese drei Sätze klangen so schrecklich banal, und doch war der Streit mit meinen Eltern der Grund dafür, dass ich wochenlang mit der Entscheidung gerungen hatte. Er war der Grund dafür, dass ich ständig meinen Bruder fragte, wie es allen ging, obwohl ich einfach nur ein normales Gespräch mit meinen Eltern führen wollte.

»Warum wollte er nicht, dass du gehst?« Jaimies Stimme war so gedämpft und zurückhaltend, als wäre er sich nicht sicher, ob er mir diese Frage stellen durfte. Dabei hatte ich dieses Gespräch begonnen. Ich wollte, dass er mir diese Frage stellte. Ich wollte mit ihm darüber reden.

»Ich wünschte, ich wüsste es«, antwortete ich ehrlich, auch wenn es mich frustrierte. Ich schluckte und öffnete die Augen. Die Sonne blendete mich, und ich blinzelte einige Male, um mich daran zu gewöhnen.

»Okay«, sagte Jaimie nur, vermutlich einfach, um überhaupt irgendwas zu sagen.

»Wir haben nie so richtig darüber geredet. Ich hatte das Gefühl, er wollte es mir einfach verbieten. Aus Prinzip oder so. Und jedes Mal, wenn das Thema aufkam, ist es einfach eskaliert.« Während der letzten Wochen zu Hause hatte es sich so schlimm hochgeschaukelt, dass ich wie auf rohen Eiern gelaufen war.

»Ich finde es gut, dass du trotzdem gegangen bist.« Ich drehte meinen Kopf und sah Jaimie an. Er erwiderte meinen Blick und sah mir direkt in die Augen. »Es ist immerhin dein Leben. Deine Entscheidung.«

»Das macht das alles aber nicht gerade einfacher …« Ich wollte so glücklich sein in Kanada. Ich war es, immer wieder, jeden Tag. Immer wieder, bis ich an zu Hause dachte und an meine Eltern, mit denen ich nicht redete.

»Das habe ich nie behauptet«, gab Jaimie zu bedenken. Das hatte er wirklich nicht. »Aber so ist das mit dem Erwachsenwerden manchmal. Man trifft Entscheidungen, die nicht jeder gutheißt. Manchmal ist dieser Jemand eine Person, die einem sehr wichtig ist, die man liebt. Manchmal sind diese Personen deine Eltern. Aber das ändert nichts an der Tatsache, dass du diese Entscheidung für dich treffen musst.« Jaimies Worte berührten mich an einer Stelle, die bei jedem Wort schmerzte. Vor allem, weil ich wusste, dass er recht hatte. Ich hatte diese Entscheidung für mich getroffen, weil ich musste.

»Sie konnten mir ja nicht mal einen Grund nennen, warum ich nicht fliegen sollte.« Ich schnaubte und wandte meinen Blick wieder zum Himmel, wo eine einzige kleine Wolke entlangzog.

»Habt ihr euch denn gestern wieder vertragen?« Jaimie war vermutlich bewusst, dass die Antwort darauf nicht positiv ausfallen würde. Mein Pokerface war nicht vorhanden, und man musste mich nicht gut kennen, um zu verstehen, dass das Gespräch gestern nicht gut gelaufen war.

»Mehr so das Gegenteil.« Ich dachte an gestern Abend und wie ich einfach aufgelegt hatte. »Erst hat mein Vater so getan, als wäre nichts gewesen, und dann ging es nur darum, wann ich endlich zurückkomme.« Ich kaute auf meiner Unterlippe herum und wünschte mir einen einfachen Ausweg aus dieser Situation. Aber der einzige Weg da raus führte wohl da durch.

»Hmm.« Er brummte und verschränkte die Arme unter dem Kopf. »Familie ist nicht immer einfach«, sagte er dann und lachte auf. »Ehrlich gesagt ist Familie nie einfach.« Ich stimmte in sein Lachen ein.

»Wem sagst du das?« Familie konnte der schönste und zugleich anstrengendste Ort der Welt sein.

»Was würdest du in meiner Situation tun?« Ich stützte mich auf die Seite und musterte Jaimie. 72 Stunden gemeinsam in einem Van, und schon fragte ich ausgerechnet den Mann um Rat, der mich in Nanaimo fast täglich auf die Palme gebracht hatte. Wie schnell sich die Dinge doch änderten.

»Ich weiß es nicht.« Er klang nachdenklich und starrte nach oben in den Himmel. Ich sah ihn weiter an, doch er bewegte sich nicht. Nicht wissend, ob er mir auswich oder einfach am Himmel nach Antworten suchte, fragte ich nach: »Hast du ein gutes Verhältnis zu deiner Familie?«

»Ich habe gar kein Verhältnis zu meiner Familie«, antwortete Jaimie kühl.

»Okay.« Ich zog eine Strähne aus dem Knoten auf meinem Kopf und spielte mit ihr. Ich musterte Jaimie, unsicher, ob ich noch etwas sagen sollte. Aber er nahm mir die Entscheidung ab, indem er aufsprang und nach seinem Handtuch griff.

»Ich mach dann mal Essen.« Er ging zum Van, und seine Haltung zeigte mir, dass er allein sein wollte. Ich hatte nur über gestern Abend reden wollen, und nun lag ich allein am Seeufer in der Sonne. Den Mann im Rücken, der mir gerade fast ein Stück nähergekommen wäre, nur um dann doch wieder alles und jeden – inklusive mir – von sich zu stoßen.

KAPITEL 23

Jaimie

Ich ging schnellen Schrittes voraus und hörte Tara hinter mir schnaufen. Nach einem kurzen Frühstück, bei dem wir uns nur angeschwiegen hatten, waren wir mit gepackten Rucksäcken aufgebrochen. Eine gute halbe Stunde waren wir unterwegs und hatten bestimmt schon 150 Höhenmeter hinter uns gebracht. Fehlten nur noch 600. Die ständigen Geräusche des Waldes begleiteten uns, auch wenn die Stille zwischen uns alles übertönte. Ich wollte etwas sagen, das wollte ich wirklich. Aber ich wusste nicht was. *Sorry, dass ich gestern einfach gegangen bin?* Ich musste mich nicht dafür entschuldigen, allein sein zu wollen. Ich war Tara keine Erklärung schuldig. Warum fühlte es sich dann so an? Ich wollte ihr erklären, dass ich nicht vor ihr davonlief, sondern vor den Fragen, die sie stellte. Vielleicht auch ein bisschen beides. Aber ich wollte nicht, dass Tara sauer auf mich war. Oder enttäuscht von mir. Dabei hätte mich das vor ein paar Tagen nicht weniger interessieren können. Mein Gott, ich war so wütend auf die Gesamtsituation. Und Tara. Und mich. Und wusste nicht mal im Ansatz warum.

»Hier können wir die erste Kamera aufstellen.« Ich zeigte auf eine Tanne etwa fünf Meter entfernt von uns. Ruhig atmen und einfach auf die Aufgaben konzentrieren, die heute anstanden. Das war jetzt mein Plan. »Hier an der Seite führt ein Tierpfad entlang.« Mit der Hand fuhr ich den Weg nach und deutete auf einige abgeknickte Äste, die mir Hinweis genug waren. Ich spürte Taras Blick in meinem Rücken brennen. Ich würde sie nicht ansehen. Dann würde sie wieder nur Fragen stellen, für deren Antwort ich nicht bereit war. Fokus, Jaimie. »Da vorne lag auch ein bisschen Losung. Ich würde sagen ein Elch.« *Super, Jaimie. Einfach weiter über Tierkacke reden.* Ich bahnte mir meinen Weg durch das Gestrüpp, das seitlich vom Weg wuchs und achtete darauf, so wenig Schaden wie möglich anzurichten. Nachdem ich den Rucksack abgestellt hatte, zog ich die erste Kamera heraus. Wandern, Kameras aufstellen, Tara aus dem Weg gehen, mehr Kameras aufstellen und noch mehr wandern.

»Brauchst du Hilfe?« Ich hörte Taras Worte, war aber zu vertieft darin, die Halterung sicher anzubringen, um zu antworten. Zumindest redete ich mir das ein.

»Okay …«, ertönte es einige Sekunden später hinter mir. Ich zurrte die Gurte fest und checkte die Kamera noch mal von allen Seiten. Dann schaltete ich sie ein, bis es zweimal rot blinkte, und überprüfte auf meinem Handy die Verbindung. Zufrieden tätschelte ich den dunkelgrünen Kasten, als das System mir vermeldete, dass die Kamera online war.

»Sorry …« Ich rappelte mich auf und schulterte den Rucksack mit einem lauten Ächzen. »Ne, geht schon so«, schob ich hinterher und mied Taras Blick, während ich den Hüftgurt schloss.

»Hab ich gemerkt.« Tara lief wieder hinter mir her und stapfte über den weichen Waldboden, aus dem alle paar Zentimeter dicke Wurzeln ragten.

»Ich …«, begann ich, hielt mich aber zurück. Es störte mich, wie ich mit Tara umging. Aber ich brachte es nicht über mich, es zu ändern. Es war gerade nicht mein Job, mich um sie zu kümmern. Das Projekt war alles, was jetzt zählte.

»Gut«, brachte ich stattdessen nur heraus und heftete meinen

Blick fest auf den Boden vor mir, um nicht über eine Wurzel zu stolpern. Das war das Letzte, was ich jetzt gebrauchen konnte. Ich befestigte zwei weitere Kameras, jeweils einige hundert Meter voneinander entfernt. So deckten wir nach und nach einen immer größeren Bereich ab, in dem die Kameras Fotos von allem knipsen würden, was vorbeikam.

»Soll ich irgendwo Proben nehmen oder so?« Taras Schuhe trafen im immer gleichen Rhythmus auf den Boden. Ich hörte sie und war froh, sie nicht sehen zu müssen. Wie ihre Haare wippten, die sie heute Morgen am Van zusammengebunden und durch die Öffnung ihrer weißen Kappe gesteckt hatte. All das würde nur ablenken.

»Ich habe gerade keine Zeit, dir das zu erklären«, antwortete ich konzentriert und atmete schwer, weil ich immer schneller den Berg hochstapfte. Wir würden tagelang hier sein, Proben konnte ich auch morgen noch nehmen.

»Wozu genau bin ich dann mitgekommen?« Taras Vorwurf traf mich. »Weißt du, im Gegensatz zu dem, was du denkst, kann ich …«

»Keine Ahnung, warum du unbedingt mitkommen musstest«, unterbrach ich sie schroff. Ihre Schritte verstummten, doch ich setzte weiter stoisch einen Fuß vor den anderen.

»Oh ja, ich habe mich dir ja förmlich aufgedrängt.« Taras verächtliches Schnauben drang bis zu mir durch. »Meinst du jetzt heute, wo ich die Hälfte unserer Ausrüstung trage und deine freundliche Assistentin spiele, oder so generell, als du fast heulend am Van zusammengesackt bist, weil dein scheiß Lebenstraum fast geplatzt wäre? Wann genau hab ich mich dir aufgedrängt? Sag's mir!« Mit jedem ihrer Worte wurde sie lauter. Sie hielt mich unnötig auf. *Mach dich nicht lächerlich, Jaimie*, hörte ich eine Stimme in meinem Hinterkopf.

»Bleib verdammt noch mal stehen, Jaimie!« Sie schrie mich an, woraufhin ich ruckartig stehen blieb. Ich umklammerte die Gurte meines Rucksacks fest und starrte auf meine Schuhe, die mit feuchtem Matsch bedeckt waren.

»Sieh mich an!« Ihre Stimme war ruhiger und fester. Sie schnaufte, und als ich mich endlich zu ihr drehte, sah ich sie an. Sah ihr in die grünen Augen, die im Schatten des Waldes dunkel dalagen und mich anblickten. Tara mahlte mit dem Kiefer und versuchte, ihre Enttäuschung zu verstecken, doch ich sah sie. Ich hörte sie in jedem ihrer Worte. Ich spürte sie auch dann, wenn sie stumm hinter mir herlief.

»Und jetzt?« Gleichgültig zuckte ich mit den Schultern. *Tara aus dem Weg gehen.*

»Du bist so ein Arschloch.« Sie lachte verächtlich, und ich wandte meinen Blick ab. Weil ich ihr nicht in die Augen sehen konnte, während sie mir die Wahrheit entgegenschmetterte. »Und weißt du, was das Schlimmste daran ist?« Ich sah ihr Kopfschütteln aus dem Augenwinkel und zwang mich, ruhig zu atmen. Zwang mich, ruhig zu bleiben, auch wenn ich schreien wollte.

»Du entscheidest dich selbst dazu, dieses Arschloch zu sein.« Autsch. »Du glaubst, so sein zu müssen. Aus Angst. Aus Angst, dass dir sonst jemand zu nahekommen könnte. Sehen könnte, wie du wirklich bist.« Ich hob meinen Blick und sah sie mit offenem Mund an.

»Aber weißt du was?« Sie schnaubte erneut und wandte kopfschüttelnd den Blick ab. Tara löste ihren Griff vom Gurt und rieb sich über die Augen. »Ob es dir gefällt oder nicht, Jaimie: Ich sehe dich.« Etwas in mir zerbrach bei diesen Worten. Ich wollte nicht reagieren, und doch brannte es in meinen Augen. Ich wollte sie nicht in dem Glauben lassen, dass sie recht hatte. Ich wollte mich selbst nicht glauben lassen, dass sie recht hatte. Aber ich wusste, dass ich mich eigentlich nur selbst verarschte. Ich schüttelte mich, in der Hoffnung, dieses Gefühl loszuwerden.

»Na, dann kann ich ja das Arschloch bleiben, das ich bin.« Ich drehte mich um und lief weiter. Ich lief davon. Vor ihr, vor allem, was sie sagte und vor allem vor mir selbst.

»Jaimie!« Aber es interessierte mich nicht mehr, dass sie meinen Namen rief. Es interessierte mich nicht, was sie zu sagen hatte.

Ich hörte, wie sie in schnellen Schritten aufholte und wieder kurz hinter mir lief. Ich hörte ihr Schnauben, in dem so viel Vorwurf steckte. Ich erhöhte mein Tempo und merkte schnell, dass sie nicht Schritt halten konnte. Ich sprang über die Wurzeln, meine Schritte wurden größer und meine Oberschenkel brannten, so schnell rannte ich diesen Berg hoch. Ich lief durch den Schatten, den die dichten Baumkronen warfen und beachtete die Büsche und Pflanzen um mich herum gar nicht. Jegliche Geräusche konnten mir gestohlen bleiben. War mir egal, welcher Vogel da vor sich hin trällerte. *Ein Weißschwanz-Schneeschuh.* Meine innere Stimme lachte mich aus. *Das weißt du.*

»Fuck!« Taras Schrei unterbrach mein Selbstgespräch. Ruckartig drehte ich mich um. »Fuck, Fuck, Fuck!«, rief sie erneut, und ich entdeckte sie zwei Serpentinen unter mir. Sie lag auf dem Waldboden, ihr Rucksack unter ihr, die Hand an ihrem Knöchel. Ich öffnete den Gurt, ließ meinen Rucksack fallen und sprintete zurück.

»Tara!« Binnen Sekunden war ich bei ihr. »Ist alles okay?«

»Oh ja, es ist alles wunderbar«, erwiderte sie bissig. Dämliche Frage. »Der Waldboden sah nur so kuschlig aus, weißt du.« Sie rieb sich den Knöchel und verzog dabei schmerzverzerrt das Gesicht.

»Geht's? Soll ich …« Doch sie ließ mich nicht ausreden.

»Geh weg, ich muss nicht gerettet werden.« Sie löste die Gurte von ihrem Rucksack und ließ ihn von ihren Schultern gleiten.

»Ich …«

»Nichts du. Geh und renn deinen Berg weiter hoch, ich komm klar.« Sie rückte sich auf dem Boden zurecht und begann den Fuß in verschiedene Richtungen zu kreisen.

»Aber, kannst du …«

»Es ist alles gut, Jaimie.« Sie zog den Stiefel mit einem Ruck zurecht. »Der Schuh reicht nicht umsonst bis über den Knöchel, mein Sprunggelenk hat nichts abbekommen. Maximal verstaucht, der erste Schmerz ist immer schlimmer als man glaubt.« Sie wusste, wovon sie sprach. Ihre Worte beruhigten mich.

»Okay«, sagte ich nur, unsicher, was ich für sie tun konnte. *Nichts, Jaimie*, meldete sich erneut meine innere Stimme zu Wort. Absolut nichts. Du bist der letzte Mensch, von dem sie gerade Hilfe möchte.

»Es ist alles okay. Und weil ich das allein schaffe, habe ich absolut keinen Bock mehr, mir von dir helfen zu lassen. Das verbietet mir mein Stolz. Wenn du jetzt also bitte so freundlich wärst, dich zu verpissen?« Sie verzog das Gesicht und gab mir mit eindeutigem Blinzeln zu verstehen, dass sie mich das nicht noch einmal fragen würde. Ich erhob mich und sah ihr einen kurzen Moment dabei zu, wie sie ihren Schuh neu schnürte. Dann folgte ich ihrer Bitte und stapfte den Weg hoch, zurück zu der Stelle, an der ich meinen Rucksack überstürzt hatte fallen lassen.

Tara hatte sich verletzt. Und es war meine Schuld.

Tara

Den restlichen Weg bis zum Gipfel schwiegen wir.

Wir hatten die Baumgrenze schon lange hinter uns gelassen, und statt ihm einfach nur schweigend hinterherzulaufen, hatte ich beschlossen, die Aussicht zu genießen. Der steinige Weg vor mir machte es mir zwar schwer, aber ich ließ meinen Blick trotzdem nach links und rechts schweifen so gut es ging. Wir liefen über das Plateau, und ich machte in einigen hundert Metern Entfernung eine winzige Hütte aus. Mein Blick wurde jedoch von dem gefangen genommen, was sich dahinter auftat. Der breite See lag unter uns und überall drum herum massive Berge. Der Horizont war gesäumt von schneebedeckten Bergspitzen und Konturen, die unzählige weitere Berge in der Ferne verhießen. Der Anblick verschlug mir die Sprache. An der Hütte angekommen, schmiss ich meinen Rucksack auf den Boden und ging noch ein paar Schritte bis an den abflachenden Abgrund. Ich kannte das Gefühl, auf Bergspitzen zu stehen. Es war nicht mein erster Blick auf Berge über Berge, auf Schneefelder und Seen, die sich durch Täler schlängelten. Aber das hier war anders. Gletscherfelder, die mir das Gefühl gaben, so unglaublich klein und unbedeutend zu sein. Unberührte Natur, und weit und breit keine Spur von Menschen. Die Wälder, die an Berghängen wuchsen, lagen so friedlich da, dass der Anblick mich beruhigte. Hier war die Welt noch in Ordnung, und genau hier fühlte ich mich frei.

»Es tut mir leid.« Jaimie stellte sich neben mich und folgte meinem Blick in die unendlich scheinende Weite. »Du musst jetzt auch gar nichts dazu sagen und mir *verzeihen* oder so.« Er setzte das Wort mit seinen Fingern in Anführungszeichen. Ich setzte mich auf einen flachen Stein, der von der Sonne angenehm warm war. »Ich wollte dir nur sagen, dass es mir leidtut. Wirklich.« Ich hörte ihn schlucken, worauf eine unangenehme Stille folgte.

»Okay«, sagte ich nur und schlang die Arme um meine Beine. Er setzte sich neben mich, und gemeinsam schauten wir den Bergen beim Bergsein zu. »Weißt du, es ist schwer dich zu mögen, wenn du im einen Moment nett und im nächsten … sagen wir … nicht mehr nett bist.«

»Freundlich ausgedrückt.« Jaimie kratzte sich am Hinterkopf und zog die Lippen zu einer schmalen Linie zusammen.

»Aber irgendwie schaffst du es trotzdem.« Ich schabte mit der Sohle meines Stiefels über ein paar kleine Kieselsteine, die ein kratzendes Geräusch machten.

»Was?« Jaimie hob die Augenbrauen.

»Dass ich dich mag. Sonst hätte ich dich heute nicht so angeschrien.« Ich hob den Blick und sah in Jaimies grüne Augen, die genau auf meine trafen. Ich kannte den Anblick von grünen Augen von meinem Spiegelbild, und doch hatten seine nichts mit meinen gemein. Das dunkle intensive Grün wirkte so düster wie er, wenn er am liebsten um sich schlagen würde.

»Es tut mir leid, dass ich dich verletzt habe.«

»Hast du nicht«, schob ich schnell dazwischen. »Du schießt zwar wild um dich, aber nie gezielt gegen mich. Manchmal bekomme ich es eben aus Versehen ab.« Ich zuckte mit den Schultern.

»Du hast dir wegen mir wehgetan.« Jaimie senkte den Blick und starrte seine Schnürsenkel an.

»Ich bin umgeknickt, weil ich nicht auf die Wurzel vor mir geachtet habe.« Ich lachte über meine eigene Tollpatschigkeit, weil mir das auf so ziemlich jeder Wanderung mindestens einmal passierte.

»Aber nur, weil du zu schnell gelaufen bist. Wegen mir.«

»Warum ist dir das so wichtig, Jaimie?« Ich musterte ihn. Er schluckte schwer und wich meinem Blick immer noch aus.

»Weil es wegen mir passiert ist.« Es kostete ihn viel, diese Worte auszusprechen, das sah ich ihm an.

»Falls es dir hilft, mich könnte kein Mann auf der Welt dazu zwingen, schneller zu laufen, als ich das will. Nicht einmal du.« *Nicht einmal du.* Was sollte das heißen? Ich versuchte, die Stimmung mit meinem Scherz zu lockern, doch mein Versuch prallte an Jaimie ab, der vor mir saß und in Selbstmitleid badete. Warum, wusste ich allerdings nicht.

»Das letzte Mal, als ich hier war, habe ich mit meinem Bruder Josh im Fire Lookout geschlafen.« Jaimie zeigte auf die kleine steinerne Hütte hinter uns.

»Fire Lookout?« Auch wenn mir die Frage nach seinem Bruder auf der Zunge brannte, wollte ich ihn nicht gleich wieder verschrecken, sobald er einmal ein Wort über seine Familie verlor. Wie ein scheues Reh, dem es sich behutsam anzunähern galt.

»Früher wurden diese Orte von einer Person bewohnt, deren Job es war, Feuer früh zu erkennen und zu melden«, erklärte er mir.

»Die also quasi dafür bezahlt wurde, dauerhaft aus dem Fenster zu starren?« Meine Frage entlockte Jaimie ein leichtes Grinsen, und ich war froh, zu sehen, wie seine Haltung sich entspannte.

»Quasi«, bestätigte er mich. »Mit Hilfe von Gradmessern und Entfernungsberechnern konnten sie dann die genauen Koordinaten bestimmen. Die Beobachtung wurde dann erst anderen Lookouts in der Gegend gemeldet, die das prüften, und dann konnte der Feuerwehr Meldung erstattet werden. In der Hoffnung, Waldbrände so früh zu erkennen, dass vor dem ersten Löschversuch nicht erst unzählige Hektar verbrennen mussten.« Ich dachte an den Anblick der kahlen Flächen in Kamloops zurück und fragte mich, ob man das Feuer hätte verhindern können. Ich musterte die steinerne Hütte, die eindeutig leer stand und Jaimies Erzählungen zufolge wohl für Übernachtungen genutzt werden konnte. »Mittlerweile wurde das alles von neuer Technik abgelöst. Der Lookout auf dem Mount Revelstoke ist heute eine kleine Buchhandlung, die von einem schrulligen, alten Mann geführt wird.«

»Da müssen wir unbedingt mal hin!« Euphorisch sah ich Jaimie an. »Wenn wir Zeit dafür haben, natürlich«, schob ich hinterher. Er lachte leise und nickte zustimmend. Jaimie fuhr sich ein paarmal durch die Haare und sah erst zum Lookout, dann wieder zu mir.

»Es ist einfach komisch, wieder hier zu sein«, gab er zu. Er sah wieder zum Horizont, und ich beschloss, nicht weiter nachzufragen. Ein Schritt nach dem anderen.

»Irgendwie war das anders geplant, das muss ich zugeben.« Wir schulterten unsere Rucksäcke und traten eine knappe Stunde später den Abstieg an. Wir hatten jeder ein Brot gegessen, und während Jaimie zwei Müsliriegel verschlungen hatte, hatte ich zu einem Apfel gegriffen. »Eigentlich wollte ich auf dem Weg hoch die erste Runde erledigen und den Abstieg einfach genießen.« Jaimie kaute auf seiner Unterlippe herum. Ich musste uns nicht daran erinnern, dass der Aufstieg anders verlaufen war.

»Kein Problem, wir haben ja noch ein paar Stunden bis zum Sonnenuntergang.« Ich zuckte mit den Schultern und bemerkte Jaimies dankbaren Blick. »Du sagst mir einfach, was wir tun müssen und wobei ich dir helfen kann.« Ich klipste den Rucksack zum gefühlt 37. Mal heute zu und rückte ihn mit einem schwungvollen Hopsen auf meine Hüftknochen. Kurz schob ich meine Hüfte von links nach rechts, um den Druckstellen, die der schwere Rucksack schon hinterlassen hatte, auszuweichen. Aber nach so vielen Stunden tat einfach jede Stelle weh.

Wir stiegen ab und hielten gefühlt alle paar Meter an, um Pflanzenproben zu sammeln, kleine Wurzeln auszubuddeln oder mit einer Schaufel Erde in ein mitgebrachtes Glas zu füllen, dessen Schraubverschluss ich extra fest zudrehte. Nach diesem Tag konnte ich nicht auch noch einen halben Wald in meinem Rucksack gebrauchen. Der hing schon überall an mir, inklusive meiner Haare. Wir sammelten Wasser aus einem kleinen Rinnsal, und Jaimie knipste Fotos mit seiner Kamera, wann immer etwas unter uns kreuchte und fleuchte. Solange uns keine giftigen Tiere über den Weg krabbelten, konnte ich damit leben, das sagte ich mir immer wieder. Die riesige, gelbbraun gepunktete Bananenschnecke würde zwar nicht zu meiner neuen besten Freundin werden, aber ich kam damit klar, sie minutenlang zu beobachten und alles zu notieren, was Jaimie so von sich gab.

Es waren zwar noch Stunden bis zum Sonnenuntergang gewesen, als wir losgelaufen waren, trotzdem dämmerte es bereits, als wir die letzten Meter nach unten zurücklegten. Die Zeit war so an mir vorbeigeflogen, dass ich nicht einmal gemerkt hatte, wie die Sonne am Horizont verschwunden war.

»Ich möchte einfach nur aus diesen Schuhen raus und ins Bett fallen.« Ich atmete schnaubend aus, als unser Van in Sichtweite kam. Sichtweite bedeutete nur leider, dass er immer noch einen halben Kilometer von uns entfernt war. Eine schiere Unendlichkeit nach den letzten Stunden.

»Geht mir genauso«, pflichtete Jaimie mir bei. »Aber vorher könnte ich noch sieben Burger verdrücken.«

»O mein Gott. Burger.« Mir lief der Speichel im Mund zusammen. Mein Magen bestätigte laut grummelnd meinen Hunger. »Oder Pizza«, schob ich hinterher und fing an, mir fettiges, dampfendes Essen vorzustellen.

»Okay ... Vorschlag«, sagte Jaimie. Der Van war jetzt nur noch wenige Meter von uns entfernt, und ich konnte es nicht erwarten, den Rucksack für heute loszuwerden. »Morgen gönnen wir uns Pizza.« Er zog den Schlüssel aus seiner Hosentasche und öffnete den Van.

»Noch kann ich nicht ganz verstehen, inwiefern das ein guter Vorschlag sein soll.«

Jaimie grinste mich an.

»Heute räumen wir die Proben aus und gönnen uns ein letztes Mal Tütenfraß.«

»Jaimie, ich weiß ja nicht, aber dein Vorschlag klingt mit jedem Wort miserabler.« Er hob gewichtig die Hand, während ich endlich den Rucksack absetzte.

»Dafür können wir heute aus diesen Schuhen, in bequeme Schlafanzüge, müssen keinen einzigen Meter mehr laufen oder fahren und können nach dem Tütenessen einfach nur noch schlafen gehen.«

»Okay. Ich nehme alles zurück. Ich liebe diesen Vorschlag.«

KAPITEL 24

18.07.2022

»Ich glaube, mir fallen die Füße ab.« Josh ließ sich auf einen Baumstamm fallen und lehnte sich gegen seinen Rucksack nach hinten.

»Zehn Kilometer wandern ist das eine«, begann ich und ließ mich ebenfalls an Ort und Stelle fallen. »Zehn Kilometer durch den kanadischen Regenwald, über Wurzeln klettern und über rutschige Steine, die überhaupt nur bei Ebbe begehbar sind, ist das andere.« Ich lachte auf, bereute es aber auf der Stelle, denn jeder Muskel meines Körpers schmerzte dabei.

»Auf unvergessliche Erinnerungen!« Josh reckte die geballte Faust nach oben und ließ den Arm gleich darauf wieder schlaff fallen.

Wir packten unsere Rucksäcke aus, bauten das Zelt auf und legten uns an den Strand, die stinkenden Schuhe weit weg von uns.

»Ich glaube, das hier ist bisher mein Platz eins.« Josh überschlug die ausgestreckten Beine und blickte sich im Walbran Creek Camp um. Das aufgereihte Schwemmholz, direkt neben Überresten angezündeter Lagerfeuer, zeigte deutlich, dass täglich verschiedene Wanderinnen und Wanderer auf diesem Strandabschnitt schliefen. Hinter uns im Wald, über ausgetretene Pfade erreichbar, befanden sich das übelriechende Klohaus und die bärensicheren Metallcontainer, in die wir jeden Abend unser Essen räumten. Aber was meinen Blick einnahm, was direkt vor mir lag, war ein großer natürlicher Pool, den der Zufluss zum Meer durch eine Erhöhung im Sand bildete. Josh und ich hatten schon eine Runde zur Abkühlung gedreht und trockneten jetzt in der Sonne. Man senkte die Ansprüche schnell, wenn man so lange in der Natur unterwegs war, aber frisches Wasser auf der mit Schweiß überzogenen Haut war auf einmal das beste Gefühl auf der ganzen weiten Welt.

»Schau mal.« Josh sprach ruhig, und doch weckte die Begeisterung in seiner Stimme meine Aufmerksamkeit. Ich folgte seinem Blick und entdeckte am gegenüberliegenden Ufer einen Schwarzbären, der gerade aus dem dichten Wald trat. Kein Baby mehr, aber auch noch nicht ganz ausgewachsen. Ich suchte mit schnellen Blicken das restliche Ufer ab. Bärenjunge blieben bis zu zwei Jahren bei ihrer Mutter, also konnte sie nicht weit sein.

»Eigentlich ganz putzige Tiere.« Josh lachte beim Anblick des Bärenjungen, wie es mit der Tatze im Wasser platschte und sich dabei sichtlich vergnügte. Solange der Bär seiner Wege ging, konnten wir ihn entspannt beobachten. Eigentlich war das Verhalten gegenüber Bären immer recht simpel. Wenn er euren Weg kreuzt, weicht ihm aus, es ist sein Zuhause. Wenn der Bär hier jedoch beschließen würde, zu uns rüberzukommen, um uns mal zu erkunden, war es an uns, Lärm zu machen, um ihn abzuschrecken. Ohne ihm dabei das Gefühl zu geben, wir könnten ihn angreifen.

Hinter uns hörte ich Geraschel und Stimmgewirr, gefolgt von einer Schar Menschen, die sich neben uns an den kleinen Strandabschnitt stellten. Offensichtlich hatte das ganze Camp mitbekommen, dass es hier etwas zu sehen gab. Das ganze Camp waren zwar gerade mal 20 Menschen, aber das reichte, um den Bären aufzuschrecken. So schnell, wie er gekommen war, verschwand er auch schon wieder im Wald.

»Wow!«, hörte ich eine staunende Stimme neben mir und blieb einfach weiter unbeeindruckt neben Josh auf meiner Matte liegen.

»Also uns wurde ja gesagt, dass es hier Bären gibt, aber so richtig geglaubt habe ich das bis eben nicht.« Ich verdrehte entnervt die Augen. Wie konnte man so unvorbereitet auf den Trail starten und ernsthaft glauben, es gäbe keine Bären im *Pacific Rim National Park*? Es gab auf der Welt kaum Orte mit einer größeren Dichte an Schwarzbären.

»War das ein Grizzly?«, fragte eine hohe Frauenstimme, und Josh lachte einfach nur.

»Ich hab mal gehört, bei Grizzlys solle man sich tot stellen und auf den Boden legen!«

Ich drehte mich zu Josh, der mich kopfschüttelnd ansah. »Wenn sie einen Grizzly auf Vancouver Island sieht, kann sie mich gerne anrufen. Und die nationalen Nachrichten noch dazu«, sagte er.

»Ich glaube, das wird nichts. Wenn sie sich dann nämlich einfach tot auf den Boden legt, wird nicht mehr viel von ihr übrig sein«, scherzte ich. Vielleicht war es makaber. Vielleicht würde das dann aber auch einfach unter natürliche Selektion fallen.

»Glaubst du, wir finden ihn noch mal, wenn wir auf die andere Seite schwimmen?« Ich schaute zu dem jungen Mann, den ich aufgrund seines Akzents ganz klar als Engländer einordnete. »Vielleicht kriegen wir ein richtig gutes Foto aus der Nähe, wenn wir ein bisschen durch den Wald schlendern.« Ich beobachtete die Männer und hoffte einfach nur, dass sie das schnell als dümmste Idee auf dem ganzen Planeten abtun würden. Als sie dem Ufer näherkamen, konnte ich meinen Mund nicht mehr halten.

»Jungs, das solltet ihr echt nicht tun.« Ich lächelte leicht, versuchte, sie auf sanfte Art von ihrem Vorhaben abzubringen. Auch wenn in mir nicht mehr viel für zaghaftes Abbringen sprach.

»Und du bist wer, um uns das zu verbieten? Wir wollen doch nur ein Foto von dem Bären, damit uns das zu Hause jeder glaubt.« *Oh ja, das macht Sinn. Schwimmt los.* Ich biss mir auf die Lippe und hielt die Worte zurück. Stattdessen sah ich sie mit leicht schief gelegtem Kopf an.

»Wisst ihr was, macht! Und wenn ihr drüben seid und das Junge findet, dann sagt doch auch gleich noch der Mutter Hallo. Die wird sich sicher freuen, ein paar Neunmalkluge in der Nähe ihres Babys zu sehen!« Ich nickte aufmunternd in Richtung des Waldes. Offensichtlich kratzten die Jungs ihre letzten Gehirnzellen zusammen und erinnerten sich daran, wie gefährlich Bärenmütter werden konnten. Ich legte meinen Kopf wieder auf dem weichen Pulli ab und seufzte laut.

»Eigentlich schade, dass es nicht mehr als Argument durchgeht, dass der Bär vielleicht auch einfach nur seine Ruhe will«, kommentierte Josh die ganze Situation, und ich schloss die Augen. Wo er recht hatte.

Schade, wie alles sich veränderte. Selbst hier, an einem der abgelegensten Orte der Welt.

KAPITEL 25

Tara

»Du musst mir das jetzt mal alles ein bisschen genauer erklären, ich verstehe nämlich nur Bahnhof.« Ich streifte mir ein paar Einmalhandschuhe über und sah Milas verschlafenes Gesicht auf dem Display.

»Jaimie ist noch mal Proben sammeln gegangen. Jedenfalls laut dem Zettel, den er mir geschrieben hat.« Ich ordnete die einzelnen Gläser mit Bodenproben vor mir an und prüfte ein letztes Mal die Beschriftung, die ich eben angebracht hatte. Alle Daten waren korrekt.

»Wie süß, jetzt schreibt ihr euch sogar schon kleine Briefchen. Fragt er dich im nächsten, ob du mit ihm gehen willst? Würdest du Ja, Nein oder Vielleicht ankreuzen?« Mila lachte und rieb sich über das müde Gesicht.

»Sehr witzig.« Ich schüttelte den Kopf und hoffte, mein vorwurfsvoller Blick würde auch auf der anderen Seite des Globus ankommen.

»Danke, ist auch eine meiner besseren Fähigkeiten.« Sie deutete an, einen imaginären Hut zu ziehen und legte kurz darauf ein Kissen in ihrem Rücken zurecht, sodass sie aufrecht gegen die Wand lehnte.

»Er meinte, ich soll nicht vor Mittag mit ihm rechnen, und dass wir dann heute Abend mit dem Auswerten der Proben beginnen können.«

»Ach so. Und da dachtest du, du fängst einfach schon mal an, in der Hoffnung … was? Seine Proben zu zerstören?« Mila klaubte ihre Haare zusammen und band sie zu einem Dutt, der so lose war, dass er ihr seitlich am Kopf runterhing. Die Nachmittagssonne fiel durch ihr Fenster und schien ihr direkt ins Gesicht.

»Hey!« Ich hielt ihr demonstrativ zwei Gläschen mit Wasserproben entgegen. »Das ist ein simples Testkit, und wir haben gestern beim Abendessen noch darüber gesprochen, welche Werte ihn interessieren. Ich messe nur ein paar Basic-Werte wie den Nitratgehalt im Wasser oder die Ammoniak- und Phosphorkonzentration in den entnommenen Bodenproben.« Ich zog einen Teststreifen aus der kleinen weißen Dose und legte ihn vor das erste Gläschen.

»Ich würde so gerne einen Witz machen und sagen, dass ich eingeschlafen bin, während du mit deinen ganzen neunmalklugen Begriffen um dich geworfen hast. Aber …« Mila hob skeptisch eine Augenbraue. »… ich bin einfach nur komplett beeindruckt, dass du das kannst.«

Ich schnaubte zur Antwort und legte das Klemmbrett, auf dem ich gleich die Daten eintragen würde auf meinen Schoß.

»Warum sind alle so gut darin zu vergessen, dass ich ein fast abgeschlossenes Tiermedizinstudium habe?« Ich schüttelte den Kopf. »Ich habe die ersten Semester damit verbracht, mir das Wissen eines Chemie- und Biologie-Grundstudiums ins Hirn zu prügeln. Ich habe Laborpraktika gemacht, in denen ich mich jeden Tag mit diesem Testscheiß hier befassen musste.« Ich erinnerte Mila an die Zeit, in der ich ihr täglich die Ohren vollgeheult hatte. Aber so war das im Studium nun mal. Erst, wenn man sich durch die ersten Semester Grundstudium gequält hatte, kamen die interessanten Sachen, für die man das Studium eigentlich gewählt hatte.

»Ich bin gerade erst aus meinem Mittagsschlaf aufgewacht, bitte verzeih mir.« Mila deutete mit ihrer Hand eine sarkastische Verbeugung an, und ich musste lachen. Kopfschüttelnd löste ich den Schraubverschluss des ersten Gläschens.

»Und, wie ist es sonst so?« Ich hielt das Teststäbchen ins Wasser, in dem lauter kleine Erdbrocken schwammen.

»Hmm, irgendwie alles und gleichzeitig nichts, wie immer«, antwortete Mila, während ich das Wasser vom Teststreifen tropfen ließ. Ich legte es auf das vorbereitete Papierhandtuch und sah Mila an. Es würde kurz dauern, bis es die finale Verfärbung annahm.

»Was meinst du?« Ich sah in die müden Augen meiner besten Freundin.

»Na ja, ich studiere jeden Tag und lebe so mein Leben, aber mir fehlt die Person, der ich sofort erzählen kann, was gerade passiert. Die schläft dann nämlich meistens auf der anderen Seite der Welt.« Milas Worte taten weh. Aber sie hatte recht. Die Kleinigkeiten, die unseren Alltag bestimmten, gingen verloren. Einfach weil man sie nicht mehr teilte. Unsere Gespräche und FaceTime-Dates waren so selten, dass man sie für die großen Dinge und Updates nutzen musste.

»Ich vermisse dich auch.« Ich presste die Lippen aufeinander und atmete aus. Das war ein echter Nachteil am Weit-weg-Sein.

»Nicht genug, um zurückzukommen.« Mila schaute mich eingeschnappt an und schnalzte mit der Zunge.

»Vorsicht, du klingst fast wie mein Vater.«

»Hast du nicht gesagt!« Sie schüttelte den Kopf.

»Der hat vor ein paar Tagen ungefähr das Gleiche geäußert.«

Empört riss Mila den Mund auf. »Hat er nicht!«

Ich zuckte zur Antwort nur mit den Schultern, was sie erneut verärgert einatmen ließ. Ich war langsam an einem Punkt angekommen, an dem es mich einfach nicht mehr interessierte. Sollten meine Eltern sich doch verhalten wie Kleinkinder. Das konnte ich mindestens genauso gut. Kurz lachte ich über meine eigenen Gedanken. Ich hörte mich an wie ein Teenie in der Trotzphase.

»Weißt du was?« Ich warf einen Blick zur Seite auf meinen Test, während Mila weitersprach »Ich komme einfach auch nach Kanada.«

»Und dann können wir für immer hierbleiben«, scherzte ich und lachte auf. »Wir gründen dann einfach eine WG.«

»Die beste WG auf der ganzen weiten Welt.« Mila hob gewichtig ihren Zeigefinger und schob sich damit eine der braunen Strähnen, die sich aus dem unordentlichen Knoten gelöst hatten, aus dem Gesicht. Kurz erlaubte ich mir, diesen Gedanken ernsthaft zuzulassen.

»Ich fühle mich wirklich seltsam frei, hier in Kanada.« Ich schaute aus dem Kofferraum, in dem ich immer noch saß, auf den weiten See, in dem ich vor zwei Tagen geschwommen war. Ich. In einem Gletschersee. Geschwommen. Verrückt, zu was für einer Person ich hier wurde.

»Natürlich.« Mila zuckte ganz selbstverständlich mit den Schultern »Du fühlst dich frei, weil du frei bist.« Ich fuhr mit meinem Blick die scharfen Kanten der Berge entlang bis zum Gipfel und den weißen Wolken, hinter denen die Sonne golden leuchtete. »Keine Uni, keine Eltern, kein Alltag, der dir etwas vorschreibt. Nur Tara, wie sie sich wünscht, zu sein.« Ich ließ Milas Worte sacken. Hier musste ich nicht die Tara sein, die ich zu Hause war. Hier konnte ich die Tara spielen, die ich mir wünschte, eines Tages zu sein. Ein befreiender und zugleich beängstigender Gedanke. Ich konnte sein, wer oder was auch immer ich wollte.

»So, Frau Laborassistentin. Wie sieht's aus?« Milas Stimme riss mich aus meinen Gedanken. »Werden wir alle sterben?« Ich griff nach dem weißen Stäbchen und glich die hellblaue Farbe mit der Farbskala ab, die dem Päckchen beilag. Ich fand den passenden

Wertebereich und trug ihn in der dafür vorgesehenen Spalte in der Tabelle ein.

»Soweit ich das beurteilen kann, ist alles okay, aber ich kenne die Referenzwerte nicht«, antwortete ich Mila ehrlich und nahm mir fest vor, Jaimie später nach den Werten der letzten Jahre zu fragen. Oder vergleichbaren Werten aus anderen Gebieten in der Region.

Mila und ich verabschiedeten uns, und ich schickte ihr noch eine kitschige Nachricht hinterher. Ich hoffte, sie würde mich bald mal mitten in der Nacht aus dem Bett klingeln und um Rat bitten. Einfach, damit ein bisschen Gerechtigkeit herrschte.

Den restlichen Vormittag verbrachte ich damit, eine Probe nach der anderen zu analysieren. Ich dokumentierte jeden Schritt und arbeitete sorgfältig das Protokoll ab, das Jaimie vorher in Abstimmung mit dem Institut an der VIU erarbeitet hatte.

Nachdem ich alles wieder ordentlich verstaut hatte, breitete ich ein Handtuch auf der Wiese aus und beschloss, dass das das beste Äquivalent zu einer Yogamatte war, das wir dabeihatten. Es reichte, um meinen Körper in alle Richtungen auszustrecken und einige Male entspannt durch einen Sonnengruß zu fließen. Immer, wenn ich Yoga machte, merkte ich, wie gut es mir tat, bewusst und ruhig zu atmen, mich zu strecken und zu dehnen, und ich nahm mir vor, in eine regelmäßige Praxis zu starten. Dieses Vorhaben hielt meistens bis zur Schlussentspannung an und verschwand dann spurlos aus meinem Gehirn. Bis mir einige Wochen später durch irgendeinen seltsamen Impuls erneut der Wille kam, Yoga zu machen, und der gleiche Kreislauf von vorne losging.

»Soll das ein indischer Krieger sein?« Jaimies Stimme brachte mich leicht aus der Balance.

»Nein, das ist der kanadische Wackeldackel.« Ich streckte meine Arme zu beiden Seiten und fand die Balance, während mein linker Fuß nur auf den Zehenspitzen stand und ich mich noch etwas weiter in die wohltuende Dehnung lehnte. Jaimie lachte kopfschüttelnd, ging dann aber zum Van, sodass ich meine Yogaeinheit entspannt zu Ende bringen konnte.

»Na, warst du erfolgreich?« Zehn Minuten später lehnte ich mich an die Karosserie gegen Betsie und beobachtete Jaimie dabei, wie er seinen Rucksack ausräumte und dann auf den Boden an den Van stellte. Er hob einen schweren Kasten voller befüllter Gläschen an, wobei die Sehnen auf seinen Unterarmen hervortraten. Er sortierte die Gläschen nach den kleinen weißen Klebeetiketten, die er unterwegs kreuz und quer darauf geklebt hatte.

»Und du?« Er sah von seinem Rucksack hoch. »Hattest du einen entspannten Vormittag?«

Zögerlich sah ich ihn an, hoffte, dass er nicht zu skeptisch reagieren würde. »Kann man so nicht sagen.« Ich schob die Unterlippe vor, während Jaimie nur fragend die Augenbraue hob.

Jaimie

»Sondern?« Ich richtete mich auf und streckte mich. Irgendetwas in mir machte sich für schlechte Nachrichten bereit, und ich sah Tara an, dass sie das ebenfalls spürte.

»Also … Ich dachte mir, ich nutze die Zeit, die du weg bist.« Ich musterte sie kritisch.

»Okay …« Sie wandte sich ab, und ich folgte ihrem Blick in den Van. Absolut keine Ahnung, was sie mir damit sagen wollte.

»Du kannst es zwar nicht sehen, weil ich alles wieder weggeräumt habe, aber ich habe den ganzen Vormittag genau da im Van gesessen.« Sie nickte in Richtung des eingeklappten Betts, das sie wohl als Stuhl benutzt hatte. Ich sah von der ordentlichen Teststation zu Tara und wieder zurück in den Kofferraum des alten Vans.

»Was …« Mein Herz pochte.

»Jetzt nicht durchdrehen …«, versuchte sie mich zu beruhigen, obwohl genau das gerade passierte. »… aber ich habe heute Morgen all unsere Proben von gestern durchgetestet.«

»Du hast was?«, entfuhr es mir. Ich sah sie mit weit aufgerissenen Augen an.

»Ja … ich …« Doch ich hörte Tara nicht, zumindest nicht wirklich. Die Worte kamen zwar bei mir an, drangen aber nicht zu mir durch. Ich griff nach dem Klemmbrett und sah die Seiten voller Tabellen, die sie fein säuberlich ausgefüllt hatte. Überall standen die sorgfältig dokumentierten Proben und die notierten Ergebnisse. Mit kleinen Post-its hatte sie einige Werte markiert. Ich überflog die Fragezeichen, den Hinweis auf dringenden Vergleich mit Referenzwerten und ihre Gedanken zu den unterschiedlichen Nitratwerten in drei Wasserproben, den wir dringend überprüfen sollten.

»Es tut mir leid, Jaimie. Ich wollte nicht …« Ich schnellte herum, sobald ich diese Worte hörte.

»Spinnst du?« Ich starrte sie mit offenem Mund an. Meine Worte ließen sie zusammenzucken. Schnell sprach ich weiter. »Das ist so großartig, Tara, ich weiß nicht, wie ich mich auch nur annähernd dafür bedanken soll.« Ich strich mir über die verwüsteten Haare und sah von den Tabellen zurück zu ihr. »Du musst Stunden hier gesessen haben …« Ich stellte mir Tara im Van vor, wie sie weiße Stäbchen in Wasser tunkte und mit einer Pipette abgespeckte Varianten eines Titriertests durchführte, um den genauen Umschlagpunkt zu bestimmen. »Mein Gott, du bist die Beste!« Noch bevor ich den Satz beendete, schmiss ich das Klemmbrett auf die dünne Matratze und schloss Tara in eine feste Umarmung.

»Danke«, flüsterte ich an ihrem Ohr und atmete dabei ihren Duft ein. Vielleicht bildete ich es mir ein, aber sie roch nach Wald und Anstrengung. Der Geruch von Natur, Zufriedenheit und Sonne auf der Haut.

»Gerne.« Ihr warmer Atem traf bei ihrer Antwort auf meine Haut und verursachte mir eine Gänsehaut. Ihre Hände lagen flach auf meinem Rücken, während ihr Kopf an meiner Brust lehnte. Ich legte mein Kinn auf ihrem Scheitel ab und presste sie enger an mich.

»Danke, Tara«, sagte ich erneut, aber dieses Mal spürten wir beide, dass ich mich nicht für ihre herausragende Arbeit als Laborassistentin bedankte. Ich bedankte mich dafür, dass sie immer noch hier war und nicht davonlief, wie ich es immer tat. Dass sie mir die Stirn bot, wenn ich das innere Arschloch rausließ und mir die Worte entgegenschmetterte, die ich zwar nicht hören wollte, aber musste. Nach einigen Sekunden, die sich wie eine Ewigkeit anfühlten, lösten wir uns voneinander.

»Will ich eigentlich wissen, woher du das kannst?«

»Lästige Laborpraktika, würde ich sagen.« Sie zuckte mit den Schultern, und ich stellte fest, wie wenig ich über sie wusste. Ich kannte nur die Frau, die sie war, seit wir jede Minute der letzten Tage miteinander verbrachten.

»Ein Hoch auf lästige Laborpraktika.« Ich lachte, und auch wenn Tara wohl nicht so viel Spaß in der Zeit an der Uni gehabt hatte, stimmte sie mit ein.

»Weißt du …« Tara schlenderte zurück zu Betsie und schmiss meinen Rucksack, der immer noch draußen am Van lehnte in den Innenraum. »Ich dachte mir, ich spare uns ein bisschen Zeit, dann sind die Proben von gestern durch und deine von heute können wir ja auch morgen testen.« Sie sah mich immer noch lächelnd an und zog dabei, ohne hinzusehen, die Heckklappe zu.

»Soso.« Ich verschränkte die Arme vor der Brust und beobachtete sie breit grinsend.

»Dann haben wir heute Abend viel mehr Freizeit, das ist doch was Schönes.« Sie schritt rückwärts um das Auto herum, in Richtung der vorderen Türen, und bedeutete mir, ihr zu folgen.

»Aha«, raunte ich und sah sie mit übertrieben gespieltem Interesse an.

»Und ich erinnere mich da an so einen Vorschlag von dir gestern, Jaimie.« Tara tippte ein paarmal mit dem Zeigefinger in die Luft, als würde sie verzweifelt versuchen, darauf zu kommen, was sie noch mal meinte.

»Dieser Vorschlag hatte nicht zufällig mit Pizza zu tun?«, half ich ihr auf die Sprünge. Sie schnipste mit den Fingern und strahlte mich an.

»Das war es, Jaimie!« Sie klatschte in die Hände und öffnete die Beifahrertür.

»Ich nehme an, ich habe das Vergnügen, Betsie sicher in die Stadt zu lenken?«

»Ich möchte deiner fragilen Männlichkeit nicht zu nahe treten, indem ich dir beweise, dass ich besser Auto fahre als du.« Ich ging vorne um das Auto herum und sah sie mit hochgezogener Augenbraue an. »Außerdem …«, fuhr sie fort, als ich die Fahrertür öffnete. »… könnte ich meine Füße nicht hochlegen, wenn ich fahren müsste.« Noch während sie sprach, drehte sie die Lehne des Sitzes nach hinten und platzierte ihre Füße auf dem Armaturenbrett.

»Weißt du, Tara … mich beschleicht das Gefühl, deine Glanzstunden als Laborführerin waren bloß ein klug eingefädelter Plan, um an deine Pizza zu kommen.« Das Schmunzeln auf meinem Gesicht war klar in meinen Worten zu hören. Ich startete den Motor, nahm meinen Blick aber nicht von Tara, die ihre Hände mittlerweile auf dem Bauch abgelegt hatte.

»Dir macht man so schnell nichts vor, Jaimie.« Sie nickte anerkennend und zeigte dann den schmalen Kiesweg entlang, der uns zur Straße nach Revelstoke bringen würde.

»Und jetzt auf, auf. Die Pizza wartet.«

Tara

Wir bogen auf die Hauptstraße ein, und ich musste es mir einbilden, aber ich konnte die Pizza schon riechen. Nach Tagen voller dehydriertem Tütenessen wäre ich auch den ganzen Weg vom Mount Cartier bis zum Pizzaladen gelaufen, vor dem wir gerade parkten. Ich stieg aus und stieß die Tür zum Restaurant auf, durch die Jaimie mir stumm folgte. Keine fünf Minuten später hatten wir zwei große Pizzen zum Mitnehmen bestellt, und die nächsten zehn, die wir darauf warten mussten, kamen mir unerträglich lang vor.

Mit unseren Pizzakartons in der Hand liefen wir an Betsie vorbei.

»Hörst du das?« Ich drehte mein Ohr in Richtung der Musik, die aus einer der Seitenstraßen dröhnte. Jaimie nickte, und wir liefen der Musik entgegen, bis wir auf einem großen Platz voller Menschen ankamen. Wobei groß immer noch im Verhältnis zu Revelstoke zu sehen war. Wir standen auf einem Platz, der mich an die Stadtmitte aus Stars Hollow erinnerte. Denn genau so ein Straßenfest, wie Rory und Lorelai es feiern könnten, lief gerade vor unseren Augen ab. In einem kleinen, süßen, überdachten Holzpavillon stand eine Countryband, deren Sänger ganz stilecht mit Cowboyhut und Boots Songs zum Besten gab. Ich kannte keinen davon, war aber versucht, mich zu den anderen etwa 30 Menschen zu gesellen, die auf der freien Fläche davor tanzten, als würde niemand zusehen. Die Kinder hopsten fröhlich auf der Stelle, und eine kleine Gruppe begann sogar mit einem Linedance. Überall an den Seiten saßen Menschen auf Stühlen, Tischen und betonierten Blumenkästen. Ich konnte es nicht beschreiben, aber jeder von ihnen wirkte so entspannt, dass diese innere Ruhe auch auf mich überging. Jaimie griff meine Hand und zog mich auf eine Bank, einige Meter von uns entfernt. Ich setzte mich im Schneidersitz neben ihn und öffnete meinen Karton, an dessen Oberseite sich die Käsefäden zogen, die an der Pappe festklebten. Ich ergriff das erste dampfende Stück und stöhnte zufrieden, als ich auf dem heißen Käse herumkaute, der auf dem dicken Teigboden zerfloss.

»Es ist komisch, nach so vielen Jahren wieder hier zu sein und festzustellen, dass manche Dinge sich einfach nie verändern.« Jaimie biss erneut von seiner Pizza ab und legte das kleine Stück dann zurück in den Karton. Sein Blick hing an den tanzenden Menschen, die in der goldenen Sonne ihre Kreise drehten.

»Wart ihr oft hier in Revelstoke, dein Bruder und du?« Ich sah Jaimie an, musterte sein Profil und die scharfkantige Linie seines Kinns.

»Fast jedes Jahr …« Jaimie fuhr sich durch den kurzen Bart und schnaubte nachdenklich. »Mein Bruder, meine Eltern und ich.« Er klappte den Pizzakarton zu und stellte ihn neben sich auf den grauen Asphalt. »Aber das ist Jahre her«, schob er hinterher, und auch wenn ich mir den kleinen glücklichen Jaimie vorstellen wollte, nahm der große traurige Mann vor mir all meine Gedanken ein.

»Ist dir das Projekt deshalb so wichtig?« Ich sah mich auf dem Platz um und versuchte, die Häuser auszumachen, hinter denen der Mount Cartier zu sehen sein müsste. Jaimie nickte grüblerisch, und ich versuchte, ihm die Zeit zu geben, die er brauchte. Ich beobachtete die Band unter dem Pavillon und den jungen Mann am Kontrabass, der seine Finger über die Seiten fliegen ließ und passend zum Rhythmus, den er zupfte, mit dem gesamten Körper wippte.

»Am Berg soll ein Hotelkomplex gebaut werden.« Ich fuhr herum, so überraschend traf mich Jaimies raue Stimme. »Irgend so ein Luxus-Wellness-Scheiß, den keiner hier oben braucht.« Er fuchtelte wild in der Luft herum und legte die Hände dann auf seinen Oberschenkeln ab.

»Aber was würde dann mit dem Wald passieren? Und dem Fire Lookout?« Ich dachte an die friedlich daliegende Natur, durch die wir die letzten Tage gewandert waren. An all die Tiere, die ich nicht gesehen hatte, die aber trotzdem da waren. Deren Zuhause dieser Berg war.

»Da wo Platz gebraucht wird, abholzen. Dazwischen? Skipisten, Erholungs-Wanderwege und auf dem Gipfel vielleicht eine 360-Grad-Sauna mit Bergblick, was weiß ich.« Jaimie schluckte schwer und stützte seinen Kopf auf die Hände.

»Aber …«

»Ja, ist scheiße«, vollendete Jaimie meinen Gedanken. Es musste schwer sein, mitzuerleben, wie unberührte Natur rücksichtslosem Tourismus weichen musste. Noch dazu, wenn man an besagtem Berg quasi aufgewachsen war.

»Wie genau hängt das Ganze jetzt mit deinem Projekt zusammen?«, stellte ich die Frage, die seit Minuten in meinem Kopf herumschwirrte.

»Die Baugenehmigung muss verhindert werden.«

»Aber ist es nicht sowieso verboten, in Nationalparks zu bauen?« Ich dachte an die ganzen *Parks-Canada*-Schilder, an denen wir vorbeigefahren waren und den Jahrespass, der in unserer Windschutzscheibe hing und uns Zugang zu jedem Park gewährte.

»Das ist ja das Problem. Mount Cartier gehört zu keinem. Es gibt den *Revelstoke National Park* und etwas weiter östlich den *Glacier National Park*. Dazwischen einige Provincial Parks, aber nicht jeder einzelne Berg oder See ist gesetzlich geschützt«

»Glaubst du, du kannst den Bau des Luxusresorts verhindern?«

»Ich glaube es nicht nur, ich weiß es.«

KAPITEL 26

Tara

»Kaffee?« Ich reichte Jaimie die dampfende Emailletasse. Er umfasste den Griff und sah mich fragend an. »Ein Schuss Hafermilch, kein Zucker, dafür in meinem Kaffee gleich die doppelte Menge.« Ich ließ Jaimies Tasse los, die er sich mit dankbarem Nicken an den Mund führte.

»Sonnencreme?« Jaimie streckte mir die Tube entgegen und verrieb mit der anderen Hand die weißen Tropfen auf seinen Waden.

»Ja, gerne.« Ich nahm noch einen Schluck Kaffee und stellte die Tasse dann an ihren üblichen Platz neben seine. Er tropfte einen großen Klecks auf meine Handfläche, den ich direkt in Gesicht und Nacken verteilte.

»Drei Müsliriegel?« Ich zählte die Riegel aus der Packung ab und steckte sie für Jaimie ein.

»Jap!« Jaimie kam um den Van herum zu mir an die Seitentür und sah mich grinsend an.

»Was?« Unsicher starrte ich zurück. »Habe ich irgendwo noch Sonnencreme?« Ich wischte mit meiner freien Hand schnell über mein Gesicht, woraufhin Jaimies Grinsen nur noch breiter wurde. Ohne etwas zu sagen, zog Jaimie unsere Vorratsbox hervor und fischte eine lilafarbene Verpackung hervor. Er reichte sie mir wortlos und starrte mich nur weiter an.

»Was genau …« Jaimie tippte einige Male auf die Verpackung,

und ich las die Aufschrift. *Ohne Rosinen*, stand dort, wo Jaimies Zeigefinger lag.

»Ich fand es nicht fair, dass nur ich in den Genuss von Müsliriegeln komme.« Jaimie lächelte mich an. Ich erinnerte mich an den Moment, in dem ich ihm recht deutlich entgegengeschmettert hatte, wie sehr ich Rosinen hasste. Und das hatte er sich gemerkt.

Der hellgraue Rucksack auf meinen Schultern wog so leicht, dass ich den Berg fast hochflog. Jaimie und ich hatten die letzten Tage damit zugebracht, den Mount Cartier hoch und runterzulaufen, Proben zu sammeln, Proben zu testen und noch mehr Proben zu sammeln. Da war der Ausflug auf den Mount Revelstoke eine willkommene Ablenkung. Den ganzen Vormittag hatten wir am Van gesessen, Testkits verbraucht und Zahlen über Zahlen in unserer Datensammlung ergänzt.

»Ich kann noch nicht so ganz glauben, dass wir diesmal die Gondel nehmen.« Ich lachte und schaute auf die sattgrünen Wiesen unter uns, auf denen die Wildblumen blühten.

»Du kannst auch gerne laufen, ich halte dich nicht auf.« Jaimie verteilte die letzten Reste der Sonnencreme gleichmäßig auf seinem Gesicht.

»Danke, verzichte.« Meine Füße schmerzten von den kilometerweiten Wegen, den Höhenmetern und der ständigen Anstrengung, die sich in Kombination mit dem wenigen, ungemütlichen Schlaf nicht sonderlich gut machte. »Es ist trotzdem nett, nicht immer das Gleiche zu machen und wieder etwas Neues zu sehen.« Ich zuckte mit den Schultern und lehnte meine Stirn gegen das gewärmte Plastik. Der Wald unter uns wurde lichter, aber der Blick den Berg hoch verriet mir, dass wir noch einige Minuten in unserer Gondel sitzen würden, bis wir den Gipfel erreichten. »Schließlich muss ich ja auch mein Reisetagebuch füllen!«

»Arbeitest du jetzt einen Berg Kanadas nach dem anderen ab?« Jaimie lachte und sah mich skeptisch an.

»Nein«, gab ich zurück und zog nachdenklich die Augenbrauen zusammen. »Aber das ist gar keine so schlechte Idee …« Ich öffnete die Schnalle meiner Rucksackklappe und zog das schwarze Ringbuch raus. Ich hatte es mitgenommen, in der Hoffnung oben auf dem Gipfel etwas zeichnen zu können.

»Was? Die Gipfel in alphabetischer Reihenfolge erklimmen, oder was hast du jetzt vor?«

»Nein …« Ich schüttelte grinsend den Kopf und blätterte die Titelseite um, wo mich die freie Rückseite anlachte. Genau die brauchte ich »… das wäre ja totaler Schwachsinn.« Ich versank fast ganz in meinem Rucksack, während ich nach meinem schwarzen Fineliner und dem passenden Brushpen kramte.

»Wow, dass wir uns im Leben mal einig sind.« Ich hörte Jaimies Lachen, sah ihn jedoch nicht an. Ich musste die Zeit bis zum Gipfel jetzt nutzen, ehe die Idee wieder aus meinem Kopf verschwand.

»Jaja, toll und so.« Ich wedelte mit dem schwarzen Gelstift in der Luft und tippte ein paarmal auf das Blatt.

»Möchtest du mir erklären, was du stattdessen vorhast, oder bleibt das jetzt dein kleines Geheimnis?« Jaimie hob skeptisch eine Augenbraue, was ich nur mit einem Schnauben quittierte.

»Wenn ich Ja sage, darf ich dann endlich in Ruhe zeichnen?«

»Ich …«

»Ich schreibe eine Bucketlist.« Ich zuckte mit den Schultern und lächelte Jaimie an. Froh über den grandiosen Einfall, auf den Jaimie mich gebracht hatte.

»Du … was?« Er öffnete den Mund, schloss ihn dann aber wieder.

»Verkneifst du dir gerade den Dumme-Touristinnen-Kommentar?«

Jaimie presste seine Lippen zusammen und deutete mit Zeigefinger und Daumen an, einen Reißverschluss zuzuziehen. Ich zog die Kappe des Brushpens ab und hatte in wenigen Zügen das Wort Bucketlist in feinen Serifen gezogen. Ich tauschte den Stift durch den Bleistift aus und begann, einige Punkte aufzulisten. Ich wusste nicht, was wir alles sehen würden, aber mir fielen einige Orte ein, die man in seinem Leben einfach gesehen haben musste.

»Bitte sag mir einfach, dass du nicht so was wie *Lake Louise sehen* draufschreibst.« Jaimie verzog das Gesicht und sah mich an. Ich sah ihm in die Augen, dann auf das Blatt unter mir und dann wieder zu ihm.

»Nein«, sagte ich nur und biss die Zähne aufeinander. Einige Sekunden starrten wir uns einfach nur an.

»Hast du zufällig einen Radiergummi dabei?«

Jaimie brach in schallendes Lachen aus und schüttelte den Kopf. Der Klang war so fremd, und doch konnte ich gegen das Lächeln auf meinen Lippen nichts machen.

»Ich wusste es!« Er deutete auf das Buch in meinem Schoß, aber ich legte schützend eine Hand auf die Seite.

»Warum darf ich denn keine Bucketlist haben?« Ich legte den Bleistift zur Seite und klappte das Buch zu.

»Ich verbiete dir nichts.« Gleichgültig zuckte er mit den Schultern. »Ich fürchte nur, ich verliere den Respekt vor dir, wenn da genau die Dinge draufstehen, die ich dir nach dem ersten Eindruck zugetraut hätte.«

»Dem ersten Eindruck von mir?«, fragte ich nach und dachte an meine ersten Tage auf Vancouver Island zurück.

»Ich sage ja nur, dass Kanada mehr als ein tolles Instagram-Bild am Ufer vom Lake Louise kann.«

»Und woher soll ich wissen, *was* das ist? Falls du es vergessen hast, ich bin nicht von hier.«

»Keine Sorge, daran erinnert dein Akzent mich jeden Tag.« Ich holte aus, um gegen sein Schienbein zu treten, kam mit meinen kurzen Beinen allerdings nur an seine dicken Wanderschuhe, durch die er sicher nichts spürte.

»Dann frage ich dich als Kanadier: Was muss ich während unseres kleinen Roadtrips unbedingt sehen?« Jaimie schüttelte den Kopf und hob abwehrend die Hände.

»Oh nein, vergiss es. Bei so einem Quatsch bin ich raus.« Ich steckte Beths Buch, das zu meinem geworden war, in den Rucksack und sah ihn vorwurfsvoll an.

»Ich glaube, du verstößt gerade gegen ein kanadisches Grundprinzip.« Ich schulterte den Rucksack und verschränkte die Arme vor der Brust. »Du bist nicht nett.«

Wir stiegen aus der Gondel, und ich folgte ihm aus der Halle raus. Ich blinzelte einige Male gegen die Sonne, die plötzlich auf mein Gesicht traf, und schaute mich um. Die bunt gesprenkelten Wiesen erinnerten mich seltsam an zu Hause. Hier oben sah es fast ein bisschen aus wie in den Alpen und doch … anders.

Die kühle Bergluft fegte über meine nackten Arme, und erst jetzt stellte ich fest, dass wir zwischen Ein- und Ausstieg aus der Gondel gute zehn Grad verloren hatten. Ein Glück, denn in der Hitze, die im Tal stand, war es kaum noch auszuhalten. Ich drehte mich einmal um mich selbst und zückte dann mein Handy, um ein paar Fotos für Mila und Matty zu knipsen.

»Komm!« Jaimie bedeutete mir, ihm zu folgen, und wir hielten einige Schritte später an einem kleinen Klapppavillon, der Schatten spendete.

»Hi, seid ihr heute zum ersten Mal hier?« Die junge Frau in rotem Shirt begrüßte uns freundlich. Dem Logo ihres Shirts zu Folge arbeitete sie hier. Jaimie antwortete ihr schnell, während ich meinen Blick über den kleinen Tisch vor ihr schweifen ließ.

»Ich freue mich sehr, dass ihr heute hier seid!« Die junge Kanadierin lächelte uns an, und ich hatte wieder einmal das Gefühl, dass ihre Freude echt war und sie sie nicht nur spielte, weil es ihr Job war. »Bevor ihr startet, hier noch ein paar Infos für euch.« Sie deutete auf die laminierten Papiere vor sich, die einige Verhaltensregeln aufzeigten. Rücksicht auf die Tiere nehmen, nicht die Wege verlassen, und absolut keinen Müll hinterlassen waren nur einige der Punkte, die sie aufzählte. Ich nickte eifrig und hoffte inständig, dass ich keinen mündlichen Test bestehen musste, um in den Nationalpark gelassen zu werden.

»Ich muss euch allerdings noch darauf hinweisen, dass wir die letzten Tage vermehrte Bärensichtungen hatten.« Sie zeigte auf das Whiteboard hinter sich, an dem mit Datum, Uhrzeit und genauem Ort die Bärenbegegnungen aufgelistet waren. Grizzly, Grizzly, Schwarzbär, zwei Grizzlys … ich las die Liste gar nicht erst weiter, da sie mich nur beunruhigte. »Ich würde euch also empfehlen, ein Bärenspray mitzuführen. Im Zweifel könnt ihr euch an der Bergstation hinter mir eins kaufen oder für den Tag leihen.« Ich sah in die Richtung, in die sie ihren Arm ausgestreckt hatte und nickte. Jaimie hingegen klopfte nur an die kleine schwarz-orangene Flasche, die gut greifbar an seinem Gürtel verstaut war. Beruhigend. Und trotzdem konnte ich nicht aufhören, an die schier unendlich scheinende Auflistung der Bären zu denken, die in den letzten drei Tagen Menschen über den Weg gelaufen waren.

»Wenn ich euch dann jetzt noch bitten dürfte, an der Station da vorne eure Schuhe abzubürsten, seid ihr startklar!« Sie reichte Jaimie eine kleine Faltbroschüre mit den zahlreichen Wanderwegen, die von hier aus starteten, und ich folgte ihm zu einem kleinen Holzständer, an dem zwei Schuhbürsten festgekettet waren.

»Hier.« Er reichte mir eine und begann mit der anderen, seine Wanderschuhe von allen Seiten abzubürsten. Fragend sah ich von ihm zur Bürste. Jaimie zeigte auf meine Schuhe. »Damit du nicht, was auch immer du von anderen Ökosystemen an deinen Schuhen trägst, mit in ein neues schleppst.« Ich nickte. Ganz verstand ich nicht, wie ein bisschen Dreck an meinen Schuhen eine Gefahr darstellen konnte, aber Jaimies Erfahrungen übertrafen mein gefährliches Halbwissen. Ich bürstete den Dreck von meinen Schuhen, und als ich auch die Schuhsohlen gereinigt hatte, hängte ich die Bürste wieder auf, wobei die Metallketten klappernd gegeneinanderschlugen. Wir folgten dem breiten Weg, der hoffentlich noch schmaler und gemütlicher werden würde.

»Warum genau trägst du eigentlich ein Bärenspray, wenn du dich doch immer richtig verhältst und Bären im Zweifel ausweichst?« Jaimie ging neben mir her, die Hände an den Gurten seines Rucksacks verhakt.

»Du kannst nicht immer das Verhalten jedes Bären voraussehen.« Er bog an der Gabelung links ab, und ich folgte ihm. »Manchmal haben Bären wochenlang nichts gegessen, oder du bist unwissentlich zu nah an sie herangekommen. Das passiert vor allem bei Jungtieren schneller als gedacht. Manchmal sind sie auch einfach neugierig …« Er kräuselte die Lippen, richtete den Blick in die Ferne. »… und manchmal musst du auch einfach die Dummheit anderer Menschen ausgleichen.« Ich sah ihn an, bemerkte, wie er stumm mit dem Kiefer mahlte. Der Weg war gerade noch breit genug, dass wir nebeneinander gehen konnten, um uns herum lauter bunte Blumen und Kriechgewächse, die die Wiesen bedeckten.

»Wie meinst du das?« Plötzlich musste ich nicht nur vor meinen eigenen Fehlern Angst haben, sondern auch vor denen anderer Menschen?

»Manchmal provozieren andere Menschen einen Bären, und du bist unglücklicherweise dabei. Oder Bären werden zu nah am Menschen sozialisiert und lernen, wo es leckeres Essen zu holen gibt. Dann werden aus Wildtieren ganz schnell ungebetene Besucher, die am helllichten Tag dein Zelt durchwühlen, in der Hoffnung auf einen guten Snack.« Ich nickte, auch wenn ich nicht verstand, wie so etwas passieren konnte. Menschen …

»Was war das?« Ich wechselte so schnell das Thema, wie das kleine flinke Tier vor mir über den Weg gehuscht war.

»Ein kanadisches Hörnchen.« Jaimie blieb stehen und schaute auf die Wiese vor uns. »Wenn du ein bisschen Ausschau hältst, entdeckst du bestimmt zwanzig von ihnen.« Ich drehte mich ebenfalls zur Wiese, und versuchte, das kleine flauschige Nagetier von eben ausfindig zu machen. Und tatsächlich, je länger wir reglos auf dem Weg stehen blieben, desto mehr kleine braune Flecken tauchten auf der Wiese oder auf den warmen Steinen vor uns auf. Sie hoben neugierig ihre Köpfe und schnupperten dabei aufgeregt in der Luft.

»Die sind ja unglaublich süß!« Ich ging in die Hocke, hoffte, die kleinen Hörnchen dadurch nicht zu verschrecken. Im Gegenteil: Einige von ihnen bewegten sich zögerlich auf mich zu.

»Vorsicht, sie denken, dass du sie füttern möchtest.« Ich drehte meinen Kopf zu Jaimie und bemerkte aus dem Augenwinkel, wie die ruckartige Bewegung ein paar der kleinen Kerlchen zurückweichen ließ.

»Ist das nicht verboten?«

»Sieht das für dich so aus, als würden sich alle an dieses Verbot halten?« Ich drehte mich wieder um und sah ungefähr sieben Hörnchen nur wenige Meter von mir entfernt. Eines war sogar kurz davor, den Weg, auf dem ich kniete, zu betreten. Ich blieb ganz still sitzen und beobachtete das braune Fellknäuel dabei, wie es Schritt für Schritt näher kam, nur um dann in einem Satz wieder zurückzuspringen. Das Ganze wiederholte es ein paarmal, bevor es mir um die Beine strich und ich die kleinen süßen Pfoten auf meiner Haut spürte, während es sich an mir hochzog. Schnell sprang es ein paar Schritte zurück, als es bemerkte, dass ich ihm keinen Krümel hinwerfen würde.

»Gott, sind die süß!« Ich lächelte dem kleinen Kerlchen hinterher und sah, wie es sich in den Schutz eines Steines setzte.

»Solange, bis dann das daraus wird.« Jaimie deutete auf ein Hörnchen, das gute zwei Meter von uns gemütlich auf einem Stein in der Sonne fläzte.

»Oh nein, was ist denn mit dem Kerlchen passiert?« Ich musterte das dunkle Fellbündel, das kugelrund auf seinem Platz saß. Die kleinen Pfoten verschwanden unter ihm, so viel Winterspeck hatte es sich bereits angefressen. Im Hochsommer.

»Das ist das Ergebnis, wenn man sich als Erster traut und sich im Austausch für ein paar süße Fotoposen täglich Essen abholt.« Jaimie schüttelte den Kopf, und ich fragte mich, was die Menschen sich dabei dachten. So nah, wie diese Tiere mir kamen, erlebte man das sonst höchstens im Streichelzoo.

»Komm, wir haben noch was vor.« Ich richtete mich wieder auf und folgte ihm den Weg entlang, der schmal am Bergkamm entlangführte.

»Du, sag mal …«, begann Jaimie, als wir schon einige Minuten bergab gegangen waren. »Warum genau bist du eigentlich nach Kanada gekommen?« Verwirrt zog ich die Augenbrauen zusammen.

»Stellst du mir gerade eine persönliche Frage?«, scherzte ich lachend und war ernsthaft verwundert.

»Weiß nicht, muss wohl die Bergluft sein.«

Ich sah an Jaimie vorbei auf die Bergspitzen, deren Schneefelder in der Sonne glänzten.

»Ehrlich gesagt, ich weiß es nicht …« Ich dachte über meine erfolglose Praktikumssuche nach und realisierte, dass ich mich nicht einmal geärgert hatte, den Platz nicht bekommen zu haben. Höchstens wegen meiner Eltern. Jaimie schwieg, und die Stille zwischen uns gab mir den Raum, laut zu denken. »Ich wollte einfach weg. Raus aus dem Alltag. Weg von dem Gefühl, das mein festgefahrenes Leben mir dort gegeben hat.« Es schüttelte mich bei der Erinnerung an den Albtraum, den ich in meiner ersten Nach in Kanada gehabt hatte. Genau auf diese Zukunft war mein Leben zugesteuert.

»Klassisches Weglaufen also.«

»Autsch, kein Grund so persönlich zu werden.« Ich lachte, auch wenn es wehtat, diese Worte aus Jaimies Mund zu hören. Vor allem, weil sie der Wahrheit entsprachen. »Ja«, schob ich hinterher und gab es damit ein kleines bisschen vor mir selbst zu.

»Ist okay, finde ich.« Jaimies Rucksack wackelte, als er mit den Schultern zuckte.

»Ich wusste nicht, dass du eine Meinung dazu haben musst.«

»Sorry«, warf er direkt dazwischen und blieb stehen. »Ich dachte nur, ich sage dir, dass es dich nicht interessieren muss, was deine Familie davon hält.« Er drehte sich zu mir und sah mich einfühlsam an.

»Du meinst so als Experte in Sachen weglaufen vor der eigenen Familie?«

»Ich weiß gar nicht, warum du dich immer so anstellst, wenn ich etwas sage. Du teilst auch ganz schön aus.« Jaimie lachte leise, und ich zuckte nur mit den Schultern. Mit Matty als Bruder war mir gar nichts anderes übrig geblieben.

»Sprunghafter Themenwechsel, um unseren Problemen ein weiteres Mal aus dem Weg zu gehen.« Ich drückte mich an Jaimie vorbei und lief den weichen Wanderweg vorneweg. »Hund oder Katze?«

»Was ist das denn bitte für eine Frage?«, hörte ich Jaimie hinter mir und verdrehte die Augen.

»Dann lass dir was Besseres einfallen.«

»Nein, das meine ich gar nicht.« Jaimies Lachen drang an mein Ohr, und ich konnte nicht anders, als meine Mundwinkel ebenfalls zu heben. »Ich frage mich nur, was ich mit einer Katze soll, wenn ich auch einen Hund haben kann.«

»Wow, da hat aber jemand eine klare Haltung.« Ich trat auf ein paar große feste Steine, um nicht auf dem lockeren Kies wegzurutschen, während der Weg nun steil bergab führte.

»Bitte sag mir jetzt nicht, dass du ein Katzenmensch bist. Die flammende Rede könnte ich nicht ertragen.« Jaimie klang fast flehend, doch ich drehte mich nicht zu ihm um.

»Keine Sorge«, antwortete ich nur, doch meine nächsten Gedanken, gingen in dem verblüfften Laut unter, den ich ausstieß, als wir um die Ecke bogen. Die abflachende Rundung des Berges gab den Blick auf einen großen dunkelblau schimmernden See frei, der inmitten einer ebenen Fläche, umgeben von zahlreichen Bergspitzen, lag.

»Gut, oder?« Ich drehte mich zu Jaimie, der mich siegessicher ansah.

»Du kennst Spots wie diese, weigerst dich aber, mich bei meiner Bucketlist zu unterstützen?« Jaimie schob mich ein Stück weiter, statt zu antworten. »Nicht fair Jaimie, nicht fair.« Ich schüttelte immer noch den Kopf und wurde automatisch schneller, je näher wir dem Seeufer kamen.

Wir setzten uns auf einen flachen Stein, der bestimmt viermal so groß war wie wir und ließen unsere nackten Füße nach unten baumeln. Das eiskalte Seewasser tat gut, denn wir hatten tatsächlich über eine Stunde gebraucht, um hierherzukommen.

Ich zog die Wasserflasche aus meinem Rucksack und trank einen großen Schluck. Jaimie reichte mir einen Müsliriegel, den ich sofort aus der Packung schälte.

»Ich glaube, ich habe gehofft, in Kanada einfach so auf Antworten zu stoßen.« Ich biss von meinem Riegel ab und sah Jaimies fragenden Blick. »Da musst du jetzt durch. Meine beste Freundin schläft auf der anderen Seite des Globus, mit meinen Eltern rede ich nicht und du bist nun mal hier.«

»Charmant«, sagte Jaimie nur und lachte leise.

»Das ist doch dein Spezialgebiet, Prince Charming«, scherzte ich und sah, dass auch Jaimies Mundwinkel sich hoben.

»Soso, noch ein neuer Spitzname?« Jaimie zog eine Augenbraue nach oben, doch ich zuckte nur mit den Schultern. »Aber gut. Erzähl mir alles, beste Freundin.« Er biss ebenfalls von seinem Müsliriegel ab, und ich schüttelte nur den Kopf.

»Ich kann es mir selbst nicht erklären, und das stört mich am meisten.« Jaimie musterte mich eindringlich.

»Was glaubst du, vor was du davonlaufen willst?« Der lachende Unterton war aus seiner Stimme verschwunden.

»Ich will ja gar nicht weglaufen.«

»Und trotzdem tust du es.«

»Aber ich mag mein Leben. Ich mag mein Studium, ich mag meine Familie, meine Hobbys, ich habe einen tollen Freundeskreis. Ich mag das alles.« Diese Worte aus meinem Mund fühlten sich falsch an, und doch versuchte ich zu meinen, was ich da sagte.

»Magst du denn auch dich?«

Ich schaute auf und sah Jaimie mit weit aufgerissenen Augen an. *Ja*, wollte ich sofort antworten. Natürlich mochte ich mich, doch ich brachte diese zwei kleinen Buchstaben nicht über die Lippen.

»Ich …«, stotterte ich, während Jaimies Frage immer tiefer in mich drang. Immer näher an mein Herz. »Ich glaube, ich mag mich«, sprach ich weiter. »Ich will mich mögen«, verbesserte ich mich und dachte an all die Dinge, die ich nicht konnte. An all die Dinge, die ich gern sein würde, von denen ich mich täglich abhielt. Von denen mein Leben mich täglich abhielt.

»Darf ich dir meine absolut unprofessionelle Meinung mitteilen?«

»Ich bitte sogar darum. Schließlich bist du meine neue beste Freundin.«

»Du sehnst dich nach Veränderung, weil du weißt, dass du noch nicht angekommen bist. Das ist keiner von uns mit Anfang 20, machen wir uns nichts vor«, sagte Jaimie mit ruhiger Stimme. Ich lachte auf und nickte zustimmend. »Aber sich zu verändern, geht immer damit einher, die Komfortzone zu verlassen. Diesen unbequemen Schritt zu gehen, kostet viel, und die meisten wollen sich einen einfachen Ausweg suchen. Manche reden sich ein, dass ihre Komfortzone doch auch ganz nett ist, andere setzen sich in ein Flugzeug nach Kanada.« Ich lauschte seinen Worten, die mitten ins Schwarze trafen.

»Wow, du machst dich ganz gut als beste Freundin.« Ich dachte über Jaimies Worte nach und spürte, wie es in mir arbeitete. »Klingt nach einem Rat, den du dir auch selbst geben könntest.«

»Dass ich gut darin bin, Ratschläge zu geben, heißt nicht, dass ich sie selbst befolge. Das sind zwei verschiedene Dinge«, erwiderte er und zog die Augenbrauen hoch.

Wir zogen uns Socken und Schuhe wieder an und traten den Rückweg an. Die Aussicht, den ganzen Weg wieder zurückgehen zu müssen – bergauf wohlgemerkt –, ließ meine Beinmuskulatur schon jetzt brennen.

»Auf geht's!« Jaimie schnaufte, während wie den steilen Hang hinaufkraxelten.

»Kein Grund zu hetzten, wenn wir das Tempo beibehalten, haben wir noch eine knappe Stunde, die wir an der Bergstation vertrödeln können, bevor die letzte Gondel fährt.«

»Nicht, wenn wir noch was vorhaben«, sagte Jaimie und grinste mich beunruhigend breit an.

»Du bist kein guter Reiseführer, Jaimie.«

»Habe ich auch nie behauptet.«

Nass geschwitzt und außer Atem lief ich die letzten Meter hinter Jaimie her. Endlich wieder auf flachem Untergrund. Doch vor der Talstation bogen wir rechts ab, und Jaimie steuerte geradewegs auf ein kleines Häuschen zu, das dem auf dem Mount Cartier ziemlich ähnlichsah. Das hier war nur deutlich besser erhalten, und den Eingang zierte in geschnörkelter Schrift das Wort *Bookstore*.

»Ist das der ehemalige Fire Lookout, von dem du erzählt hast?« Jaimie trat auf die Türschwelle und nickte nur. Sein Gesicht war angespannt, während er die Tür öffnete. Eine kleine Klingel über der schwingenden Tür kündigte uns an, und ich trat hinter Jaimie in den kleinen, verwinkelten Buchladen. In dunklen Holzregalen waren Bücher kreuz und quer gestapelt, und in kleinen Aufstellern davor standen unzählige Postkarten. Ich nahm mir fest vor, mindestens eine mitzunehmen. Vielleicht würde ich auch welche an Mila und Matty schicken.

»Ja kann das denn möglich sein?« Ich zuckte unter der Stimme des alten Mannes zusammen, den ich in seiner dunklen Ecke nicht einmal gesehen hatte. »Jaimie Fredrickson?« Ich blickte zu dem alten Mann, der sich seinen dichten Bart kraulte und seinen Blick fest auf Jaimie heftete. Der stand reglos da, und ich wusste nicht ganz, was ich mit diesem Anblick anfangen sollte. »Lass dich drücken, mein Junge!« Der alte Mann, dem dieser Buchladen wohl gehörte, kam hinter seinem kleinen, dunklen Tresen hervor und schloss Jaimie in eine feste Umarmung, die er … erwiderte?

»Ist lange her, Arthur.« Jaimie löste sich aus der Umarmung und ließ sich von ihm mustern.

»Wie geht es allen? Was macht Josh? Was machen deine Eltern?« Jaimies Miene war wie versteinert, und während das glückliche Grinsen des alten Mannes an seinem Gesicht festgeklebt zu sein schien, berührte ich Jaimie am Arm. Sachte zuckte er zusammen und sah zu mir herunter. Ich sagte nichts, sprach die Worte nicht aus, doch er nickte nur stumm und hob kaum merklich einen Mundwinkel. Er signalisierte mir, dass er okay war, auch wenn er das augenscheinlich nicht war.

»Ich gehe mal … Was zeichnen oder so«, verabschiedete ich mich und atmete dankbar den Sauerstoff ein, der vor der Tür in meine Lunge strömte. Welche Art Wiedersehen auch immer das hier eben war, es war keines, bei dem ich dabei sein sollte.

Jaimie

Es tat gut, mit Arthur zu sprechen, auch wenn ich es nicht übers Herz brachte, mit ihm über meine Eltern zu reden, oder über Josh. Er hatte mich pausenlos über mein Leben ausgefragt und schlussendlich wissen wollen, wer denn die hübsche junge Frau eben gewesen war.

Tara, dachte ich, während ich über die Wiese schritt, geradewegs auf den Stein zu, auf dem sie mit ihrem Notizbuch in der Hand saß.

»Hey«, sagte ich aus einigen Schritten Entfernung, um sie nicht zu erschrecken. Sie sah auf und lächelte mich an. »Danke.« Ich zog die Unterlippe ein und versuchte mich an meinem besten dankbaren Blick. Es war mir vorher nicht bewusst gewesen, aber ich hatte dieses Gespräch mit Arthur gebraucht. Diese Erinnerung an alte Zeiten, in denen alles noch normal gewesen war. Und ein wenig auch die gespielte Normalität, die zwischen uns herrschte, während ich ihm alles über mein Studium und die Arbeit bei der Wildtierrettung und im *Rescue Center* erzählt hatte. Ich griff den kleinen Anhänger, der um meinen Hals baumelte, und ließ ihn wieder unter meinem T-Shirt verschwinden. Zusammen mit den Gedanken an meine Familie.

»Na, weitergekommen?« Tara zuckte trotz meiner Vorwarnung leicht zusammen und rutschte mit dem Bleistift ab.

»Fuck!« Sie legte die flache Hand auf die geöffnete Doppelseite und sah zu mir hoch. »Wenn du das noch öfter vorhast, müssen wir wirklich einen Radiergummi kaufen!« Sie lachte kopfschüttelnd und sah dann wieder auf ihr Buch.

»Keine Sorge, der stand sowieso schon auf der Einkaufsliste.« Ich kam um den Stein herum und setzte mich neben Tara. »Spätestens, seit du diesen pinterestmäßigen Punkt auf deiner Bucketlist stehen hast.«

»Du kennst Pinterest?« Mit weit geöffneten Augen sah sie mich an.

»Ich lebe nicht hinterm Mond, Tara.« Ein leichtes Schnauben entwich mir, und ich stellte den Rucksack vor meinen Füßen ab.

»Aber in den Bergen. Wie ein kleiner Einsiedler, der irgendwann mal zu einem menschenhassenden Rentner wird, der kleine Kinder von seinem Grundstück jagt.«

»Autsch.«

Tara lachte, während ihre Worte in meinem Kopf nachklangen. So sah sie mich? Ich blickte Tara an, direkt in ihre hellen grünen Augen, und schluckte.

»Wir sollten zurückgehen. Die letzte Gondel ins Tal fährt gleich.« Ich stand auf und hörte, wie Tara hinter mir ihre Sachen zusammenpackte. Wenige Sekunden später hatte sie aufgeholt und lief leicht außer Atem neben mir her.

»Ich habe mir überlegt, dass ich heute koche«, sagte Tara schulterzuckend. Wir stiegen in die Gondel und setzten uns auf die hellen Polster.

»Okay …« Mit gehobenen Augenbrauen sah ich sie an.

»Ja, dann kannst du was auch immer erledigen.« Tara legte die Füße auf der freien Sitzbank gegenüber hoch, und ich folgte mit meinem Blick ihren langen Beinen.

»Ich habe aber gar nichts mehr zu erledigen.«

»Dann hast du den Abend einfach mal frei. Wildes Konzept, ich weiß. Aber du machst das schon.« Sie klopfte mir ein paarmal auf die Schulter. Die Verwirrung musste mir ins Gesicht geschrieben stehen.

»Aber …«

»Jaimie«, unterbrach sie mich direkt. »Ich werd schon nichts abfackeln, wenn ich uns ein bisschen Tütenfraß zubereite. Und du kannst die Seele baumeln lassen, einen Spaziergang machen oder was dich sonst glücklich macht. Ende der Diskussion.« Tara lehnte ihren Kopf an die Kabinenwand und ließ ihren Blick nach draußen schweifen. Mittlerweile waren wir wieder unter der Baumgrenze und schwebten über immer dichtere Wälder hinweg. Ich lehnte mich ebenfalls entspannt zurück und genoss stillschweigend die restliche Talfahrt. Ein freier Abend. Das hatte der Plan nicht vorgesehen. Aber irgendwie würde ich die Zeit schon sinnvoll nutzen.

KAPITEL 27

Tara

Mein Rücken knackte, während ich mich auf der dünnen Matratze unter mir drehte. Ich öffnete die Augen und blinzelte einige Sekunden gegen das blendende Sonnenlicht an. Mein Blick fiel auf das schwarze Ringbuch, in dem ich seit einigen Tagen regelmäßig zeichnete und unsere Reise festhielt. Gestern hatte es noch nicht da gelegen, da war ich mir sicher. Ich stützte mich auf die Unterarme und griff nach Beths Reisetagebuch, das mittlerweile zu meinem geworden war. Der Einband fühlte sich rau unter meinen Fingerkuppen an, und als es vor mir lag, beschloss ich, dass ich irgendwann noch einen Titel für das kleine Büchlein brauchte. Aber warum …

Ich schlug die erste Seite auf und stockte. Durch die weißen Stellen der Titelseite schimmerten Worte. Mehr als da gestern Abend noch gestanden hatten. Ich blätterte noch eine Seite weiter und … auf der Seite mit meiner Bucketlist lag ein loser Zettel, der zwischen die Seiten gesteckt worden war. Darauf war eine Bucketlist voller mit Bleistift geschriebener Punkte. *Devils Thumb erklimmen, Wale beobachten, Wapta Falls, Mistaya Canyon, einen Bären sehen, Schneeballschlacht im T-Shirt* stand da in einer Handschrift, die nicht meine war. Bestimmt fünfzehn Punkte waren einfach aufgetaucht. Und ganz unten: *Einen Iced Capp bei Tim Hortons trinken.* Durchgestrichen.

»Was zum …«, flüsterte ich und strich mit den Fingern über die Seite. Neben dem Kopfkissen vibrierte mein Handy, und ich schielte zum Display. O GOTT! WAS? Ich hatte verschlafen! Wir hatten fast halb zehn, und ich lag noch im Bett! Ich warf die Decke zur Seite, griff eine Leggings vom Boden und zog sie zusammen mit einem Hoodie schnell über.

»Warum hast du mich nicht geweckt?« Ich stapfte auf Jaimie zu, der am Seeufer vor dem klapprigen Campingtisch stand. Seine Haare waren noch feucht. Vermutlich hatte er schon die unpraktische Outdoor-Campingdusche bemüht, die ich auch dringend mal wieder nötig hatte.

»Guten Morgen, Sonnenschein!« Jaimie drehte sich zu mir und lachte auf. »Wolltest du nicht eher sagen: Danke Jaimie, dass ich ausschlafen konnte?«

»Danke …«, stammelte ich. »Aber … wieso?« Ich zog die Augenbrauen zusammen und schob die Hände in die Taschen meines Hoodies.

»Kaffee?« Er reichte mir einen Thermobecher, den ich mit leisem Klacken öffnete. »Mit extra Zucker«, schob er hinterher, und ich hörte die Belustigung in seiner Stimme, war aber zu beschäftigt mit dem Kaffeegeruch, der mir entgegenströmte und den ich dankbar einatmete. »Ich hatte gestern etwas Freizeit, du hast heute etwas Freizeit.« Jaimie zuckte mit den Schultern und steckte eine externe Festplatte an seinen Laptop.

»Nur dass du in deiner Freizeit nicht geschlafen hast.«

»Hmm?« Jaimie sah nicht auf und klickte ein paarmal auf dem Mousepad herum.

»Du hast in mein Reisetagebuch geschrieben.« Ich ging noch einen Schritt auf ihn zu und lächelte ihn zaghaft an, auch wenn mich das alles hier verwirrte.

»Ich habe was?«

»In Beths Buch geschrieben. Mein Buch. Wie auch immer.« Ich knibbelte am Nagel meines Zeigefingers und sah Jaimie an, der immer noch auf das Display seines Laptops starrte.

»Ach so das. Ja.«

»Ja?« Meine Augenbrauen wanderten so hoch, dass sie sicher bald meinen Haaransatz erreichten. »Aber …«

»Hör zu, es tut mir leid, wenn du das nicht wolltest. Du kannst das Blatt auch einfach wegwerfen oder so. Ich dachte nur … also …«

»Nein«, unterbrach ich ihn und starrte ihn an. Er sah auf, sein Blick traf direkt auf meinen. Ich atmete tief durch, während ich in seine dunklen grünen Augen sah. Wann war die Stimmung zwischen uns so komisch geworden?

»Danke, Jaimie.« Ich stützte mich an der Kante des Campingtischs ab, der unter meinem Gewicht leicht wackelte. »Ich dachte nur, du bist für solchen Kitsch nicht zu haben.« Meine Mundwinkel hoben sich leicht.

»Bin ich auch nicht.« Jaimie zuckte schon wieder mit den Schultern.

»Also hast du gestern Abend in einem Moment geistiger Umnachtung mal eben deine Prinzipien über Bord geworfen?«

»Scheint so«, antwortete er knapp, weiterhin vertieft in seinen Bildschirm.

»Was machst du hier eigentlich, wobei ich dich so offensichtlich störe?« Jetzt sah er doch auf. Er öffnete den Mund, presste die Lippen dann aber wieder fest aufeinander. Sein Blick wanderte einmal an mir entlang und verweilte dann auf meinen Augen.

»Du störst nicht.«

»Aha.« Skeptisch hob ich eine Augenbraue. »Und was machst du dann, wobei ich dir angenehme Gesellschaft leiste?«

»Material auswerten.« Ich verdrehte die Augen und stützte

mich von den Händen auf die Ellenbogen, um auf Jaimies Höhe zu sein.

»Danke, Jaimie, diese Zwei-Wort-Sätze machen es mir richtig leicht, dir zu folgen!«

»Komm her.« Jaimie bedeutete mir, mich hinter ihn zu stellen, um einen Blick auf den Laptop zu werfen. »Ich werte die Kamerabilder aus.« Mein Blick folgte den Bewegungen seines Cursors über die verschiedenen Ordner. »Die Bilder der Wildkameras sind im System hochgeladen, und ich habe mir heute morgen alles runtergezogen und schon mal in verschiedene, zeitlich getrennte Ordner sortiert.«

»Und jetzt musst du das alles einzeln sichten?« Jaimie klickte auf den Ordner des allerersten Tages, und ich lachte leicht auf, als man im Bildausschnitt des ersten Testfotos Jaimies Gesicht sah. Vermutlich war er noch dabei gewesen, die Kamera auszurichten, während sie ein erstes Mal ausgelöst hatte. Hinter ihm, in der ungefähren Größe einer Waldameise schaute ich Jaimie über die Schulter. Ich betrachtete das Bild, auf dem auch Jaimies Blick klebte. Der auf dem Foto festgehaltene Moment schien so unglaublich weit weg, auch wenn die Aufnahme erst wenige Tage alt war. Seitdem war so viel passiert, dass es sich anfühlte wie Wochen, die vergangen waren. Wochen, die ich mit Jaimie verbracht hatte und in denen ich ihn Stunde um Stunde besser kennengelernt hatte.

»Ja, aber ich kann in der Übersicht meistens schon recht gut filtern, ob überhaupt etwas in den Bildausschnitt gehuscht ist und dann in einer zweiten Runde die Speziesbestimmung angehen.« Ich sah Jaimie an. Ich war so in Gedanken versunken gewesen, dass ich kurz vergessen hatte, welche Frage ich ihm gestellt hatte.

»Okay«, sagte ich nur und strich mir eine meiner blonden Wellen aus dem Gesicht. Aus dem Augenwinkel fiel mir auf, dass die

Sonne in den letzten Tagen den aschblonden Ton etwas aufgehellt hatte. »Ich …«

»Könntest du mir mal das dicke blaue Speziesbuch aus dem Van holen?« Jaimies Körperhaltung veränderte sich schlagartig. »Das müsste hinten in der Schwerlastschublade liegen.« Er rückte noch näher an den Bildschirm, sodass seine Nasenspitze bestimmt bald auf das leuchtende Display traf. Ich eilte zum Wagen und zog an der Schublade, in der viel zu viele Sachen in sechs kleinen Plastikboxen lagerten. Hastig schob ich sie zur Seite und öffnete die Kiste mit der Aufschrift *Forschungsunterlagen*. Wenn ich in einer der Kisten Glück haben würde, dann hoffentlich in dieser. Der dicke Wälzer, den ich hervorkramte, wog schwer in meinen Händen. *Flora & Fauna der Bergregionen in British Columbia* las ich und stieß ein triumphierendes »Jackpot!« aus. Mit einem lauten Klicken verschloss ich die Box und schob die knapp 1,50 m lange Schublade zurück in den Kasten, auf dem meine Matratze lag.

»Hab's!«, rief ich und wedelte mit dem schweren Buch in meiner Hand, während ich auf Jaimie zulief.

»Danke«, sagte Jaimie, und ich ließ den dicken Schinken auf den Tisch fallen. Der Knall war lauter als erwartet, und kurz hatte ich Angst, der Tisch würde unter dem Gewicht des Buchs zusammenbrechen. »Könntest du eventuell mal nach Vögeln suchen, die auf der Roten Liste stehen?« Jaimie hob für einen winzigen Moment den Kopf und sah mich fragend an. Schnell nickte ich und schlug das Inhaltsverzeichnis auf, das an sich schon gute 13 Seiten lang war. Mein Finger flog über die Unterkapitel, bis ich endlich bei den Vögeln angelangt war und direkt auf Seite 573 sprang. »Rote Liste, Rote Liste, Rote Liste …«, flüsterte ich, während ich durch die Vorstellung der einzelnen Vogelarten blätterte. »Hab's!« Ich tippte mehrfach auf die Seite vor mir und las laut vor. »Rote

Liste. Nach der IUCN gelistete Spezies, die als bedroht eingestuft werden.«

Jaimie nickte und sah mich an. »Und jetzt tu mir einen Gefallen und sag mir, dass ich richtig liege und du *Centronyx bairdii* auf der Liste findest. Oder auch einfach Baird's Sparrow.« Jaimie drehte den Kopf leicht und musterte das Bild vor ihm konzentriert.

»Eine Ammer?«, fragte ich ungläubig. »Eine einfache Ammer auf der Roten Liste?« Ich lachte auf, aber Jaimie klickte sich weiter durch die Fotos und nickte. Also vergrub ich mein Gesicht zwischen den Seiten des Biologiebuchs und ging die alphabetisch gelisteten Vögel durch. Und tatsächlich. Baird's Sparrow stand da.

»Hier! In der niedrigsten Kategorie least concern.« Ich schluckte, als ich las, dass schon 65 Prozent der Population ausgestorben waren.

»Zeig her!« Jaimie sprang auf und drehte das Buch leicht zu sich. Er stand so nah bei mir, dass sein Arm meinen berührte, während wir beide uns in den Text vertieften. »Das ist großartig, Tara.« Jaimie drehte den Kopf zu mir, und ich spürte seinen Atem auf meiner Haut. Ein Kribbeln breitete sich in meinem Nacken aus, während das Lächeln auf Jaimies Gesicht auftauchte. »Das ist großartig!«, rief er noch mal, und noch bevor ich reagierte, zog er mich in eine Umarmung und wirbelte mich herum. Er hielt mich fest, während meine Füße vom Boden abhoben und ich mich auf seinen Schultern abstützte. Seine Freude steckte mich an, und ich lachte laut mit ihm. Leicht außer Atem stellte er mich ab, hielt seine Hände aber weiter auf meinem Rücken verschränkt. Meine Hand lag auf seiner Brust, während sie sich schwer hob und wieder senkte.

»Das verändert alles.« Jaimies Stimme war kaum mehr als ein Flüstern, das so deutlich an mein Ohr drang. Mein Blick lag auf ihm, ich musterte ihn und die ansteckende Freude, die ihm ins Gesicht geschrieben stand. Das Strahlen seiner Augen war neu, der Schatten, der sonst darunter lag, verschwunden. Diese Version von Jaimie wirkte anders … glücklich.

»Jaimie, ich …« Meine Stimme brachte ihn zurück aus seinem Freudentaumel. Kaum merklich zuckte er zusammen und räusperte sich schnell. Er löste sich von mir, kratzte sich am Hinterkopf und wich meinem Blick aus.

»Ich muss die Ergebnisse zusammentragen.« Und noch bevor ich meine Hilfe anbieten konnte, lief er auch schon Richtung Van und gab mir klar zu verstehen, dass er das allein machen würde.

Jaimie

»Das sind wirklich spannende Neuigkeiten, Jaimie.« Aufgeregt kaute ich auf meiner Lippe herum, während Anna redete und hoffentlich die Worte sagte, auf die ich so dringend wartete. »Ich gebe das auf jeden Fall gleich an die Verantwortlichen weiter. Was glaubst du denn, wann du deine Mappe einreichen kannst?« Anna war mein Kontakt bei *Parks Canada* und arbeitete genau für die Leute, die über das Investment vom *Johnson & Co.* am Mount Cartier entschieden.

»Ich halte mich ran und könnte euch vermutlich morgen schon eine Mail mit allen Belegen schicken.« Das würde sicher bedeuten, die Nacht durchzumachen, aber das war es mir wert. Jeder Tag zählte. Je früher der geplante Bau des Hotelkomplexes abgelehnt wurde, desto besser.

»Okay, das wäre perfekt. Ich werde später beim Meeting definitiv schon mal ankündigen, dass wir Daten von dir bekommen.«

»Danke, Anna.« Ich nuschelte in den Hörer, während mein Herz wie wild in meiner Brust pochte.

»Ich bin froh, dass du etwas gefunden hast, Jaimie. Ich halte dich auf dem Laufenden, versprochen.« Anna war meine Tutorin im ersten Semester gewesen, bevor sie nach ihrem Abschluss zu *Parks Canada* gegangen war, und wir uns dann bei meinem Pflichtpraktikum wiedergesehen hatten.

»Gut, ich melde mich, wenn ich doch noch was anderes habe, ansonsten kommt die Mail so schnell es geht!« Wir legten auf, und ich atmete tief durch. Das konnte alles verändern, hatte ich zu Tara gesagt. Und es stimmte. Bei diesem Fund könnte es sich um den entscheidenden Beweis handeln, der am Ende zum Schutz des Gebietes führen würde. Es könnte aber auch eine Sackgasse sein, in der wir uns gerade verrannten.

»Okay, was jetzt?« Ich zuckte zusammen, als Taras Stimme plötzlich hinter mir erklang.

»Schleich dich doch nicht so an mich ran.« Ich schüttelte den Kopf und rieb mir mit der flachen Hand über die Brust.

»Ich habe zweimal deinen Namen gesagt.«

»Oh.« Das hatte ich gar nicht gehört. »Also … ich könnte tatsächlich deine Hilfe gebrauchen.«

»Dafür bin ich hier.« Tara zuckte mit den Schultern. »Klär mich auf. Du hast Bilder von einem bedrohten Vogel gefunden, und deshalb wird das hier zum Naturschutzgebiet erklärt?« Tara verschränkte die Arme vor der Brust.

»Nicht ganz.« Ich rieb mir mit den Händen übers Gesicht, um die Müdigkeit der letzten Tage zu vertreiben, und sah sie an. »Es ist eine Möglichkeit. Diese Vogelart gilt als bedroht und muss natürlich geschützt werden. Aber gleichzeitig stehen unendlich viele Fragen im Raum. Zuerst ist es an uns, diesen Fund wirklich zu belegen und zu beweisen, dass es diese Spezies zu beschützen gilt.«

Tara nickte und lehnte sich gegen unseren Van. »Wenn wir das geschafft haben, wird geprüft.« Ich setzte mich in die geöffnete Heckklappe. »Kann man die Vögel umsiedeln? Wie hoch ist die Population überhaupt? Würde sie durch den Bau des Hotels gefährdet werden?« Ich presste die Lippen aufeinander.

»Das hört sich alles ziemlich bürokratisch und kalt an. Der Vogel war zuerst hier, und jetzt muss der ganze Bums erst mal offiziell geprüft werden?«

»Mhmmm.«

»Scheiße.« Tara ließ sich neben mich sinken. Unsere Oberschenkel berührten sich leicht.

»Ja, aber erst mal sind wir glücklich, dass wir überhaupt etwas gefunden haben. Was daraus gemacht wird, liegt dann leider nicht mehr in unserer Hand.«

Tara

Die Dämmerung kämpfte sich hinter den Bergspitzen hervor, während der Nebel noch diesig im Tal hing. Bis tief in die Nacht hatten wir an der Mappe gesessen. Ich hatte Hunderte Fotos gesichtet, während Jaimie unsere Messwerte zusammengefasst hatte. Wir stellten ein fast 20-seitiges Dokument zusammen, mit Belegen, Beobachtungen und Beweisen, die hoffentlich reichen würden. Jaimie telefonierte schon wieder mit seinem Kontakt bei den zuständigen Behörden, während ich dick eingekuschelt im Van lag. Die kühle Bergluft zog um meine Hände, die seit bald einer Stunde über das Papier glitten. An Schlaf war sowieso nicht zu denken, also hatte ich mich in den Van verkrochen und begonnen zu zeichnen. Die Aussicht aus dem Van, der helle türkisblaue

See, hinter dem die grau-weißen Bergspitzen hingen, war unbeschreiblich. In der linken unteren Ecke hatte ich einen kleinen Vogel gezeichnet, der auf einem dünnen Ast saß. Eine kleine Ammer mit gelb-braunem Gesicht, über das sich dezente schwarze Tupfer zogen. Dieser kleine, unscheinbare Vogel hatte die letzten 24 Stunden für uns auf den Kopf gestellt. Ich dokumentierte unsere Funde und hielt in wenigen Sätzen fest, was wir alles gemacht hatten. Ganz unten bewertete ich den Tag in den Kategorien, die ich mir zu Anfang überlegt hatte. Anstrengung 9/10, gelernt (auf allaboutbirds.com): Baird-Ammern rennen vor ihren Feinden davon, anstatt direkt wegzufliegen, Angst vor Bären 6/10. Ich schmunzelte bei dem Gedanken an die erste Nacht, die mindestens eine 10/10 gewesen war und in der mich jedes noch so kleine Geräusch aus dem unruhigen Schlaf gerissen hatte. Jetzt würde ich es mir sogar zutrauen, bei offener Heckklappe zu schlafen. Auch wenn ich froh war, es nicht ausprobieren zu müssen.

»Das ist wunderschön.« Jaimie trat in mein Blickfeld und lehnte sich gegen den Wagen, der leicht wackelte.

»Danke.« Ich lächelte.

»Wir sollten noch etwas schlafen.« Jaimie griff neben mich nach seinem Schlafsack, den er jeden Morgen in den trockenen Van räumte und diese Nacht erst gar nicht rausgeholt hatte.

»Jetzt?« Ich folgte ihm mit meinem Blick. Er schüttelte den Schlafsack aus und legte ihn auf die Isomatte unter sein Tarp, das von den ersten sanften Sonnenstrahlen angeleuchtet wurde.

»Ja.« Er streckte sich und rieb sich über die müden Augen.

»Aber, haben wir nichts zu tun?« Ich setzte mich auf und zog schnell die Decke, die ich über meine Schultern gelegt hatte, vor meinem Körper zu.

»Jetzt können wir nur warten.« Jaimie zog sich in einer fließenden Bewegung Hoodie und Shirt über den Kopf und stand mit nacktem Oberkörper nur wenige Meter von mir entfernt. Die definierten Muskeln, die sonst unter seinen Klamotten verschwanden, hielten meinen Blick einen Moment zu lange gefangen. Ich schaute nach oben, wo ich direkt auf Jaimies Augen traf. Er sah mich an, hatte mich schon angesehen, als ich noch seinen Bauch angestarrt hatte. Schnell räusperte ich mich, woraufhin er die Stirn in Falten legte.

»Abwarten also …«, sagte ich, um die unangenehme Stille zu brechen. Auch wenn diese zwei inhaltslosen Worte es nicht besser machten.

»Mhmm.« Brummte Jaimie sichtlich amüsiert. »Aber wir können wirklich nichts tun. Unsere Unterlagen sind verschickt und werden geprüft. Bis die Prüfung durchgeführt wurde, müssen wir abwarten und hoffen. Danach bekommen wir gesagt, was unsere nächsten Schritte sein werden.«

»Okay.« Ich biss mir auf die Unterlippe und atmete schwer aus. Ein wenig Schlaf würde sicherlich nicht schaden.

»Du, Tara?« Jaimie sah mich mit verschmitztem Grinsen an.

»Hmm?«

»Wenn ich jetzt gleich die Hose ausziehe und dann nur noch in Boxershorts hier stehe … Kann ich dann direkt in den Schlafsack kriechen oder möchtest du noch ein bisschen meinen unglaublich attraktiven und gestählten Körper begutachten?«

Mit weit aufgerissenen Augen starrte ich ihn an. »Gute Nacht, Jaimie!«, rief ich schnell und schmiss mich auf die Seite, nur um mich erneut über die harte Matratze zu ärgern. Mein Herz pochte laut, während ich die Decke bis unters Kinn zog. *Hoffentlich werde ich etwas Schlaf finden*, dachte ich noch, während hinter mir gerade die Sonne aufging.

gelernt (auf allaboutbirds.com)
Bairdammern rennen vor ihren
Feinden davon, anstatt direkt
wegzufliegen …

Anstrengung 9/10

Angst vor Wildlife 6/10

Wetter 10/10

fühl mich
wie im
laborpraktikum

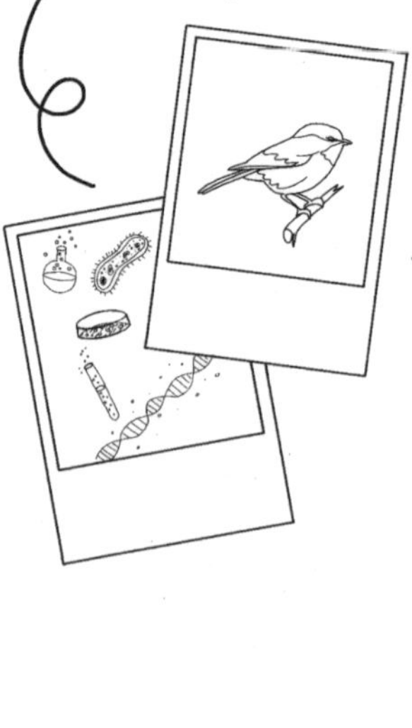

dieser Vogel
könnte ALLES
verändern!

KAPITEL 28

Tara

»Ich hab mir da was überlegt.« Die Mittagssonne schien uns auf die Köpfe.

»So?« Jaimie hob fragend die Augenbrauen und sah zu mir rüber. Seine Hände lagen verschränkt unter seinem Hinterkopf, und die Isomatte unter ihm war bestimmt bequemer als das dünne Handtuch, auf dem ich lag.

»Na ja, wir haben ja jetzt noch etwas Zeit. Bei unserem Projekt wurde quasi die Pausetaste gedrückt.« Kurz stockte ich. *Unser Projekt.* So fühlte es sich wirklich an, auch wenn es das natürlich nicht war.

»Quasi«, bestätigte er mich lächelnd. »Und jetzt?«

»Und jetzt dachte ich, du könntest mir ein bisschen von der Umgebung zeigen. Einen Punkt von der Bucketlist abhaken oder so.« Ich zog das Reisetagebuch neben mir hervor und hielt es demonstrativ in die Luft. Jaimie musterte mich einen Moment lang und streckte dann die Hand aus.

»Zeig mal her.« Ich reichte ihm das Ringbuch, dessen erste 15 Seiten mittlerweile gut gefüllt waren. Murmelnd überflog Jaimie die Seite mit seinen eigens geschriebenen Punkten. »Das hier machen wir.« Sein Finger blieb mitten auf der Seite hängen, und ich erkannte natürlich gar nichts.

»Was machen wir?«

»Wir fahren morgen in den *Glacier National Park* und gehen wandern.«

»Okay …«, antwortete ich und wusste bereits, dass keine weiteren Details folgen würden. »Und heute?«

»Heute …« Jaimie überschlug die Beine und schloss die Augen »Heute schlafen wir am Seeufer, brutzeln in der Sonne und springen zur Abkühlung zwischendurch ins Wasser.« Jaimie wurde mit jedem Wort leiser, was mich darauf schließen ließ, dass er bereits am Einschlafen war. Ich rückte mich ebenfalls zurecht und starrte in den wolkenlosen blauen Himmel. Ich wollte viel von Kanada sehen, Abenteuer erleben und ohne Ende Fotos schießen, mir Landschaften einprägen, die ich eines Tages aus der Erinnerung heraus zeichnen konnte. Aber gerade klang Die-Augen-zu-schließen-und-sich-einfach-nur-auszuruhen, nach dem besten Plan, den dieses Abenteuer je mit sich bringen könnte.

»Yes?« Verwirrt hielt ich das Handy von meinem Ohr weg und presste es kurz darauf wieder fest dagegen.

»Hallo?« Fragend zog ich die Augenbrauen zusammen und wartete darauf, die Stimme meines Bruders wieder zu hören.

»Ja?« Sein helles Lachen klang dumpf durch den Hörer.

»Was war das denn?«

»Ich dachte, Miss Kanada versteht mittlerweile sicher kein Deutsch mehr.« Matty lachte wieder, und mich überkam der Wunsch, bei ihm zu sein, um ihn gegen den Arm boxen zu können. Dieser Blödmann. »Also, was gibt's?«

Fast hatte ich vergessen, weshalb ich angerufen hatte. »Darf ich denn nicht einfach so meinen allerliebsten Lieblingsbruder anrufen?« Ich legte mich wieder auf das raue Handtuch, auf dem ich die letzten Stunden verbracht hatte.

»Wenn es dir auch nur annähernd ähnlich sehen würde, vielleicht …« Matty schwieg kurz, und ich sah ihn vor meinem inneren Auge, wie er seinen Unterkiefer hin und herschob, bis er sich sicher war, was er gleich sagen würde. »Rück schon raus mit der Sprache.«

»Ich vermisse dich«, schoss es ohne weiteres Zögern aus mir raus.

»Ich dich auch.«

Stille. Wir schwiegen uns um den halben Globus herum an, weil keiner von uns beiden aussprechen musste, was wir beide dachten.

»Du solltest wirklich mit ihnen reden.«

»Ich will aber viel lieber hören, wie es meinem Bruder so ergeht.«

»Und ich will, dass meine Eltern wieder mit meiner Schwester reden. Ich habe keine Lust, wie eine Brieftaube hin und her geschickt und von beiden Seiten ausgefragt zu werden.«

»Tja, wir sind hier eben nicht bei *Wünsch dir was.*« Ich zuckte mit den Schultern, wobei meine nackte Haut am Handtuch kratzte. Matty schwieg, aber ich spürte seinen eindringlichen Blick trotzdem genau auf mir. »Tut mir leid«, schob ich hinterher und rieb mir mit Zeigefinger und Daumen über die Nasenwurzel. »Ist nur irgendwie alles nicht so einfach.«

»Lustig. Genau das haben Mama und Papa auch gesagt.«

»Hmm«, brummte ich nur. Ich wollte mich mit meinen Eltern aussprechen, wirklich. Aber nicht, wenn es an die Bedingung geknüpft war, dass ich zu Kreuze krieche. Dazu war ich einfach nicht bereit. Vielleicht würde ich es nie sein.

»Ich bin dir nicht böse, Tara.« Mattys Worte trafen einen Punkt, den ich die letzten Wochen in Kanada so gut es ging in meinem Inneren vergraben hatte. »Es … ist nicht deine Aufgabe, dich als Erste zu melden«, fügte er an, und ich hörte, dass es ihm sichtlich schwerfiel. Aber ich war erleichtert, dass mein Bruder auf meiner

Seite stand. Auch wenn ich alles daran hasste, dass es in der Beziehung zu meinen Eltern Seiten gab.

»Danke.« Meine Stimme war ein heiseres Krächzen, weil mich die Emotionen auf einmal mehr im Griff hatten, als ich mir eingestehen wollte. Ich vermisste nicht nur meinen Bruder, sondern auch mein Zuhause. Vor allem aber vermisste ich meine Eltern. Die Version von ihnen, die mir Unterstützung bot und sich für mich freute.

»Ich verstehe, warum du tust, was du tust. Und nur weil die Situation nicht ganz so komfortabel für mich ist wie sonst, heißt das nicht, dass du etwas ändern solltest.«

»Ich …«

»Ich bin stolz auf dich, Tara«, unterbrach mein Bruder mich und machte mich damit sprachlos.

»Ich glaube, die Verbindung ist gerade ganz schlecht. Es klang kurz so, als hättest du gesagt, du wärst stolz auf mich?«

»Manche Dinge ändern sich eben, wenn du Tausende Kilometer weit weg bist.« Matty lachte leise, aber die Worte meines Bruders ließen mich schwer schlucken. Sicher, die Dinge veränderten sich, während ich weg war. Aber manche Dinge würden auch für immer so bleiben. Wie zum Beispiel die Tatsache, dass ich meinen Bruder über alles liebte.

KAPITEL 29

Jaimie

Ich lenkte den Wagen durch die schmale Abfahrt direkt auf den Schotterweg.

»Da wäre ich garantiert dran vorbeigefahren.« Tara lachte und schaute aufgeregt aus dem Fenster.

»Passiert nicht selten«, antwortete ich nur und ließ aus, dass ich selbst auch schon zahlreiche Male an der Ausfahrt vorbeigefahren war. »Der *Glacier National Park* ist nicht sehr touristisch.« Tara löste den Blick von der kalten Glasscheibe und sah mich an. »Alle verschlägt es nach *Mount Revelstoke* oder dann direkt eine Stufe weiter nach Golden. Am *Glacier National Park* fahren die meisten einfach nur vorbei, ohne zu wissen, was sie verpassen.«

»Gletscher?«, fragte Tara und hob lächelnd die Augenbrauen.

»Ja, Gletscher.« Ich lachte schnaubend und schüttelte leicht den Kopf. »Aber eben auch einen ruhigen, kaum bekannten Wanderweg, eine unvergleichbare Aussicht und die Chance auf eine Schneeballschlacht im T-Shirt.« Ich fuhr an dem kleinen Häuschen vorbei, das den Eingang zum Nationalpark markierte, und nickte dem Ranger freundlich zu. Den Jahrespass, der uns Zugang zu allen Nationalparks gewährte, hatte er bereits in unserer Windschutzscheibe baumeln sehen. Ich parkte das Auto, und Tara und ich begannen stumm, unsere Sachen zusammenzusuchen. Sie reichte mir meine Wanderschuhe, während ich ihr im Austausch die helle Kiste zuschob, aus der wir unseren Proviant für die Wanderung mitnehmen würden. Ich schnürte meine Schuhe fest und befüllte Taras Trinkflasche, sodass sie selbst in stabilere Schuhe wechseln konnte.

»Regenjacke?« Tara hielt mir das schwarze Polyester hin, und ich nickte. Auch wenn die Sonne schien, konnte man nie vorbereitet genug sein. Sie steckte beide Regenjacken in ihren Rucksack, und ich warf noch einige Müsliriegel in meinen.

Nach nur knapp zehn Minuten und einer Menge paralleler Handgriffe waren wir bereit und marschierten los, direkt über die kleine Brücke, die über den Fluss mit hellem Gletscherwasser führte. Ich schüttelte leicht den Kopf und dachte mit einem schmalen Grinsen an den ersten Tag unserer Tour zurück – damals hätten wir bestimmt dreimal so lange gebraucht. Wir hatten uns ständig im Weg gestanden und kaum ein Wort miteinander geredet. Interessant, wie schnell die Dinge sich doch ändern konnten.

»Du, Jaimie.« Tara lief leicht hinter mir, und ich hörte den Klang ihrer Stimme über meine Schulter.

»Du, Tara?«, fragte ich zurück und lächelte sie an.

»Was ist für dich das Schönste an Kanada?«

Ich setzte weiter einen Fuß vor den anderen und grübelte. »Willst du das wirklich wissen?«, fragte ich nach, um mir noch etwas Zeit zu verschaffen.

»Halb, halb.« Sie trat neben mich und zuckte mit den Schultern. Ihre blonden Haare waren zu zwei Zöpfen geflochten, die eng an ihrem Kopf entlangliefen. »Also schon, aber ich weiß auch, dass du mir die Fragen, die mich eigentlich interessieren, nicht beantworten wirst.« Sie zog eine weiße Kappe aus dem Seitenfach ihres Rucksacks und setzte sie sich auf.

»Was?«

»Na ja, du kannst echt ein netter Zeitgenosse sein, aber wenn man dir emotional zu nah kommt, wirst du schnell zum Fluchttier mit Emotionsstörung. Quasi eine Gefühlsblindschleiche.«

»Aha«, sagte ich nur und lachte leise. Eine Gefühlsblindschleiche also. Ich wollte ihr widersprechen, aber die Erkenntnis, dass sie einen wunden Punkt traf, hielt mich zurück. Einen kurzen Moment sagte keiner von uns etwas. Vielleicht dachte Tara nach, unsicher, ob meine Stille bedeutete, dass sie zu weit gegangen war. Dabei war ich dankbar für ihre Direktheit.

»Das Schönste an Kanada …«, dachte ich laut nach. »Die Vielfältigkeit«, sagte ich bestimmt und dachte an all die verschiedenen Seiten, die dieses Land zu bieten hatte. Meer, Berge, Einöde, Mega-Metropolen, Sandstrand, Schneewüsten und überall dazwischen beeindruckende Wildnis, in der man jeden Tag ein neues Abenteuer erlebte.

»Okay.« Tara lächelte und ließ sich seitlich hinter mich fallen, als der Weg zu schmal für zwei Personen wurde. Sie versuchte verzweifelt, das Gespräch am Laufen zu halten, das spürte ich. Und ich machte es ihr nicht gerade leicht.

»Hast du noch mal mit deinen Eltern gesprochen?«

»Nein, du denn mit deinen?«, erwiderte sie leicht patzig, und ich presste die Lippen aufeinander. Die Frage über das Wetter wäre wohl angebrachter gewesen.

»Du solltest bald mit ihnen reden, dich aussprechen oder so.« Ich trat einen kleinen Stein vom Weg und sah ihn einige Meter die Böschung neben uns herunterkullern.

»Und wann genau habe ich dich nach deiner Meinung gefragt?« Taras kühle Stimme jagte mir einen Schauer über den Rücken.

»Heute morgen im Halbschlaf, da erinnerst du dich nur sicher nicht mehr dran.« Ich lachte leise auf, doch Tara schwieg nur. Wir stapften weiter den Berg hoch, und für einige Minuten waren unsere schweren Atemzüge alles, was sich über die Geräusche des Waldes um uns herum legte.

»Warum ist dir das so wichtig, Jaimie?« Ihre Stimme war ruhiger und ihre Nachfrage ließ mich hoffen, dass sie es mir nicht zu übel nahm, was ich gesagt hatte.

»Weil ich Angst habe, dass es dir irgendwann so geht wie mir.« Nur dass sie jetzt noch die Chance hatte es zu ändern. Im Gegensatz zu mir.

»Und ... wie geht es dir?« Taras Flüstern klang unsicher.

»Na ja, es gab eine Zeit, in der ich Kontakt zu meiner Familie hatte.« Ich schluckte schwer, bevor ich die nächsten Worte fand. »Aber diese Zeit ist schon sehr, sehr lange her.«

»Das tut mir leid.« Taras schwere Schritte hallten auf dem weichen Waldboden unter ihren Schuhen, während der Wald um uns herum lichter wurde, je mehr Höhenmeter wir unter uns ließen.

»Das muss es nicht«, antwortete ich schnell und versuchte mich an einem schmalen Lächeln, das sie zwar nicht sah, aber hoffentlich hörte. »Es war mein Fehler.« Ein kleiner Teil von mir wollte weitersprechen. Wollte ihr erzählen, was ich getan hatte und wieso ich nicht länger Teil der Familie war, die mir so lange Halt gegeben hatte. Aber ich entschied mich dagegen. »Es ist nur schwer, mit anzusehen, dass dir gerade das Gleiche passiert und du es verhindern kannst.«

»Willst du damit sagen, dass ich einen Fehler mache, indem ich nicht so tue, als wäre alles fein?«

»Nein.« Schnell ruderte ich zurück. »Jein«, verbesserte ich mich jedoch nur wenige Sekunden später. Ich spürte ihren verwirrten Blick in meinem Rücken. »Es ist nicht falsch, du sollst nicht einfach zu Kreuze kriechen oder das, was deine Eltern getan haben, von einem auf den anderen Tag vergessen.« Ich stieg auf zwei große Steine und reichte Tara hinter mir die Hand, um ihr den hohen

Schritt zu erleichtern. »Es ist sowieso am Ende deine Sache, was du tust.« Ich rückte meinen Rucksack auf den Schultern zurecht und blickte den Hang entlang. Wir hatten es bald geschafft, auch wenn die letzten Meter es noch mal in sich hatten. »Ich würde mir nur wünschen, dass dieser Streit euch am Ende nicht auseinanderbringt. Nur weil sowohl du als auch deine Eltern zu stolz sind, um den ersten Schritt aufeinander zuzumachen.«

Tara

Autsch. Jaimies Worte saßen, auch, weil mein Bruder gestern fast die gleichen gewählt hatte. Jaimie hatte gewusst, dass er die richtigen Knöpfe drückte, als ich ihm die erste Antwort patzig entgegengeschmettert hatte.

»Danke, Jaimie.« Ich starrte auf seinen breiten Rücken und sah ihn leicht nicken. Das helle Shirt, das er trug, reichte nur bis knapp über seine Schultern und gab den Blick auf seine Oberarme frei. Die dicken Muskelstränge traten hervor, und ich folgte ihnen mit meinem Blick bis zu den sehnigen Unterarmen. Ich konnte es nicht ändern, ich fand Jaimie sexy. Ein Outdoor-Junkie voller definierter Muskeln, der mich dann auch noch immer wieder aus diesen dunklen, moosgrünen Augen heraus ansah. Ich wüsste nicht, was passiert wäre, wenn wir tatsächlich gezwungen gewesen wären, jede Nacht in diesem kleinen, engen Bett zu schlafen. Eng aneinander gekuschelt. Kaum Klamotten, eine Decke, die …

»Shit!« Ich fluchte, als ich unerwartet gegen etwas Hartes stieß, das mitten auf meinem Weg stand. Ich schüttelte den Kopf und schaute hoch. Nicht etwas. Jemand. Jaimie.

»Muss ich dir erst noch erklären, dass man beim Wandern

immer den Weg vor sich im Auge behalten sollte?« Jaimie lachte auf.

»Nein, ich …« *Habe nur daran gedacht, ob wir vielleicht schon Sex gehabt hätten, wenn wir in einem Bett schlafen würden.*

»Ja?«

»Ach nichts.« Ich schüttelte den Kopf, verbannte die Bilder in eine dunkle Ecke und sicherte sie mit einem Vorhängeschloss. »Warum bist du eigentlich mitten auf dem Weg stehen geblieben?« Ich verschränkte die Arme vor der Brust und sah Jaimie an.

»Wir sind gleich da«, erwiderte er. Ich legte meinen Kopf noch ein klein wenig weiter in den Nacken, um ihm in die Augen zu schauen.

»Und da dachtest du, machst du eine große, feierliche Ankündigung draus?«

»Warum nicht?«

»Vielleicht, weil gewisse Menschen dann in dich reinlaufen könnten?« Ich tippte ihm mit dem ausgestreckten Zeigefinger mehrfach gegen die Brust. Gegen die harte, muskulöse Brust. Stopp, Tara.

»Gewisse Menschen könnten in Zukunft ja auch einfach die Augen aufmachen?«

»Hmm«, brummte ich nur, in dem vollen Bewusstsein, dass Jaimie recht hatte. »Laufen wir dann mal weiter, oder drehen wir jetzt kurz vorm Ziel wieder um?« Ohne eine Antwort abzuwarten, lief ich an Jaimie vorbei und erklomm den Weg vor mir. Ich folgte der steilen Kurve und kraxelte über den losen Kies, der unter jedem meiner Schritte wegrutschte. Auf einer Art Zwischenplateau blieb ich stehen und … Jetzt verstand ich, warum Jaimie so ein Aufsehen um unsere Fast-Ankunft gemacht hatte. Unsere Fast-Ankunft bedeutete nämlich, dass wir jenseits der Baumgrenze auf der anderen Seite des Kamms auf den Gletscher blickten, nachdem dieser Nationalpark benannt war. Ich atmete hörbar aus und ließ meinen Blick schweifen, während ich mich einmal um mich selbst drehte. Überall um mich herum Berge, Wasserfälle, die über den dunkelgrauen Stein rannen, und dazwischen zwei riesige Gletscherfelder, die strahlend weiß das Sonnenlicht reflektierten.

»Wow«, staunte ich und fühlte gleichzeitig, dass diese drei Buchstaben nicht annähernd der Realität gerecht wurden.

»Ich habe ja versucht dich vorzuwarnen, aber …«

»… ich bin volle Kanne in dich reingelaufen«, vollendete ich seinen Satz. Mein Blick klebte noch immer an den Gletschern, die nur von der einen kleinen Bergspitze unterbrochen wurden, die Jaimie und ich gerade erklommen.

»Ich verstehe nicht, warum das hier nicht genau so überlaufen wie Revelstoke ist.« Tatsächlich waren wir auf dem Weg hier hoch keiner Menschenseele begegnet. Wir hatten den Ausblick und diesen herzschlagbeschleunigenden Moment für uns allein. Ich folgte Jaimie über das breite Geröllfeld. Die Steine wurden immer größer, und ich begann von einem auf den nächsten zu hopsen, in der Hoffnung, nicht in eine tiefe Spalte zu treten und mich auf den letzten Metern noch zu verletzen.

»Es gibt eben zu viel, was man allein in diesem kleinen Gebiet von British Columbia sehen kann. Und Revelstoke und Golden gewinnen auf jeder Website gegen diese eher kleinere Bergansammlung.«

Ich schüttelte den Kopf beim Blick auf das, was er gerade als kleine Bergansammlung bezeichnet hatte.

»Und es gibt keine Gondel, die bequem auf den Berg hochfährt«, ergänzte ich schmunzelnd und sah Jaimie dabei zu, wie er den letzten großen Schritt machte.

»Und es gibt keine Gondel«, bestätigte er nickend und stellte sich direkt neben das große, metallene Gipfelkreuz. Jaimie trat auf der anderen Seite des Gipfels wieder herunter. Ich blieb stehen, schnaufte durch und verlor ihn schnell aus dem Sichtfeld. Ich stellte mich auf die schmerzenden Zehenspitzen, versuchte Jaimie auszumachen, als auf einmal ein Schneeball über die Kuppe geflogen kam, der mich nur knapp verfehlte.

»Hey!«, rief ich und sprang schnell ein paar Steine vor mir hinauf, um vom Gipfelkreuz aus endlich Jaimie wieder zu sehen. Ich duckte mich gerade noch rechtzeitig, als der nächste Schneeball in meine Richtung flog. Das war knapp. Ich zögerte nicht lange, sprang die Steine vor mir nach unten und stand nur wenige Sekunden später auf dem gleichen kleinen Schneefeld wie Jaimie. Es war vielleicht gerade mal 15 Meter lang, eine lächerliche Größe, wenn man die Gletscher dahinter betrachtete. Aber es reichte, um mit der nackten Hand in den Schnee zu greifen und einen Ball in Jaimies Richtung zu feuern.

»Au!« Volltreffer!

»Heul nicht rum, das ist doch nur Wasser!«, rief ich, während ich schon den nächsten Schneeball in meinen Händen formte.

»Pass nur auf!« Jaimie bückte sich, und im nächsten Moment traf mich der Schneeball auch schon am Oberarm und zersprang in hundert kleine Schneefetzen. Wir warfen uns so lange mit Schneebällen ab, bis wir uns schließlich auf ein Unentschieden einigten. Ich stützte mich auf den Oberschenkeln ab und beobachtete die feinen Atemwölkchen, die vor meinem Gesicht schwebten. Meine Hände brannten von all dem Schnee, und ich steckte sie schnell unter meine Achseln, um sie aufzuwärmen. Bei der kalten Berührung auf meiner Haut zuckte ich zusammen.

»Hier.« Ich drehte mich zu Jaimie, der mir meine hellblaue Regenjacke reichte. Ich hatte nicht einmal bemerkt, dass er zu meinem Rucksack gelaufen war, den ich am Gipfel abgestellt hatte.

»Danke!« Ich schlüpfte in die Ärmel und zog den Reißverschluss zu. Einige Male hüpfte ich auf der Stelle.

»Was machst du da?« Jaimie beäugte mich mit einem kritischen Blick.

»Ich hüpfe, das siehst du doch. In der Hoffnung, den Wärmebildungsprozess zu beschleunigen.« Wärmebildungsprozess? Mir war während dieser Schneeballschlacht definitiv die ein oder andere Gehirnzelle abgefroren.

Jaimie und ich setzten uns auf einen sonnig warmen Stein, und er reichte mir eine Mandarine. Er zog sich selbst ebenfalls eine aus dem Rucksack, und bevor ich sie schälte, stießen wir mit unseren Mandarinen auf diese erfolgreiche Tour an.

Und so saß ich da, eine saftige Mandarine in der Hand, vor mir nichts als die atemberaubend schöne Weite Kanadas, in die ich mich mit jeder Sekunde ein klein wenig mehr verliebte.

»Wahrheit oder Pflicht?« Ich lag flach auf dem Rücken, die Decke neben mir im schmalen Bett. Die schwüle Sommerluft stand im Van, auch wenn alle Türen geöffnet in die Dämmerung ragten.

»Pflicht«, sagte Jaimie, der neben mir auf dem Boden des Vans lag.

»Jogge…«

»Wahrheit«, rief er schnell. »Ich hab mir das noch mal überlegt, und ich möchte mich heute keinen Zentimeter mehr bewegen.«

»Na gut.« Ich lachte und schob einige Fragen in meinem Kopf hin und her.

»Wenn dir nichts einfällt, kann ich dir alternativ auch einfach eine Frage stellen.«

»Vergiss es!« Ich klopfte das Bett neben mir ab und suchte vergeblich nach einem Kissen, das ich nach ihm werfen konnte. Im ganzen Van gab es nur ein einziges, und das lag unter meinem

Kopf. Eine Bequemlichkeit, die ich nicht bereit war aufzugeben. »Also …« Ich verschränkte die Beine und musterte die beige Stoffdecke neben mir. »Hattest du in der Schule einen peinlichen Spitznamen?«

Jaimies Lachen war das Erste, was ich hörte. »Ja«, antwortete er. »Wahrheit oder Pflicht?«

»Stopp!« Ich setzte mich auf und sah auf den Boden, wo er es sich gemütlich gemacht hatte. »Was war dein Spitzname?« Fragend sah ich ihn an.

»Das war nicht deine Frage.« Er zuckte mit den Schultern, was im Liegen durchaus komisch aussah. »Also, Wahrheit oder Pflicht, Tara?«

»Wahrheit«, stöhnte ich genervt und ließ mich wieder auf die Matratze sinken.

»Wo siehst du dich in der Zukunft?« Ich schnaubte. Ich stellte ihm eine simple Ja/Nein-Frage, und Jaimie fuhr direkt die großen Geschütze auf.

»In einer kleinen Berghütte mitten im Nirgendwo. Mit einer heißen Schokolade am prasselnden Kaminfeuer, während ich die Berge um mich herum zeichne.«

Ich ließ es zu, dass das Bild, das ich mit meinen Worten gemalt hatte, sich vor meinem inneren Auge formte. Kurz stockte ich, weil ausgerechnet dieser Gedanke mir zuerst kam, gefolgt von bestimmt sieben anderen Szenarien. In erstaunlich wenigen von ihnen arbeitete ich in der Tierarztpraxis meiner Eltern.

»Wirklich?«

»Keine Ahnung, Jaimie.« Ich lachte auf, doch Jaimie schwieg. Er schwieg so lange, dass ich mich fragte, ob es an mir war, etwas zu sagen.

»Ich seh mich da schon, keine Frage«, begann ich und entspannte mich bei dem Gedanken an eine gemütliche Hütte in den

Wäldern. »Aber ich weiß nicht, wo ich mich vielleicht noch sehe. Ich glaube, mindestens zwei Jahre will ich in einer Großstadt wohnen.«

»Warum das denn?«

»Einfach nur um sicherzugehen, dass ich das wirklich nicht will.« Jaimie sah mich an, wobei er den Kopf schieflegte. »Ich sehe mich im Studium, auf der Arbeit und in einer kleinen Doppelhaushälfte in einer familienfreundlichen Vorstadt.« Woher kam dieser Gedanke, der sich schon beim Aussprechen fremd und falsch anfühlte?

»Vielleicht sehe ich mich auch in Kanada«, schob ich hinterher, und realisierte, wie viel lieber ich mir mein potenzielles Leben in Kanada ausmalte als das in einem deutschen Reihenhaus mit exakt abgemessenem Vorgarten.

»Soll ein schönes Land sein«, erwiderte Jaimie.

»Mhmm, hab ich auch gehört.« Meine Stimme wurde langsam schläfrig. Ich schaute aus dem Fenster und bemerkte erst jetzt, dass die Sonne schon hinter den Bergen verschwunden war.

»Außerdem sind die Menschen hier unfassbar freundlich.« Eine kühle Brise umspielte meine Arme, während Jaimie sprach.

»Alle bis auf einen«, antwortete ich sanft lächelnd. Ich schloss die Augen, die durch die Müdigkeit leicht brannten, und atmete tief ein.

»Ach, der braucht nur etwas Zeit zum Auftauen.« Ich schwieg, ließ Jaimies Worte auf mich wirken. Meine Gedanken schwebten zäh wie Honig durch meinen Kopf. Jaimie brauchte nur Zeit.

»Bei der dicken Eisschicht um dein Herz dauert das sicher noch ein paar Tage.« Meine Stimme war kaum mehr als ein Flüstern, während die Grillen hinter uns schon in den nächtlichen Gesang einstiegen.

»Ach …«, begann Jaimie und stockte dann wieder. Sein gleichmäßiger Atem erfüllte den Innenraum des Vans, und kurz fragte ich mich, ob er schon eingeschlafen war. »Es geht schneller, wenn ich in der Nähe von Menschen bin, die sich wie Sonnenschein anfühlen.« Die letzten Worte gingen in einem tiefen Ausatmen unter. Mein Herz schlug fest in meiner Brust, während meine Lider so schwer wogen, dass ich sie sicher die nächsten acht Stunden nicht mehr öffnen würde.

»Sonnenschein«, wiederholte ich schläfrig und zog die Decke leicht über mich. Draußen kühlte es mit jeder Minute ab, und ich atmete ein paarmal die frische Bergluft ein, die zögerlich in den Van kroch. Im Halbschlaf tastete ich nach Jaimies Schlafsack, der hier irgendwo zusammengeknüllt liegen musste. Ich war schon kurz davor, frustriert aufzugeben und in genau dieser suchenden Position einzuschlafen, da spürte ich das kühle, flauschige Daunenknäuel unter meinen Fingern. Ich zog fest daran und warf den Schlafsack in Jaimies Richtung. Hoffentlich landete er auf ihm.

»Deck dich zu, sonst frierst du«, nuschelte ich in meine eigene Decke und spürte, wie ich bereits in einen tiefen Schlaf abdriftete. Auch wenn die frische Luft gerade angenehm war, würde die Temperatur weiter sinken. Und dann konnte Jaimie einfach den Schlafsack, der über ihm lag, um sich schlingen oder hineinkriechen. Dann musste keiner mehr nach draußen, und wir konnten beide tief und fest in diesem Van schlafen. Erschöpft von diesem Tag. Erschöpft von der letzten Woche. Und doch voller Vorfreude auf das Abenteuer, das auf uns wartete.

KAPITEL 30

Tara

»Sie lebt!« Milas Gesicht nahm meinen gesamten Handybildschirm ein.

»Sorry.« Ich hob entschuldigend die Schultern. »Du hättest dich ja auch melden können, wenn du mich vermisst.« Lachend sah ich meine beste Freundin auf meinem Handy an.

»Stimmt, hätte ich.« Mila stellte mich auf ihrem Schreibtisch ab und ging an ihren Kleiderschrank. »Aber erstens muss ich dich nicht erst anrufen, um dir zu sagen, dass ich dich vermisse. Das ist immer so.« Sie schob die Tür zur Seite und trat skeptisch einen Schritt zurück. »Außerdem wollte ich dich auf deinem Roadtrip nicht stören. Wer weiß, in welchen ungünstigen zweisamen Moment ich geplatzt wäre, hätte ich einfach aus dem Nichts angerufen.« Mila zog einen Bügel heraus, an dem ein mattschwarzes Kleid hing.

»Mila«, sagte ich genervt und verdrehte die Augen. Ich hatte keine Lust, ihr ein weiteres Mal zu erklären, dass zwischen Jaimie und mir nichts lief. Außerdem wollte ich vermeiden, dass sie herausfand, in welche Richtung meine Gedanken manchmal abdrifteten. In welche absolut nicht jugendfreie Richtung.

»Na dann, erzähl! Was ist die letzten Tage passiert?« Ich lächelte, dankbar, dass sie das Thema fallen ließ, und brachte sie in etwa 19 viel zu ausführlichen Schachtelsätzen auf den neusten Stand.

»Und du und Jaimie, ihr seid jetzt so was wie beste Freunde?« Mila warf das Kleid auf das Bett hinter sich und zog einen knallig roten Jumpsuit aus dem Schrank, den sie sich vor den Körper hielt.

»Ich glaube, wir sind in der kleinen Seifenblase dieses Roadtrips so was wie Freunde, außerhalb hat sich nichts verändert.«

»Was?« Mila ließ den Bügel sinken, woraufhin der fließende rote Stoff auf dem Boden schleifte.

»Na ja, wir sind gerade mal seit acht Tagen unterwegs, und ich fühle mich, als würde ich seit acht Wochen jeden Tag mit Jaimie verbringen.« Milas Grinsen wurde breiter, und sie setzte sich auf ihren Schreibtischstuhl, den Jumpsuit auf dem Schoß.

»Da entwickelt sich zwangsläufig so etwas wie eine Freundschaft«, fügte ich an.

»Und wer hat um euch beide herum jetzt eine Seifenblase aufgepustet?« Sie stützte ihren Kopf in die Hände. Ihre goldenen Ohrringe reflektierten das Sonnenlicht und warfen Hunderte kleine Lichtpunkte an die Wände ihres Zimmers.

»Das ist doch nur so eine Metapher.« Ich stand auf und lief ein paar Schritte durch das weiche Gras. Jaimie stand weit entfernt am Ufer und hing ebenfalls am Handy.

»Oh wow, Tara. Da haut's mich jetzt aber aus den Socken, dass niemand neben euch steht und wie in den guten alten *Spongebob*-Folgen Seifenblasen um euch bläst.«

Ich ließ das Handy leicht sinken und schnaubte.

»Ich weiß doch auch nicht. Da ist nur das Gefühl, dass ich ihn kenne und gleichzeitig gar nichts über ihn weiß.«

»Wieso?«

»Ich weiß so viel über Jaimie, seit ich jeden Tag mit ihm verbringe. Ich weiß, dass er seinen Krümelkaffee schwarz trinkt und mehr Morgenmensch ist, als ich es je sein werde.« Ich dachte daran, wie wir uns von Tag zu Tag besser aufeinander abstimmten.

»Ich weiß, dass dieses Projekt ihm alles bedeutet, und doch weiß ich kaum etwas über ihn, was mit seinem Leben außerhalb dieses Roadtrips zu tun hat.«

»Hmmm.«

»Er weiß aber auch nichts über mich. Er kennt nicht die Tara, die ich sonst bin. Nur die, die ich hier in Kanada, auf diesem Roadtrip, versuche zu sein.« Ich schielte am Handy vorbei zu Jaimie, der sich auf einen umgefallenen Baumstamm gesetzt hatte.

»Aber ist das denn etwas Schlimmes? Wie soll er wissen, wer du in Deutschland bist, wenn das doch die Persönlichkeit ist, vor der du ein bisschen weggelaufen bist?«

»Können wir aufhören, über mich zu reden?« Ich hielt mir die Nasenwurzel und biss auf meine Unterlippe. »Wie geht's dir? Für was suchen wir ein Outfit?« Mila sprang vom Schreibtisch auf und klatschte einmal in die Hände.

»Gut, dass du fragst!« Sie band sich ihre braunen Haare im Nacken zusammen und hielt sowohl das schwarze Kleid als auch den roten Jumpsuit in die Kamera. »Ich gehe heute Abend noch auf eine Party und kann mich nicht so recht entscheiden, was ich anziehen soll.« Abwechselnd hielt sie die beiden Outfits hoch.

»Ich glaube, ich brauche ein paar mehr Fakten. Was für eine Party? Willst du jemanden aufreißen? Die wichtigen Fragen sind noch ungeklärt.« Ich zog die Augenbrauen zusammen, und sah Mila abwägen.

»Sportlerparty am Campus und Ja zum Aufreißen. Ja mit drei Ausrufezeichen!«

»Dann das schwarze!« Ich zeigte auf den Bildschirm, obwohl sie nicht erkennen konnte, in welche Richtung mein Zeigefinger deutete.

»Wieso?« Mila warf den Jumpsuit aufs Bett und hielt sich das Kleid vor den Körper.

»Weil das rote die Boss Bitch in dir betont und du damit sicher die fragile Männlichkeit vieler Studenten verunsicherst.«

»Oder ich siebe damit genau die Männer aus, die Angst vor klugen Frauen mit Karriereambitionen haben.« Mila strich über den Stretchstoff. Ich hatte das Kleid schon so oft an ihr gesehen, dass ich wusste, wie schön es jede ihrer Kurven betonte.

»Willst du deinen Ehemann oder ein Sixpack für eine Nacht finden?« Ich hob eine Augenbraue.

»Gut, das kleine Schwarze also!« Wir nickten, während Mila es über ihren Stuhl hängte und sich in Leggings und Hoodie wieder an den Tisch setzte.

»Ich freue mich, dass es dir so gut geht, Tara.« Mila lächelte mich aufrichtig an.

»Wo kommt das denn her?« Ich schnaubte leicht lachend und pustete mir eine blonde Strähne aus dem Gesicht.

»Du strahlst einfach ganz anders.«

»Okay …«, antwortete ich skeptisch, nicht sicher, was ich von diesem Themenwechsel hielt, und trat einen Schritt näher an den Handybildschirm heran, der auf der Schublade im Kofferraum lehnte.

»Du stehst ein bisschen gerader, weil dir eine Last von den Schultern gefallen ist. Du lächelst ein bisschen breiter, weil du mehr Gründe dazu hast. Du …« Mila sah nachdenklich nach oben.

»Schon gut, ich hab's verstanden.« Ich lachte und schüttelte sanft den Kopf, während ich mich im Display des Handys musterte. Keine Ahnung, ob es Einbildung war, aber ich stand tatsächlich ein wenig aufrechter und hatte die Schultern nicht so weit zu den Ohren gezogen wie sonst. Zum ersten Mal seit Tagen dachte ich an meinen Nacken, der mich sonst ständig stresste, weil er so verspannt war. »Danke, Mila.« Meine beste Freundin nickte.

Wir verabschiedeten uns und legten auf. Während mein Tag

gerade erst begann, machte Mila sich für eine Party am Abend zurecht. Es fühlte sich an, als würden wir unsere Leben genau entgegengesetzt leben.

Ich hielt das Handy in den Händen und öffnete die Messenger-App. Es hatte einige Zeit gedauert, mich daran zu gewöhnen, dass WhatsApp hier drüben quasi irrelevant war, weil alle dem angebissenen Apfel verfallen waren und über iMessage kommunizierten.

Hoffe, bei euch zweien läuft alles?

Ich las Zoeys Nachricht. Heute war wohl der Tag der gesellschaftlich verpflichtenden sozialen Interaktionen.

Ich schickte ihr eine Mini-Zusammenfassung, so wie ich sie eben auch Mila gegeben hatte.

Und bei euch?

Die Waschbären sind heute morgen ausgebüchst, Baarbara musste zum Arzt, weil sie wieder von kleinen Kindern mit Farn gefüttert wurde, und Beth hat einen Brief von der Bank bekommen. Also alles wie immer.

Ich ließ das Handy in meine Hosentasche gleiten und sah zu Jaimie, der gerade auf mich zugelaufen kam.

»Gibts was Neues?«

Jaimie steckte sein Handy ebenfalls weg und schloss die Reißverschlusstasche an seiner grauen Outdoor-Shorts. »Ja!« Das helle Lächeln verriet mir, dass es ein gutes *Ja* war. »Das war Anna. Das Investment pausiert.«

»Das ist ja großartig!« Mich überkam das spontane Bedürfnis,

Jaimie um den Hals zu fallen, aber der skeptische Ausdruck in seinen Augen ließ mich zögern.

»Fürs Erste.« Jaimie fuhr sich durch die dunkelblonden Haare. »Wir sollen aber einige Messwerte und Beobachtungen noch mal bestätigen. Bilder sammeln und Sichtungen von mehr als nur einem Exemplar bestätigen und dokumentieren. Das heißt, wir müssen zurückfahren und die Tests wiederholen, um unsere Ergebnisse zu validieren.« Ich nickte langsam.

»Okay, aber das ist doch etwas Gutes.«

»Ja, das ist es.« Ich musterte Jaimie, der Daumen und Zeigefinger aneinander rieb.

»Warum klingt es dann bei dir nicht so?« Er holte tief Luft.

»Weil *Johnson & Co.* seit gestern informiert ist und Anna mir erzählt hat, dass ihre Rechtsabteilung bereits über unseren Unterlagen brütet. Wir haben nicht viel Zeit das alles zu bestätigen, bevor das Team unsere Berichte in der Luft zerreißt. Ein einzelner Vogel verändert leider erst mal gar nichts.« Jaimie senkte den Blick. Ich legte meine Hand auf seinen Unterarm und hoffte, dass er mich ansah.

»Wir schaffen das schon, Jaimie.« Ich sah zu ihm auf, sein Blick traf auf meinen. »Wir bereiten heute alles vor, fahren morgen noch vor Sonnenaufgang zurück und werden die benötigten Ergebnisse liefern.«

Jaimies Mundwinkel zuckten verdächtig, und ich meinte, den Anflug eines Lächelns in seinem Gesicht zu erkennen.

»Danke, Tara.« Er legte seine Hand auf meine und sah mich einen Moment zu lange an, bevor er sich ruckartig löste. »Na, dann mal los.«

Und so verbrachten wir den Abend damit, die Ausrüstung vorzubereiten, jede Minute des nächsten Tages durchzutakten und einen Plan zu schmieden, der uns hoffentlich einen weiteren Schritt in die richtige Richtung bringen würde.

KAPITEL 31

Tara

Die Daunenjacke wärmte mich, während ich meine kalten Finger aneinanderrieb. Auch wenn es tagsüber unerträglich heiß wurde, war die Kälte vor Sonnenaufgang doch beißend. Der Van war ausgeladen, und während die Bilder der letzten Tage auf Jaimies Computer runtergeladen wurden, stapften wir noch in der Dämmerung den Mount Cartier hoch. Die Luft war wie elektrisiert, und ich hörte Jaimies Anspannung in jedem seiner unruhigen Atemzüge. Wir waren so nah, und doch lag noch ein weiter Weg vor uns. Immer wieder hielten wir an, sammelten Proben und knipsten Fotos.

»Hier, mach ein Foto davon, bevor ich es einsammle.« Jaimie zeigte auf ein kleines Büschel aus winzigen Ästen und Moos. Ich knipste ab und beobachtete Jaimie, wie er das Holz-Moos-Stück in eine kleine Plastikdose packte.

»Was ist das?« Ich sah zu Jaimie, der vor mir auf dem Boden kniete.

»Hoffentlich ein Beweis dafür, dass unsere schöne Ammer dieses Frühjahr hier gebrütet hat.« Jaimie verschloss die Box luftdicht und steckte sie in seinen großen Rucksack, der bald bis oben hin mit Mitbringseln aus dem Wald gefüllt war.

»Ist das aus einem der Bäume gefallen?« Ich ließ den Blick über die Baumkronen schweifen, in denen die Lichtpunkte tanzten. Die Sonne ging auf.

»Nein.« Jaimie lächelte mich an, während ich nur verwirrt die Stirn in Falten legen konnte. »Dieser besondere Vogel brütet auf dem Boden. Das macht ihn vielleicht auch so angreifbar und gefährdet.« Dass schon 65 Prozent der Population ausgestorben war, wunderte mich langsam nicht mehr. Jaimie stand auf und sah sich um.

»Irgendwas stimmt nicht.«

»Was?« Ich folgte seinem Blick und sah … nichts. Nichts außer Jaimie, der angespannt die Hände zu Fäusten ballte.

»Hier stimmt etwas nicht.« Ich konnte weder seinem Blick noch seinen Gedanken folgen. Seine Unruhe sprang schnell auf mich über, auch wenn ich sie noch nicht einordnen konnte. Ich wusste nur, dass Jaimie dieses seltsame Gespür hatte, das ihn nur selten täuschte. Jaimie lief schnellen Schrittes voraus, und ich hatte Schwierigkeiten ihm zu folgen. So viele Fragen brannten mir im Kopf, die ich doch nicht stellte. Jetzt war nicht der Zeitpunkt dafür. Gehetzt verließ er den Weg, während ich stehen blieb. Ich knirschte mit den feinen Steinchen unter meinen Wanderschuhen und beobachtete Jaimie, der sich umschaute. Ich sah ihm nach, wie er sich einen Weg durch die Büsche bahnte, trotz allem darauf bedacht, nicht zu viel zu zertreten. Ich verlor ihn aus den Augen und …

»Tara!« Ich zuckte zusammen. Der Klang seiner Stimme ließ mein Herz ein, zwei Schläge aussetzen, bevor es mit dreifacher Geschwindigkeit weiterschlug.

»Jaimie?« Ich rannte los, durch das Unterholz und achtete nicht auf die Sträucher und Äste, die an meiner Daunenjacke entlangschnitten. »Was ist pa…«

Mein Mund stand offen. Eine ohrenbetäubende Stille lag über uns, während keiner sich traute zu atmen. Meine Hände zitterten, und die Gänsehaut kroch vom Boden ausgehend meinen gesamten Körper hoch. Auf dem Boden, nicht einmal einen Meter von uns entfernt, lag ein Bär. Ein toter Bär. Die Augen weit aufgerissen, um seinen Mund herum war überall feiner Schaum.

»Was zum …« Ich traute mich nicht, die Frage auszusprechen. Zu groß war das Entsetzen, das mich fest im Griff hatte. Jaimie kniete sich auf den Waldboden und schluckte schwer. »Wurde er …«

»Ja.« Jaimie schnaubte und sah mich an. »Sie. Sie ist definitiv nicht auf natürlichem Wege gestorben.« Ich bohrte meine Finger in die Handflächen, bis es schmerzte und sah Jaimie an, dem offensichtlich derselbe Schmerz einen Schatten über das Gesicht jagte.

»Woher weißt du …« Jaimie hob seine Hand, und ich verstummte. Er legte einen Zeigefinger auf die geschlossenen Lippen. Sein Blick ging an dem Bären vorbei in den dicht bewachsenen Wald. Er lauschte aufmerksam und … da war es. Ich hörte es ganz deutlich, wenn auch leise. Ein kleines Quäken … mehr ein … Schreien. Da schrie etwas verzweifelt durch den Wald.

»Langsam.« Jaimie stand auf und bewegte sich zögerlich vorwärts. Ich folgte ihm und bemühte mich, so leise wie möglich zu sein. Jedes Knacken unter meinen Sohlen ließ mich zusammenzucken. Ich konzentrierte mich auf Jaimie, der zu wissen schien, was zu tun war.

»Da!« Jaime streckte seinen Arm zur Seite und hielt mich am Bauch zurück. Ich blieb stehen und folgte der Richtung, in die er mit dem Zeigefinger deutete. Und tatsächlich. Nur wenige Meter von uns entfernt stand ein kleines Bärenbaby. Es lief immer wieder auf und ab und stieß dabei diese verzweifelten Laute aus. Es schrie … nach seiner Mama. Nach seiner Mama, die reglos hinter uns auf dem Waldboden lag. Der Anblick brach mir das Herz.

»Was machen wir jetzt?« Meine Stimme war kaum ein Flüstern. Wenn das Bärenbaby uns bemerkt hatte, ließ es sich nicht von uns stören. Vermutlich war es zu sehr damit beschäftigt, seine Mutter wiederzufinden. Aber das würde es nicht schaffen. Niemals.

»Du wartest hier.« Jaimie drehte sich um und sah mich an.

»Was? Nein!« Er konnte mich doch nicht einfach hier allein lassen.

»Ich muss an den Van. Und ich muss telefonieren.« Ich sah zwischen ihm und dem kleinen Knopf hin und her. Das leuchtete mir ein. Aber ich wünschte mir trotzdem, dass es eine andere Möglichkeit gäbe. Eine, in der ich nicht zwischen einem kleinen Bären und seiner toten Mutter zurückblieb.

»Okay … und dann?« Ich sah Jaimie erwartungsvoll an. »Was sollen wir nur tun?«

»Ich werde auf dem Weg nach unten telefonieren. Beth kennt hoffentlich jemanden in der Umgebung, der uns helfen kann.«

Ich nickte und hoffte, Jaimie würde zum Van joggen. Oder doch gleich sprinten.

»Ich räume die Transportbox leer und bringe sie hier hoch. Wir müssen den Kleinen mitnehmen, auch wenn das alles sehr improvisiert ist. Allein überlebt er nicht«, sagte Jaimie, und ich erinnerte mich daran, wie er mir erklärt hatte, dass Bärenjunge bis zu zwei Jahre bei ihrer Mutter brauchten, um allein überlebensfähig zu sein. Dieser kleine Bär war definitiv keine zwei Jahre alt. Das sah selbst ich. Ich nickte erneut. Das klang nach einem guten Plan.

»Jaimie, ich …«

»Ich weiß. Ich auch.« Jaimie griff meine Hand und drückte sie fest. Es machte es nicht besser, zu wissen, dass er auch Angst hatte. Aber erträglicher. »Wir bringen den Kleinen hier weg. Alles andere klären wir danach«, fügte er noch an.

Jaimie stieg über die Wurzeln und Büsche zurück auf den Weg. Sein Schritt beschleunigte sich, bis er aus meinem Sichtfeld verschwand. Ich stand immer noch reglos da, beobachtete den kleinen

Bären. Es zerriss mir jedes Mal das Herz, wenn er ein hohes verzweifeltes Quieken ausstieß und niemand antwortete. Er kletterte auf einen kleinen Fels und rief weiter nach seiner Mama. Was wäre passiert, wenn Jaimie und ich nicht hierhergekommen wären? Hätte er immer weiter nach seiner Mutter gerufen, bis er vor Erschöpfung zusammengebrochen wäre? Ich dachte an meine eigene Mutter, und mir stiegen die Tränen in die Augen bei der Vorstellung, ich könnte sie verlieren. Auch wenn es sich so anfühlte, als würde genau das gerade passieren. Mit jedem Tag, den wir nicht sprachen, verlor ich sie ein kleines bisschen mehr. Gerade jetzt war der Drang, sie anzurufen, unglaublich groß. Aber fürs Erste musste ich mich auf andere Dinge konzentrieren und die Tatsache, dass ich mich nach der Umarmung meiner Mutter sehnte, in den Hintergrund schieben.

Jede Minute, die ich wartete, kam mir vor wie ganze Stunden. In Zeitlupentempo ließ ich mich auf dem kühlen Waldboden nieder und folgte mit meinen Blicken dem kleinen Kerl vor meiner Nase. Ich zückte mein Handy und schaute auf die Uhr. Wann war Jaimie gegangen? Wie viele Minuten wartete ich schon? Ich öffnete die Kamera und begann den kleinen Kerl zu filmen. Er tapste über ein paar Wurzeln und reckte die Nase in die Luft, quiekte noch einmal laut und … sah mich an. Ich filmte ihn, während er ein paar Schritte auf mich zu machte. Er war keine zehn Meter mehr von mir entfernt, und mein Herz pochte. Sicher, er war noch ein Baby. Aber immer noch ein Baby-*Bär*.

»Ich tue dir nichts, Kleiner«, flüsterte ich. Er schnüffelte einige Male in der Luft und wandte sich dann wieder von mir ab. Vielleicht wäre ich an einem anderen Tag interessant gewesen. An einem Tag, an dem er nicht verzweifelt nach seiner Mutter suchte. Ich folgte ihm mit der Kamera, während er weiter in die Richtung lief, aus der Jaimie und ich gekommen waren. Genau in die Richtung, in der …

Das Bärenjunge tapste über die niedrigen Büsche und blieb stehen. Es senkte den Kopf und stupste ein paarmal das dunkelbraune, fast schwarze Fellbüschel an. Es stupste seine Mutter an. Seine tote Mutter. Als mir bewusst wurde, dass ich immer noch filmte, ließ ich die Kamera sinken. Der winzige Bär quäkte erneut, und mir stiegen die Tränen in die Augen. Jaimies Worte kamen mir in den Sinn. Er war sich sicher, dass sie nicht auf natürliche Weise gestorben war. Ich würde Jaimie noch fragen, was genau hier passiert war, aber ich vertraute ihm blind. Warum tat jemand so was? *Wer* tat so was?

Ich saß einfach nur da. Sah dem Bären dabei zu, wie er um seine Mutter herumtapste, und hoffte, dass Jaimie bald wieder da sein würde. Ich hoffte, dass wir dem Kleinen helfen konnten. Ich kniff die Augen leicht zusammen, als der Bär ins Taumeln geriet. Er fing sich wieder und tapste weiter um seine Mutter herum. Doch dieses Mal erregte seine rechte hintere Pfote meine Aufmerksamkeit. Er … humpelte. Er war verletzt.

Jaimie

Der Käfig klimperte leicht in meiner Hand, als ich über einen großen Stein stieg. Ich legte die flache Hand an das kühle Metall, um den Klang zu dämpfen. Gleich war ich da. Gleich war ich wieder bei dem kleinen, verwaisten Bärenbaby. Gleich war ich wieder bei Tara.

Sie drehte sich zu mir um, noch bevor ich mich bemerkbar machte. Vermutlich verunsicherte sie jeder unbekannte Laut so sehr, dass sie mich schon seit über hundert Metern kommen hörte. Ich verlangsamte mein Tempo und war bedacht darauf, kaum

Geräusche zu machen, mich Tara und dem Bären so leise wie möglich zu nähern. Wir konnten es nicht gebrauchen, den Kleinen jetzt auch noch zu verschrecken.

»Wie geht es dir?« Ich sah zu Tara, die im Gras saß und legte ihr eine Hand auf die Schulter. Kurz kam mir der Gedanke, es könnte zu viel sein. Aber diese Berührung fühlte sich jetzt in diesem Moment genau richtig an.

»Der Kleine hat seine Mutter vor etwa zehn Minuten entdeckt und läuft seitdem um sie herum. Ich glaube, er ist an einem Bein leicht verletzt.«

Ich schluckte. Die Sache wurde mit jeder Minute schlimmer. »Tara …« Ich sah sie eindringlich an »Wie geht es *dir*?«, wiederholte ich meine Frage, und erst jetzt leuchtete in ihren Augen das Verständnis auf. Wenn ich daran dachte, wie sehr das Adrenalin durch meine Adern schoss, wollte ich mir nicht vorstellen, wie es um ihren Puls bestellt war.

»Es … geht«, antwortete sie ruhig, und ich beschloss, nicht weiter nachzufragen. Ich stellte den Käfig auf den Boden und sah zu dem kleinen Bären. Der Metallkäfig würde gerade groß genug sein. Zum Glück musste er nicht lange darin aushalten. Beth ließ gerade ihre Kontakte spielen, und es war gut möglich, dass ein nahe gelegenes *Rescue Center* uns helfen konnte.

»Was machen wir jetzt?« Taras Stimme lenkte meinen Blick wieder auf sie. Sie rieb ihre Hände nervös an der schwarzen Leggings und sah mich aus großen hellgrünen Augen heraus an.

»Wir legen den Käfig mit einem Köder aus und warten.« Ich schluckte. Hoffentlich würde das alles nicht zu lange dauern und ohne größere Zwischenfälle ablaufen. Ohne größere Zwischenfälle als die, die eh schon passiert waren. Tara nickte zögerlich.

»Was kann ich tun?« Sie öffnete den Zopf, den sie seit heute Morgen trug und band ihre leicht verknoteten Haare stattdessen zu einem Dutt auf dem Kopf. Ich wies sie an, den Köder aus meinem Rucksack zu holen und platzierte den Käfig. Kurz fragte ich mich, ob wir zu laut waren, aber ich fürchtete, dass wir den Kleinen sowieso kaum von seiner Mutter wegbekommen würden. Nicht, solange sie noch da lag und so vertraut roch. Nach Geborgenheit. Sicherheit. Wir setzten uns in weiter Entfernung auf zwei Steine und warteten. Mein Handy vibrierte und meine Mundwinkel hoben sich, als ich die erste gute Nachricht des Tages las.

»Wir haben einen Platz für den Kleinen. Das *Critter Care Rescue Center* in Nicholson nimmt ihn fürs Erste auf.« Tara legte eine Hand auf meinen Oberschenkel und lächelte mich an. Ich sah zurück zu dem kleinen Bären und folgte ihm mit dem Blick, während er die immer gleichen Kreise lief. Hoffentlich mussten wir nicht nachhelfen, damit er den Köder bemerkte. Als hätte das Bärenjunge meinen Gedanken zugehört, hob es den Kopf und schnüffelte. Es bewegte sich ein paar unsichere Schritte vom leblosen Körper seiner Mutter weg und blieb dann kurz stehen. Es schnüffelte erneut und … bewegte sich dann freiwillig in den Metallkäfig. Der Mechanismus löste aus, und Tara und ich sprangen auf. Der kleine Bär schrie laut. Anders als vorhin. Verängstigt.

»Hey, kleiner Kerl.« Tara ging eilig auf ihn zu und blieb ein paar Meter von ihm entfernt stehen. »Wir wollen dir nur helfen, versprochen.« Ihre Stimme schien ihn tatsächlich ein wenig zu beruhigen, auch wenn er sich immer noch aus dem Käfig zu befreien versuchte. »Alles wird wieder gut«, flüsterte Tara, während ich eilig das mitgebrachte Handtuch aus dem Rucksack fischte. Ich legte es vorsichtig über den Käfig und hoffte, dass es ihn etwas beruhigen würde, wenn ich die Reizüberflutung etwas dämpfte.

Tara sah vom zugedeckten Käfig zu mir und wieder zurück. Anstatt sich über den nächsten Triumph zu freuen, schien sie zu verstehen, was uns nun bevorstand. Der kleine Bär im Käfig, der trotz seines jungen Alters nicht gerade leicht war, musste den Berg runtergetragen werden. Bis zu unserem Van.

Also griffen wir jeder einen der seitlich angebrachten Griffe und bewegten uns im Schneckentempo vorwärts. Einen Schritt nach dem anderen, immer darauf bedacht, dem kleinen Kerl in der Transportbox nicht zu viel zuzumuten. Auch wenn der Zug sicher schon in dem Moment abgefahren war, da jemand seiner Mutter das Leben genommen hatte. Ich war mir sicher, dass das hier keine natürliche Ursache hatte. Die weit aufgerissenen Augen und der Schaum vorm Mund der Bärenmama hatten sich zu sehr in mein Gedächtnis eingebrannt. So etwas passierte nicht einfach so. Natürlich fehlten mir die Beweise, um eine Vergiftung nachzuweisen, aber das würde ich schon noch erledigen. Gemeinsam mit Tara.

Wir kamen völlig außer Atem an und wuchteten den Käfig in den Kofferraum. Alle Boxen und beweglichen Kisten waren auf Taras Bett gestapelt, sodass die Transportbox gut in den Kofferraum passte.

»Ich verstehe nicht, wer so etwas tut.« Tara starrte nachdenklich auf die zugedeckte Box, in der das Bärenjunge steckte, das sich zum Glück vor etwa 20 Minuten seinem Schicksal ergeben hatte und nun nicht mehr quäkte.

»Fällt dir da wirklich niemand ein, in dessen Interesse es liegen könnte, dem Wildleben hier etwas anzuhaben?« Taras Augen wurden groß.

»Aber …« Ich nickte nur. Einen kurzen Moment schwiegen wir beide, dann packte sie der Tatendrang.

»Wir müssen das anzeigen! Die Polizei rufen oder so und denen sagen, was passiert ist! Beweise sammeln! Die dürfen damit nicht davonkommen!« Tara war ganz außer Atem, und das nicht nur, weil wir gerade ein Bärenbaby den Berg heruntergetragen hatten.

»Eins nach dem anderen.« Ich fasste sie an den Oberarmen und sah sie mit einem sanften Lächeln auf den Lippen an. »Ich schätze deinen Gerechtigkeitssinn sehr. Aber erst mal muss der kleine Kerl hier versorgt werden.« Ich schluckte schwer und schielte in Richtung des blauen Handtuchs, das den Käfig bedeckte. Wer weiß, wie lange seine Mutter schon tot war und wann er das letzte Mal etwas gegessen hatte. »Wir bringen ihn an die Station, rufen auf dem Weg dahin bei den Rangern an und kommen dann zurück. Dann schießen wir genau wie die Ranger Beweisfotos und schauen, was wir sonst noch tun können.« Ich rieb Taras Arme auf und ab, die nur noch vom dünnen Stoff ihres Funktionsshirts bedeckt waren. Die Daunenjacke hatte sie schon lang um ihre Hüfte gebunden, und so spürte ich ihre definierten Armmuskeln, die sich unter meiner Berührung anspannten. Nicht jede Frau bewachte ein Bärenbaby und trug es dann auch noch einen steilen Berg hinunter. Tara schon. Tara war so eine Frau. So ein Mensch. Sie räusperte sich, woraufhin ich mich beeilte, meinen Griff zu lösen. Ohne ein weiteres Wort zu sagen, ging ich um den Wagen herum und stieg ein. Tara schloss die Heckklappe und krabbelte auf den Beifahrersitz neben mich. Ich startete den Motor und reichte ihr mein Handy, bevor ich losfuhr.

»Die letzte gewählte Nummer ist vom *Rescue Center*. Würdest du dort anrufen und ihnen Bescheid sagen, dass wir in etwa zwei Stunden da sind? Dann melden wir den Vorfall bis ins kleinste Detail bei dem zuständigen Ranger, und zum Schluss kannst du Beth anrufen und ihr ein Update geben.« Tara sah mich aus glasigen Augen heraus an. Der Morgen hatte sie sicher mehr mitgenommen, als sie zugab.

»Ich habe so das Gefühl, dass ich die gesamte Fahrtzeit telefonieren werde.« Sie lächelte mich an, und es nahm mir gleich ein wenig meiner Anspannung zu sehen, dass die milde Freude ihre Augen erreichte. Wir würden das schaffen.

Ich bog auf den Highway und verlangte der alten Betsie alles ab. Heute Morgen noch waren wir in der festen Überzeugung hierhergekommen, dem Ziel näher zu rücken. Ich schielte zu Tara, die sich den Hörer fest ans Ohr presste und der Person am anderen Ende der Leitung zahlreiche Fragen zum Zustand unseres Mitreisenden beantwortete. Jetzt waren wir auf dem Highway, einen verwaisten Bären im Kofferraum und einen toten Bären im Wald, der einfach alles veränderte. Tara legte auf und tippte direkt weiter auf dem Handy rum.

»Das *Rescue Center* weiß Bescheid. Wenn wir ankommen, sollen wir uns bei Sit melden.« Ich nickte und starrte weiter auf die Straße vor mir, der wir noch mehr als 50 Kilometer folgen würden. »Ich habe die Nummer vom Büro der Ranger schon gefunden und würde dort als Nächstes anrufen.« Sie drückte sich das Handy bereits wieder ans Ohr, noch bevor sie ihren Satz zu Ende gesprochen hatte. Für den Bruchteil einer Sekunde beobachtete ich sie dabei.

»Guten Morgen, Tara Lau hier.« Sie sah mich an, das spürte ich, während sie anfing, dem Ranger am anderen Ende der Leitung zu schildern, was wir heute Morgen seit Sonnenaufgang erlebt hatten. Ich sah zu ihr, traf auf ihren Blick und formte mit den Lippen ein lautloses Danke. Sie nickte lächelnd, ließ sich aber nicht ablenken und sprach weiter konzentriert mit der Person am Handy.

Das mit Tara war nicht geplant. Tara war die nervige Touristin, von der ich erwartet hatte, dass sie ein paar Wochen blieb und dann endlich wieder verschwand, wenn sie genug Fotos für ihren Instagram-Feed geschossen hatte. Aber hier, genau in diesem Moment, sah ich Tara an und stellte ganz klar eines fest: Ich hatte mich noch nie in meinem Leben so sehr geirrt.

KAPITEL 32

Tara

»Na, dann wollen wir mal.« Jaimie stellte den Motor ab und zog die Handbremse an. Ich rutschte vom Beifahrersitz, während Jaimie schon um unseren Van herum ging und die Heckklappe öffnete. Der kleine Mitreisende beschwerte sich lautstark, und Jaimie versuchte, ihn zu beruhigen.

»Ich erkundige mich schon mal nach Sit. Wartest du hier?« Fragend sah ich Jaimie an, der sich das verschwitzte blonde Haar aus dem Gesicht strich. Er nickte nur knapp. Das *Rescue Center* in Nicholson war kein öffentlicher Park, wie in Nanaimo, sondern wirklich nur eine Auffangstation für Wildtiere. Eine *kleine* Auffangstation. Ich klopfte an der großen grauen Tür und suchte parallel die Hauswand ab, um sicherzugehen, dass ich nicht doch eine unauffällig platzierte Klingel übersehen hatte.

»Ja?« Eine Frau etwa in Beths Alter öffnete die Tür und sah mich gehetzt an. »Was ist?« Ich ließ mich von der schroffen Art nicht abschrecken. Ich wusste aus erster Hand, wie stressig die Arbeit mit Tieren sein konnte.

»Hi, ich bin Tara. Ich suche Sit. Wir hatten telefoniert, wegen …«

»Sit!!!« Ich zuckte zusammen, als sie sich umdrehte und in voller Lautstärke seinen Namen rief. Dann nahm sie den Fuß aus der schweren Tür, die mit lautstarkem Knall vor meiner Nase ins Schloss fiel. Einige Sekunden stand ich einfach nur da, blickte auf die verschlossene Tür und fragte mich, ob man uns hier helfen würde.

»Hey, du bist Tara?« Ein junger Mann mit zerzausten rotbraunen Haaren erschien in der Tür. Ich nickte schnell.

»Entschuldige bitte Renée, ihr gehört das *Rescue Center*, und für gute Laune hat sie manchmal einfach keine Zeit.« Ich lächelte und dachte an Beth, die sich ihre gute Laune bewundernswerterweise bewahrt hatte. Zumindest die meiste Zeit. »Ihr habt also einen kleinen Bären gefunden?« Er schnaufte schwer, während er einen dicken Klotz in der Tür platzierte, sodass sie weit geöffnet stehen blieb.

»Ja, er ist im Kofferraum.« Sit sah auf, und ich blickte in sein sommersprossenübersätes Gesicht.

»Im Kofferraum?«

»Ja, wir haben einen Bus. Einen großen ...« Mir fehlten vor Aufregung die Worte, und ich musste mich zum ersten Mal nach dem Erlebnis am Flughafen konzentrieren, die richtigen englischen Worte zu finden. »Er ist im Van.« Sit nickte nur.

»Na, dann bringt ihn mal rein.« Hier ging man die Dinge wohl etwas unkonventioneller an, denn Sit verschwand im Inneren des Gebäudes, während ich wieder auf mich allein gestellt war. Ich ging zu Jaimie zurück und wuchtete mit ihm zusammen den kleinen Bären aus dem Van und direkt in die Auffangstation. Sit erwartete uns in einem kleinen Untersuchungsraum, wo er aufgeregt in einer Schublade wühlte.

»Stellt ihn einfach da ab«, sagte er hastig, ohne uns anzusehen. Jaimie und ich hoben die Box so ruhig wie möglich auf den Metalltisch, der trotz des Gewichts des Bären keinen Millimeter nachgab.

»So ...«, sagte ich und klopfte mir die Hände an den Oberschenkeln ab. Was taten wir nun? Es war nicht so, als hätte ich sonderlich viel Erfahrung im Retten von wilden Bärenbabys. Jaimie griff in seine Hosentasche und zog ein vibrierendes Handy hervor.

»Da muss ich rangehen.« Er sah mich an. *Kann ich dich kurz allein lassen,* sagte sein Blick, und ich nickte schnell. »Ich bin gleich wieder da.« Jaimie verließ das Behandlungszimmer, und ich stand da. Zwischen einem quiekenden Bären und einem jungen Mann, der genauso planlos aussah, wie ich mich fühlte.

»Was jetzt?« Sit hatte aufgehört, in den Schubladen zu wühlen und sah mich an.

»Das fragst du ausgerechnet mich?« Ich riss die Augen weit auf und starrte Sit an. Jetzt war nicht die Zeit für Scherze.

»Du ... ich ... wir ...« Sit stotterte unbeholfen vor sich hin und rieb sich die Handflächen an seinem schwarzen Captain-America-Shirt ab.

»Ich dachte, du wusstest, dass wir kommen.«

»Das schon, ja ...«

»Aber?« Ich zog die Augenbrauen zusammen und musterte ihn. Irgendetwas stimmte hier nicht.

»Wir sind nicht so richtig auf solche Fälle vorbereitet. Außerdem sind wir gerade ziemlich ausgelastet, um nicht zu sagen überlastet.« Sit starrte mich an.

»Was soll das heißen?«, hakte ich nach. Er schluckte schwer, und noch bevor er weitersprach, wusste ich, dass ich keines der gleich folgenden Worte hören wollte.

»Wir ... sind eigentlich eine Auffangstationen für Vögel und ...«, er schielte zum abgedeckten Käfig, der die gesamte Breite des Tischs einnahm, »... Kleintiere.«

Kleintiere?! Das Wort hallte in meinen Ohren nach, während mein Herz in meiner Brust pochte.

»Aber wieso habt ihr uns dann eure Hilfe zugesagt?« Sit wich meinem Blick aus und sah auf den Boden.

»Weil Beth ziemlich überzeugend sein kann.« Seine Stimme hob sich, und die Worte kamen einer Frage näher, als einer bestimmen Aussage. Das konnte doch nicht wahr sein. Das durfte nicht wahr sein. Und doch stand ich hier, inmitten eines *Rescue Centers*, das zwar etwas mit Ottern und Eulen anfangen konnte, nicht aber mit einem Bären.

»Also gut.« Ich schob die Ärmel meines schwarzen Funktionsshirts hoch und klatschte einmal in die Hände.

»Wir brauchen Narketan, oder etwas mit ähnlichem Wirkstoff. Viel davon. Am besten gleich alles, was ihr vorrätig habt.« Ich öffnete meinen Zopf und band mir die Haare zu einem fest sitzenden Pferdeschwanz, aus dem sich keine Strähne mehr lösen konnte. Sit nickte schnell und sackte ein wenig in sich zusammen. »Ich brauche Handschuhe, steriles Verbandsmaterial und etwas zum Desinfizieren.« Ich drückte mich an Sit vorbei und begann einen Schrank nach dem anderen zu öffnen. Während ich mich dem Bein widmen würde, musste Sit den kleinen Kerl überwachen, aber im Dämmerschlaf sollte nicht allzu viel passieren. Hoffte ich. Ich wusste nicht, was auf mich zukommen würde, wenn der kleine Kerl einmal benommen war und ich mir sein Bein genauer anschauen konnte.

»Wir werden irgendetwas entdecken, das zwischen eingetretenem Splitter und angebrochenem Knochen liegt. Also sollten wir uns auf alles vorbereiten.« Die Frage, ob sie ein tragbares Röntgengerät besaßen, wollte ich aus Angst vor der Antwort nicht stellen. Dazu war auch noch Zeit, wenn ich mir sicher war, dass ich es brauchte.

»Was kann ich tun?«

»Nicht im Weg stehen und exakt das machen, was ich sage.« Ich entdeckte einige Medikamente, Verbandsmaterial und steriles Untersuchungsbesteck. Ich konnte das. Ich hatte zwar noch nie etwas über die Anatomie eines Bären gelernt, geschweige denn einen behandelt, aber irgendwo zwischen Reh, Pferd und Kuh würde das kleine Fellbündel schon in meinen Behandlungsplan passen. Sit huschte an mir vorbei und öffnete die Schublade, in der er vorhin schon herumgewühlt hatte. Fast schon etwas verzweifelt stellte er drei kleine Fläschchen auf die Arbeitsplatte und sah mich an. »Na, dann wollen wir mal.«

Jaimie

Fast eine Dreiviertelstunde hatte ich jetzt am Handy gehangen. Der Ranger, mit dem Tara vorhin telefoniert hatte, hatte unendlich viele Fragen gestellt, die ich ausführlich doppelt und dreifach beantwortete.

Wo haben Sie den toten Bären gefunden?

Wieso haben Sie sich dazu entschieden, das Bärenbaby mitzunehmen?

Können Sie an der Fundstelle bleiben, bis wir heute oder morgen jemanden schicken können?

Ich wollte gegen eine Wand schlagen, wenn ich an die entspannte Stimme des Rangers dachte. Natürlich musste er von einem Unfall ausgehen, bis das Gegenteil bewiesen war. Genauso verständlich war es, dass er die Dringlichkeit nicht verstand. Der laufende Prozess wurde unter Verschluss gehalten, bis eine Entscheidung getroffen war. Zumal er sicher keinerlei Kontakt zur Abteilung bei *Parks Canada* hatte, in der Anna arbeitete. Wären mir die Hände nicht gebunden, wäre ich schon längst an die Öffentlichkeit gegangen mit den unverantwortlichen Plänen, die *Johnson & Co.* verfolgte.

Konnte ich an der Fundstelle bleiben? Na klar! Ich fahr mal eben zurück und setze mich neben den Bären. Am besten noch bis die Sonne untergeht, und dabei winke ich obendrein noch freundlich den Pumas oder Wölfen, die bei Anbruch der Dämmerung garantiert vorbeischauen werden. Als hätte ich nicht gerade ein Bärenbaby im Kofferraum quer durch die Rockies gefahren.

»Hey! Sorry, ich …« Aber weiter kam ich nicht, denn der Anblick verschlug mir die Sprache. Sit saß auf einem Rollhocker und lehnte am Metalltisch. Sein Blick klebte am halb zugedeckten Käfig. Ich traute meinen Augen kaum. Das Bärenbaby lag schlafend da, einen Verband um das hintere rechte Bein gebunden, und mittels eines kleinen Schlauchs mit einer Infusion verbunden. Hatte Sit das alles geschafft, während ich draußen war? Wie lange hatte ich eigentlich telefoniert? Ich löste meinen Blick und sah in die Ecke des Raums, wo Tara auf einem Stuhl saß. Ein Bein hatte sie auf der Sitzfläche aufgestellt, ihr Kopf lehnte erschöpft an der Wand.

»Hast echt was verpasst!« Sit sah mich lachend an und rollte ein paar Zentimeter in den schmalen Raum hinein. »Aber fürs Erste geht es Chubby gut.«

»Chubby?« Ich hob eine Augenbraue und sah erst ihn, dann Tara an.

»Irgendeinen Namen braucht er doch«, antwortete sie schulterzuckend.

»Und da ist die Wahl ausgerechnet auf Chubby gefallen?« Grinsend schüttelte ich den Kopf und deutete auf das schlafende Fellknäuel.

»Schlag was Besseres vor, Quasselstrippe.« Tara verschränkte die Arme vor der Brust und sah mich herausfordernd an.

»Sorry, der Ranger am anderen Ende der Leitung hat mich echt nicht mehr losgelassen.« Ich kratzte mich verlegen am Hinterkopf. Jetzt wo ich sah, was ich alles verpasst hatte, fühlte ich mich tatsächlich ein wenig schlecht, weil ich nicht geholfen hatte. »Aber ich sehe ja, dass Sit hier beste Arbeit geleistet hat.« Ich trat an den kleinen Metalltisch, der ganz unter Chubby verschwand, und klopfte Sit auf die Schulter.

»Das war ich gar nicht.« Sit richtete sich auf und sah ... zu Tara? »Das war sie.«

Tara presste die Lippen aufeinander und zuckte nur mit den Schultern.

»Was war sie?«, fragte ich ungläubig und sah vom versorgten Babybär zurück zu ihr.

»Euch ist schon klar, dass ich auch hier bin?«, sagte Tara leicht amüsiert. Ich wollte mich gerade entschuldigen, dass ich *über* sie geredet hatte und nicht *mit* ihr, da antwortete Sit auf meine Frage.

»Na, das alles hier, das war Tara. Die Narkose, die Versorgung der Fleischwunde, die Infusion. Einfach alles eben.«

»Ich dachte, ihr seid eine Auffangstation.«

»Für Vögel und Kleintiere.« Lachend stand Tara auf und kam auf mich zu. Die Müdigkeit hing ihr in dunklen Schatten unter den Augen.

»Aber wie ...?« Ich sah sie verblüfft an.

»Ich dachte, du wärst mit ihr unterwegs?« Es war Sit, der an ihrer Stelle antwortete. »Aber du bist ja echt noch ahnungsloser als ich, Kumpel.« Mit diesen Worten schob er sich an mir vorbei raus aus dem Raum und ließ mich allein mit Tara zurück. Einige Sekunden sagte keiner von uns etwas. Dann fingen wir beide im gleichen Moment an.

»Du ...«

»Ich ...«

Ich biss mir auf die Unterlippe und sah Tara abwartend an.

»Ich studiere Tiermedizin, Jaimie.« Tara lächelte sanft und schob die Hände in die Tasche ihrer Shorts.

»Das wusste ich gar nicht.« *Wow, Jaimie. Eine bessere Antwort ist dir nicht eingefallen?*

»Du weißt so einiges nicht.« Tara verzog die Lippen zu einer schmalen Linie. Von was sie wohl sprach?

»Das stelle ich auch gerade fest.« Ich sah zurück zu Chubby, der sich leicht in seiner Box regte, und musterte den angebrachten Verband. »Ich habe nie gefragt, was du eigentlich machst, wenn du nicht gerade auf einem Roadtrip durch Kanada bist.«

Tara legte mir eine Hand auf den Unterarm, und ich wandte mich ihr wieder zu. »Und ich habe dir nie erzählt, wer ich außerhalb von Kanada bin.« Sie schnaubte sanft, und ich erinnerte mich an unser Gespräch oben auf dem Mount Revelstoke. Sprach sie von der Person, vor der sie geflohen war?

»Hey.« Sie legte ihre Hand an meine Wange. Die plötzliche Nähe durchfuhr mich wie ein Blitz. »Du siehst aus, als wäre das etwas Schreckliches.« Ihr Lächeln nahm mir etwas von der Anspannung, aber das Kribbeln, dort, wo ihre Hand auf meine Haut traf, blieb.

»Ich fühle mich gerade wie ein Arsch.« Ich schluckte schwer.

»Weil du lieber telefonierst, als zu helfen?« Tara lachte nur, und ich schüttelte schnell den Kopf.

»Nein, ich … also auch …« Ich knibbelte mit dem Zeigefinger an meinen aufgerissenen Nagelbetten herum. Na super, jetzt hatte ich gleich zwei Dinge auf meiner Liste, wegen denen ich mich schlecht fühlte. »Weil ich seit über einer Woche mit der Frau unterwegs bin, die mir den Arsch gerettet hat, und ich es in dieser ganzen Zeit nicht einmal geschafft habe, eine persönliche Frage zu stellen.« Ich war wirklich der unfreundlichste Kanadier der Welt. »Ich weiß gar nichts über dich.«

»Aber das stimmt doch überhaupt nicht.« Tara schob mit ihrer Hand an meiner Wange mein Gesicht zu ihr und zwang mich, sie anzusehen. »Du weißt zum Beispiel, dass ich gerne zeichne, oder dass ich kaltes Wasser aus tiefster Seele hasse.« Sie lächelte mich an und vor meinem inneren Auge tauchte die Erinnerung auf, wie wir im Gletschersee am Mount Cartier schwimmen gegangen waren. Wie sie vor mir am Ufer entlang gerannt war, in nichts weiter als knapper Unterwäsche. »Du weißt auch, dass ich gerade keinen Kontakt zu meinen Eltern habe.« Sie sah mir tief in die Augen und hielt mich tief in ihrem Blick gefangen. Das helle Grün ihrer Augen strahlte mich an. »Oder dass ich absolut keinen Plan habe, wie meine Zukunft aussieht, und dieser Gedanke mir ziemliche Angst einjagt.«

Ich spürte den harten Boden des Vans in meiner Erinnerung unter mir, während ich an den Abend dachte, an dem wir über Wahrheit oder Pflicht eingeschlafen waren. Der Abend, an dem ich ihr gesagt hatte, dass manche Menschen sich anfühlten wie Sonnenschein. Dass sie sich anfühlte wie Sonnenschein.

Ein unerwartetes Räuspern holte mich aus meinen Gedanken. Taras Hand lag nicht mehr auf meiner Wange, und ich brauchte einen kurzen Augenblick, um meinen Fokus wiederzufinden.

»Wie geht es jetzt weiter?« Es fühlte sich nach vertauschten Rollen an, Tara das zu fragen. Aber ich war mir sicher, dass sie die Situation im Griff hatte.

»Sit klärt ab, wie lange sie Chubby hierbehalten können. Ein Kleintier ist er zwar nicht, aber er wird schon für ein paar Tage hier unterkommen, bis geklärt ist, was weiter passiert.«

Ich nickte. Das waren schon mal gute Nachrichten, auch wenn das nach den letzten Stunden alles relativ war.

»Die zuständigen Behörden wollen jemanden schicken und die Sache erst mal aufnehmen. Es ist aber unklar, wie lange das noch dauert. Sie sind aktuell – wie der Rest der Welt – ziemlich unterbesetzt.« Meine Frustration spiegelte sich in Taras Gesichtsausdruck.

»Wir sollten hinfahren.« Tara schob die schwarzen Ärmel ihres

Shirts wieder runter an ihre Handgelenke. »An den Mount Cartier, meine ich. Zurück zum … na ja, du weißt schon.« Das Bild der toten Bärenmutter kämpfte sich vor mein inneres Auge. Es zerriss mich innerlich, Chubby helfen zu wollen und doch Beweise sammeln zu müssen, damit jemand für diese schreckliche Tat zur Verantwortung gezogen werden konnte.

»Aber …«

»Wir können hier aktuell nichts tun. Chubby ist fürs Erste versorgt und kommt mit Sits Babysitterdienst klar. Der kleine Kerl hat sich das Bein zum Glück nur verstaucht, und die Wunde drum herum wird heilen. Was wir aber tun können, ist vor den Rangern an der Fundstelle sein und der Antwort auf die Frage, wer das getan hat, etwas näherkommen.« Sie stemmte die Hände in die Hüften und musterte mich eindringlich.

»Ich mag deinen plötzlichen Tatendrang.« Mein schiefes Lächeln half nicht, denn ich kassierte gleich darauf einen leichten Schlag gegen die Schulter.

»Jemand hat Chubbys Mutter auf dem Gewissen. Was für ein Mensch wäre ich, wenn mich da kein Tatendrang überkommt.«

Der Mensch, für den ich dich im ersten Moment gehalten habe, flüsterte eine vorwurfsvolle Stimme in meinem Kopf. Ein Mensch, den ich nicht so attraktiv fand, wie die Frau, die gerade vor mir stand und ein Bärenjunges im Alleingang versorgt hatte. Gott, ich musste dringend aufhören, Selbstgespräche in meinem Kopf zu führen. Sofort.

»Also gut.« Tara zog ihr Handy aus der Hosentasche und tippte ein paarmal darauf herum. »Geh schon mal vor, ich bin gleich da.« Sie ging an mir vorbei und hielt mir die Tür auf. Ich blieb stehen, unsicher, was ich von diesem Rausschmiss hielt.

»Was hast du vor?« Skeptisch hob ich die Augenbrauen und lachte leise, als Tara die Augen verdrehte.

»Ich mache gleich ein paar Fotos von Chubby, die ich dann auch noch meiner besten Freundin schicke. So richtig wie eine doofe Touristin.« Sie zeigte mit dem Finger aus dem Raum heraus. »Und es kommt nicht infrage, dass du mir dabei zusiehst, jetzt, wo du mich gerade so ehrfürchtig angesehen hast.«

»Ehrfürchtig?«, wiederholte ich nur und verschränkte die Arme vor der Brust. »Ich glaube ja nicht …«

»Ist mir egal, was du glaubst. Ich hab dich beeindruckt, und jetzt verschwinde.« Sie konnte sich das Lachen nicht verkneifen, als ich an ihr vorbeiging und tatsächlich den Raum verließ. Ich drehte mich zu ihr herum, doch noch ehe ich etwas erwiderte, hatte sie mir die Tür auch schon vor der Nase zugeknallt. Wir würden uns noch über das angebliche *ehrfürchtig* unterhalten müssen, aber in einer Sache lag sie richtig: Sie beeindruckte mich.

Tara

Ich saß im geöffneten Kofferraum, das Reisetagebuch aufgeschlagen auf meinem Schoß. Ich zeichnete einen kleinen Bären, der zumindest in meiner Vorstellung Chubby sehr ähnlich sah.

»Schon fleißig dabei, das heutige Abenteuer festzuhalten?« Ich nickte, während Jaimie sich neben mich auf die Kofferraumkante setzte.

»Fahren wir?« Ich legte den Bleistift flach auf die Seite.

»Sit spricht noch kurz mit Renée. Die beiden klären ab, was sie wie lange leisten können. Direkt danach starten wir.« Ich nickte erneut und senkte meinen Blick auf die Zeichnung auf meinem Schoß.

»Es tut mir leid, was da heute passiert ist.« Jaimie legte einen

Arm an meinen Rücken. Die Wärme, die von seiner Berührung ausging, jagte einen angenehmen Schauer durch meinen Körper.

»Da kannst du doch nichts dafür.« Sicher, auf dieses Erlebnis hätten wir beide verzichten können, aber Jaimie war für das, was passiert war, nicht verantwortlich. Auch wenn sein Gesichtsausdruck etwas anderes sagte.

»Es fühlt sich aber so an.« Der Sturm tobte in seinen dunklen Augen, in denen das Grün kaum noch zu erkennen war.

»Das verstehe ich.« Ich wollte ihm widersprechen, ihm sagen, dass unsere Gefühle niemals die Realität abbildeten. Aber genau jetzt war es mehr wert ihm zu zeigen, dass er mit dem, was er fühlte, nicht allein war. Dass ich verstand, warum er sich dafür verantwortlich fühlte, auch wenn wir noch nicht sicher wussten, dass der Tod von Chubbys Mutter mit dem Streit um das Investment am Mount Cartier zu tun hatte.

»Ohne dich hätte ich das nicht geschafft.« Jaimie presste die Lippen sanft aufeinander.

»Was? Du kannst keinen Bären allein den Berg runtertragen? Schwach …«

Jaimie löste die Hand von meinem Rücken und stupste mir leicht in die Seite. »Du weißt, was ich meine.« Sein Blick lag auf mir, und etwas darin ließ mein Herz aus dem Takt geraten.

»Ja«, sagte ich nur, auch wenn ich mir nicht sicher war.

»Du warst ziemlich großartig heute«, fuhr er fort, und ich befeuchtete meine Lippen und kam nicht umhin zu bemerken, dass Jaimies Blick zu meinem Mund schnellte.

»Danke«, hauchte ich. Jaimie war mir so nah, dass ich mir sicher war, dass er meinen Atem auf seiner Haut spürte.

»Tara, ich …« Seine Worte gingen unter in der erdrückenden Stille zwischen uns, die vor Spannung fast knisterte. Ich hob meinen Blick, fand seinen und beobachtete, wie er sich Millimeter für Millimeter näherte. Ich war mir fast sicher, seine Bartstoppeln schon an meinem Kinn zu spüren, auch wenn das nicht sein konnte. Der Geruch nach Wald und Kernseife strömte mir in die Nase. Ich öffnete meine Lippen einen Spalt, spürte das Pulsieren, das durch meinen ganzen Körper fuhr. Die Welt um mich herum verschwamm, während ich nur Jaimie sah. Jaimie, der immer noch so unerträglich weit weg schien. Jaimie, der …

»Also Leute, wir …« Mit einem lauten Aufschrei fuhren wir auseinander. »Die Frage, ob ich störe, wäre vielleicht etwas unangebracht.« Sit lachte, während ich noch ein Stück weiter von Jaimie wegrutschte, bis ich mit der Hüfte gegen die Karosserie stieß. Weder Jaimie noch ich brachten ein Wort über die Lippen.

»Gut, dann rede ich einfach mal weiter.« Sit klatschte in die Hände und sah zwischen uns beiden hin und her. Ich war ihm dankbar, dass er die unangenehme Stimmung einfach überging. »Renée ist zwar nicht begeistert, aber das ist sie sowieso nur in Schaltjahren und wenn der Saturn im Jupitermond steht oder so. Aber wir haben ein Gehege, in dem wir Chubby unterbringen können, bis alles Weitere geklärt ist. Morgen kommt ein Tierarzt, und dann wird hoffentlich in den nächsten Tagen alles Weitere feststehen.« Sit nickte und sah immer noch zwischen mir und Jaimie hin und her. Mein Blick klebte an Sit und seinem Mund, der eben all diese Worte geformt hatte. Meine Gedanken hingegen fuhren Achterbahn, und ich wollte mich fast übergeben, nach den sieben Loopings, die wir in den letzten Minuten genommen hatten.

»Danke, Sit.« Jaimie räusperte sich. Die zwei Worte kamen trocken aus seinem Mund. Er klang genau so, wie ich mich fühlte. Wie von einem Lkw überrollt.

»Na dann. Bis bald, ihr Turteltäubchen!« Sit winkte und war kurz darauf auch schon wieder verschwunden. Er hatte an der ganzen Situation definitiv den meisten Spaß. Einige Sekunden saß ich einfach nur da. Reglos starrte ich geradeaus. Mich auf den hässlich betonierten Parkplatz zu fokussieren, machte es leichter, nicht zu Jaimie zu sehen. Auch wenn der Drang fast unwiderstehlich groß war. Ich schluckte schwer und wurde das Gefühl nicht los, seinen Blick auf mir zu spüren. Ich wollte nicht nachgeben, doch die Intensität, mit der er mich beobachtete, war zu groß. Ruckartig drehte ich meinen Kopf zu ihm und …

Da saß niemand. Jaimie war längst aufgestanden, und ich blickte auf eine Plastikbox voller Geschirr. Ich wollte auflachen, während ich mich fragte, ob die silberne Metallschüssel den Verfolgungswahn in mir ausgelöst hatte oder ob ich jetzt einfach völlig durchgedreht war. Wieso war ich so überzeugt davon gewesen, dass Jaimie noch genauso lange mit der Situation gekämpft hatte, wie ich?

»Können wir?« Erschrocken sprang ich auf und hopste herum. »Fuck!«

Jaimie stand mit zusammengezogenen Augenbrauen vor mir. Ich hielt mir die flache Hand auf das pochende Herz, um mich zu beruhigen.

»Ist das ein Ja, Nein oder doch eher ein Vielleicht?« Er lachte und schob die Hände in die Hosentaschen. Seine Leichtigkeit irritierte mich. Hatte er vergessen, was da eben zwischen uns passiert war? Zumindest fast? Oder hatte ich mir das alles nur eingebildet?

»Ehmm … Ja«, sagte ich schnell und beobachtete Jaimie, wie er nickte, und dann um mich herumging. Er öffnete die Fahrertür, stieg ein und zog sie dann mit einem lauten Knall wieder zu. Der Luftzug, der durch den Van gedrückt wurde, erreichte mich, die ich immer noch am offenen Kofferraum stand und meine Gedanken sortierte.

Ich schüttelte mich einmal schnell, schmiss die Heckklappe zu und ging zur Beifahrertür. Es fiel mit immer noch schwer, aber besser ich bewegte mich langsam, als dass Jaimie noch anbot, mich ins Auto zu tragen. Ich rutschte auf den Sitz und schnallte mich an.

»Na endlich. Ich dachte schon, du würdest nicht mehr mitfahren wollen, nachdem ich dich fast geküsst habe.« Jaimie zündete den Motor und das Feuerwerk in meinem Kopf gleich mit.

»Du … ich … was?« Mit weit geöffnetem Mund sah ich ihm dabei zu, wie er den Van zurück auf den Highway lenkte.

»Also schau, ich glaube, wir haben zwei Möglichkeiten.« Es überraschte mich, dass ausgerechnete Jaimie das Gespräch begann. Ich schloss den Mund und öffnete ihn gleich darauf wieder, ohne etwas zu sagen. Sicher sah ich aus wie ein hilfloser Karpfen. »Entweder wir schweigen uns die ganze Fahrt peinlich an und führen Selbstgespräche in unseren Köpfen, oder wir reden über das Thema, das wir beide vermeiden«, fuhr er fort.

»Quasi der Elefant im Raum.«

»Was denn für ein Elefant? Wir haben doch einen Bären gerettet.«

»Nein, das sagt man so«, verteidigte ich mich und überlegte kurz, ob meine Übersetzung falsch war, oder er das Sprichwort einfach nicht kannte. »Ach, vergiss es!«

Jaimie fuhr den Highway entlang, in Richtung des Mount Cartier, wo wir erst heute Morgen gewesen waren. Er hatte so locker über unseren Fast-Kuss geredet, aber seine konstant angespannten Unterarme sagten etwas anders. Seine Finger waren fest um das Lenkrad gekrallt, die Knöchel traten schon weiß hervor. Vielleicht war es auch nur die Hoffnung, dass er genau so nervös und verunsichert war wie ich, die mich nach diesen Anzeichen suchen ließ. Ich starrte aus dem Fenster, während Jaimie auf die Straße starrte. Ich hatte ihn nicht für den Typ gehalten, der Selbstgespräche führte. Ich hingegen war große Klasse darin, alles in meinem Kopf zu zerdenken, bevor ich auch nur ein Wort davon aussprach.

Über den Moment eben zu sprechen, klang nach einem guten Plan, den keiner von uns umsetzte. Jetzt schwiegen wir also doch.

»Warum wolltest du mich küssen?«, fragte ich, während ich mir die feuchten Hände an der Shorts rieb und versuchte, meine Nervosität zu verbergen.

»Wolltest du es denn nicht?« Jaimies Mundwinkel zuckte, sein Blick immer noch geradeaus gerichtet.

»Aber … wieso?«

»Wieso nicht?«

Ich verdrehte die Augen und stieß ein genervtes Stöhnen aus. »Könntest du aufhören, alle Fragen mit Gegenfragen zu beantworten?«

Jaimie zuckte mit den Schultern. »Ich weiß nicht … Kann ich das?«

»Wenn du nicht ein großes, schweres Auto lenken würdest, würde ich dich jetzt hauen.« Ich widerstand dem Drang, ihn gegen die Schulter zu stoßen.

Ich wandte meinen Blick ab und sah zu den Bergen, die an uns vorbeizogen. Ich bildete mir ein, dass sie mir schon bekannt vorkamen. Wieder schwiegen wir. Würden wir jetzt einfach abwechselnd schweigen und reden, um doch wieder um das eigentliche Thema herumzukreisen? Das verkraftete ich nicht. Mein Herz schlug gefährlich schnell, und das seit bald einer halben Stunde.

Ich zückte mein Handy und öffnete den Chat mit Mila. Es war jetzt fast Mitternacht in Deutschland, und ich baute darauf, dass ihr Schlafrhythmus noch nicht dem einer Rentnerin glich.

SOS

Ich starrte auf den Bildschirm, die zwei Häkchen erschienen sofort, aber ich wartete vergeblich darauf, dass sie blau wurden.

DAS IST EIN RICHTIG ERNSTES SOS

Ich atmete erleichtert auf, als die blauen Häkchen erschienen.

Jaimie drehte sich zu mir und sah mich fragend an. Ich lächelte nur entschuldigend und blickte dann zurück auf mein Handy.

Zu Ihren Diensten?

Meine Fingernägel klackten auf dem Bildschirm, während Mila weiter online war und auf meine Worte wartete.

Ich hätte Jaimie fast geküsst, und jetzt ist die Stimmung mega komisch. Was sage ich???

Milas erste Antwort war ein Gif mit einer tanzenden Oma, die von Konfetti umgeben war.

Ich wusste es.

Jaja, darum geht es gerade nicht.

WhatsApp zeigte mir an, dass Mila tippte. Dann verschwand die Anzeige wieder. Frustriert schüttelte ich mein Handy, und Mila tippte wieder.

Sag: Würdest du mich küssen wollen?

Das kann ich doch nicht sagen.

Für bessere Vorschläge brauche ich mehr Details oder mehr Zeit. Am liebsten beides.

Ich starrte auf den Chat und las Milas Nachrichten noch ein zweites Mal. Und ein drittes. Ich fasste einen Entschluss und sprach die Worte aus, bevor ich mich umentscheiden konnte.

»Würdest du mich küssen wollen?« Das abrupte Bremsen drückte mich in meinen Gurt, der blockierte. Erschreckt stützte ich mich am Armaturenbrett ab, während Jaimie den Fuß zum Glück schon wieder auf das richtige Pedal stellte.

Er hat abrupt gebremst.

Das heißt Ja.

»Heißt das Ja?« Ich sah Jaimie an, der meinen Blick nicht erwiderte. Ich musterte sein Profil und sah, wie er die Lippen leicht teilte, und dann doch wieder aufeinanderpresste.

Frag ihn, ob er das schon länger tun wollte, oder ob es aus dem Affekt heraus war.

»Wolltest du mich schon länger küssen?« Langsam drehte Jaimie seinen Kopf zu mir, und es dauerte für meinen Geschmack eine Sekunde zu lange, ehe er seinen Blick wieder auf den leeren Highway richtete. Was tat ich hier eigentlich?

Was zur Hölle tue ich hier eigentlich?

Du führst ein klärendes Gespräch, fühlt sich im ersten Moment komisch an.

»Das tut es wirklich!« Erst als Jaimies »Hä?« mich aus meinen Gedanken riss, verstand ich, dass ich das nicht getippt hatte. Meine

Worte standen nicht in Milas und meinem Chat, ich hatte sie laut gesagt.

»Was genau ist hier los, Tara?« Jaimie lachte verwirrt.

Ich glaube, ich habe aus Versehen laut geantwortet, und jetzt fragt er, was hier los ist.

Was soll das heißen, was hier los ist? Er wollte dich küssen.

Und du hast was getan???

Die drei Fragezeichen hinter ihrer letzten Nachricht machten mir deutlich, in welchem Ton sie das zu mir gesagt hätte.

»Wie wäre es, wenn du Mila sagst, dass du dich später meldest.« Jaimies Worte brachten mich aus dem Konzept. Ich ließ das Handy sinken und sah ihn ungläubig an.

»Wie …«

»Du hast mir zwar nicht oft von deiner besten Freundin erzählt, aber ich kann eins und eins zusammenzählen.« Ich wollte vor Peinlichkeit im Erdboden versinken. Ich schielte auf das Display, hielt das Mikrofonsymbol gedrückt und sah Jaimie an, während ich die Sprachnachricht an Mila aufnahm, die mittlerweile ganz automatisch auf Englisch aus meinem Mund kam.

»Ehmm … also ich melde mich später. Jaimie …«

»Jaimie sagt Hi!«, rief er in meine Nachricht herein, und ich konnte nicht anders, als die Mundwinkel nach oben zu ziehen.

»Ja … also. Jaimie sagt Hi, und ich melde mich später.« Ich hob den Daumen vom Display, und ein ruhiges Vibrieren meines Handys meldete mir, dass die Sprachnachricht abgeschickt wurde.

»Hast du wirklich deine Freundin für dich sprechen lassen?«

»Glaubst du mir, wenn ich Nein sage?«

Jaimie lachte. Der Ton, den seine Stimme machte, beruhigte mich. Zum Glück wurde es nicht unangenehm. *Keine Sorge, das ist es doch schon längst*, meldete sich die Stimme in meinem Kopf zu Wort.

Jaimie räusperte sich. »Ja.«

»Was, Ja?«, erwiderte ich.

Jaimie schnaubte leicht und schüttelte den Kopf. »Na, deine erste Frage.«

Sollte ich jetzt den Chat wieder öffnen und lesen, um zu wissen, auf was er mir gerade antwortete?

»Ja, ich würde dich gerne küssen.«

Mein Herz blieb stehen.

»Ich *werde* dich küssen.« Er räusperte sich verlegen. »Also… wenn du magst.«

Wir schwiegen, unsicher, was man jetzt noch sagen sollte. Zumindest ging es mir so. Ich rieb mir die schwitzigen Hände an der Hose ab, während wir unserem Ziel immer näherkamen. Jede Minute fühlte sich wie eine halbe Ewigkeit an, aber so war das wohl, wenn der Mann, der das eigene Herz zum Stolpern brachte, offenbarte, dass er einen küssen wolle.

»Weißt du, …« Weiter kam Jaimie nicht, denn plötzlich kam ein schwarzer Van um die Kurve geschossen. Jaimie wich gerade noch rechtzeitig aus und bremste scharf, während Betsie auf dem Matsch unter uns ruckelte.

»Was zum …«, stieß ich aufgeregt hervor und stützte mich mit der Hand an der Tür ab. Ich drehte mich um und blickte durch die Heckklappe. Von dem schwarzen Van war schon keine Spur mehr zu sehen. Nur der aufgewirbelte Staub flog noch durch den Wald und verlieh dem Anblick etwas Mysteriöses. Mysteriös war aber vor allem, dass ein Van, der genauso gut zur Requisite des neuen

Bond-Films gehören konnte, über einen Schotterweg in den kanadischen Rockies geheizt war.

»Ich habe ein ganz mieses Gefühl.« Jaimie lenkte Betsie zurück auf den Weg und fuhr so schnell er konnte die letzten zwei Kilometer zum See, an dem wir die Tage zuvor schon gecampt und unsere Tests durchgeführt hatten.

Sobald der Motor abgestellt war, sprang Jaimie aus dem Wagen, öffnete die seitliche Schiebetür und zog seinen Rucksack raus.

»Die Wanderschuhe?«, rief ich ihm hinterher, während er schon in Richtung des Wanderwegs stapfte.

»Keine Zeit!«, rief er nur und hatte schon einige Meter Distanz zwischen uns gebracht. Ich schlug die Tür vom Van zu und hastete Jaimie hinterher. Ich hätte ihm gerne zugerufen, langsamer zu machen, zu stoppen und dass er sich da gerade in etwas reinsteigerte. Aber das mulmige Bauchgefühl war auch bei mir angekommen. Schweigend liefen wir den Berg hoch. Wobei meine brennende Lunge sich sicher war, dass wir seit geraumer Zeit rannten. Wir ließen immer mehr Höhenmeter unter uns, setzten einen Fuß vor den anderen, mit nichts als dem lauten Atmen zwischen uns. Während ich meine Wanderschuhe seit heute Morgen nicht ausgezogen hatte, sammelten Jaimies Sneaker den Matsch vom Waldboden. Unter seinen Socken musste sich schon eine halbe Matschpfütze gebildet haben. Ich wurde aus meinen Gedanken gerissen, als ich die Stelle erkannte, an der wir Chubby heute Morgen aus den Büschen getragen hatten. Genau hier waren wir vor wenigen Stunden mit einem quiekenden Babybären über die spitzen Äste gestiegen. Dieser Moment war präsent wie ein deutlicher Farbfilm und fühlte sich doch so weit weg an. Die Erinnerung an Chubbys verzweifeltes Schreien war wie in Watte gehüllt, wirkte so surreal. Doch das alles war passiert. Ich folgte Jaimie zurück an die Fundstelle. An die Stelle, wo Chubbys Mutter gelegen hatte.

»FUCK!« Jaimie schrie so laut, dass ich an Ort und Stelle stehen blieb. Was ... aber ich fragte nicht nach. Ich sah an ihm vorbei und spürte, wie das Adrenalin durch meine Adern schoss. Die Stelle war da. Die platt getretenen Äste. Das Gras, das eine so deutliche Kuhle bildete. Aber die Kuhle war leer. Da, wo Chubby heute Morgen noch um seine tote Mutter herumgestolpert war, war jetzt gar nichts mehr. Mein Magen zog sich unangenehm zusammen. Ein Puzzlestück nach dem anderen fiel an seinen Platz, und das gesamte Bild setzte sich zusammen.

»Deshalb der Van.« Ich wagte es nicht, zu Jaimie zu sehen. Ich musste nicht erst die Bestätigung in seinem leidenden Ausdruck sehen, um zu wissen, dass ich richtig lag. Um zu wissen, dass wir beide uns sicher waren. Im Kofferraum dieses Vans musste Chubbys tote Mutter liegen. Der leblose Körper, den wir gebraucht hätten, um unsere Theorie zu beweisen.

»Fuck! Fuck! Fuck!« Jaimie kickte gegen einen umgefallenen Baumstamm, und ein dumpfer Laut hallte durch den Wald.

»Jaimie, ich ...«

»Was, Tara? Was könntest du gerade sagen, was diese gottverdammte Situation ändert?« Erschrocken wich ich einen Schritt zurück.

»Nichts ...«, stammelte ich.

»Richtig. Nichts.« Jaimie verbarg sein Gesicht in den Handflächen und schrie ein weiteres Fuck direkt hinein. »Also bitte tu mir einen Gefallen und versuch es auch nicht.« Ich knibbelte an meinem Nagel herum und starrte Jaimie weiter an. »Ich entschuldige mich auch dafür, dass ich dich gerade so anschreie, sobald mein Puls wieder die lebensbedrohlichen Bereiche verlassen hat, aber ich brauche ein paar Minuten.« Ich nickte stumm und setzte mich auf einen kleinen Baumstamm in sicherer Entfernung. Er hatte kommuniziert, was er brauchte, und das war mehr, als die meisten anderen Menschen in meinem Umfeld mir gaben. Ich starrte in den ruhigen Wald und versuchte, mich auf das leise Vogelgezwitscher zu konzentrieren. Ich wollte zu Jaimie. Ihn berühren, in den Arm nehmen. Ihn beruhigen und mich gleichermaßen, indem ich Halt suchte. Aber was ich brauchte, war nicht das, was er brauchte, das hatte er klar kommuniziert. Ich respektierte es, auch wenn es mir nicht leichtfiel. Aber so war das nun mal mit Grenzen, die andere Menschen steckten. Man musste sie respektieren oder die Konsequenzen tragen, wenn man sie einfach überschritt.

»Tut mir leid.« Jaimies dreckige Sneaker tauchten in meinem Sichtfeld auf. Ich blickte zu ihm auf und versuchte zu lächeln, auch wenn mir bei seinem Anblick nicht danach war.

»Ist okay«, sagte ich und meinte es auch so.

»Ich glaube, das Ganze überfordert mich ein bisschen.« Jaimie ließ sich auf den Baumstamm neben mich fallen und zog die Socken gerade, die vermutlich auch beim stärksten Waschgang nicht mehr weiß werden würden.

»Ist okay«, wiederholte ich mich und verkniff mir die sarkastische Bemerkung. Jaimies Überforderung war nicht zu übersehen, aber es war schön, dass er diese Gefühle dennoch mit mir teilte. »Was machen wir jetzt?« Ich legte meine Hand neben mich und strich mit den Fingerspitzen den Baumstumpf entlang. Ich wollte bei Jaimie sein, wusste aber nicht, ob es noch zu früh war.

»Ich habe absolut keine Ahnung.« Jaimies resigniertes Schnauben verpasste mir einen Dämpfer. Ich starrte in die Kuhle und erkannte den Blickwinkel. Genau hier hatte ich heute Morgen im adrenalinberauschten Delirium gesessen, während ich Chubby dabei gefilmt hatte, wie er seine Mutter entdeckte. Es verknotete mir den Magen, wenn ich an die Töne zurückdachte, die dieser kleine Kerl von sich gegeben hatte. »Ich muss jetzt erst mal bei *Parks Canada* anrufen und die auf den neusten Stand bringen.« Jaimie rupfte ein wenig Gras vom Boden vor sich und zwirbelte es zwischen seinen Fingern. »Ich weiß überhaupt nicht, was jetzt noch eine Rolle spielt und wo wir stehen. Wenn wir nur nach den Fakten gehen, haben wir nicht mal einen Beweis dafür, dass wir Chubby nicht einfach aus Spaß an der Freude mitgenommen haben und seine Mutter wirklich tot ist. Wir haben keine Leiche, keine Fotos, nichts.« Jaimie warf das Grasbüschel in den Dreck und starrte auf die leere Kuhle.

»Na ja … ein Foto jetzt vielleicht nicht, aber würde ein Video vielleicht helfen?«

»Was?« Jaimie sah mich mit weit aufgerissenen Augen an. Ich schluckte nervös und räusperte mich.

»Na ja … während du am Van warst, habe ich ein Video gemacht. Es ist nicht viel, ich habe aufgehört zu filmen, sobald Chubby seine Mutter entdeckt hatte, das war mir irgendwie zu privat. Aber, ich bin mir sicher, man erkennt …«

»Tara«, unterbrach Jaimie mich und rutschte ein Stück näher an mich heran. »Versteh die folgenden Worte bitte nicht falsch.«

Mein Herz setzte aus.

»Aber du bist die Beste!« Jaimie sprang auf und riss mich mit sich. Er umarmte mich und wirbelte mich in der Luft herum. Sein lautes Lachen drang an mein Ohr, und ich glaubte kaum, dass er vor wenigen Sekunden noch wie ein Häufchen Elend auf einem Baumstamm gekauert hatte. Jaimie setzte mich wieder ab und musterte mich ganz außer Atem.

»Wenn du noch einmal etwas gegen meine innere Touristin sagst …« Ich verschränkte die Arme vor der Brust, was Jaimie nur mit einer wegwerfenden Geste quittierte.

»Würde mir nicht in den Sinn kommen. Ein Hoch auf Social Media und den ungesunden Mitteilungsdrang. Knips alle Fotos dieser Welt, Tara, solange ich dieses Video haben darf.« Jaimie lächelte mich an, und erneut sah ich die Hoffnung in seinen Augen schimmern. Ich nickte und lächelte ebenfalls.

Dieses Video würde den Fall nicht für uns gewinnen. Wir wussten ja nicht einmal, wie der Fall aussah und ob er überhaupt existierte. Aber es brachte uns einen Schritt weiter. Schließlich hatten wir noch vor wenigen Minuten gedacht, mit Vollkaracho in einer Sackgasse gegen die Wand gefahren zu sein.

KAPITEL 33

Tara

»Gut.« Jaimie schob den Laptop auf dem kleinen Plastiktisch zurecht. Der Parkplatz vor dem *Critter Rescue Center* war zwar nicht schön, aber das WLAN reichte bis hierhin, und wir konnten uns ein kleines Outdoor-Büro daraus machen. »Wir sollten erst mal auf unsere eigentliche Aufgabe zurückkommen, bevor wir hier in Spekulationen verfallen.« Ich schätzte den Mann, der sprach, auf Mitte 40. Seine gegelten Haare und der glatt gebügelte maßgeschneiderte Anzug entsprachen genau dem Bild eines Anwalts, das *Suits* mir in all den Staffeln mitgegeben hatte.

»Das können wir gerne, Mr. Spellman, aber dann sind wir wieder an dem Punkt, an dem bedrohte Spezies im umstrittenen Gebiet nachgewiesen wurden«, konterte Jaimie schnell, und ich warf ihm einen schnellen Blick zu.

»Nun ja, eine Spezies, die als Zugvogel Jahr für Jahr verschiedene Gebiete besiedelt und nicht nur an einem Ort brüten kann.« Da hatte jemand seine Hausaufgaben gemacht. Der selbstgefällige Blick des Anwalts von *Johnson & Co.* machte mich wütend. »Zumal sie die angeforderten Zweitnachweise bisher nicht liefern konnten, oder irre ich mich da?« Er schob ein paar Papierstapel zur Seite und sah fragend in seine Kamera.

»Nein.« Jaimie mahlte mit dem Kiefer. »Da kam bekanntermaßen etwas dazwischen.«

»Jaja. Das Bären-Vieh.«

Ich setzte zu einer patzigen Antwort an, doch Jaimies Griff um meinen Oberschenkel verstärkte sich. Mr. Spellman provozierte uns, und hätte ich Jaimie nicht, würde ich volle Kanne darauf anspringen.

»Einigen wir uns darauf, dass das eine andere Baustelle ist«, sagte Jaimie und rang sich ein falsches Lächeln ab. Außerhalb des Kameraausschnitts ballte er die Hand zu einer Faust. Er gab sein Bestes, nicht die Kontrolle zu verlieren.

»Meine Herren, wenn ich dürfte?« Ein jung wirkender Mann in lockerem Hoodie ergriff das Wort. Seine Kachel auf dem geteilten Bildschirm war mit *Alan Woods, Parks Canada* untertitelt, und es fiel mir nicht schwer, eins und eins zusammenzuzählen. Auf ihn kam es an.

»Es ist richtig, dass Mr. Fredrickson die Ergebnisse noch nicht validieren konnte.« Mr. Spellman grinste bei diesen Worten selbstsicher in die Kamera. »Bisher«, fügte er hinzu, und das schmierige Grinsen verschwand. »Es ist aber auch richtig, dass aktuell erschwerte Umstände gelten. Der Fall muss geklärt werden, ganz gleich, ob er etwas mit uns zu tun hat oder nicht.«

»Was soll denn bitte ein toter Bär mit unserer Anhörung zu tun haben?« Mr. Spellman schnaubte empört und klaubte ein paar frei liegende Papiere zusammen. Zu gerne hätte ich gewusst, was darauf geschrieben stand.

»Erst mal nichts, bis das Gegenteil bewiesen ist.« Es war nicht möglich, aber ich war mir sicher, dass der *Parks-Canada*-Mitarbeiter Jaimie ansah und ihm mit seinem eindringlichen Blick etwas zu verstehen gab. Jaimie nickte nur knapp. »Bis das der Fall ist, kann aber auch keine weitere Entscheidung getroffen werden.«

»Was soll das heißen?« Mr. Schmierschuh schlug mit der flachen Hand auf den Tisch, das Geräusch ließ mich leicht zusammenfahren.

»Contenance, Mr. Spellman.« Alan hob beschwichtigend seine Hand, während ich spürte, dass Jaimie sich ebenfalls ein Lachen verkniff.

»Das heißt, dass das Gebiet für einige Tage gesperrt sein wird. Wir sind gezwungen, aufgrund des uns anonym zugespielten Materials eine Untersuchung einzuleiten. Wie lange das dauert, kann ich nicht voraussagen.« Ich hielt den Atem an. Allen Beteiligten musste klar sein, dass anonym nur ein anderer Ausdruck für *Kommt von Jaimie* war. Ich war Alan jedoch dankbar, dass er es nicht weiter thematisierte und der Anwalt von *Johnson & Co.* uns nicht gleich durch den Bildschirm an die Gurgel ging. »Sobald das abgeschlossen ist, werden wir Jaimie benachrichtigen. Er wird im Anschluss genügend Zeit erhalten, seine Ergebnisse erneut zu prüfen. Erst dann kann eine Entscheidung getroffen werden.« Alan lehnte sich in seinem großen Schreibtischstuhl zurück und sah ruhig in die Kamera.

»Das ist ja lächerlich.«

»Sie wissen doch, wie das ist.« Alan zuckte mit den Schultern. »Die Bürokratie und so.«

»Gewiss doch.« Bestimmt würde das Gesicht von Kollege Schnürschuh gleich in Flammen aufgehen, wenn Alan weiter so ruhig blieb. »Ich erwarte, dass Sie mich bei der kleinsten Neuerung kontaktieren.« Ohne eine Antwort abzuwarten, legte der Anwalt auf, woraufhin die restlichen drei Kacheln sich auf dem Bildschirm neu anordneten.

»Tut mir leid, wie der ganze Mist läuft, James.« Alan atmete hörbar laut aus und legte zwei Finger an sein Kinn. Verwirrt zog ich die Augenbrauen zusammen.

»Schon gut, ich weiß, dir sind die Hände gebunden.«

»Ginge es nach mir, hätte ich schon längst den grünen Stempel auf deinen Antrag gedrückt. Mit Anlauf. Aber du weißt ja …«

»… die Bürokratie und so«, wiederholte er die Worte, die eben noch im Gespräch gefallen waren, und lachte leise.

»Habe ich hier irgendwas verpasst?«, schaltete ich mich nun doch ins Gespräch ein und sah verwirrt zwischen Jaimie und dem Laptop-Bildschirm hin und her.

»Jaimie hat vor einigen Jahren mal ein Praktikum bei uns im Büro gemacht.« Anna, die bisher wie ich stille Zuhörerin war, lächelte und schob sich eine Strähne des blonden Haares hinters Ohr. Die perfekten Locken fielen ihr in goldenen Wellen über die Schulter.

»Und jemanden wie James Jaimie Jameson vergisst man nicht.« Alan lachte und beugte sich nach vorne über den Schreibtisch. Ein nostalgischer Blick trat auf sein Gesicht und verriet, dass er vermutlich in Erinnerungen an diese Zeit schwelgte. Mich hingegen verwirrten nur die zahlreichen Spitznamen, mit denen er um sich warf.

»Da werd ich ja ganz rot«, scherze Jaimie und fächelte sich mit der Hand etwas Luft zu.

»Diese Lackaffen gehen mir gehörig auf den Sack.« Alan legte die Füße auf den Schreibtisch und faltete die Hände im Schoß. »Du bist dir sicher, dass *Johnson & Co.* etwas mit dem toten Bären zu tun hat?« Eine kühle Brise umwehte meinen Nacken, und ich starrte angespannt auf den Bildschirm.

»Ich habe zwar nicht einen einzigen Beweis, aber ich bin mir sicher.« Alan nickte, als wäre Jaimies Bauchgefühl Beweis genug.

»Anna, alle Untersuchungsergebnisse vom Mount Cartier werden an Jaimie weitergeleitet.« Anna nickte und machte sich eine schnelle Notiz auf einem Papier vor ihr. »Wir dürfen die Akten damit nicht offiziell unter Verschluss halten und müssen sie auf

Nachfrage rausgeben, aber was unser Lackaffe nicht weiß, macht unseren Lackaffen nicht heiß.« Ein leises Lachen verließ seinen Mund, und er schüttelte leicht den Kopf. Man arbeitete sicher nicht bei *Parks Canada*, um am Ende des Tages den Bau eines großen Hotelkomplexes inmitten der idyllischen Natur Kanadas zu genehmigen.

»Geht klar. Ich mache dann mal weiter.« Anna winkte schnell und war keine Sekunde später aus dem Anruf verschwunden. Auf ihrem Schreibtisch stapelte sich sicher die Arbeit. Nur Alan und wir verblieben noch im Call.

»Ich hoffe, du findest schnell etwas, Jameson.« Jaimies Lippen waren kaum mehr als eine schmale Linie. Er schluckte, sortierte wohl seine Gedanken, die ohne ihn Achterbahn fuhren. Das konnte ich sehen. Er öffnete den Mund, brachte aber keinen Ton über die Lippen.

»Das werden wir«, half ich ihm schnell aus und lächelte zuversichtlich in die Kamera. Alan verzog für einen kurzen Moment das Gesicht, dann erwiderte er mein Lächeln.

»Wer auch immer du bist, ich mag dich!« Er tippte ein paarmal mit dem Zeigefinger zur Kamera und beendete dann ohne weitere Umschweife den Call. Skype sprang zurück zum gewohnten Home-Bildschirm, der mir im ersten Moment seltsam fremd erschien. Ich drehte mich zu Jaimie, der immer noch reglos da saß.

»Du musst mir einen Hinweis geben, wie wir uns nach diesem Gespräch fühlen, damit ich passend reagieren kann.« Fragend hob ich die Hände in die Luft.

»Wir sind glücklich«, antwortete er monoton. Skeptisch zog ich die Augenbrauen bis zum Haaransatz und musterte ihn.

»Ach ja? Die Mitteilung hat dein Gesicht aber ganz klar verpasst, Mr. Grumpy.« Ich lachte triumphierend, als Jaimies Mundwinkel sich hoben.

»Glücklich sein ist eben nicht einfach.« Jaimie zuckte mit den Schultern und drehte sich grinsend zu mir.

»Oh ja? Und von welcher deiner inspirierenden Pinterest-Pinnwände hast du den Spruch?« Ich zog ein Bein an und stellte es auf die Kante des Vans, in dessen geöffneter Seitentür wir saßen.

»Hältst du mich für einen Pinterest-Typen?« Jaimie lehnte sich zurück gegen den Metallrahmen und zuckte bei der Berührung leicht zusammen. Die Sonne heizte Betsies Karosserie in Minuten auf, und das hatte schmerzhafte Konsequenzen, wenn man es – wie Jaimie eben – vergaß.

»Absolut. Mit Pinnwänden voller kanadischer Wälder, Tierfotos und Zitaten wie *The earth has music, for those who listen*, Jameson.« Ich zeichnete mit meinen Händen einen Halbkreis, während ich schmunzelnd den Spitznamen verwendete, den Alan ihm gegeben hatte. Jaimie nickte nur anerkennend und klappte den Laptop zu.

»Kommst du mit rein zu Sit?« Jaimie stand auf, und ich ließ mich nicht zweimal bitten.

»Davon kannst du ausgehen.« Sit hatte einige Proben durch die Messgeräte des *Rescue Centers* gejagt, während wir uns hier draußen mit der bürokratischen Seite auseinandergesetzt hatten. Jaimie hielt mir die schwere Tür auf, und wir gingen quer durch das kleine Gebäude ins Büro, wo Sit bereits auf uns wartete. Ich war gestern Morgen das erste Mal hier gewesen, und doch kannte ich mich im kleinen Komplex schon fast so gut aus wie im *Rescue Center* in Nanaimo.

»Eure Gesichter sehen so aus, als sollte ich lieber nicht nachfragen, wie es gelaufen ist?« Fragend sah Sit vom Computer auf, und schüttelte sich einige seiner wilden rotbraunen Locken aus dem Gesicht.

»Ach, es war okay. Es ist nur trotzdem frustrierend, wie langsam alles geht und wie viele Hürden da noch auf uns zukommen.«

Jaimie ließ sich auf einen Stuhl in der Ecke fallen und drehte sich einige Male hin und her.

»Eine der Hürden könntet ihr vielleicht dank dem grandiosen Sit direkt mal überspringen.« Sit stand auf, und ich musterte sein schwarzes Shirt mit *Avengers*-Aufdruck. Jaimie setzte sich aufrechter hin, und auch ich wurde hellhörig.

»Ich habe die Ergebnisse eurer Boden- und Wasserproben ausgewertet.« Sit lehnte sich an die Kante des Schreibtischs und verschränkte die Arme vor der Brust. »Sagt euch Endosulfan etwas?« Ich sah von Sit zu Jaimie, der die Augenbrauen zusammenkniff.

»Ein neurotoxisches Insektizid?« Etwas klingelte bei mir. Ich glaubte mich zu erinnern, das in einer Vorlesung im dritten Semester schon mal gehört zu haben. »Aber ist das nicht verboten?«

»Ja, trotzdem lässt sich gut darankommen. In einigen Ländern wurde es bis vor Kurzem noch in der Landwirtschaft eingesetzt.« Ich schluckte schwer und erinnerte mich an die Nachrichten aus Kerala, wo der langfristige Einsatz von Endosulfan für schwerwiegende Folgen, auch bei den Menschen dort, gesorgt hatte.

»Endosulfan ist in erster Linie ein Insektizid. Es ist extrem wirksam und sorgt dafür, dass bestimmte Insekten komplett aussterben. Es gelangt dabei aber auch in alles in der Umgebung. Je nach Konzentration sind die Folgen für die Umwelt fatal.« Ich hoffte inständig, dass die Konzentration am Mount Cartier unter dem kritischen Wert lag.

»Mir fehlt noch der Zusammenhang«, sagte ich, während Jaimie und Sit sich schon wissend ansahen.

»Das Zeug wird in allem sein, wie Baumrinde, Blätter, Wurzeln. All das, wovon Bären sich hauptsächlich ernähren.«

»Irgendwie dachte ich immer, Bären würden sich ausschließlich von Fisch ernähren«, antwortete ich und dachte dabei an Bilder von *National Geographic*, auf denen die Bären eindrucksvoll am Fluss standen und springende Lachse fingen.

»Weit verbreiteter Irrglaube.« Jaimie zog sein weißes Shirt glatt und mahlte mit dem Kiefer. »Dann ist Chubbys Mutter also deshalb gestorben. Das Endosulfan hat sie vergiftet.« Jaimie fuhr sich mit der Hand durch die blonden Haare und stützte sich dann auf seinen Knien ab.

»Aber …« Ich spürte an Jaimies Reaktion, dass ich den Gedanken aussprach, der auch ihm zu schaffen machte. »… wie sollen wir das Gift nachweisen, wenn die Bärenmutter weg ist?« Das Gefühl, mit vollem Tempo auf eine Sackgasse zuzulaufen, kehrte zurück.

»Ich habe noch ein paar weitere Tests gemacht.« Sit schob einige Zettel auf dem Tisch zur Seite und fischte ein unscheinbar aussehendes Blatt mit einigen Zahlen darauf hervor. Ich erkannte die angeordneten Laborwerte sofort.

»Chubbys Blut!« Jaimie sprang von seinem Stuhl auf und hatte wohl ebenfalls schnell kombiniert.

»Chubby ist etwa fünf Monate alt, würde ich schätzen. Er wurde im letzten Winter geboren und wird noch zu 100 Prozent von seiner Mutter gesäugt. Oder … wurde.« Eine unangenehme Stille trat ein, als wir alle an das arme kleine Kerlchen da draußen in seinem Gehege dachten.

»Bedeutet das … du konntest Endosulfan in seinem Blut nachweisen?« Die Sackgasse verschwand, und ich sah Sit hoffnungsvoll an.

»Ja.« Er nickte, und mich überkam das spontane Bedürfnis, jemanden zu umarmen. »Zum Glück nur in geringen Konzentrationen, aber es ist da.«

Jaimie tigerte durch den Raum und tippte sich mit dem Zeigefinger gegen das Kinn.

»Okay …«, begann ich die Ergebnisse in meinem Kopf neu anzuordnen. »Chubbys Blut weist eine leichte Endosulfan-Vergiftung nach.« Ich sah zu Sit, der zur Bestätigung nickte. »Das wiederum kann nur aus der Milch seiner Mutter stammen, da er so jung ist und noch keine andere Nahrung zu sich nimmt.« Wieder sah ich in den Raum, diesmal nickte Jaimie mir zu. »Die Mutter wurde über ihre Nahrung vergiftet, weil jemand Endosulfan am Mount Cartier verteilt hat.« Jetzt nickten Jaimie und Sit. »Aber warum …«

»Endosulfan ist ein Insektizid, Tara.« Jaimie sah mich eindringlich an, und langsam fiel auch das letzte Puzzleteil an seinen Platz.

»Es tötet Insekten …«, flüsterte ich und ahnte, wohin meine Gedanken mich gerade führten.

»Es tut mir leid, euren triumphalen Erkenntnismoment zu torpedieren, aber ich glaube, mir fehlen hier ein paar grundlegende Informationen.« Sit lachte leise auf und sah verwirrt zwischen Jaimie und mir hin und her.

»Wir haben wenige Tage zuvor Beweise für eine Baird-Ammer gefunden.« Sit wusste um den Streit über das Investment am Mount Cartier. Von unseren bisherigen Funden hatten wir ihm allerdings noch nicht berichtet. »Dieser Vogel steht auf der Roten Liste. Das hätte das Investment verhindern können«, fügte Jaimie hinzu und presste die Lippen aufeinander.

»Also streut jemand ein Insektizid, um dem Vogel jegliche Nahrungsgrundlage zu entziehen und so dafür zu sorgen, dass er weiterzieht«, kombinierte Sit, und wir nickten nur. »Ganz schön perfide.« Sit ließ sich etwas weiter auf seinen Schreibtisch sinken und sah nachdenklich auf den Boden.

»Aber klug.« Jaimie saß ebenfalls wieder auf dem Drehstuhl und bewegte sich hin und her. »Das jemals nachzuweisen ist fast unmöglich.« Schweigend saßen wir drei in dem Raum und kauten auf unseren Gedanken herum. Wir waren weiter als heute Morgen. Wir hatten einen echten Ansatz, aber wie würde man nachweisen können, dass unsere Theorie stimmte? Wer würde uns glauben, dass *Johnson & Co.* dahinter steckte?

»Habt ihr nicht überall Wildkameras montiert?« Sit sah Jaimie fragend an, aber dieser schüttelte nur den Kopf.

»Habe ich alles schon heute Nacht gecheckt.« Jaimie rutsche noch ein Stück tiefer auf dem Stuhl, und es wunderte mich, dass er nicht runterfiel. Ich hatte kaum geschlafen, aber wenn Jaimie die ganze Nacht die Bilder gecheckt hatte, mussten ihm praktisch jeden Moment die Augen zufallen.

»Und …«

»Ich habe absolut alles gecheckt, Sit. Jeder noch so kleine Strohhalm, an den ich mich geklammert habe, hat zu nichts geführt.« Jaimies Shirt schlug lauter Falten und saß locker an seinen Schultern. Kurz fragte ich mich, wann er bei all dem Stress das letzte Mal etwas gegessen hatte. Und ich selbst? Wie aufs Stichwort meldete sich mein knurrender Magen.

»Aber wir haben einen Ansatz. Wir haben Nachweise vom Insektizid im Boden, dem Wasser und Chubbys Blut. Das ist doch gut«, versuchte ich Jaimie aufzuheitern, auch wenn ich seine Stimmung nachvollziehen konnte.

»Gut ist daran rein gar nichts, Tara. Selbst wenn wir auf wundersame Weise nachweisen können, dass dieser Lackaffe und seine Firma dafür verantwortlich sind … Wir wissen nicht, wie das Ökosystem auf diese Vergiftung reagieren wird.« Jaimie kämpfte sich aus seinem Stuhl hoch und sah mich aus müden Augen an. »Selbst wenn wir gewinnen, kann es sein, dass wir alles verlieren.« Er atmete hörbar aus und ging dann an mir vorbei raus aus dem Büro. Ich sah ihm nach, bevor die Tür lautstark ins Schloss knallte. Die sanfte Euphorie, die uns nach dem Call mit Alan und Anna heimgesucht hatte, war soeben ausgelöscht und durch die berechtigte Angst ersetzt worden, dass absolut alles verloren sein könnte.

»Danke trotzdem, Sit.« Ich drehte mich zu ihm um und bemerkte, dass er ähnlich erschlagen aussah, wie ich mich fühlte. Die ganze Situation machte uns zu schaffen. »Auch wenn wir uns bessere Nachrichten gewünscht hätten, ohne deine Tests stünden wir vor dem Nichts.« Sit nickte nur, und ich verabschiedete mich. Ich war planlos. Wie sah das weitere Vorgehen aus? Mein Magen knurrte erneut, und ich beschloss, dass die Frage sowieso nicht in wenigen Minuten beantwortet werden konnte. Vorher würde ich mir also etwas zu essen machen und bei einem kleinen Nap Schlaf nachholen. Wie es weiterging, konnte ich mich fragen, wenn ich mich den Antworten wieder gewachsen fühlte.

KAPITEL 34

Tara

Ich schreckte hoch und blinzelte gegen das gleißend helle Licht an. Alarm. Irgendwo ging ein Alarm los. Ich stützte mich auf die Unterarme und sah erschrocken um mich. Wo war ich? Was war passiert? Mein Herz pochte laut, und ich versuchte, die Orientierung wiederzufinden.

»Gehst du jetzt an dein Handy, oder muss ich es erst aus dem Van werfen?« Jaimies Stimme drang an mein Ohr, aber ich konnte ihn nicht sehen. Mein Blick glitt zur Quelle der Vibration. *Mama* mit einem roten Herz leuchtete auf dem Bildschirm meines Handys.

»Ja?« Ich rieb mir die Augen und versuchte, einen klaren Gedanken zu fassen.

»Tara! Wie schön! Störe ich?«

»Nein, ich …« *Bin nur gerade aus meinem Mittagsschlaf hochgeschreckt und habe vergessen, welches Jahrhundert wir haben?* »Alles gut«, sagte ich schnell und setzte mich in meinem schmalen Bett auf.

»Wie geht's dir?« Die ruhige Stimme meiner Mutter versetzte mir einen kleinen Stich. Es war so lange her, dass ich sie gehört hatte.

»Gut«, antwortete ich schnell und lehnte mich gegen die Wand hinter mir.

»Das ist schön.« Die unangenehme Stille, die auf ihre Worte folgte, hing über uns wie ein grauer Schleier an verregneten Tagen.

»Und wie geht es dir?« Mist. Warum hatte ich das nicht direkt gefragt.

»Gut, gut«, sagte sie ebenfalls und ließ direkt darauf wieder die Stille folgen. Ich setzte mich etwas aufrechter hin und schielte zu Jaimie, der die Augen immer noch geschlossen hatte, aber sicher alles mit anhörte. Seine Worte hallten in meinen Erinnerungen nach, und ich räusperte mich.

»Es tut mir leid, dass ich mich so lange nicht gemeldet habe.« Ich zupfte am kratzigen Bettlaken und hoffte, dass meine Mutter mir anhören würde, wie schwer mir das hier fiel. Auch wenn sie mich nicht sehen konnte.

»Mir auch, Tara.« Die Art, wie sie meinen Namen aussprach, fühlte sich an wie eine kleine Umarmung, die ich so dringend gebraucht hatte. »Erzähl, wie ist es in Kanada?« Ein schmales Lächeln stahl sich auf meine Lippen, weil sich dieses Gespräch endlich wieder so natürlich anfühlte.

»Es ist wunderschön! Die Natur ist einfach beeindruckend, und ich liebe alles, was ich entdecke.« Ich nahm mir fest vor, nach unserem Telefonat einige Fotos von meinem Handy in die Familiengruppe zu schicken.

»Und wie ist es mit Beth?«

»Beth ist immer noch genau so wic früher.« Ich lachte leise und fragte mich, ob sie auch schon zur Schulzeit mit meiner Mutter so gewesen war.

»Du musst sie bitte ganz lieb von mir grüßen.«

»Mach ich!« Im letzten Moment verkniff ich mir noch das *Wenn ich zurück bin.*

»Und dein Praktikum? Das müsste doch jetzt auch bald losgehen, oder? Freust du dich?« Die Frage meiner Mutter war aufrichtig interessiert. Sie wusste nicht, dass sie damit ein Thema anschnitt, über das ich nicht reden wollte.

»Da hat sich noch mal ein bisschen was Neues ergeben. Aber ich bleibe fürs Erste bei Beth und helfe hier. Im *Rescue Center* ist es wundervoll, und ich lerne unglaublich viel!« Ich schluckte. Näher würden wir der Wahrheit heute nicht kommen, aber es war ein Anfang.

»Ah ja.« Ich musste meine Mutter nicht sehen, um zu wissen, dass sie ihre Lippen gerade zu einer skeptischen schmalen Linie verzog. Abwartend lauschte ich dem leisen Knistern in der Leitung und war ihr dankbar, dass sie diese neue Information nicht weiter thematisierte. Vermutlich, weil uns beiden bewusst war, dass wir die aktuell annehmbare Stimmung wahren wollten.

»Dann will ich gar nicht weiter stören, Liebes.«

»Danke, dass du nicht fragst, wann ich zurückkomme, Mama.«

»Ich freue mich einfach, wenn du wieder da bist und wir Zeit miteinander verbringen.« Ich lachte leise und stellte mich schon jetzt auf die Kinoabende ein, die wir sicher nachholen würden.

»Dann mache ich jetzt mal weiter«, sagte ich und verdrängte die Schuldgefühle, die mich heimsuchten, weil ich ihr nicht sagte, wo ich war. Ich wollte aber weder, dass sie sich unnötige Sorgen machte, noch, dass sie infrage stellte, was ich hier gerade tat.

»Bis bald, Tara.«

»Bis bald, Mama.« Ich legte auf und warf das Handy auf die Matratze. Ich wollte, dass es sich befreiend anfühlte, normal mit meiner Mutter zu reden. Ich wartete auf die Erleichterung, die mich durchströmen würde, die Endorphine oder auch einfach nur irgendeine positive Emotion, das auf das Gespräch mit meiner Mutter folgen würde. Was stattdessen einsetzte, war das bedrückende Gefühl, dass diese oberflächliche Unterhaltung rein gar nichts änderte.

»Was?« Ich sah zu Jaimie, der mit hinter dem Kopf verschränkten Armen auf seiner Isomatte lag und mich ansah.

»Ach nichts, ich warte nur darauf, dass du Beth liebe Grüße ausrichtest.« Kurz war ich verwirrt, aber dann wurde mir klar, dass er diesen Ausdruck sicher aus Telefonaten kannte, die Beth nach Deutschland führte.

»Red du erst mal selbst wieder mit deiner Familie, bevor du mich verurteilst.« Ich lachte, aber auf Jaimies Gesicht trat ein dunkler Schatten. Selbst Witze über das Thema zu reißen, schien zu viel für ihn. »Tut mir leid«, schob ich schnell hinterher und hoffte, die Gewitterwolke, die plötzlich über uns schwebte, würde sich schnell wieder verziehen.

»Schon okay, du hast ja recht.« Jaimie rückte sich auf seiner Isomatte zurecht, die dabei unangenehm quietschende Geräusche von sich gab. »Es freut mich, dass du mit deiner Mutter reden konntest.« Jaimies Mundwinkel verzogen sich zu einer Art Lächeln, aber ich sah, wie sehr er mit sich rang.

»Mir hat da mal jemand gesagt, dass es schade wäre, wenn mein Stolz dem Kontakt mit meinen Eltern im Weg stehen würde.« Ich lächelte ihn ebenfalls an, während ich ihn musterte. Das dunkelblonde Haar stand zerzaust in alle Richtungen ab, und die Schatten unter seinen Augen waren in den letzten 48 Stunden noch dunkler geworden.

»Klingt nach einem weisen Rat. Du solltest häufiger auf diesen mysteriösen Ratgeber hören.« Jaimies Augen funkelten mich an, auch wenn das Moosgrün in den Schatten, die die Kisten auf den Boden warfen, noch dunkler und intensiver wirkte.

»Ich glaube, bevor das Ego dieser Person explodiert, wage ich doch lieber einen Ausflug in die Buchhandlung, um nach anderen Ratgebern Ausschau zu halten.«

Jaimie sah mich an, und ich war mir sicher, dass die Zeit mit einem Mal langsamer lief. Die Seifenblase, die dieser Roadtrip um uns geschaffen hatte, fühlte sich angenehm warm an. Ich dachte zurück an unseren Fast-Kuss und spürte direkt wieder den Nervenkitzel, den ich auch in diesem Moment verspürt hatte, kurz bevor seine Lippen auf meine getroffen waren. *Wären*, korrigierte ich mich selbst und konnte damit nicht länger leugnen, dass ich herausfinden wollte, wie es war, ihn zu küssen. Genau wie er. Wir beide wollten es herausfinden. Ich schüttelte mich schnell und wartete einige Sekunden, bis mein Puls sich wieder verlangsamte und meine Gedanken sich normalisierten.

»Komm her«, flüsterte ich ruhig und sah zu Jaimie auf den Boden im Van-Inneren.

»Zu dir ins Bett?« Spielerisch hob er eine Augenbraue und zog die Beine ran.

»Nein.« Ich verdrehte die Augen und funkelte ihn an. »Also, ja schon. Aber neben mich. Du hast doch mal gesagt, man kann das Ganze erweitern. Also komm her, hilf mir und setz dich.« Ich stand auf und sah auf Jaimie herab, dessen angewinkelte Beine nun direkt an meinen Füßen endeten. Dieser Van war kleiner, als ich ihn mir immer wieder vorstellte.

»Also gut.« Jaimie erhob sich mit einem Ächzen und schob mich an sich vorbei. »Du bleibst hier«, sagte er, während er mich auf den Beifahrersitz dirigierte und begann die Kissen und Decken auf meinem Bett hin und herzuräumen. »Halt das mal.« Er drückte mir den flauschigen Stapel in die Hand und hantierte an der freien Box herum, in der die Schwerlastschublade verstaut war. In wenigen Minuten klappte er ein Brett von der Oberseite um und befestigte es in den Haken auf der gegenüberliegenden Van-Seite. Von unten schob er zwei Keile gegen die Platte und klappte meine bisherige Matratze auseinander. Kurz verfluchte ich mich für meinen Vorschlag. Dass die Matratze unter mir dann nur noch halb so dünn sein würde, hatte mir niemand gesagt. Jaimie bezog das Bett neu, nahm mir Decke und Kissen aus der Hand und schmiss sie auf die breite Liegefläche, die jetzt die gesamte Breite des Vans ausfüllte.

»Voilà!« Jaimie machte eine ausladende Geste und präsentierte mir das Ergebnis. Ich stand vom Beifahrersitz auf, ging die drei Schritte durch den Van und setzte mich dann auf die eine Seite des Vans, während Jaimie mir gegenüber Platz nahm.

»Ist bei dir zu Hause alles in Ordnung?«, erkundigte sich Jaimie, während er sich die Schuhe von den Hacken schob und die Beine anwinkelte.

»Ich dachte, du hast mein Telefonat sowieso belauscht?« Prüfend sah ich ihn an.

»Teils, teils.« Jaimie zuckte mit den Schultern und schob die Decke etwas weiter zu mir. Die Sonne war dabei unterzugehen, und die Luft wurde langsam angenehm frisch, sodass es sich auch im Van wieder besser atmen ließ.

»Können wir einfach nicht darüber reden?« Ich starrte aus dem geöffneten Kofferraum und vermisste die Aussicht am Mount Cartier. Dieser Parkplatz in Nicholson versuchte nicht einmal mitzuhalten.

»Sieh einer an.« Jaimie lachte auf, und ich wandte ihm den Blick zu. »Da haben wir wohl beide ein Thema, das wir mit allen Mitteln vermeiden wollen.« Jaimie schüttelte den Kopf und legte sich entspannt auf die Matratze. »Aber gut, dann nicht drüber reden.« Er nickte, während ich meinen Blick durch den Van schweifen ließ. Nicht drüber reden, das brachte mich auf eine Idee. Ich zog das Reisetagebuch aus meiner Tasche und legte es zwischen uns.

»Was genau soll das werden?«, erkundigte er sich.

Ich blätterte an der Titelseite vorbei, wobei mir auffiel, dass ich diesem Büchlein immer noch einen Titel und ein erstes Bild verpassen musste.

»Ich ergänze etwas auf unserer Bucketlist.« Zufrieden schaute ich auf die dazugehörige Seite und ließ meinen Blick über die bisherigen Punkte schweifen. Direkt unter *Devils Thumb erklimmen* malte ich ein neues Kästchen, ließ aber etwas mehr Platz, bevor ich den ersten Buchstaben zog.

»Und was genau, wenn ich fragen darf?« Ich ließ mich nicht bei meiner Idee unterbrechen und schrieb fertig.

»Da.« Ich drehte das Buch zu Jaimie und sah ihm dabei zu, wie sein Blick über das Papier flog. Es brauchte ein, zwei Sekunden, dann sah er zu mir auf.

»Ich weiß nicht, wie ich das finde.« Jaimie sah mich an, und ich zuckte nur mit den Schultern. Ich drehte das Buch zu mir um und las meine Worte erneut. *Mit der Familie aussprechen.*

»Du musst mir nur sagen, ob ich ein zweites kleines Kästchen davorsetzen soll.« Der Bleistift in meiner Hand schwebte über der Seite, während ich Jaimie musterte. Er blickte mir direkt in die Augen, und ich wartete einfach nur ab. Diese Zeit musste ich ihm geben. Nach einigen Sekunden nickte er kaum merklich. Ich fragte nicht weiter nach und zog vier kleine Linien, die sich zu einem kleinen Kästchen verbanden. Unter das eine schrieb ich ein kleines T, unter das andere ein kleines J.

»Eins für dich und eins für mich.« Ich nickte ein letztes Mal und klappte das Buch wieder zu. »Jetzt sind wir gezwungen, uns irgendwann damit auseinanderzusetzen.«

»Ja …«, flüsterte Jaimie und blickte in die Ferne. »Irgendwann.«

Ich packte das Buch wieder weg und blickte ebenfalls nach draußen.

KAPITEL 35

Jaimie

Betsies Motor surrte leise, während ich über den Highway fuhr. Hunderte Kilometer geradeaus, so sah fast jede Routenbeschreibung in Kanada aus. Tara hatte sich auf dem Beifahrersitz eingekuschelt, und nachdem sie die dünne Regenjacke über ihre Beine gelegt hatte, waren ihr die Augen zugefallen. Wie konnte man sich bei diesen Temperaturen eine Jacke über die nackten Beine legen?

Ich lehnte mich etwas im Sitz zurück und legte meinen linken Unterarm entspannt an die Autotür. Bis zum Yoho National Park fuhren wir noch etwa zwei Stunden, und je näher wir dem Kern der Rockies kamen, desto höher schlug mein Herz. Sicher, wir kamen auch Banff und Lake Louise näher, deren überlaufene Touri-Attraktionen spontanen Brechreiz in mir auslösten, aber ich konnte es kaum erwarten, Tara das richtige Kanada zu zeigen. Das Handy in meiner Hosentasche vibrierte, und ich zog es schnell hervor. Ohne den Blick von der Straße zu nehmen, tippte ich zielstrebig auf dem Bildschirm herum und traf im fünften Anlauf den grünen Hörer.

»Gib mir ’ne Sekunde!« Sagte ich leise und doch deutlich genug, dass Zoey hoffentlich nicht direkt wieder auflegte. Ich zog die Airpods aus der Mittelkonsole und steckte mir einen Kopfhörer ein. Sie verbanden sich automatisch, und das gleichmäßige Rauschen in meinen Ohren sagte mir, dass Zoeys Anruf noch lief.

»Ja?«, flüsterte ich und wartete darauf, Zoeys Stimme zu hören.

»Warum flüsterst du?« Ich hörte die Belustigung in Zoeys Stimme und vermisste ein wenig zu sehen, wie ihre blauen Haare dabei im Takt ihres Kopfschüttelns wippten.

»Tara schläft«, flüsterte ich wieder und warf einen kurzen Blick zum Beifahrersitz, wo sie am Fenster lehnte und mit weit geöffnetem Mund laut atmete.

»Und du nimmst … Rücksicht? Auf Tara?« Zoeys erstaunte Stimme entlockte mir ein leises Lachen.

»Weißt du, es passiert viel, wenn man 24/7 aufeinanderhockt.« Ich erinnerte mich an den Moment, in dem Tara diese Worte zum ersten Mal zu mir gesagt hatte und was seitdem alles passiert war. Vielleicht waren wir wirklich zu so etwas wie Freunden geworden. Gezwungenermaßen. Freunde, die sich fast küssten.

»Dieses Aufeinanderhocken … möchtest du da noch mal näher drauf eingehen?«

»Zoey!« Ich verdrehte die Augen und wusste, dass sie das hörte, an der Art, wie ich ihren Namen sagte.

»Ich meine ja nur. Scheint ja nicht mehr so weit davon entfernt zu sein.« Tara schnarchte leise, und ich fuhr erschrocken zusammen. Auf Zoeys Kommentar ging ich gar nicht erst weiter ein.

»Was willst du, Nervensäge?« Ich wechselte die Hände am Lenkrad und fischte die Kaugummidose aus der Mittelkonsole.

»Wollte mal nachhorchen, wie es dir so geht. Hab gehört, die letzten Tage waren ziemlich turbulent.« Etwas im Hintergrund klickte, bevor mit lautem Klacken eine Kasse aufflog.

»Sitzt du gerade im Kassenhäuschen?«

»Jip. Beth ist am Kränkeln, und jetzt sitze eben ich hier.« Es klackerte einige weitere Male, als würde sie mit Münzen hantieren.

»Und da dachtest du, während der Arbeitszeit ein Pläuschchen mit mir halten wäre eine klasse Idee?« Ich schüttelte den Kopf und schaltete einen Gang runter, um es Betsie zu erleichtern, ihr eigenes und unser Gewicht die Steigung hochzumanövrieren.

»Oh Mann, du hast recht, ich lasse die Massen an Menschen warten. Ich kann mich bei dem Andrang heute gar nicht retten.« Es kruschelte kurz, während Zoeys Stimme weiter entfernt klang. »Sorry Leute, heute keine Reptilienshow, ich muss hier erst mal Kaffeeklatsch halten«, rief sie dumpf. Es raschelte wieder, und Zoeys Stimme war wieder klar zu verstehen. »So … Wo waren wir?«

»Zoey, du …«

»Es ist Montag, Jaimie. Wir haben geschlossen, und ich mache die Wochenabrechnung.« Zoey lachte auf, und im Hintergrund hörte ich, wie die Kassenschublade wieder zugeschoben wurde. »Und jetzt mach dir nicht ins Höschen, ich habe hier alles im Griff.«

Ich lachte leise. Nichts anderes hatte ich erwartet. Zoey hatte den Laden sicher im Griff, während Beth manchmal in ihrem eigenen Chaos versank.

»Also …?« Zoey warf eine Tür hinter sich zu und wartete darauf, dass ich etwas sagte.

»Turbulente Woche ist echt eine Untertreibung.« Ich schnaufte und schüttelte leicht den Kopf. »Beth hat dir bestimmt schon einiges erzählt.«

»Richtig, weil keiner von euch zwei schlechten Freunden mir mehr irgendwas erzählt.« Zoeys gespielte Theatralik ließ mich grinsen. Sicher hielt sie sich auch noch einen Handrücken an die Stirn. »Aber jaja. Vogel, toter Bär, Bärenbaby oder so.«

»So in etwa.« Ich fuhr an einem Schild vorbei, das bereits die Wapta Falls ankündigte. Vielleicht waren meine ausgewählten Ziele doch nicht alle so versteckt und unbekannt, wie ich vor Tara immer behauptete. Immerhin waren sie schön, das wusste ich.

»Und wie geht's dir mit der ganzen Sache?« Es brauchte keine zweite Frage, um genau zu wissen, worauf sie anspielte. Sie wusste, warum ich das hier tat und wie viel meine Familie mit der Sache zu tun hatte.

»Es ging schon besser«, gab ich zu und atmete tief durch.

»Erzähl, Großer.« Die Tonlage in Zoeys Stimme veränderte sich. Sie machte sich Sorgen. Ich hasste und liebte es zugleich.

»Es ist schön, hier zu sein und jeden Tag von Erinnerungen umgeben zu sein.« Ich dachte an den ersten Tag am Mount Cartier, an dem ich Tara von meinen Nächten im Fire Lookout erzählt hatte. »Aber ich hatte es mir einfacher vorgestellt, jeden Tag mit allem konfrontiert zu sein, wovor ich jahrelang davongelaufen bin.«

»Hmm«, brummte Zoey am anderen Ende der Leitung. Sicher hatte sie sich eine leere Bank gesucht und mitten in die Sonne gelegt. »Ich weiß, das ist jetzt 'ne wilde Frage … aber glaubst du, es würde dir besser gehen, wenn du einfach mal wieder zu Hause anrufst?«

Ich schnaubte. Einfach mal wieder anrufen. Wie stellte sie sich das vor? Hey, ihr habt zwar einige Jahre nichts von mir gehört, weil ich untergetaucht bin, nach dem, was passiert ist, aber wie geht's euch denn so?

»Du weißt, dass das nicht geht.« Ich schluckte schwer. Vorbei an dem dicken Kloß, der sich in meinem Hals gebildet hatte. »Nicht nach allem, was ich getan habe. Was passiert ist, war meine Schuld.« Ich versuchte, tief Luft zu holen, aber die Schuldgefühle hatten sich so fest um meinen Brustkorb gelegt, dass es mir die Luft abschnürte.

»Haben sie dir das genau so gesagt?«, erkundigte Zoey sich.

Ich zog die Augenbrauen zusammen und sagte nichts. Was sollten sie mir schon gesagt haben. Wie enttäuscht sie von mir waren?

»Weißt du, Jaimie …« Zoeys Stimme zog mich aus dem Gedankenstrudel, in dem ich gerade zu versinken drohte. »... nur weil du dir nicht verzeihen kannst, was passiert ist, heißt das nicht, dass es deiner Familie genauso geht.«

Ich hörte Zoeys Worte, aber ich wollte nicht wahrhaben, was sie auslösten. Mit aller Kraft schob ich die Erinnerungen zur Seite, die vor meinem inneren Auge auftauchten. Ich wollte das nicht sehen, und ich wollte keine Sekunde länger darüber nachdenken. Es tat zu weh, und ich war nicht bereit, diesen Schmerz zu fühlen.

»Hmm«, brummte ich nur. Es war ein *Hmm,* das sagte *Ich weiß, dass du recht hast, aber ich bin nicht bereit, das zuzugeben, und will auch nicht drüber reden.*

»Okay, was magst du mir sonst noch erzählen?«

Ich atmete durch, war Zoey dankbar, dass sie nicht länger nachbohrte. »Ich ...« Mein Blick glitt zu Tara. »Nichts. Ich ruf dich später zurück.« Noch bevor Zoey protestieren konnte, hatte ich aufgelegt und den Kopfhörer zurück zu dem anderen ins Case gesteckt.

»Seit wann bist du wach?« Ich starrte in Taras Augen, die für meinen Geschmack viel zu offen waren. Sie war viel zu ... wach.

»Lange genug«, sagte sie ruhig und sah mich unsicher an. Ich musterte sie einen kurzen Augenblick und bemerkte ihre geröteten Wangen, bevor sie sich räusperte, und ich mich schnell abwendete.

»Okay.« Ich starrte stur auf die Straße. Was hatte sie alles gehört?

»Wo fahren wir hin?« Taras Lächeln verwirrte mich. Einen Moment starrte ich sie an. Sie hatte wohl beschlossen, nicht nachzufragen, was sie da mitangehört hatte. *Warum auch, Jaimie*? Tara würde keine Fragen zu einem Gespräch stellen, von dem sie wusste, dass es nicht für ihre Ohren bestimmt war.

»In den Yoho National Park«, antwortete ich und sah auf die Bergmassive vor uns.

»Liegt der nicht in den USA?«

»Auch.« Ich zuckte mit den Schultern. Meine Antwort verwirrte Tara sicher nur noch mehr. »Aber unser Yoho National Park liegt genau an der Grenze von British Columbia zu Alberta am Continental Divide.« Tara zückte ihr Handy, tippte einige Male darauf herum und begann dann vorzulesen.

»Die kontinentale Wasserscheide trennt die Einzugsgebiete der Flüsse, die in die verschiedenen Ozeane fließen.« Sie scrollte einige Sekunden weiter auf ihrem Smartphone herum und überflog scheinbar einige Textstellen. »Okay, verstanden, rede weiter.«

»Du wusstest nicht, was der Continental Divide ist?« Ich sah sie kurz an und lachte, bevor ich wieder auf die Straße blickte. Monoton auf die Windschutzscheibe zu starren, konnte langweilig werden. Aber nicht in den Rockies.

»Oh ja. Schande über die Deutsche, die nichts von der berühmten Wasserscheide wusste, der ihr schon seit dem Kindergarten huldigt.« Sie warf die Hände theatralisch in die Luft.

»Wir fahren zu den Wapta Falls.« Ich lächelte und spürte Taras Blick genau auf mir.

»Muss ich das jetzt auch erst wieder googeln, oder wird mir dieses Mal die Ehre zuteil, dass du Informationen mit mir teilst?« Sie stellte ihre Füße auf den Sitz und schlang die Arme um die nackten Beine.

»Du könntest dich ja auch einfach überraschen lassen.« Ich zuckte leicht mit den Schultern und schielte zu ihr rüber, wo ich auf ihren vorwurfsvollen Blick traf. Sie zog etwas am Gurt, um sich bequemer in ihrer Haltung als menschliche Brezel auf dem Sitz zurechtzurücken. Ihr Blick sagte eindeutig: Wenn du nicht gleich mit Informationen rausrückst, bist du ein toter Mann.

»Wir fahren zu einem Wasserfall.« Stille. Ich wartete ab. Keiner von uns sagte etwas. Dann boxte mich Tara gegen die Schulter.

»Oh Mann! Und ich dachte, wir reiten Kamele in der Wüste. Da hat mich das Wort Wasserfall im Namen wohl echt auf die falsche Fährte geführt.«

Ich lachte auf, und auch Tara musste schmunzeln. Ich bog vom Highway ab und folgte den Schildern, die den Weg zum Parkplatz schon anzeigten.

»Wir sind gleich da. Da musst du jetzt durch.« Ich lenkte Betsie durch den Wald und war erleichtert, einen kaum zur Hälfte beleg-ten Parkplatz vorzufinden. In Banff würde uns das nie passieren. Tara stieg aus dem Wagen und schien darauf zu warten, dass ich etwas sagte. Was erwartete sie? Ein blinkendes Schild mit der Auf-schrift: Willkommen an den Wapta Falls?

»Also?«

Tara

Ich sah Jaimie an, der nur den Kopf schüttelte.

»Wir gehen jetzt ein bisschen spazieren.« Jaimie ging um den Van herum auf die Beifahrerseite und schob die Seitentür auf. Der Rucksack lag direkt an der Tür, und er zog ihn zu sich heran, um ihn für die Wanderung zu packen.

»Also Wanderschuhe?« Ich stellte mich neben ihn und griff nach meinen braunen Wanderschuhen, an denen überall kleine Matschreste klebten.

»Nicht wirklich, das wird mehr ein kleiner Spaziergang.« Jaimie zuckte mit den Schultern. »Mit ein paar Höhenmetern, ein biss-chen Gekraxel, aber eigentlich sehr entspannt.«

»Entspanntes Gekraxel. Nee, ist klar.« Ich sah ihn einen Mo-ment an, dann ließ ich die Wanderschuhe sinken und entschied mich für die Laufschuhe, die irgendwo im Fußraum vor meinem Sitz schlummerten. »Ihr Kanadier seid mir ein Rätsel. Aber gut, ich vertraue dir.« Ich schnürte meine schwarzen Asics extra fest und musterte ihn eindringlich.

»Falls es dich beruhigt, ich nehme den Rucksack auch nur mit, damit keiner von uns die Wasserflasche dumm in der Hand halten muss.« Jaimie griff ein paar Riegel für sich, einige ohne Rosinen für mich und warf sie ebenfalls in den Rucksack.

»Und ein bisschen Proviant schadet nicht, falls wir uns verirren?«, fragte ich grinsend, doch Jaimie nickte nur.

»Richtig. Für jede Situation vorbereitet sein. Wandergesetz Nummer eins!« Er schulterte den grauen Rucksack und zurrte ihn fest. Kurz schmunzelte ich, weil der Satz durchaus auch von meinem Vater stammen könnte. Zumindest in der Zeit, in der wir unsere Sommer in den Alpen verbracht hatten. Wenn Matty und ich über die Wanderwege rannten, um uns danach bei unserem Vater geschmierte Brote abzuholen. Damals, bevor alles so anders wurde.

Jaimie schloss den Van ab und setzte sich in Bewegung. Ich lief dicht hinter ihm, und wenige Minuten später waren wir von dichtem Wald umgeben, der Van war schon längst nicht mehr zu sehen. Der schmale Waldweg vor mir war von kleinen saftig grünen Büschen flankiert, und wann immer ich aufsah, in den dicht bewachsenen Wald aus Tannen, fühlte ich mich wie im Märchenland.

»Ich habe mir überlegt, dass ich gerne noch eine Weile in Kanada bleiben würde«, sagte ich, nachdem wir einige Minuten schweigend durch den flachen Wald gelaufen waren. Der frische, erdige Duft erfüllte die Luft, und ich genoss den kühlen, feuchten Schatten und die Tatsache, dass ich nicht wie sonst vor mich hin brutzelte.

»Wie kommt's?« Jaimie stieg über ein paar Wurzeln, während er nach vorne gerichtet weitersprach.

»Ich habe es geträumt.«

»Du … was?« Jaimie blieb für einen Augenblick stehen und lief dann kopfschüttelnd weiter, auch wenn ich das Lachen in seiner Stimme hörte.

»Ich habe es geträumt«, wiederholte ich und dachte an mein wohltuendes Nickerchen im Auto zurück. »In meinem Traum habe ich hier gewohnt und gearbeitet, alles war total normal und hat sich richtig gut angefühlt.« Die Tatsache, dass Jaimie auch in diesem Traum vorkam, ließ ich lieber unerwähnt. Diese Bilder gehörten nur mir und meinen Erinnerungen. Meinen sehr detaillierten Erinnerungen, die ich mir für schlechte Zeiten bewahren würde. Ich spürte die Hitze in meine Wangen kriechen und räusperte mich schnell.

»Ich dachte, wenn sich das schon in meinem Traum so gut anfühlt, kann ich auch einfach mal eine Entscheidung treffen«, sagte ich, als ginge es bei der Entscheidung darum, welche Tütensuppe es zum Abendessen gab und nicht, in welchem Land ich mir meine Zukunft vorstellen konnte.

»Und ich dachte, Entscheidungen treffen wäre nicht so dein Ding.« Jaimie lachte leise.

Ich fasste es nicht, dass ich all diese Gedanken mit ihm teilte. Dass er zu meiner engsten Bezugsperson hier in Kanada geworden war und mich vermutlich besser kannte als Zoey und Beth. Aber es machte mir nichts aus. Ich mochte den Gedanken, dass Jaimie mich kannte, und wusste, wer ich war. Zumindest in dieser kleinen Seifenblase, in der wir seit fast zwei Wochen lebten.

»Da ist auch noch gar keine Entscheidung getroffen. Zumindest nicht final …«

»Aha!«, sagte Jaimie fast schon triumphierend. Das war ein eindeutiges *Ich wusste es doch*, so, wie ich es oft genug von Mila zu hören bekam.

»Ich fühle mich nur einfach sehr wohl hier.« Der weiche Waldboden gab unter jedem meiner Schritte nach.

»Und du willst hierbleiben, solange das der Fall ist?«

»Nein«, sagte ich schnell. Verdammt, er stellte echt die richtigen Fragen. »Natürlich nicht. Klar, das wäre schön. Aber so funktioniert das Leben nicht. Irgendwann muss ich eine Entscheidung treffen, mein Studium beenden, mir einen Job suchen und eine Art Zukunft planen.« Jaimie blieb an einem kleinen Vorsprung stehen und sah mich an, während ich ebenfalls zum Stehen kam. »Aber solange mich noch niemand zwingt, meine Initialen unter den Mietvertrag für ein Vorstadthäuschen zu setzen, würde ich einfach gerne Entscheidungen treffen, die mich glücklich machen.«

Jaimie grinste und nickte. Test bestanden? Oder was sollte das heißen? »Und Kanada macht dich glücklich?« Seine dunklen grünen Augen reflektierten das einfallende Sonnenlicht.

»Kanada, ja.« Ich befeuchtete meine Lippen und legte den Kopf leicht in den Nacken, um ihn noch besser ansehen zu können. »Und die Menschen hier.« Mein Herz schlug kräftig, während unsere Blicke fest ineinander verhakt waren.

»Soso. Die freundlichen Kanadier haben es dir also angetan.« Sein Mundwinkel zuckte verräterisch.

»Vielleicht doch eher die unfreundlichen.« Kaum hatten die Worte meinen Mund verlassen, bereute ich es auch schon wieder. Die unfreundlichen Kanadier hatten es mir angetan? Was tat ich hier? Flirten oder eine Werbebroschüre für Reisegruppen schreiben? Jaimie musterte mich eindringlich und lehnte sich kaum merklich zu mir. Es fühlte sich fast wie ein starker Magnet an, der irgendwo an meinem Bauch klebte und dafür sorgte, dass ich ebenfalls einen winzigen Schritt auf Jaimie zumachte.

»Okay.« Jaimies raue Stimme jagte einen Schauer über meinen Körper, der überall auf meiner Haut bitzelte, als hätte ich gerade in Brausepulver gebadet. »Ich muss sagen, ich habe auch was übrig für deutsche Studentinnen mit süßem Akzent.«

»Das klingt so falsch.« Ich lachte und konnte mich kaum noch zusammenreißen. Auch wenn ich es unglaublich süß fand, hätten seine Worte auch von einem unangenehmen Mittvierziger stammen können, der in seiner Freizeit Briefmarken sammelte und seine Wäsche immer noch zu Mutti brachte.

»Es klingt vor allem so, als hätten wir beide etwas füreinander übrig.« Mein Herz blieb stehen.

»Woher kommt die plötzliche Offenheit?«, flüsterte ich und sah ihn überrascht an.

»Ich weiß nicht. Das muss die Seifenblase sein, von der du immer redest.«

Das Lächeln auf Jaimies Lippen ließ mich stocken. Ich war überrascht. Teils weil ich verstand, dass er der erste Mann in meinem Leben war, der wirklich zuhörte, wenn ich so verrückte Sachen von mir gab, teils, weil Jaimie mir gerade einfach so geradeheraus gesagt hatte, dass er mich mochte. Dass er etwas für mich übrighatte.

»Möglich«, flüsterte ich, weil ich nicht wusste, was ich sonst hätte sagen sollen. *Ich auch? Ich denke auch andauernd daran, wie es wäre dich zu küssen? Fragst du dich auch jeden Tag, woher diese schmetterlingsähnlichen Gefühle kommen? Läuft die Zeit schneller, wenn man jede Minute miteinander verbringt?*

Jaimie regte sich nicht, und auch ich starrte ihn einfach weiter an. Warum küsste ich ihn nicht einfach?

»Ich habe Angst, dich zu küssen«, sagte ich und biss mir auf die Unterlippe. Diese unerwartete Ehrlichkeit in der Seifenblase funktionierte offensichtlich auch andersherum.

»Wieso?« Da lag kein Vorwurf in Jaimies Stimme.

»Weil ich Angst habe herauszufinden, ob die Vorstellung besser ist als die Realität, die letztlich alles verändert.« Ein Knoten löste sich in meinem Gehirn, und ich atmete tief ein. Es stimmte. Ich wollte Jaimie küssen. Herausfinden, wie er schmeckte, wie seine Lippen sich auf meinen anfühlten. Aber ich hatte Angst, dass ich das nur wollte, weil wir seit Wochen jeden Tag miteinander verbrachten und das Gehirn nun mal komische Dinge tat. Dass ich danach feststellte, dass ich ihn zwar mochte, aber nicht auf diese Art. Und dass die Zeit, die wir danach gezwungenermaßen noch aufeinanderhingen, schrecklich und unangenehm werden würde.

»Du zerdenkst jede potenzielle Möglichkeit so lange, bis es zu spät ist, eine Entscheidung zu treffen.« Jaimie streckte seine Hand aus, stoppte aber, kurz bevor er meinen Arm erreichte. »Aber das ist okay«, schob er hinterher, und mein Herz wurde ein klein wenig leichter.

»Möglich«, flüsterte ich und sah Jaimie an, dass der Moment vorbei war.

»Komm, wir sind gleich da.« Jaimie griff meine Hand und zog mich hinter sich her. Ich versuchte, mein Herz zu beruhigen und tief zu atmen. Ich verfluchte mich dafür, dass ich so war. Für die Tatsache, dass ich versuchte eine neue Tara zu sein und doch genau die Dinge hängen blieben, die mich schon zu Hause genervt hatten. Ich war ein spontaner Mensch, liebte Abenteuer. Aber wenn ich nur zwei Sekunden zu viel Zeit hatte nachzudenken, ging Kopf über Bauch, und die Anspannung übernahm das Steuer. Ich konzentrierte mich auf die Geräusche des Waldes und lauschte etwas genauer. Erst jetzt hörte ich das Rauschen des Wassers, das immer lauter wurde. Der Weg ging mit einem Mal steil bergab, und ich musste mich darauf konzentrieren, wo ich meine Füße hinsetzte, um nicht wegzurutschen.

»Ich hab jetzt schon keine Lust mehr«, stieß ich aus. Mittlerweile spürte ich ein leichtes Brennen in den Oberschenkeln.

»Ein bisschen Bewegung ist zu anstrengend?« Jaimie hielt sich an einem dünnen Baumstamm fest und sah zu mir nach oben.

»Nö, aber jeden Meter, den wir jetzt nach unten laufen, müssen wir am Ende auch wieder hochlaufen«, erwiderte ich.

Jaimie schüttelte nur den Kopf und stieg weiter den Hang hinunter. Das war doch wohl eine klare Sache. Lieber erst den Anstieg hinter sich bringen und dann am Ende einfach entspannt den Berg wieder runterlaufen. Das Rauschen wurde immer lauter und übertönte mittlerweile jedes Vogelgezwitscher, das ich auf den ersten Kilometern noch gehört hatte. Immer wieder versuchte ich, durch den dichten Wald zu schauen, und meinte, schnell fließendes Wasser dahinter zu erkennen.

»Komm.« Ich drehte mich zu Jaimie und sah erst jetzt, dass er den Weg verlassen hatte und einem Trampelpfad folgte, der seitlich wieder nach oben führte.

»Ein kleiner Abstecher?«, fragte ich skeptisch und folgte ihm dennoch ohne den geringsten Zweifel, dass es sich lohnen würde. Nur gute zwanzig Meter später blieb er stehen und trat zur Seite. Er gab den Blick durch die Bäume hinweg frei, und zum ersten Mal sah ich die Quelle des ohrenbetäubend lauten Rauschens. Ein Wasserfall, der bestimmt 70 Meter breit sein musste, lag direkt vor uns. Wir standen auf einem Plateau direkt am einen Ende des Flusses, und ich konnte bis zum anderen Flussufer sehen, wo der dichte Tannenwald sich schier unendlich erstreckte.

»Und? Habe ich zu viel versprochen?« Unfähig etwas zu sagen, schüttelte ich nur den Kopf. Die feine Gischt kitzelte auf meinem Gesicht. Vor mir lag nichts als die unberührte Natur. Die dichten sattgrünen Tannen, hinter denen sich die verschiedenen Bergspitzen wie gemalt aneinanderreihten. Und davor ein wilder Fluss, der so schnell an uns vorbei rauschte, dass er fast weiß schien. Das Wasser stürzte nur wenige Meter von uns entfernt in die Tiefe.

»Lass uns weitergehen.« Ich spürte Jaimies Finger an meinen.

»Aber …«

»Das war noch nicht das Beste«, sagte er schnell, und ich ließ mich von ihm weiterziehen. Das hier sollte noch nicht das Beste sein? Was kam noch? Eine private Lagune, in der wir direkt unterm Wasserfall baden konnten?

Ich lief dicht hinter Jaimie wieder in den Wald und in dünnen Serpentinen den Hang hinunter, bis wir ganz unten waren. Der Boden wurde immer feuchter, und abseits des Weges wurden die Pfützen unter dem breitflächigen Moos immer größer. Wir gingen am Flussbett entlang, auch wenn immer noch einige Bäume zwischen uns und dem Wasser waren. Der Wasserfall selbst war sicher gute hundert Meter hinter uns, als Jaimie endlich vom Weg abbog und durch die Bäume ans flache, steinige Ufer sprang. Er reichte mir eine Hand, und ich sprang ebenfalls auf die wackeligen Steine.

Ich drehte mich um und verstand, was Jaimie meinte. Das da oben war noch nicht das Beste gewesen. Das hier war es. Ich kam gar nicht mehr aus dem Staunen raus und blickte nun frontal auf die volle Breite des Wasserfalls. Was von Nahem wie angsteinflößende Wassermassen wirkte, war hier nicht mehr als ein ruhiger Fluss, der neben uns entlangfloss. Ich blickte den türkisblauen Fluss entlang direkt auf die kleine Insel, die in der Mitte davorstand und wirkte, als würde sie auf all den Wassermassen schweben. Ich trat ein Stück näher ans Ufer und beobachtete einen kleinen Vogel, der auf der Insel landete und direkt zwischen zwei großen Bäumen verschwand. Dort zu sitzen, musste sich magisch anfühlen.

»Bitte frag mich jetzt nicht, ob wir da rüber können.« Jaimies Stimme überraschte mich. Ich riss meinen Blick von der Insel und sah zu ihm.

»Steht auf meiner Stirn lebensmüde?« Ich lachte, verschränkte dabei aber die Arme vor der Brust.

»Nicht direkt, aber …«

»… für den Frieden zwischen uns möchtest du diesen Satz nicht zu Ende führen, Prince Charming.« Ich zog eine Augenbraue nach oben und sah Jaimie eindringlich an. »Vor allem, wenn er das Wort Touristin enthält.« Jaimies Mundwinkel zuckte verräterisch, und ich schüttelte nur den Kopf.

»Die Vorstellung da drüben zu sitzen ist so lange schön, bis man im *ruhigen* Fluss davon getrieben wird, weil der nur 100 Meter vom Wasserfall sicher trotzdem noch ordentlich Speed hat.« Ich setzte mich auf einen flachen Stein hinter mir und zog die Laufschuhe aus. »Außerdem lebt da drüben bestimmt das ein oder andere Tier, das ich nur ungern stören würde.« Ich zog die Socken von meinen Füßen und bewegte meine Zehen eine nach der anderen.

»Tut mir leid«, sagte Jaimie leise, und ich sah zu ihm hoch.

»Was?« Ich drehte mich zum Fluss und tauchte den großen Zeh ins Wasser, bevor ich scharf einatmete und das Bein gleich wieder zu mir ran zog. Heilige Scheiße, war das kalt.

»Tut mir leid, dass ich immer wieder vergesse, dass du Dinge wie diese weißt.« Jaimie kaute auf seiner Unterlippe herum, und es verunsicherte mich, immer häufiger diese Seite von ihm zu sehen. Nicht nur den Grumpy Jaimie, der mit seinem breiten Kreuz herumstolzierte und nichts und niemanden an sich heranließ. Sondern auch den Jaimie, dessen Schultern ein klein wenig tiefer hingen und dessen unsichere Gesten ihn so menschlich machten.

»Solange du nicht anfängst, mir die Welt ungefragt zu mansplainen, oder aufhörst, mir Dinge zuzutrauen, sind wir fein.«

»Keine Sorge. Ich hoste keinen Podcast namens *Real men don't cry* und werde mich nicht als Alpha Male aufführen«, antwortete er, und mir fiel ein kleiner Stein vom Herzen. Ich hatte ihn nicht so eingeschätzt, und doch erleichterte es mich, dass er Witze über diese Dinge riss und kein treuer Anhänger von Andrew Tate war.

»Geh mal aus dem Weg.« Ich winkte ihn mit ein paar schnellen Handbewegungen zur Seite, woraufhin er sich neben mich setzte.

»Ist dir mein gottgleicher Anblick zu viel?« Jaimie machte die Beine lang und streckte das Gesicht der Sonne entgegen.

»Nö, aber dein breites Kreuz verdeckt mir die Aussicht.« Ich zückte mein Handy und öffnete die Kamera.

»Wenn du Mila die Bilder schickst, kann ich doch ruhig drauf sein. Die interessiert doch bestimmt, wie der Mann deiner feuchten Träume aussieht.«

Für einen Moment stand mein Mund offen. Wo zur Hölle kam das denn jetzt her? Ich lachte unbeholfen und fing mich wieder.

»Dieses aufgeblasene Ego steht dir nicht. Das lässt die Muskeln so aufgedunsen aussehen.« Ich verzog das Gesicht und knipste einige Fotos, in der Hoffnung, diese atemberaubende Schönheit auf einem simplen Foto einzufangen.

»Sicher? Ich würde es aber gut finden, wenn ich …« Jaimie stoppte und spannte seinen Bizeps an, dann drehte er seinen Zeigefinger in Richtung Wasserfall »… genau da stehen würde.« Ich lachte und schubste ihn leicht, damit er aufhörte, diese schreckliche Pose zu machen.

»Komm her, du Luftpumpe.« Ich wechselte zur Innenkamera und lehnte mich zu Jaimie.

»Was genau soll das werden?« Jaimie sah mich skeptisch von der Seite an, das sah ich auf meinem Bildschirm.

»Jetzt stell dich nicht so an und setz dein bestes Sonntagslächeln auf.« Er drehte sich zur Kamera und lächelte. Ich drückte ab. Jaimie drehte sich zu mir, während ich immer noch in die Kamera sah. Ich drückte weiter im Sekundentakt ab, Jaimie streckte nun die Zunge raus, und ich bekam Angst, dass er gleich mein Ohr ablecken würde. Seine Zunge verschwand glücklicherweise wieder in seinem Mund, und ich drückte erneut ab. Jaimies Ausdruck veränderte sich, und ich spürte, wie er mich eindringlich musterte. Ich spürte seinen Atem an der empfindlichen Stelle hinter meinem Ohr kitzeln, während das Lächeln auf meinen Lippen ganz langsam verschwand. Ich drehte langsam den Kopf, ohne das Handy zu bewegen. Wir waren uns so nah, dass seine Nasenspitze meine fast berührte, und ich atmete scharf ein.

Jaimie

Ich spürte ihren warmen Atem auf meiner Haut. Das letzte Mal, als wir uns so nah gewesen waren, hatten wir uns fast geküsst. Mein Magen besuchte einen Trampolinpark, während ich reglos dasaß und Tara ansah, deren helle grüne Augen nur wenige Zentimeter von mir entfernt waren. Sie war mir so nah, dass ich die braunen Sommersprossen zählen konnte, die sich während ihrer Zeit in Kanada auf ihrem Gesicht gebildet hatten. Am Anfang waren sie noch nicht da gewesen, da war ich mir sicher. Ich hörte, wie sie schwer schluckte, und mein Blick schnellte zu ihrem Mund. Ihre Lippen glänzten fein im Sonnenlicht, und alles in mir wollte wissen, wie sie schmeckte.

»Besteht unsere restliche Zeit jetzt aus einem Fast-Kuss nach dem anderen?«, flüsterte ich, und musste mich zurückhalten, nicht die letzten Zentimeter zu überwinden. Zwischen mir und der Frau, die sich anfühlte wie Sonnenschein.

»Wäre das denn so schlimm?« Taras Mundwinkel hoben sich kaum merklich, aber das schmale Lächeln auf ihren Lippen ließ mein Herz schneller schlagen. Wann hatte eine Frau das letzte Mal diese Gefühle in mir ausgelöst? Wann hatte ich das letzte Mal zugelassen, dass jemand die Gewitterwolken in meinem Kopf vertrieb und sie durch blauen Himmel ersetzte? Zumindest für einen Moment.

»Ja, ja das wäre es«, antwortete ich nach quälend langen Sekunden. Trommelwirbel hin oder her, das hielt ich nicht aus. Das hielt mein Herz nicht aus. Ich erkannte mich kaum wieder. Nachdem ich es jahrelang vor jedem verschlossen hatte, klopfte es jetzt ausgehungert gegen die Innenseite meiner Brust und lechzte nach jedem Funken Zuneigung, den es bekommen konnte. »Das würde mich sehr traurig stimmen«, schob ich hinterher und lächelte sanft. Ich bewegte mich kaum einen Millimeter nach vorne, aber es reichte, damit meine Nasenspitze ihre berührte. Es reichte aus, um einen Funkenregen durch meinen Körper zu jagen.

»Das darf ich natürlich nicht zulassen.« Taras Stimme war kaum ein Flüstern, aber jedes ihrer Worte drang so deutlich in mein Ohr, als wäre jeder Buchstabe nur für mich bestimmt. »Jetzt, wo aus Mr. Grumpy mein *happy place* geworden ist.« Ihre Worte fühlten sich wie warmer Honig an, der sich klebrig um mein Herz wickelte. »Jetzt, wo du so oft lächelst und die Zufriedenheit in deinen Augen strahlt.«

Aus dem Augenwinkel sah ich, wie sie ihr Handy sinken ließ. Ein Wunder, dass ihr nicht längst der Arm abgefallen war.

»Ist das jetzt so ein Du-solltest-öfter-mal-lächeln-dann-geht-es-dir-bestimmt-besser-Talk?«, scherzte ich, weil ich ähnlich wie Tara in den ernstesten Situationen die dümmsten Witze riss.

»Halt den Mund und küss mich, Jaimie Fredrickson.«

Mein Herz setzte aus, während Taras Hand in meinen Nacken wanderte. Kaum hatte sie mich zu sich rangezogen, hatte ich schon meinen Kopf zur Seite gelegt und meine Lippen auf ihre gepresst. Ich küsste sie. Endlich küsste ich Tara.

Tara

Seine Lippen fühlten sich perfekt an, als sie auf meine trafen. Das Feuerwerk in mir explodierte, als hätte es seit Tagen auf den winzigen Funken gewartet, der diese Gefühle in mir entzündete. Nur war der winzige Funke Jaimie, der meine Lippen mit seiner Zunge teilte und mich so fordernd küsste, dass ich sanft aufstöhnte. Er legte seine Hände an meine Wangen, und ich ließ mich noch mehr in diesen Kuss fallen. Er hielt mich, während ich ihn hielt, und gemeinsam gingen wir in diesem Kuss unter. Das Kitzeln fuhr über meine gesamte Haut, bis es sich in einem Ziehen direkt in meiner Mitte bündelte. Was tat dieser Mann mit mir? Und wie hatte ich nur daran zweifeln können, dass die Realität nicht mit der Vorstellung mithalten könnte? Die Realität war besser. SO. VIEL. BESSER.

Ich küsste Jaimie innig, schmeckte ihn, stieß gegen seine Zunge, die ich so dringend spüren wollte. Seine weichen Lippen pressten sich immer weiter gegen meine, und ich wollte, dass dieser Kuss nie endete.

Atemlos lösten wir uns nach einigen weiteren süßen Momenten voneinander, und ich glaubte die gleiche Frage in Jaimies Augen zu lesen, die auch in meinem Kopf herumschwirrte. *Müssen wir schon aufhören?* Jaimies Wangen leuchteten rot. Dieselbe Hitze kroch auch durch mein Gesicht. Jaimies Mund öffnete sich, aber ich kam ihm zuvor, als ich einen Blick auf mein Handy warf.

»Oh Shit«, stieß ich aus und drückte schnell den rot leuchtenden Knopf auf dem Display. »Ich habe aus Versehen ein Video gemacht.« Ich sah zu Jaimie, der skeptisch eine Augenbraue hochzog.

»Aus Versehen?« Mit den Fingern zeichnete er Anführungszeichen in die Luft und sah mich mit gespielter Skepsis an.

»Ey!« Ich stieß ihn in die Seite und öffnete meine Galerie. Tatsächlich, die letzte Aufnahme war ein Video geworden, in dem Jaimie und ich uns ansahen, bis ich das Handy sinken ließ und man aus einem unvorteilhaften Winkel unseren ersten Kuss sah. »Na immerhin hatten wir keinen Sex, sonst hätten wir gerade offiziell unseren ersten Porno gedreht.« Ich schlug mir die Hand vor den Mund. Hatte ich das gerade wirklich gesagt? Als Jaimie in schallendes Gelächter ausbrach, konnte ich mir sicher sein. Ja … Ja, das hatte ich gerade gesagt.

»Sorry«, entfuhr es mir, und ich wollte im Erdboden versinken.

»Nein, ich finde das super.« Jaimie hielt sich vor Lachen bereits den Bauch. »Es macht dich noch sympathischer, dass du einfach keinen Filter hast zwischen deinen Gedanken und dem, was du sagst.«

Ich stieg in Jaimies Lachen ein und dachte gleichzeitig über das nach, was er gesagt hatte. Ich hatte diesen Filter. Normalerweise funktionierte er auch gut. Zu gut. Aber immer wieder, wenn Jaimie die richtigen Knöpfe drückte, wurden jegliche Gedanken und Zweifel auf stumm gestellt, und Sätze wie diese kamen dabei heraus.

»Sind wenigstens auch ein paar brauchbare Fotos dabei, die du Mila schicken kannst?« Jaimie lehnte sich gegen meine Schulter, und ich genoss diese plötzliche Nähe, die sich so selbstverständlich anfühlte.

»Bestimmt.« Ich swipte durch die vorherigen Fotos und nickte zuversichtlich. »Die schicke ich Mila und Matty.«

»Wer ist Matty?« Jaimie legte das Kinn auf meiner Schulter ab, und ich lachte leise. War das etwa ein winziger Anflug von Eifersucht?

»Mein Bruder«, sagte ich nur, ohne vom Bildschirm aufzusehen. Ich markierte gerade einige Bilder als Favoriten, als ich plötzlich merkte, wie Jaimies Haltung sich versteifte. Er löste sich von mir, und dort, wo eben noch sein Kinn gelegen hatte, fegte nun ein kühler Luftzug über meine Schulter.

»Oh«, sagte er nur, und ich verstand die Welt nicht mehr. Über Jaimies Gesicht legte sich ein dunkler Schatten.

»Was ist los?« Ich sah, wie Jaimie langsam in die Grube stieg, die er sich selbst buddelte, doch das wollte ich nicht zulassen. Ich wollte nicht, dass er jedes Mal, wenn diese Themen aufkamen, hinter einer Mauer aus Schmerz und Frustration verschwand.

»Ich glaube, die Seifenblase ist gerade an der harten Realität zerplatzt.« Jaimie schnaubte leise und sah auf seine Schuhe.

»Weil ich meinen Bruder erwähnt habe?« Ich wusste, dass das Thema Familie ein rotes Tuch für ihn war, aber ich wollte wissen, was ihn so offensichtlich triggerte.

»Auch, ja.« Jaimie schluckte schwer, und ich vermisste das Strahlen in seinen Augen. Gleichzeitig mochte ich, dass er mit mir redete, auch wenn es ihm sichtlich schwerfiel.

»Hast du Geschwister?« Das Zucken, das durch seinen Körper fuhr, ließ mich ebenfalls zusammenschrecken. Es fühlte sich an, als hätte ich ihm ein Messer geradewegs in die offene Wunde gerammt, die er mir gerade zum ersten Mal gezeigt hatte.

»Ich … Er …« Jaimie brach ab und nickte schwerfällig. Der Sturm tobte in ihm, das konnte ich in seinen Augen sehen.

»Hat er dich als kleines Kind auch so sehr genervt wie mein Bruder mich?« Ich lachte leise und tastete mich weiter voran, um herauszufinden, ob das der richtige Weg war. »Ich sag's dir, es gab Jahre, da wünschte ich mir, ein Einzelkind zu sein.« Jaimies Mundwinkel zuckte kaum merklich, und ich hoffte, dass eine positive Erinnerung vor seinem inneren Auge auftauchte und gegen die

Gewitterwolken in seinem Kopf ankämpfte. Er nickte sanft, und ich verstand das als Zeichen, weiterzureden.

»Meine Güte. Immer hat dieser Holzkopf Streit angefangen und es dann am Ende alles auf mich geschoben. Einfach alles.« Jaimie lehnte sich an mich, und ich hoffte, dass die Wärme, die mich bei diesen Erinnerungen durchströmte, auch bei ihm ankam. »Und das Schlimmste? Er ist jedes Mal damit durchgekommen.«

Jaimies offene Freude beschleunigte meinen Herzschlag. Unter Geschwistern war es doch immer dasselbe. Jaimie ließ sich noch ein klein wenig mehr gegen meine Schulter sinken. Statt dagegen zu halten, rutschte ich zurück, nahm seinen Kopf in meine Hände und legte ihn vorsichtig in meinem Schoß ab. Jaimie ließ es zu. Stellte seine Beine auf dem warmen Stein ab und sah mich an. Ich musterte ihn nicht unnötig lange, blickte in den tosenden Wasserfall und erzählte weiter.

»Einmal, da waren Matty und ich draußen spielen. Wir waren vielleicht fünf.« Ich musste mir das Lachen bereits verkneifen. Im Gegensatz zu Jaimie wusste ich nämlich, wie diese Geschichte endete. »Matty ist nämlich mein Zwilling, musst du wissen. Ich bin die Ältere, wie sich versteht.« Ich spürte Jaimies sanftes Nicken auf meinen Beinen und erzählte weiter. »Wir saßen irgendwo im Garten neben einem Busch mit tiefschwarzen Vogelbeeren.« Sanft strich ich in immer gleichen, ruhigen Bewegungen über Jaimies Haare. »Und frag mich bitte nicht wieso, aber die fünfjährige Tara wollte unbedingt wissen, was wohl passiert, wenn man sich so eine Vogelbeere in die Nase steckt.« Ich schüttelte den Kopf bei diesem Gedanken. Kinder waren einfach etwas Besonderes.

»Aber ich konnte mir die Vogelbeere ja nicht einfach in die Nase schieben. Das Risiko, Jaimie! Das konnte ich nicht eingehen.« Ich fuchtelte mit der freien Hand in der Luft herum und war mir sicher, diese Geschichte, die auf Familienfeiern immer für einen Lacher sorgte, noch nie so gut performt zu haben.

»Also habe ich Matty überredet, sie sich in die Nase zu schieben.« Jaimies glücklicher Gesichtsausdruck erwärmte mein Herz. Da war es wieder. Dieses unbeschwerte und freie Lachen, das diesem unfreundlichen Kanadier so unverschämt gut stand.

»Was soll ich sagen … Meine Eltern mussten nachts noch mit Matty in die Notaufnahme fahren, weil dieses elende Ding einfach nicht mehr aus seiner Nase kommen wollte.« Ich zuckte mit den Schultern, wie ich es bestimmt damals schon getan hatte. Immerhin war nicht ich es gewesen, die ihm die Beere in die Nase geschoben hatte. Das hatte er ganz allein erledigt, der Blödkopf.

»Aber was will man machen, der kleine, naive Matty hat sie sich selbst in die Nase geschoben, und welcher Fünfjährigen konnte man schon Vorwürfe machen? Die Weitsicht, dass das Ganze im Krankenhaus enden würde, hatte ich nicht. Und letztendlich habe ich weder die Vogelbeere noch Mattys Nase jemals berührt.«

»Nein …« Jaimie lachte erneut »Du warst nur das perfide Genie dahinter, das ihm das Gehirn gewaschen hat.«

»Genau, mit Vogelbeerensaft«, antwortete ich und lachte kurz darauf über meinen eigenen Witz. Jaimies Kopf wippte leicht unter meinem Lachen, und ich wagte es endlich, nach unten zu sehen. Er blickte mir direkt in die Augen. Das leuchtende Moosgrün nahm mich direkt in Beschlag, und von dem Schatten darüber war kaum mehr als ein milder Rest geblieben. Da war wieder Jaimie, der höchstens von den Fragen doofer Touris aus dem Konzept gebracht werden konnte.

»Danke, Tara«, flüsterte er, und ich strich ihm erneut über den Kopf. Ich nickte wissend und lächelte ihn an. Ich legte mir die Worte in meinem Kopf zurecht, als auf einmal etwas auf dem Stein vibrierte. Jaimie zog das Handy aus seiner Hosentasche und starrte auf das Display, während er immer noch ruhig in meinem Schoß lag.

»Das ist Sit«, sagte er, während er den Anruf annahm und schon auf Lautsprecher stellte. »Sit, alte Socke! Du bist auf Lautsprecher, Tara hört mit.« Die Leichtigkeit in seiner Stimme überraschte mich, und ich war mir sicher, dass auch Sit mit einer anderen Begrüßung gerechnet hatte.

»Okay … Hast du Drogen genommen?« Sit lachte am anderen Ende der Leitung. Verständlicherweise.

»Spuck's aus, was gibt's?« Jaimie legte das Handy auf seinem Bauch ab und verschränkte entspannt die Hände darauf.

»Es gibt eine gute und eine nicht ganz so gute Nachricht.« Bei diesen Worten aus dem Lautsprecher wurde ich hellhörig, und auch Jaimie spannte sich merklich an.

»Zuerst die schlechte«, sprach Sit weiter. »Chubbys Blutwerte sind etwas schlechter geworden.« Ich sah Jaimie an, der nickte.

»Was heißt etwas schlechter?«, hakte ich nach und lauschte atemlos dem Rauschen am anderen Ende der Leitung.

»Die Vergiftung macht dem kleinen Kerlchen wohl doch mehr zu schaffen als gedacht. Aber bevor euch jetzt das Herz in die Hose rutscht, wir haben die Sache im Griff und päppeln ihn schon wieder auf.« Ich atmete tatsächlich erleichtert auf. »Auch der Tierarzt ist zuversichtlich.«

»Okay«, sagte Jaimie nur, aber die Anspannung war noch nicht gänzlich aus seiner Stimme gewichen. »Und die guten Nachrichten?« Ich fuhr mit meinem Daumen über Jaimies Stirn, die in der prallen Sonne ganz warm geworden war.

»Es gibt Neuigkeiten, was mit Chubby passiert.« Jetzt setzte sich Jaimie doch auf und hielt das Handy zwischen uns.

»Jetzt spann uns nicht auf die Folter, Sit. Rück schon raus mit der Sprache.« Ich konnte mich nicht mehr zurückhalten, und Jaimie sah mich überrascht an.

»Wir haben ein Reservat gefunden, das sich genau um solche Fälle kümmert.«

»Okay«, erwiderte Jaimie. Ich war gespannt, welche Infos noch folgen würden. Bisher kannte ich nur Auffangstationen wie die von Beth, die Tieren, bei denen eine erneute Auswilderung ausgeschlossen war, ein langfristiges Zuhause gewährte.

»Das ist eine Art Wildtierstation, die Bären jeden Alters aufpäppelt. Wenn sie der nächsten Stufe gewachsen sind, kommen sie in ein überwachtes Reservat.« Sit schwieg kurz und wartete ab, aber Jaimie und ich sagten nichts. »Chubby ist zu jung von seiner Mutter getrennt worden, um jemals eigenständig zu leben. Dafür fehlt ihm sozusagen das Basiswissen.« Ich nickte und verstand, was Sit uns damit sagen wollte. So weit war uns das sicher allen schon klar gewesen. »In diesem Reservat leben sie weitestgehend unbetreut. Es gibt aber keine unnötigen Herausforderungen, für Fütterung ist gesorgt, und sie werden durch einen Mikrochip überwacht.«

»Wow, okay«, erwiderte ich staunend. Das klang wirklich nach der perfekten Lösung.

»Wer finanziert das?« Jaimie stellte die wichtigen Fragen, die mir bis jetzt noch nicht mal in den Sinn gekommen waren.

»Das Ganze wird als eine Art Wildpark betrieben. Da die Bären an Menschen gewöhnt und sozialisiert sind, kann man unter gewissen Voraussetzungen das hektargroße Reservat betreten und Bären wie in der Wildnis beobachten. Dabei setzt man sich nur keiner so großen Gefahr aus. Also wie fast überall, wenn es um sinnvolle Projekte mit Tieren geht: Eintrittsgelder und Spenden.«

»Klingt, als könnte Chubby dort ein ziemlich glückliches Leben führen«, sagte ich, und auch Jaimie machte einen zufriedenen Eindruck.

»Danke, Sit.« Er legte eine Hand auf meinen Oberschenkel und sah mich an.

»Bist der Beste!«, schob ich schnell hinterher und sah Jaimie weiter an. Wir hatten es geschafft. Wenigstens ein Erfolg war jetzt zu verbuchen.

»Wir sehen uns in ein paar Tagen!«

»Genießt eure Auszeit, aber treibt's nicht zu wild!« Sit legte auf, und seine letzten Worte ließen uns etwas sprachlos zurück, nachdem wir uns nur eine knappe halbe Stunde zuvor wie zwei liebestolle Teenies fast aufgefressen hatten. Ich räusperte mich und stand auf.

»Also gut«, sagte ich und klopfte mir die Oberschenkel ab. Jaimie erhob sich ebenfalls und ließ das Handy wieder in der Tasche seiner Shorts verschwinden.

»Also gut«, sagte er ebenfalls.

»Wird das jetzt so unangenehm, dass wir den gesamten Weg zurück zum Van in peinlichem Schweigen nebeneinanderhergehen?« Kurz fürchtete ich, dass es wirklich so laufen würde, wenn ich uns zwei hier so stehen sah.

»Auf keinen Fall«, antwortete Jaimie schnell, machte aber auch nicht den Anschein, als wüsste er so recht, was er jetzt sagen sollte.

»Okay«, erwiderte ich und merkte, wie unnötig sich diese vier Buchstaben anfühlten. Jaimie griff nach seinem Rucksack, und wir setzten uns in Bewegung.

»Lass uns doch etwas spielen.«

»Was spielen?« Ich hörte die Skepsis in seiner Stimme, ließ mich davon aber nicht abbringen.

»Schlag was Besseres vor, oder wir spielen jetzt *Ich sehe was, was du nicht siehst*.«

Jaimie lachte, aber die nächsten Worte aus seinem Mund beruhigten mich. »Okay, ich sehe was, was du nicht siehst, und das ist …«

KAPITEL 36

Jaimie

»Wie viele Seiten hast du jetzt eigentlich schon gefüllt?« Ich schielte zu Tara, die einem ihrer Kunstwerke mit Hilfe ihrer Buntstifte den letzten Schliff verpasste.

»Genug«, antwortete sie nur und sah ihr Reisetagebuch an. »Aber da sind auch noch einige frei. Platz für ein paar Abenteuer, die wir noch erleben können.« Tara lachte, und ihre Augen strahlten mit der Sonne um die Wette, die in den Van fiel. Sie war gerade erst aufgegangen, aber wir mussten früh ankommen, wenn wir alles schaffen wollten, was wir uns für heute vorgenommen hatten. Ich wollte noch unzählige Abenteuer mit ihr erleben, das wusste ich. Genau wie ich wusste, dass ich seit unserem Kuss ununterbrochen daran dachte, sie noch mal zu küssen.

»Wir sind in ein paar Minuten da«, sagte ich mit Blick auf die Straße, die in Serpentinen den Berg hochführte.

»Kein Problem, ich bin fast fertig.« Sie ergänzte ein paar letzte weiße Striche im Wasserfall und verlieh ihm damit eine ungeahnte Dynamik.

»Angst vor Bären 2/10«, murmelte sie vor sich hin, und ich zog die Augenbrauen zusammen.

»Was?« Ich hörte, wie sie die Kappe eines Fineliners öffnete und mit der Spitze über das raue Papier kratzte.

»Na, ich habe jeden Tag in einigen Kategorien Punkte vergeben.

Und meine Angst vor Bären & Co. hält sich mittlerweile in Grenzen. Ein echter Fortschritt!«

»Ob ein gewisser Babybär etwas damit zu tun hat?«

»Ei daut it!«, antwortete sie, und ich war verwundert über den komischen deutschen Akzent, den sie auf einmal in ihre Stimme legte. Sie bemerkte meinen Blick und hob entschuldigend die Schultern. »Ups. Deutsches Meme, bei dem jemand … ach vergiss es.« Tara schüttelte amüsiert den Kopf und blätterte von der fertigen Seite vor zur Bucketlist. Sicher hakte sie gerade den Yoho National Park ab. Ich lenkte den Van auf den überfüllten Parkplatz und sah verwirrt zu Tara, als sie erneut den Fineliner zückte.

»Was machst du?« Ich manövrierte den Van in die Parklücke und sah aus dem Augenwinkel, wie sie ein Kästchen zeichnete und etwas dahinter schrieb.

»Einen Punkt ergänzen, von dem ich nicht wusste, dass er drauf gehört.« Sie schmunzelte und schob das Buch so zu mir, dass ich ihre Worte lesen konnte. *Jemanden an einem Wasserfall küssen.*

»Wie praktisch, den Punkt kannst du direkt abhaken.« Ich lächelte sie an. Mein Blick hing einen Moment zu lang an ihren Lippen, von denen ich wusste, wie sie sich anfühlten. Sie nickte nur und setzte direkt den schwarzen Haken in das Kästchen. Die Liste füllte sich immer weiter, und heute würde sogar direkt der nächste Punkt erledigt werden.

»Wir sind da«, verkündete ich, und Tara blickte durch die Windschutzscheibe, direkt auf den grünen dichten Busch, vor dem ich geparkt hatte.

»Wie weit müssen wir noch laufen?« Sie verstaute das Reisetagebuch unter ihrem Sitz und schob die Schuhe in ihrem Fußraum zur Seite.

»Gar nicht.« Ich zuckte mit den Schultern, während sie mich nur verwirrt ansah. Vermutlich war es bis nach Deutschland bekannt, dass man am Lake Louise keinen Parkplatz fand. Nie. Nicht mal um fünf Uhr morgens. »Unfaire Ranger-Privilegien«, erklärte ich schnell, und deutete auf das unscheinbare Schildchen, das auf der Armatur vor meinem Lenkrad lag. Für *Parks Canada* unterwegs zu sein hatte so seine Vorteile. Ich stieg aus und hörte kurz darauf, wie sie die Schiebetür auf ihrer Seite öffnete. Ich lief um den Van herum und packte schweigend neben ihr den Rucksack, während sie die Wanderschuhe anzog.

»Ich kann den Rucksack ruhig auch mal tragen«, sagte sie und drückte sich mit einem grunzenden Laut in die schwarzen Stiefel.

»Danke, darauf komme ich heute vielleicht wirklich zurück.« Die bisherigen Wanderungen waren eher Spaziergänge gewesen. Heute würde das anders aussehen, so viel hatte ich Tara auf dem Weg hierher verraten, und da waren ein paar Kilometer ohne Rucksack definitiv eine Erleichterung.

Fertig gepackt und angezogen schlugen wir die Vantür zu. Wasser und Essen waren im Rucksack verstaut, die Sonnencreme im Gesicht verteilt und die Kappen auf unseren Köpfen würden uns vor einem Sonnenstich bewahren.

»Also dann«, sagte ich und ging quer über den Parkplatz. Tara folgte mir und sah sich um.

»Ganz schön groß, das Ding.« Sie drehte sich einmal um die eigene Achse, und ich war erstaunt, dass sie währenddessen weiterlaufen konnte und nicht über ihre Beine stolperte.

»Das ist nur einer von drei Parkplätzen, und die meisten reisen sowieso mit Bussen an.« Ihrem Gesichtsausdruck nach zu urteilen, war das nicht die Antwort, mit der sie gerechnet hatte. Wir schlossen uns dem Strom an Menschen an und gingen in Richtung des Seeufers. Es hatte keine zwei Minuten gedauert, da wurde ich von den absolut unpassend gekleideten Touris daran erinnert, wieso ich es am Lake Louise hasste.

»Mein Gott, was ist das denn?« Hinter der Reihe aus Tannen kam eine Ecke des Hotelkomplexes zum Vorschein, den Tara bestaunte.

»Das *Fairmont.*« Ich zog einen Bogen in der Luft und sprach so, als würde gleich ein glitzernder Regenbogen zwischen meinen Händen erscheinen. »Wo atemberaubende Aussichten auf verantwortungsvollen Tourismus treffen.« Tara lachte, und das spornte mich an, weiterzumachen. »Genießen Sie Ihre ruhige, erholsame Auszeit inmitten der unberührten Natur in einem unser 539 Zimmer, wo Luxus an der Tagesordnung steht.« Tara lachte weiter und schüttelte den Kopf.

»Woher hast du das denn?«

»Steht auf der Website.« Ich zuckte mit den Schultern und sah zum Hotel. »Ich denk mir den Mist doch nicht aus.«

»Widerspricht sich das alles nicht ein bisschen?« Taras Blick ging ebenfalls zum großen Eingang des beigebraunen Riesenkomplexes. Der gepflegte Vorgarten, der sicher ebenfalls irgendwo mit fünf Sternen ausgezeichnet war, war offiziell nur für die Kundschaft des Hotels zugänglich. Die Menschenmassen, die darinstanden und fröhlich Fotos von sich knipsten, zeugten mal wieder davon, wie gut Touris Schilder lesen konnten.

Wir liefen den asphaltierten Weg weiter und standen kurze Zeit später bereits am Ufer des Lake Louise.

»Das ist es?«

Tara

Ich sah Jaimie an und dann zurück zum See, der angeblich *die* Sehenswürdigkeit in Kanada sein sollte. Jaimie nickte nur wissend und hob die Schultern.

»Und du konntest es gar nicht erwarten herzukommen.« Er lachte, und ich war mir sicher, einen leicht triumphierenden Unterton herauszuhören.

»Da wusste ich aber noch nicht, dass mich ein Steg voller Menschen erwarten würde, die …« Ich sah erneut zu einer kleinen Gruppe Menschen, die dabei waren, für ein Foto mit dem türkisblauen See im Hintergrund zu posieren. »Ist das ein Anzug?!« Ungläubig sah ich zu Jaimie, der nur nickte. »Und damit will er wandern gehen?« Natürlich nicht. Die Antwort war mir durchaus selbst bewusst.

»Ich glaube, sein Weg nach der perfekt geplanten Fotosession führt ihn entweder ins Hotelrestaurant oder wieder zurück nach Hause«, erwiderte Jaimie.

Ich öffnete den Mund, schloss ihn dann aber wieder. Den gesamten hellen Holzsteg entlang drängten sich Menschen, die ihre Bildausschnitte so zurechtrückten, dass es auch ja so aussah, als wären sie die einzigen Menschenseelen, die an diesem Tag den Lake Louise besuchten.

»Es gibt Leute, die sich nur kurz an dieses Ufer stellen, ein Foto knipsen und dann wieder nach Hause fahren?«, fragte ich fassungslos.

Jaimie nickte, und ich konnte nicht so recht glauben, was ich da hörte.

»Na klar. Und nicht gerade wenige davon.« Es gelang mir nicht, etwas dagegen zu tun – der Anblick ekelte mich an. Diese offensichtliche Zurschaustellung, verpackt auf einem Bild für Social Media. Nur um beweisen zu können, mal am Lake Louise gewesen zu sein. Kanada zu kennen.

»Und die da?« Ich zeigte nach links auf die gewaltige Schlange aus Touris und runzelte die Stirn. »Wofür stehen die an?«

Ein spöttisches Lächeln zupfte an seinen Mundwinkeln. »Fürs Kanufahren. Kostet auch nur zweihundert Dollar die Stunde, aber wenigstens können sie anschließend behaupten, auf dem Lake Louise abenteuerlustig gewesen zu sein.«

»Großer Gott«, murmelte ich und fuhr mir mit einer Hand über den Nacken. »Das ist alles so …«

»Fake?« Jaimie hob die Augenbrauen. »Der See ist ein Touristenmagnet.«

»Auf den Bildern sah es aber immer so anders aus. Schöner.«

Ihm entfuhr ein Schnauben, und er lehnte sich zu mir. Ich blinzelte überrascht, rührte mich aber nicht vom Fleck. Und ich gab mir große Mühe, seinen mittlerweile vertrauten, sauberen Duft nach Wald, Kernseife und Jaimie zu ignorieren. Belustigung blitzte in seinem Blick auf, und er senkte den Kopf, als wollte er mir ein Geheimnis verraten. »Das liegt daran, dass es Bilder sind, Tara. Glaub nicht alles, was du im Internet siehst. Das ist nicht echt.«

Ich verdrehte die Augen. »Oder ein Perspektivwechsel.« Ich nutzte die Gelegenheit, um mich wieder dem Lake Louise zuzuwenden. Der Gletscher auf der anderen Seite des Sees war … nicht mehr das, was er einmal gewesen war. Er war weder einschüchternd noch beeindruckend. Eher ein stetig schmelzender Schatten seiner selbst. Der Anblick stimmte mich traurig. »Ich hasse Menschen«, murmelte ich. »Wenn wir nicht wären, wäre dieser Ort immer noch unberührt und so schön, wie er auf den alten Bildern ist.«

»Endlich sprichst du meine Sprache.«

»Komm, Griesgram«, sagte ich, drehte mich wieder zu Jaimie um und ergriff seinen Unterarm. »Verschwinden wir von hier. Ich glaube, ich habe genug gesehen.«

»Sicher?«, fragte er verblüfft. Er war allerdings nicht sonderlich gut darin, seine Erleichterung zu verbergen. Ich wusste, dass er ohne mich Lake Louise ausgelassen hätte. Immerhin war er schon öfter dort gewesen.

Ich lächelte ihn an und zog unauffällig meine Hand zurück. »Du wolltest mir immerhin dein Kanada zeigen. Das zum Thema Perspektivwechsel.«

»Wir brauchen keinen Perspektivwechsel, sondern vor allem einen Standortwechsel.« Jaimie lachte kopfschüttelnd. »Komm. Es gibt einen Wanderweg, der hoch zu einem Teehaus führt. Wird dir gefallen.«

Wir machten uns auf den Weg und liefen an den vielen Touris vorbei, mit ihren Handys, Reiseführern und den wuchtigen Kameras, die dem ein oder anderen älteren Mann mit Sonnenbrille um den Hals baumelten.

Ich vergrub die Hände in den Taschen meiner Jacke, die ich mir sicher im Laufe des Tages noch um die Hüfte binden würde, und folgte Jaimie. Der See glitzerte im Sonnenlicht, und ich betrachtete mit geschürzter Lippe, wie ein Kanu voller unfähiger Touris sich stetig im Kreis drehte. »Stellst du dir auch manchmal vor, wie ein riesiger Krake auftaucht und alles mit sich in die Tiefe reißt?«

Jaimie schwieg einen Augenblick, drehte sich aber nicht zu mir um. »Äh … nein?«

Ich zuckte mit den Schultern. »Ich auch nicht.«

»Hab ich dir schon mal gesagt, dass du seltsam bist?«, stellte er die Gegenfrage.

»Das wäre ein schwerer Vorwurf. Das hat nämlich noch nie jemand zu mir gesagt.«

Ich hörte ihn schnauben und sah, wie er den schweren Rucksack richtete und wie seine Schultern zuckten. Ich konnte nicht anders, als zu lächeln. Vermutlich sollte es mich nicht so freuen, ihn zum Lachen zu bringen.

Auf dem breiten Weg zum Teehaus kamen uns einige Menschen mit kleinen, durchsichtigen Müllbeuteln entgegen, die bei jedem Schritt an ihren Fingern baumelten. Ich spürte Jaimies Blick auf mir, der meine Verwirrung richtig deutete.

»Das Teehaus am Lake Agnes lebt komplett autark.« Ich sah zu Jaimie, der die Hände in den Schlaufen der Rucksackgurte verankert hatte. »Die Mitarbeitenden bleiben mehrere Tage oben und nehmen bei jedem Aufstieg Lebensmittel mit und beim Abstieg Müll, der dort oben nicht entsorgt werden kann. Aber es ist teilweise so viel, dass sie absteigende Wandernde darum bitten, eine kleine Tüte mitzunehmen.« Jaimie zuckte mit den Schultern, als hätte er mir nicht gerade von einem klugen System erzählt, das sicher auch in den Alpen von Nutzen sein könnte. Wir liefen den stetig ansteigenden Weg weiter, bis wir an der ersten Kreuzung ankamen. Wir orientierten uns an den vielen Menschen, die dem Schild in Richtung Mirror Lake folgten. Jaimies Blick gab mir allerdings deutlich zu verstehen, dass ich nicht zu viel erwarten sollte. Ich trat an den kleinen See, der im Gegensatz zum Lake Louise eher aussah wie eine kleine Pfütze. Der komisch länglich geformte Klotz dahinter, auf dessen Spitze Tannen wuchsen, faszinierte mich viel eher.

»Das ist der Little Beehive.« Jaimie trat neben mich und sah mit mir gemeinsam den felsartigen Berg hoch, der tatsächlich Ähnlichkeit mit einem Bienennest hatte. Der Mirror Lake beeindruckte einen vermutlich nur, wenn man türkisblaue Seen wie den Lake Louise oder Lake Emerald gewohnt war. Dass das Wasser, wie hier, alles spiegelglatt reflektierte, war da wohl eine Ausnahme. Eine Ausnahme, die ich in den Alpen an jeder Ecke zu sehen bekam.

Wir wanderten weiter, vorbei am Teehaus, um den Lake Agnes herum und die ungeheuer steilen Serpentinen zum Big Beehive nach oben. Wir hatten bestimmt schon gute zehn Kilometer hinter uns, und auch an Höhenmetern würden wir der 1000 heute noch gefährlich nahekommen. Ich spürte meine Oberschenkel schon seit einer guten Weile, und nach diesem Tag würde ich sicher hundemüde ins Bett fallen.

»Na dann, auf geht's zum Devils Thumb.« Jaimie stand am Plateau und ging weder in Richtung des Big Beehive noch den Weg, bei dem es sich laut dem alten Holzschild um den Abstieg handelte. Stattdessen folgte er einem kleinen Trampelpfad, der vor einer hellen, steinigen Wand endete.

»Was?« Ich sah ihn an und fragte mich, wie er immer noch so fit und entspannt wirken konnte, wenn mir die Beine bereits brannten.

»Na, wir laufen zum Devils Thumb. Steht doch auf deiner Liste.« Ich sah von Jaimie zur Wand und wieder zu ihm.

»Das … soll ein Wanderweg sein?« Ich war in Österreich noch nie einen Klettersteig mit Ausrüstung gegangen. Dort sicherte man sich allerdings mit Gurten und Karabinern in der Wand, wohingegen man hier scheinbar einfach mal die drei Meter hohe Steinwand hochkletterte. Was sollte schon passieren?

»Na klar. Hier ist die Markierung.« Er zog einen kleinen Ast näher zu mir herunter, an dem ein dünner roter Faden baumelte.

Ja nee, ist klar.

»Und jetzt auf, sonst kommen wir vor Sonnuntergang nicht mehr nach unten.« Ich sah auf die Uhr und langsam dämmerte mir, wie viele Stunden Wanderung noch vor uns lagen. Aber er hatte recht, es stand auf meiner Liste.

Über eine Stunde später stand ich auf einem gigantischen Steinplateau und sah auf die beeindruckenden Gletschermassen. Was ich am Ufer zwischen den Menschenmassen von unten bestaunt hatte, war nun auf Augenhöhe. Hier auf diesen Steinen, die wie gerade abgesägt schienen, wehte mir der eisige Wind um die Ohren, und ich fühlte mich so friedlich und frei. Als würden all die Menschen gut 800 Meter unter mir einfach nicht existieren. Was für eine schöne Vorstellung. Es hatte auch nur ein gefährlich exponiertes Stück und ein steiles Geröllfeld gebraucht, auf dem alle zehn Sekunden jemand »Achtung, großer Stein!« schrie, um hier hochzukommen. Ich folgte Jaimie das Steinfeld entlang, bis wir auf hellem, sandigem Kies standen und das Ende des Plateaus erblickten. Gerade mal drei andere Menschen saßen hier, und wir suchten uns einen freien Platz, um unser Picknick zu halten. Den Gletscher im Rücken atmete ich durch und saugte den Anblick in mir auf. Der Lake Agnes mit dem Teehaus auf der linken Seite und in der Mitte der Big Beehive, der den See vom Lake Louise trennte. Das *Fairmont* sah von hier oben wie ein Barbie-Schloss aus, nur die glitzernden Funken fehlten noch.

Jaimie rückte sich auf seinem Platz zurecht, und als sein Oberschenkel gegen meinen stieß, jagte ein Schauer durch meinen Körper. Wie ferngesteuert legte ich meine Hand auf sein Bein und dachte erst jetzt darüber nach, was ich hier tat. Erschrocken blickte ich auf, aber Jaimies sanftes Lächeln beruhigte mich. Er griff meine Hand, drückte sie kurz und schaute dann wieder in die unendliche Ferne vor uns.

»Was willst du eigentlich machen, wenn du das Studium beendet hast?« Ich sah Jaimie fragend an. Er reichte mir einen meiner Müsliriegel, dessen Packung ich dankbar aufriss. Kurz fürchtete ich, die ruhige Stimmung zu zerstören, die hier oben einfach alles einnahm.

»Die Welt retten.«

Ich riss meinen Blick von den Bergspitzen in der Ferne los und sah Jaimie an, der genüsslich in seinen Müsliriegel biss. Ich traute mich fast gar nicht, nachzufragen, ob er mich auf den Arm nahm.

»Echt?« Ich hob die Mundwinkel und sah ihn fragend an. Er nickte nur und biss erneut ab.

»Ein Schritt nach dem anderen«, sagte er mit halb vollem Mund und lächelte. Dieses Lächeln war so voller Zuversicht, als könnte er wirklich bewaffnet mit einem Testkit und dem Wissen in seinem Kopf ein Naturschutzgebiet nach dem anderen retten.

»Aber … ist das nicht … frustrierend?« Super, Tara. Warum zuversichtlich sein, wenn man auch so reagieren konnte?

»Sicher.« Jaimie zuckte nur mit den Schultern. »Aber warum aufgeben, bevor man es überhaupt versucht hat?«

»Weise Worte, Mister *Ich-bin-mir-sicher-dass-ich-kein-Pinterest-habe*.«

»Solange ich irgendetwas Gutes tue und nicht zu einem versnobten Barista in irgendeiner Großstadt werde, ist alles gut.« Jaimie lachte, und ich bewunderte ihn für den inneren Samariter, den er mir gerade offenbarte. Sein einziger Anspruch an sich selbst war, Gutes zu tun. Jeden Tag verstand ich diesen Mann etwas besser. Und jeden Tag fühlte ich mich noch mehr zu ihm hingezogen. Ich lehnte mich zu ihm rüber und legte den Kopf auf seiner Schulter ab.

»Du lässt das so klingen, als wäre das deine ganz persönliche Hölle.« Ich kicherte bei der Vorstellung, dass Jaimie einen Kunden nach dem anderen fragte, ob es noch etwas Karamellsirup dazu sein durfte. Jaimie verachtete Karamellsirup im Kaffee, das wusste ich.

»Ich würde mich lieber auf ein spitzes Nagelkissen legen, als Barista zu werden.«

»Ich hab mal gehört, das soll gut gegen Verspannungen im Rücken helfen.« Ich lachte, und Jaimies Mundwinkel zuckte ebenfalls verdächtig. Doch er schüttelte nur den Kopf und sah mich an.

Mein Blick klebte einen Moment zu lang an seinen Lippen. Ich sah ihm direkt in die Augen und wartete auf die stille Zustimmung, die als knappes Nicken folgte, ehe ich mich zu ihm beugte, meine Lippen auf seine legte und ihn küsste. Kurz und sanft und getrieben von diesem Drang, ihn zu berühren. Zu Hause würde ich mich sicher fragen, was ich hier tat, was das hier werden sollte. Ich würde mir den Kopf darüber zerbrechen, was *er* dachte und ob *ich* das überhaupt wollte.

Aber ich war nicht zu Hause. Ich war hier. Frei. Frei von jeglichen Erwartungen und Zwängen. Also war es mir egal, was das in Zukunft mal werden würde, weil es sich jetzt gerade so verdammt gut anfühlte.

»Und bei dir? Was ist deine persönliche Hölle?«, fragte er. Wir hatten uns wieder voneinander gelöst, und ich heftete erneut den Blick auf ihn.

»Ich glaube, zu wissen, dass ich – sollte ich die Praxis meiner Eltern übernehmen – für den Rest meines Lebens Kaninchenkrallen schneide und Katzen eine Wurmkur verabreiche.« Ich dachte an die Monate, in denen ich mein Vollzeit-Praktikum bei meinen Eltern absolviert und mich schon nach wenigen Wochen zu Tode gelangweilt hatte. Das durfte nicht den Rest meines Lebens so laufen. Das wurde mir in diesem Moment so richtig bewusst, da ich es zum ersten Mal laut aussprach. Ich blickte in die unendliche Weite und hatte das Gefühl, endlich Raum für diesen Gedanken zu haben. Ich sah den Horizont, der meine Sicht begrenzte und spürte gleichzeitig die Freiheit all dessen, was dahinter lag. Auf mich wartete. Wenn ich die Praxis übernahm, würde ich für immer nur in meiner eigenen kleinen Welt leben und für immer dort feststecken. An dieser Grenze, die ich mir selbst gesteckt hatte.

»Aber du wirst es trotzdem tun?« Jaimies Worte drangen sanft und klar an mein Ohr, während ich wieder den steilen Hang hinuntersah und meinen Blick über die Seen schweifen ließ, die unterschiedlicher nicht sein konnten.

»Ich weiß es nicht, Jaimie. Mein Bruder will das, und ich will meinen Bruder nicht im Stich lassen. Er wird da zusammen mit mir glücklich, ich frage mich nur, ob ich das auch kann.« Ich sah auf den Lake Louise, der von hier oben so ungesund türkis schimmerte.

Ich verbarg das Gesicht in den Händen und lachte über meine eigenen Worte. »Ich fühle mich einfach so verloren inmitten all dieser Möglichkeiten, die zu Hause auf mich warten. Und doch glaube ich im Moment, dass keine dieser Möglichkeiten mich so richtig glücklich macht.«

Ich liebte die Arbeit mit Tieren, das wusste ich. Aber seit ich hier war, mit Waschbären, Seeottern und Babybären arbeitete, konnte ich mir einfach nicht mehr vorstellen, Zwerghamster und Chihuahuas auf einem silbern glänzenden Metalltisch vor mir sitzen zu haben.

»Was glaubst du, muss passieren, damit du dich nicht mehr so verloren fühlst?«

»Ich glaube, ich habe die Hoffnung, mich irgendwo hier zu finden und dass das Verlorensein auf wundersame Art und Weise einfach verschwindet«, scherzte ich und stockte dennoch, weil es irgendwie genau das war, was ich hoffte. Es war genau das, was ich tat. Weglaufen von zu Hause, um mich irgendwo hier draußen, weit weg von meiner Realität, zu finden. Wie auch immer ich das anstellen wollte.

»Vielleicht sind das aber auch Gefühle, die nebeneinanderher existieren können«, flüsterte Jaimie und sah mich an.

»Was meinst du?« Ich schluckte.

»Dass es niemals nur das eine geben wird. Das eine kann ohne das andere quasi gar nicht existieren. Du kannst dich nur finden, wenn du vorher das Gefühl hattest, verloren gegangen zu sein. Du brauchst dieses Gefühl.«

Ich nickte. Vielleicht war es wirklich etwas, vor dem man nicht ewig flüchten musste. Vielleicht war es okay, sich in meinem Alter vor dem schienenartigen System an verschiedenen Wegen nicht sicher zu sein, welche Weiche man stellen sollte. Selbst wenn man den richtigen Weg für sich gefunden hatte, konnte man sich im Gesamtbild verloren fühlen.

Verloren und gefunden zugleich.

KAPITEL 37

Tara

Seit wir das Bett in seiner Breite verdoppelt hatten, war die Matratze zwar noch härter, aber ich schlief wie ein Stein, weil ich so viel Platz hatte.

»Gute Nacht.« Jaimie stand in der offenen Tür des Vans und sah mich an. Der kühle Luftzug umwehte meine nackten Füße, die ich schnell unter die Decke zog.

»Gute Nacht«, flüsterte ich, während Jaimie den Schlafsack aus der Box holte. Ich hatte lange überlegt, ihn zu fragen, ob er bei mir schlafen wollte. Wirklich lange. Wir waren einige Kilometer weit gefahren, bis wir einen Campingplatz mitten im Nirgendwo gefunden hatten, auf dem wir übernachten konnten. Ich hatte ausgiebig und warm geduscht, während Jaimie Abendessen gekocht hatte. Wollte ich, dass er bei mir schlief? War ich bereit für die Zurückweisung, sollte seine Antwort Nein lauten? Ich wünschte mir, ich könnte dieses gnadenlos nervige Overthinking abstellen, aber Teile der alten Tara würden mir wohl auch hier in Kanada erhalten bleiben.

Wenn wir uns in Nanaimo geküsst hätten, wäre nichts passiert. Keine Konsequenzen, wir wären jeder nach Hause gegangen, in unsere Zimmer, in unsere Betten. Allein. Wer weiß, wann wir uns das nächste Mal über den Weg gelaufen wären und was dann passiert wäre. Ob wir uns noch mal geküsst oder sogar wie zwei Teenager hemmungslos miteinander rumgemacht hätten. Bis sich die Frage gestellt hätte, hätte ich bestimmt Mila das Ohr abgekaut, ihr von meiner Verwirrung berichtet und sie gefragt, was ich tun sollte. Nicht hier. Wir hatten jede Minute miteinander verbracht, seit wir uns nähergekommen waren. Und jetzt, wo Jaimie die zweite Nacht in Folge am Van gestanden hatte, nur wenige Zentimeter von meinem Bett entfernt, fragte ich mich, ob ich ihn hätte bitten sollte, bei mir im Bett zu schlafen. Ich wusste ja nicht einmal, ob ich mir das wünschte. Weil ich keine Zeit allein hatte, in der ich in Ruhe nachdenken konnte. Aber bis ich mich entschieden hatte, war die Situation schon wieder vorbei gewesen. Die Sonne war längst untergegangen, und mein Blick glitt durch das Fenster zum tiefschwarzen Nachthimmel, an dem lauter Sternenpunkte leuchteten. Ich spürte, wie meine Lider immer schwerer wogen, und irgendwann schlief ich über all den unbeantworteten Fragen einfach ein.

Ein lautes Donnergrollen riss mich aus dem Schlaf. Ich schreckte hoch und blinzelte einige Male, bis ich mich orientiert hatte. Was zum … Ein greller Blitz erleuchtete das Van-Innere, dicht gefolgt von einem erneuten Donner. Der Regen prasselte hart gegen das Dach des Vans und war so laut, dass ich fast meine eigenen Gedanken nicht hörte. Das Unwetter draußen tobte, und unter keinen Umständen wollte ich bei diesem Wetter draußen sein.

Jaimie!

Ich setzte mich leicht auf und kippte das Fenster hier hinten am Bett. Das Unwetter schien nun noch näher zu sein, und der Regen dröhnte noch lauter in meinen Ohren.

»Jaimie!« Meine Worte drangen kaum durch den ohrenbetäubend lauten Regen.

»Tara?« Ich hörte Jaimies Stimme nur leise.

»Komm rein!«, rief ich und versuchte, ihn in der Dunkelheit

auszumachen. Er musste schon klitschnass sein. Es gab keine Möglichkeit, dass der Regen nicht überall unter sein Tarp und in den Schlafsack gedrungen war.

»Tara, es ist schon okay …« Aber ich ließ ihn nicht ausreden.

»Jetzt hör schon auf und komm rein. Keine Widerrede.«

Eine schwarze Silhouette tauchte vor mir auf. Er näherte sich dem Van in schnellen Schritten. Unter dem Arm trug er zusammengeknüllt seinen Schlafsack. Er öffnete den Van, schmiss den Schlafsack auf den Boden und sich hinterher.

»Mein Gott«, stieß er aus und schüttelte sich wie ein nasser Pudel. Ich knipste das kleine, batteriebetrieben Licht an, das an einer kleinen Schnur von der Decke baumelte. Ich erschrak bei dem Anblick von Jaimie, der auf dem winzigen freien Fleck vor dem Bett auf dem Boden saß. Er schüttelte sich nicht nur wie ein nasser Pudel, er sah auch aus wie einer. Das weiße Schlafshirt klebte ihm eng am Körper und ließ seine Haut durchschimmern. Ich löste den Blick und sah ihm direkt ins Gesicht, in dem überall nasse Strähnen klebten.

»Warum bist du nicht einfach reingekommen?« Ich wollte ihn weiter vorwurfsvoll ansehen, aber ich war zu beschäftigt damit, in einer Kiste nach Handtüchern zu wühlen. Ich warf ein kleines in seine Richtung, mit dem er über seine Haare rubbelte, und schmiss kurz danach ein großes direkt hinterher.

»Ich wollte … dich nicht aufwecken«, stammelte er, und ich traute meinen Ohren nicht.

»Na klar. Lassen wir Tara in ihrem gemütlichen, trockenen Bett schlafen, während du dir da draußen den Tod holst«, sagte ich und klang wie meine Mutter, obwohl die Worte, die ich sagen wollte, andere waren. »Danke«, nuschelte ich und öffnete die Box, in der Jaimie seine Kleidung verstaute. Das war so dumm. Aber auch so süß. Eine ungesunde Mischung aus beidem. Jaimies klappernde

Zähne holten mich zurück aus meinen Gedanken. Schnell schloss ich das Fenster, das immer noch einen Spalt weit geöffnet war, und sah Jaimie dann an.

»Du musst raus aus den Sachen. Sofort.« Sicher war nicht nur sein T-Shirt so nass. Der Schlafsack hatte wohl bei dem Regenguss da draußen aufgegeben. Zumindest bildete sich unter dem dunklen Stoff schon eine traurige Pfütze. Jaimie richtete sich auf, blieb mit leicht geknickten Beinen stehen und lehnte den Kopf leicht zur Seite, da er mit dem Ohr bereits an die Decke stieß. Ich musste ihm nicht näherkommen, um die Gänsehaut zu sehen, die seinen ganzen Körper überzog. Jaimie zog sich das klitschnasse Shirt über den Kopf, und ich wandte mich schnell ab. Ich musste meinen Händen dringend etwas zu tun geben, sonst würde ich starren und womöglich auch noch anfangen zu sabbern.

»Hier!« Ich reichte Jaimie eine Mülltüte. »Tu die nassen Sachen da rein, darum können wir uns morgen kümmern.«

Er nahm sie mir aus der Hand, während er nur noch in Boxershorts vor mir stand. Als er die Mülltüte nahm, berührten sich kurz unsere Finger, und ich zuckte zurück. Seine Finger waren so kalt wie Eiszapfen. Er musste dringend trocken werden und sich wieder aufwärmen.

Wortlos reichte ich ihm frische Boxershorts aus seiner Kiste, und er nahm sie mit einem kaum merklichen Nicken an sich. Ich drehte mich weg und hörte es hinter mir rascheln. Vermutlich legte er die nassen Boxershorts zu den restlichen triefenden Sachen und … stand damit nackt hinter mir. *Einfach weiter die spannend braune Wand des Vans angucken, Tara. Ein Krake im Lake Louise, zwei Kraken im Lake Louise, drei …*

»Kannst.« Jaimies Stimme bibberte so sehr, dass jegliche Gedanken aus meinem Kopf verschwanden. Seine Zähne schlugen klappernd aufeinander, und ich sah ihn an. »Reichst du mir bitte noch ein Shirt, Pulli und Jogginghose?« Jaimie schlang die Arme um seinen Oberkörper und tänzelte fröstelnd auf der Stelle.

»Nein«, sagte ich nur. Jaimies verwirrtes Gesicht ließ mich zurückrudern. »Also … du … ich«, stotterte ich und schlug dann stattdessen die Decke über meinen Beinen zurück und hielt sie hoch. »Komm her!«

Jaimies verwirrter Gesichtsausdruck verschwand nicht. Er sah mich an wie ein Auto. Ein nasses, kaltes Auto, das ich dringend enteisen musste, oder so.

»Stell dich jetzt bitte nicht an, aber es wird ewig dauern, bis du von allein wieder aufgewärmt bist. Also legst du dich jetzt einfach zu mir. Und das funktioniert am besten, wenn …« Ich stockte und sah an Jaimie herab.

»Ich so wenig störende Kleidung anhabe, wie möglich«, vollendete er meinen Satz, und ich nickte. Ich war dankbar, dass er keinen Witz riss und einfach zu mir ins Bett krabbelte. Er kringelte sich in der Embryonalstellung zusammen, und nur wenige Sekunden später hatte ich mich als großer Löffel hinter ihn gekuschelt und die Decke eng um uns geschlungen. Mein Gott, er war ein einziger Eiszapfen. Ich lachte leise auf, während ich einen Arm ganz selbstverständlich um Jaimies Bauch legte, um ihn noch näher an mich heranzuziehen.

»Was?« Jaimies Stimme war kaum mehr als ein Flüstern, aber es war ein Fortschritt, dass seine Zähne nicht mehr so unaufhörlich klapperten.

»Nichts, ich habe nur gerade gedacht, dass ich so was wie deine menschliche Wärmflasche bin.« Ich schmiegte mich eng an Jaimies Rücken und nahm jeden Zentimeter wahr, an dem meine nackte Haut seine berührte.

»Wenn es dazu führt, dass wir kuscheln, begebe ich mich gern häufiger in den eisigen Regen.« Mein Herz setzte einen Schlag aus.

Damit hatte ich nicht gerechnet, aber Jaimie überraschte mich jeden Tag aufs Neue.

»Soll das heißen, dass du das hier genießt?«, fragte ich bewusst provokant und strich mit der flachen Hand über seinen Bauch.

»Das soll vor allem heißen, dass es besser für mich ist, dass ich der kleine Löffel bin.« Es dauerte einige Sekunden, bis ich die Bedeutung seiner Worte vollkommen verstanden hatte. Aber anstatt aufzulachen oder gespielt schockiert seinen Namen zu sagen, lag ich einfach nur da, atmete ruhig und spürte die Hitze, die bei seinen Worten durch meinen Körper schoss und sich genau dort bündelte, wo sein Hintern sich gegen mich presste. Halleluja.

Jaimie

Meine Augen waren weit aufgerissen. Ich hatte Tara wirklich gestanden, dass ich kurz davor war, hart zu werden. Allein der Gedanke daran, sie vor mir zu spüren, reichte. Ich kämpfte dagegen an, seit mir ein wenig wärmer geworden war. Warm genug, um den Nebel aus meinem Kopf zu vertreiben und zu verstehen, wo ich gerade lag. Mit *wem* ich hier gerade lag. Taras Finger strichen sanft über meinen Bauch, und die feinen Härchen, die sich dort aufstellten, hatten nichts mehr mit der Kälte zu tun.

»Du, Jaimie.« Taras Stimme klang leicht schläfrig. Auch mein Körper fühlte sich mit jeder Minute erschöpfter und müder an.

»Hmm«, brummte ich nur und spürte, wie sie sich einige Millimeter zurechtrückte und ihr Schlafshirt ein wenig hochrutschte, sodass ihre warme Haut dort jetzt genau auf meinen Rücken traf.

»Ich glaub, ich mag dich.« Sie flüsterte an mein Ohr und kitzelte dabei die empfindliche Stelle direkt darunter. Ich wusste nicht, ob sie schon aus dem schlaftrunkenen Delirium sprach, oder ob ihr diese Worte in vollem Bewusstsein über die Lippen kamen. Der Satz jagte Funken durch meinen Körper, die dafür sorgten, dass mir gleich noch etwas wärmer wurde.

»Ich dich auch«, sagte ich, ohne zu zögern, und spürte, wie sie ihre Hand leicht gegen meinen Bauch drückte.

»Verrückt«, murmelte sie, und ihre Worte klangen so verwaschen, dass ich mir sicher war, dass sie jeden Moment wegdösen würde. »Ich wusste gar nicht, dass du auch Gefühle hast.«

Gleich nachdem sie die Worte ausgesprochen hatte, folgte ihr ruhiger, gleichmäßiger Atem, der in der immer gleichen Frequenz auf meine Haut traf und dafür sorgte, dass sich meine Nackenhärchen aufstellten.

Wusste ich auch nicht, antwortete die Stimme in meinem Kopf nur.

Die Kälte kroch aus meinen Knochen hervor und verließ endlich nach und nach meinen Körper. Sie wurde direkt ersetzt vom Sonnenschein, den Tara in meinem Herz gepflanzt hatte. Vom Sonnenschein, der Tara war. Tara, die dafür sorgte, dass mein Herz nicht nur allein für mich schlug, nicht nur schlug, um mich am Leben zu halten. Tara, die dafür sorgte, dass mein Herz auch wieder für andere schlug. Für sie.

Mein Herz schlug für Tara.

KAPITEL 38

Tara

Der leise Regen prasselte auf das Dach des Vans, während ich langsam die Augen öffnete. Ich blinzelte einige Male gegen die Sonne an, die sich auf allen Oberflächen im Van-Inneren glänzend spiegelte. Erst als ich das ruhige, gleichmäßige Schnarchen hörte, spürte ich Jaimies Atem an meiner nackten Schulter. Ich nahm seinen Arm wahr, der um meine Taille geschlungen lag und mich eng an ihn zog. Irgendwann mussten wir uns im Schlaf gedreht haben.

Langsam drehte ich mich in seinem Griff auf die andere Seite und blickte in Jaimies Gesicht. Neugierig musterte ich ihn, ließ meinen Blick über seinen Kiefer wandern, der ausnahmsweise nicht angespannt war. Er lag so friedlich da, während er tief ein und ausatmete. Ich legte meine Hand behutsam auf seine Wange und fuhr mit meinem Daumen über die kratzigen Bartstoppeln. Jaimies Arm hob sich, und er legte seine Hand direkt auf meine, die Augen immer noch geschlossen. Ich erschrak nicht bei seiner Bewegung, sondern schmiegte mich nur noch etwas enger an ihn. Ich schloss die Augen und lag nun so nah an Jaimie, dass seine Nasenspitze meine berührte. Sein warmer Atem kitzelte an meinen Lippen, und ich war mir sicher, dass kaum noch ein Millimeter Abstand dazwischen lag.

Jaimies Daumen strich über meinen Handrücken, und ich spürte die leichte Regung in seinen Kiefermuskeln, während er das Gesicht leicht verzog. Zu einem Lächeln, vermutete und hoffte ich zu gleichen Teilen. Mein Herz schlug gleichmäßig in meiner Brust, auch wenn die Aufregung mir bis in die Fingerspitzen kribbelte. Das stetige Grillenzirpen drang durch das gekippte Fenster, und gemeinsam mit der Welt da draußen wachten wir auch hier drinnen auf. Gemeinsam.

Ich zog meine Hand unter seiner hervor und fuhr über Jaimies Seite, den Hals entlang über seinen Oberkörper, bis ich an seiner Hüfte angekommen war.

Jaimie atmete tief ein, als ich mit der Spitze meines Zeigefingers feine Linien auf seiner Haut zog, bis ich an den Bund seiner Boxershorts stieß. Der Stoff störte mich. Ich wollte Jaimie überall berühren. Kreise und Muster mit meinem Finger auf seinem gesamten Körper hinterlassen.

Jaimies Hand wanderte über meinen Kopf, strich sanft über meine Haare und legte sich schließlich in meinen Nacken. Er zog mich sachte an sich, auch wenn mich eine ungeahnte Kraft schon längst zu ihm zog.

Meine Beine waren mit seinen verschlungen, während wir die letzten Millimeter überbrückten, und unsere Lippen sanft aufeinandertrafen. Ich genoss die Wärme seiner Lippen und küsste ihn sanft, weckte ihn mit jeder Bewegung ein kleines bisschen mehr auf.

Ich wollte mehr von ihm, und im gleichen Moment spürte ich Jaimies Zunge in diesem Kuss.

Ich teilte meine Lippen und ließ mich noch tiefer in diesen Moment fallen. Jaimies Finger in meinem Nacken hielten mich fest, während sein Daumen an der empfindlichen Stelle hinter meinem Ohr lag. Ich rückte meine Beine zurecht und presste meine Hüfte gegen seine, woraufhin er leise an meine Lippen stöhnte. Mein Schlafshirt fühlte sich mit einem Mal seltsam kratzig an, dabei wollte ich nur seine Haut auf meiner spüren. Seine Wärme, die sich mit meiner vermischte unter dieser Bettdecke, die uns beide vor der Welt da draußen schützte.

Ich ließ meine Hand unter den Saum seiner Boxershorts gleiten und fuhr an seiner Hüfte entlang bis zu seinem Rücken. Jaimie löste sich aus unserm Kuss, und ich folgte ihm mit meinem Blick, während er sich aus seiner Boxershorts schälte.

Anstatt ihn weiter anzustarren und bei jeder kleinsten Bewegung mit Blicken zu verfolgen, beschloss ich kurzerhand, mir mein Shirt über den Kopf zu ziehen. Jaimie schmiss die Boxershorts irgendwo in den Van, drehte sich zu mir und erstarrte mitten in der Bewegung. Ich saß auf dem Bett, das für zwei Leute immer noch recht schmal war, in nichts weiter als meinem knappen Slip. Ich ließ meine Hände sinken, stützte sie links und rechts von mir auf der Matratze ab und genoss, was mein Anblick mit Jaimie machte. Er schluckte schwer, und ich sah seinen Adamsapfel auf und ab hüpfen. Wir saßen da, sahen einander an und ließen unsere Blicke über jeden Zentimeter nackter Haut wandern.

Jaimies Brustkorb hob und senkte sich in gleichmäßigen tiefen Zügen. Ich glitt mit meinem Blick über seinen Oberkörper, die definierten Brustmuskeln und die Haare darüber. Alles in mir verlangte danach herauszufinden, wie sich seine Brust unter meiner Hand anfühlen würde.

Ich wanderte mit dem Blick immer tiefer, bis ich bei seiner Erektion angekommen war. Ich konnte meinen Blick nicht losreißen, starrte auf Jaimies Penis, aber es war nicht unangenehm. Jaimie und ich erkundeten einander mit Blicken, und ich glaubte, nie ein heißeres Vorspiel erlebt zu haben. Oder eher Vor-Vorspiel.

Kurz packte mich ein Gedanke, ich stand vom Bett auf, ging den Schritt zum Beifahrersitz und beugte mich darüber. Ich spürte Jaimies Blick auf meinem Hintern, während ich nach vorn gebeugt nach meinem Portemonnaie im Handschuhfach wühlte, und nach dem Kondom griff, das darin lag. Mental machte ich mir eine Notiz, Mila für ihre Weitsicht zu danken. Später. Wenn wir hier fertig waren.

Ich reichte das Kondom an Jaimie weiter, dessen Blicke auf meiner Haut brannten, und stockte, als unsere Finger sich berührten.

»Also … wenn du möchtest«, flüsterte ich. Einen winzigen Augenblick packte mich eine Unsicherheit. Was, wenn er gar nicht so weit gehen wollte?

»Ich möchte.« Jaimie beugte sich nach vorne und hauchte die Worte zusammen mit einem Kuss in meine Halsbeuge. Ich glaube, ich hatte noch niemanden so sexy gefragt, ob er mit mir schlafen wollte. Ich löste mich von ihm, aber nach diesem kurzen Moment, da sein Atmen meine Haut gestreift hatte, wollte ich ihm noch näher sein.

»Komm her«, flüsterte ich und biss mir leicht auf die Unterlippe, um das Verlangen in mir zu kontrollieren. In meiner Mitte pochte es gefährlich, alles schrie nach schnellem Sex und einem Orgasmus. Aber das hier war kein Schneller-Sex-Moment. Zwischen uns knisterte die Anspannung der letzten Wochen, die sich angefühlt hatten wie Monate. All die Momente, in denen ich ihn erst aus sicherer Distanz beobachtet und dann immer besser kennengelernt hatte. Jaimie war innerhalb weniger Sekunden bei mir, stützte die Arme auf der Matratze ab und drückte seine Brust gegen meine. Langsam schob er mich nach unten, bis ich die warmen Laken in meinem Rücken spürte und mich ganz in die Matratze sinken ließ. Jaimie lag auf mir, federte sein Gewicht mit seinen Armen ab, während seine Erektion hart gegen meinen empfindlichsten Punkt drückte. Nur das kleine Stück Stoff um meine Hüfte trennte mich noch vom Gefühl von Jaimies Penis an mir. In mir. Er küsste mich, und ich küsste ihn. Immer noch mit dieser alles einnehmenden Ruhe und doch fordernder als eben noch. Ich wollte ihn und ließ ihn das deutlich spüren. Jaimie küsste mich auf den Hals, die empfindliche Stelle hinter meinem Ohr und ließ seinen Mund über mein Schlüsselbein zu meiner Brust wandern. Er umkreiste meinen Nippel mit der Zunge, und die Luft, die über meine feuchte Haut zog, hinterließ ein angenehm kühles Gefühl. Er umschloss meinen Nippel mit seinem Mund, saugte daran und entlockte mir damit ein leises Stöhnen. Ich presste ihm meine Hüfte entgegen, woraufhin er für den Bruchteil einer Sekunde innehielt. Eine Hand vergrub ich in Jaimies Haaren, die andere im Laken neben mir. Er zog seine Spur aus Küssen meinen Körper entlang immer weiter nach unten, bis er mit seinem Mund den Bund meines Slips zur Seite schob. Ich war unsicher, was er vorhatte, beschloss aber kurzerhand, dass ich das sexy Slip-Ausziehen überspringen würde. Weniger Zeit mit Klamotten. Mehr Zeit mit Jaimies nackter Haut auf meiner. Überall.

»Ich will dich lecken.« Jaimie sah zu mir hoch, den Kopf zwischen meinen Beinen, bereit seine Zunge über mich gleiten zu lassen. Ich sog scharf die Luft ein, schaute in Jaimies grün schimmernde Augen und nickte nur. »Bist du getestet … also … kann ich …« Jaimie sog die Unterlippe ein, während er süß herumstammelte.

»Ja«, hauchte ich, »direkt vor Kanada.« Ich war mir sicher, noch nie so offen mit einem Mann kommuniziert zu haben. Erst recht nicht über sexuell übertragbare Krankheiten. »Du auch?« Er nickte, während ich ihn weiter ansah und mir sicher war, dass mein Verlangen in meinen Augen zu sehen war. Einen kurzen Moment hielt er meinem Blick noch stand, dann traf seine Zunge auch schon auf meine pulsierende Haut. Er glitt mit der Zunge zwischen meine Vulvalippen, bis er sanft auf meine Klitoris traf. Ich bog den Rücken durch und packte Jaimie an den Haaren, als er genau den richtigen Punkt traf. Ich schloss die Augen, ließ mich in diesen Moment fallen, während ein Schauer nach dem andern durch meinen Körper fuhr. Jaimie hielt inne, und als ich die Augen öffnete, starrte ich direkt in seine. Ein winziges Lächeln umspielte seine Lippen, als er einen Arm unter meinen aufgestellten Beinen hervorzog und seinen Daumen auf meine Klitoris legte. In langsamen, kreisenden Bewegungen massierte er mich, und ich schluckte schwer, während sich das gute kribbelige Gefühl konstant aufbaute. Jaimies Bewegungen wurden schneller, unruhiger, aber ich legte meine Hand vorsichtig auf seine.

»Langsamer«, flüsterte ich ruhig und war im gleichen Moment von mir selbst überrascht. Jaimie gab mir die Sicherheit zu kommunizieren, was ich wollte. Er nahm etwas Druck aus seiner Bewegung und fand in einen gleichmäßigen Rhythmus zurück.

»So?« Sicher sah er mich an, aber ich hatte die Augen schon wieder geschlossen. Ich nickte knapp, während mir ein Stöhnen entwich. Das war sicher Antwort genug. Jaimie leckte mich, sog im perfekten Winkel an meiner Klitoris, was mich in wenigen Minuten dem Höhepunkt gefährlich nahe brachte. Ich griff in seine blonden Haare und drückte ihn von mir. Er hielt inne und sah mich verwirrt an.

»Noch nicht«, keuchte ich außer Atem und stützte die Unterarme auf. Ich wollte noch nicht kommen, sondern das Gefühl, kurz davor zu sein, so lange wie möglich auskosten. Ich griff nach Jaimies Schulter und zog ihn sanft zu mir, bis er neben mir lag. Meine Beine umschlangen seine, während ich seine Härte zwischen meinen Beinen spürte. Ich legte eine Hand an seine Wange und küsste ihn. Küsste ihn immer weiter, während ich meine Hand langsam nach unten wandern ließ. Kurz bevor ich seinen Penis erreichte, hielt ich inne und sah ihn fragend an. Er rutschte höher, drängte sich meiner Hand entgegen, was mir als Antwort genügte. Ich wanderte mit meiner Hand nach unten, bis ich seinen Penis berührte. Ich fuhr sanft mit den Fingerspitzen darüber und hielt die Augen geschlossen. Ich reagierte auf jede noch so kleine Regung und spürte, wie Jaimie sich mir leicht entgegen schob, als ich seinen Penis mit meiner Hand umschloss und in langsamen Bewegungen auf und ab fuhr. Kurz dachte ich darüber nach, meinen Kopf auch zwischen seinen Beinen zu vergraben, aber ich wollte und konnte mich nicht aus diesem Kuss lösen. Jaimies Hand legte sich sachte auf meine und schob sie etwas weiter hoch zu seiner Spitze. Einige Sekunden bewegten wir uns gemeinsam, während er mir zeigte, was ihm gefiel. Er löste seine Hand und legte sie stattdessen an meinen nackten Hintern. Ich lag auf der schmalen Matratze und kostete jede Minute aus, auch wenn ich wusste, dass ich mit jeder Berührung mehr wollte. Jaimie war steinhart unter meinen Fingern, und auch ich spürte, wie feucht ich in den letzten Minuten geworden war. Langsam löste ich meine Hand und drückte gegen Jaimies Schulter, presste meine Lippen weiter auf seine, während ich ihn nach und nach auf den Rücken drehte, mein Gewicht auf ihm. Mein Blick wanderte zu dem Kondom, das am Rand der Matratze lag, und Jaimie griff danach. Ich beobachtete ihn bei jeder noch so kleinen Bewegung, sah dabei zu, wie er die Packung öffnete. Ich schluckte schwer, als sein Penis leicht zuckte, während er sich das Kondom überzog. Ich schob meine Hüfte auf seine und spürte seinen Penis an meiner Vulva, als ich mein Bein über seine Hüfte schwang. Meine Lippen fühlten sich warm und geschwollen an, als ich den Kuss unterbrach und in Jaimies glasig dunkelgrüne Augen sah. Langsam hob ich meine Hüfte, griff seinen Penis und führte ihn genau dorthin, wo ich ihn spüren wollte. Ich ließ mich langsam auf ihn sinken, während er scharf Luft einsog. Ich schloss die Augen und nahm das Gefühl in mir auf, wie er mich das erste Mal ausfüllte. Ich begann mich auf und ab zu bewegen, spürte, wie ich mich an das Gefühl von ihm in mir gewöhnte und fand in einen Rhythmus, der sowohl Jaimie als auch mir immer wieder ein leises Stöhnen entlockte. Es fühlte sich so gut an, dass ich schneller wurde und ihn immer tiefer in mir aufnahm. Ich warf den Kopf in den Nacken und spürte Jaimies Hände an meinen Brüsten, während er sich unter mir wand.

»Jaimie«, stöhnte ich und biss mir auf die Lippe, als er meinen Nippel zwischen seine Fingerspitzen nahm und sanft daran zog. Er wanderte mit den Händen an meinen Rücken und zog mich zu ihm runter. Meine Brüste trafen auf seine nackte Haut, die von einem kühlen Schweißfilm bedeckt war. Mit jeder Sekunde, die verstrich, vertrauten wir einander mehr. Ich vertraute ihm, dass er mir zeigte, was er wollte. Das Wissen, dass ich jederzeit sagen konnte, was mir gefiel, turnte mich mehr an, als ich geahnt hatte. Er hielt mich fest umklammert, während ich auf seinem Penis auf und ab glitt, und vergrub meine Hände in seinen Haaren. Auf einmal wirbelte Jaimie mich herum, und kaum eine Sekunde später spürte ich sein Gewicht auf mir. Er winkelte meine Beine an und glitt erneut tief in mich. Ich schloss die Augen nicht, hielt seinem Blick stand, während er sich immer wieder zurückzog, um dann bis zum Anschlag in mir zu versinken. Er fand das Tempo, bei dem mir ein Schauer über den Rücken lief und er den empfindlichen Punkt in meinem Inneren traf. Ich legte eine Hand auf meine Klitoris und begann mich selbst zu befriedigen, während Jaimie in mich stieß. Ich stöhnte laut, während ich spürte, dass der Höhepunkt sich anbahnte und mich gleich überrollen würde.

»Tara … ich …«, stöhnte er ebenfalls, und ich spürte, dass er auch gleich so weit war. Ich hob meine Hand und hielt inne, wartete ab, bis ich mir sicher war, dass Jaimie ebenfalls kurz davor war zu kommen. Wenige Sekunden später schloss er die Augen, zuckte zusammen, und ich legte meine Hand wieder auf meine pulsierende Mitte. Die bloße Berührung ließ mich zusammenfahren, und kaum bewegte ich meine Finger, schloss auch ich die Augen, während die Orgasmen uns gleichzeitig überrollten.

Ich lag auf der Seite, meinen Arm unter meinem Kopf und zeichnete mit dem Zeigefinger kleine Kreise auf Jaimies Brust. Immer wieder stieß ich dabei an den schmalen, länglichen Anhänger, der an einem dicken schwarzen Band an seinem Hals hing. Das dünne gepresste Silber lag auf seiner Haut, und ich musterte die zwei Tatzen darauf. Vermutlich waren es die Endorphine, die mein Blut durchströmten und meinen Kopf immer noch in einen angenehm warmen Nebel tauchten, aber anders konnte ich mir nicht erklären, dass ich ihn so frei heraus fragte.

»Sind das Bärentatzen?« Mein Zeigefinger zog eine feine Linie auf seiner Brust in Richtung des Anhängers, aber ich stockte kurz davor. Etwas hielt mich davon ab, das Metall in diesem Moment zu berühren, das von seiner Haut sicher ganz angenehm warm war. Als wäre es eine letzte persönliche Grenze, die ich noch nicht überschreiten wollte. Als hätten wir nicht gerade Sex gehabt.

Jaimies Hand wanderte zu seiner Kette, die er fest mit seiner Hand umschloss.

»Ja«, flüsterte er und starrte in die Leere hinter mir. Ich spürte, dass wir auf ein schweres Thema zusteuerten. Ich spürte es nicht nur, Jaimies Augen schrien es mir geradezu entgegen.

»Magst du mir erzählen, wofür er steht?« Ich legte meine Hand flach gegen seine Brust und spürte sein Herz dagegen schlagen. Mit jeder Sekunde, die verging, schlug es ein wenig schneller.

»Er steht für meinen Bruder und mich.« Das Kissen unter Jaimies Kopf kruschelte, als er sich darauf zurechtrückte und mich ansah.

»Hast du ihm auch mal eine Vogelbeere in die Nase geschoben?«, fragte ich, weil ich das Gefühl hatte, jede ernstere Frage würde wieder zum Abblocken führen. Jaimies Mundwinkel zuckte, aber der düstere Schatten auf seinem Gesicht gewann gegen diesen kurzen Anflug eines Lächelns. Sein Schweigen tat mir weh, und hätte ich gekonnt, hätte ich in sein Innerstes gegriffen und ihm etwas von dem Schmerz genommen, an dem er so krampfhaft festhielt. Irgendwann lockerte er seinen Griff, und zwischen seinen langen, dünnen Fingern hindurch sah ich die zwei Tatzen, die Seite an Seite auf diesem Anhänger ihren Platz hatten und sich an der Spitze berührten.

»Das erinnert mich ein bisschen an die Bärenbrüder.« Ich dachte an den traurigen Disney-Film, und wie viele Tränen ich beim Schauen vergossen hatte. Aber auch an die herzerwärmende Geschichte zweier Bären, die trotz allem ihren Weg im Leben finden.

»Josh wäre auf jeden Fall der kleine nervige Bär.« Jaimie lachte leise auf, und mein verkrampftes Herz löste sich ein Stück. Josh. So hieß also Jaimies Bruder. Jaimie und Josh.

»Hat er auch bei jedem Streit alles auf dich geschoben und kam damit durch?« Es fühlte sich an, als würde ich mich auf einer dünnen Eisschicht fortbewegen. Ich würde mich so lange voran tasten, wie das Eis mich trug. Bis ich in Jaimies Miene lesen würde, dass ich kurz davor war, einzubrechen.

»Das kannst du laut sagen«, antwortete Jaimie und schnaubte leise. Seine Mundwinkel hoben sich leicht, und der glasige Blick in Jaimies Augen ließ mich hoffen, dass er in alten Erinnerungen schwelgte, die sich nach Nostalgie anfühlten. Nach den guten Momenten, die man wie bei *Alles steht kopf* in kleinen Glaskugeln festhielt und sicher in seinem Innersten aufbewahrte.

»Erzähl mir von deinem Bruder. Wie ist er so?« Wieder ging es um Kindheitserinnerung, Geschwistergeschichten und Momente, die uns kichernd die Augen verdrehen ließen. Aber es war anders als der Moment am Wasserfall. Am Wasserfall hatte ich gesehen, dass er bei der bloßen Erinnerung an seinen Bruder im Treibsand versank. Die Geschichte von Matty und der berühmten Vogelbeere war nicht mehr als der Ast, den ich ihm gereicht hatte, um sich daran zu klammern und nicht zu versinken.

Das hier war anders. Trotz des Schattens in Jaimies Augen hatte ich das Gefühl, er wollte mir von seinem Bruder erzählen. Auf diese gute Art, die ihn leise lachen ließ. Diese gute Art, die mich hoffen ließ, dass er eines Tages wieder zurück zu seinen Eltern und seinem Bruder fand. Schließlich waren sie seine Familie. Ganz gleich, was es war, das Jaimie sich nicht verzeihen konnte.

»Wann immer wir unterwegs waren, habe ich es bereut, ihn mitgenommen zu haben«, flüsterte er mit sanftem Grinsen auf den Lippen und schüttelte leicht den Kopf, was so seitlich auf dem Kissen ein ulkiges Bild abgab. Ich hörte seiner Stimme an, dass er eher das Gegenteil meinte.

»Habt ihr viel unternommen?«

»Ja …« Jaimie ließ den Anhänger los und legte eine Hand auf meine Hüfte. »Wann immer wir konnten, sind wir in die Natur geflohen. Am besten nur mit Rucksack und Zelt.«

»Das klingt schön«, sagte ich und wünschte mir, dass Jaimie mich an mehr Erinnerungen teilhaben ließ. Vielleicht würde es auch ihm helfen.

»Das war es, aber es war auch unglaublich anstrengend.« Jaimies Hand strich sanft über meine Haut, und sein Blick glitt an mir entlang. Es war mir nicht unangenehm, dass ich nackt vor ihm lag. Ganz im Gegenteil, es fühlte sich unglaublich an, ihm so nah zu sein. Seine Wärme zu spüren.

»Wieso?«

»Josh glaubte nicht daran, alle möglichen Szenarien zu durchdenken.« Jaimies Blick lag auf mir. Das schimmernde Mondlicht spiegelte sich in dem dunklen Moosgrün seiner Augen, und ich hätte Stunden so liegen und in diesem Anblick versinken können. Vermutlich war es auch genau das, woraus mein restlicher Tag bestehen würde. »Das führte dann auch gerne mal dazu, dass das Wetter umschwang und er mir durchnässt bis auf die Knochen gestand, dass er keine Regenjacke eingepackt hatte.«

»Mutig«, sagte ich lächelnd.

»Vor allem einfach nur dumm.« Jaimie hob die Augenbraue, als würde er abwägen, ob ich auch auf die Idee kommen könnte, ohne Regenjacke wandern zu gehen. *Sicher nicht.*

Ich rückte noch ein winziges Stück näher und atmete Jaimies Geruch nach Bergen und Natur ein, der mir so vertraut in die Nase stieg. Nach Kernseife würde er bestimmt wieder riechen, wenn er später duschte.

»Aber er ließ sich keines Besseren belehren und stand regelmäßig wie ein begossener Pudel da. Mit dem breitesten Grinsen, das du dir vorstellen kannst.«

»Hmm«, brummte ich, und Jaimie zog die Augenbrauen ganz leicht zusammen. Ich zuckte nur mit den Schultern und lächelte. »Du hast jetzt zwar nicht gegrinst, aber das mit dem begossenen Pudel hast du auch ganz gut drauf.« Jaimie kniff die Augen zusammen und sah mich herausfordernd an.

»Ich bin offenbar doch wohl oder übel sein Bruder.« Jaimie schnaubte leise. Ich sah ihn an und wartete ab. Ich war ihm so nah, dass ich ihn am liebsten jede Sekunde geküsst hätte. Stattdessen lag ich einfach nur da, atmete ruhig und wartete ab, ob Jaimie mir noch mehr von seinem Bruder erzählen würde.

»Josh war einfach immer so schrecklich optimistisch, dass du andauernd die Augen verdrehen wolltest. Genau wie unser Dad.« Es war das erste Mal, dass Jaimie seine Eltern erwähnte.

»Während Josh Dads Optimismus geerbt hat, habe ich von meiner Mutter, dass ich immer für alle Fälle Desinfektionsmittel, Regenjacken und Blasenpflaster im Rucksack habe.« Ich lachte bei der Vorstellung, wie der kleine Jaimie mit seiner Mutter gemeinsam vor einem Rucksack stand und im Zweifel gleich die ganze Hausapotheke verstaute.

Die Frage, warum er keinen Kontakt mehr zu seiner Familie hatte, lag mir auf der Zunge. Aber ich hatte Angst, eine Grenze zu überschreiten, die ihn wieder verschrecken und hinter seine Mauern treiben würde. Das Thema belastete ihn nicht nur, es triggerte ihn. Das wusste ich spätestens seit dem Moment an den Wapta Falls, in dem meine Erinnerung an Matty ihn vor einer schlimmeren Gedankenspirale bewahrt hatte.

»Glaubst du an Schicksal, Jaimie?« Er blinzelte ein paarmal und sah mich dann an. Ich strich mit meiner Hand über die Haut an seiner Brust, und legte sie schließlich an seinen Hals.

»Ich weiß nicht, ich habe nicht so viel dafür übrig, meine Verantwortung für jegliche Situation mit einem *Das Schicksal wollte es so* abzutun.« Er schnaubte, und ich lächelte sanft. Ich verstand, was er sagen wollte, und sollte mich über diese Antwort nicht wundern. Vor allem, da sie von Mr. Grumpy himself kam.

»Das meine ich nicht«, sagte ich schnell. Ich war niemand, der so extrem deterministisch dachte, dass alles und jede Sekunde unseres Lebens vorherbestimmt war. »Ich frage mich nur, ob die Dinge, die uns passieren, vielleicht doch einen Grund haben. Manche zumindest.« Ich atmete ruhig und spürte, wie sich diese Gelassenheit in meinem ganzen Körper ausbreitete. Wenn man mich vor wenigen Wochen gefragt hätte, ob ich mir gerne ein Bett mit Jaimie teilen würde, hätte ich laut gelacht und einen Brechreiz imitiert. Gerade jetzt konnte ich mir aber nichts Schöneres vorstellen.

»Ich weiß nicht.« Jaimie sah mich an, doch sein Blick ging ins

Nichts dahinter. »Vielleicht«, flüsterte er, und seine raue Stimme jagte eine feine Gänsehaut über meine Arme.

»Vielleicht«, flüsterte ich ebenfalls und verschwand mit meinen Gedanken im gleichen Nirwana, in dem auch Jaimie schon versunken war.

»Sind unsere Leben dann nicht mehr als eine Aneinanderreihung von Herausforderungen und Abenteuern, die alle einen bestimmten Grund verfolgen?« Jaimie lachte leise, ich hörte den Sarkasmus in seiner Stimme, aber ich war mir sicher, dass er diesen Gedanken trotzdem mit mir teilen wollte. Weil er hören wollte, was ich davon hielt.

»Wenn du es so sehen willst, ja«, sagte ich und dachte nach. »Das heißt nicht, dass von Anfang an vorherbestimmt war, dass meine Eltern die Hürde sind, die ich vor Kanada überwinden musste. Ich meine, ich habe schließlich selbst die Entscheidungen in meinem Leben getroffen, die mich genau dahin gebracht haben.« Ich rieb meine Füße aneinander und spürte, wie Jaimie seine Beine mit meinen verschränkte. »Es war nur klar, dass diese Herausforderung kommen musste. Schließlich musste ich irgendwann lernen, mich von meinen Eltern zu lösen.« Ich dachte an ein Buch, das ich zu Beginn meines Studiums gelesen hatte: *Warum wir unseren Eltern nichts schulden*. Damals hatte ich mich noch sehr gegen die Gedanken darin gewehrt, heute verstand ich es deutlich besser.

»Verstehe«, sagte Jaimie und fuhr mit seinen Fingern meine Seite entlang. »Dann wäre *Johnson & Co.* also meine Herausforderung, über mich selbst hinauszuwachsen und meine Ziele nicht aufzugeben.« Ich nickte.

»Genau. Und du bist meine Herausforderung, auch in Zukunft griesgrämigen Männern mit Eisherzen eine Chance zu geben, weil ich durch dich gelernt habe, dass ihr alle am Ende doch nur Softies seid.« Ich dachte daran zurück, wie er mich ebenfalls dazu gebracht hatte, mich zu behaupten. Ich hatte mich von seiner schlechten Laune nicht unterkriegen lassen. Ich wusste, was ich draufhatte, ganz gleich, was er damals noch von mir gedacht hatte.

»Muss ich mich jetzt angegriffen fühlen?« Jaimie legte den Kopf leicht schief und sah mich verwundert an.

»Nein, ich steh auf Softies. Männer, die Gefühle zeigen und nicht behaupten, das sei unmännlich.« Ich küsste ihn sanft auf die Wange und lachte, während seine Bartstoppeln an meiner Haut kitzelten.

»Nieder mit dem Patriarchat!« Jaimie reckte eine Faust in die Luft. Ich schüttelte nur den Kopf und sah ihn an.

»Aber zurück zum Thema.« Er ließ die Hand auf meine Hüfte sinken, und die Hitze stieg mir in die Wangen. »Wenn ich dich dazu bringe, deine Prinzipien zu überdenken …« Er stockte und dachte nach. Mein Herz schlug aus dem Takt, und die Sekunden, die Jaimies Lippen geschlossen aufeinanderlagen, fühlten sich an wie Jahre. »Dann bewegst du mich dazu, nicht aufzugeben.« Ich öffnete den Mund und sog scharf Luft ein. Ich … was?

»Ich will jetzt nicht behaupten, dass man eine andere Person retten könnte oder so …« Er schnaubte leise und schüttelte den Kopf. »Aber du sorgst dafür, dass ich mich selbst retten will. Der Sonnenschein in dir vertreibt das graue Gewitter in meinem Kopf.« Mit jedem weiteren Wort, das Jaimie sagte, schlug mein Herz ein wenig schneller. »Und seit ich das erste Mal den Horizont so klar wieder vor mir sehe, will ich nicht mehr in den Gewitterwolken versinken.«

Ich öffnete den Mund und schloss ihn wieder. Diese Worte überforderten mich. Gleichzeitig war ich mir sicher, dass in meinem ganzen Leben noch nie jemand etwas Schöneres zu mir gesagt hatte.

»Jaimie, ich …« Ich stoppte, als Jaimie mir einen Zeigefinger auf die Lippen legte.

»Danke, Tara.« Er nahm den Finger wieder weg und legte seine Hand auf meine Wange. »Danke, dass du der Sonnenschein inmitten meiner Gewitterwolken bist.«

Ich wusste nicht, was ich machen sollte, also sprach ich den ersten Gedanken aus, der mir durch den Kopf schoss. »Wird aus uns zusammen dann ein Regenbogen? Ich meine … Wenn es regnet und die Sonne scheint …« Ich schluckte und stoppte den Wortschwall.

Jaimie sah mich an und lachte. Dieses unbeschwerte, freie Lachen, das mein Herz höherschlagen ließ und sich anfühlte, als würden wir auf dem Gipfel eines Berges stehen. Frei und unaufhaltsam.

Jaimie strich mit seinem Daumen über meine Wange und sah mich an. Dieser Blick war so intensiv, dass ich mir sicher war, er sah direkt bis in mein Innerstes. Bis an den Ort, wo in Großbuchstaben geschrieben stand, was dieser Mann in meinem Bett mit meinen Gefühlen anrichtete.

»Ja, Tara.« Die Freude verschwand nicht aus seiner Stimme, und ich rückte mein Gesicht näher an seines. »Du und ich, wir sind der schönste Regenbogen der Welt.«

Er küsste mich, und ich küsste ihn. Regenwolken trafen auf Sonnenschein, und auch wenn es unmöglich sein sollte, war ich mir sicher: Dieser Kuss schmeckte nach Regenbogen.

KAPITEL 39

Jaimie

»Okay …« Tara sog ihre Unterlippe ein, was sie immer tat, wenn sie nachdachte. »Deine Aufgabe ist es, ein ganz schlimm klischeehaftes Touri-Foto zu machen.« Sie verschränkte die Arme vor der Brust, als wäre der Sieg ihr schon sicher. Dabei stand es 2:1 für mich, wenn es darum ging, sich lustige Aufgaben auszudenken, die der andere dann erfüllen musste. Ein bisschen wie Wahrheit oder Pflicht. Nur ohne Wahrheit.

Seit einigen Stunden schon fuhren wir den Icefields Parkway, die einzige Straße, die von Banff nach Jasper führte. Alle paar Kilometer stoppten wir, so wie jetzt am Lake Peyto.

»Ich fasse es nicht, dass ich das sage …« Ich hielt mir mit Daumen und Zeigefinger die Nasenwurzel. Tara zupfte sich einen Fussel von ihrem beigefarbenen luftigen Top und sah mich an. »Aber liebend gerne.«

Ich drehte mich einmal um mich selbst und schaute zwischen all den Leuten auf der Aussichtsplattform hin und her. Irgendwo würde sich schon eine Möglichkeit bieten. Ich wartete eine kleine Gruppe ab, die gerade fleißig Fotos knipste, und stellte mich dann an die vorderste Spitze der Aussichtsplattform. Tara folgte mir, und ich drehte mich zu ihr um, wo ich sah, dass sie schon ihr Handy gezückt und auf mich gerichtet hatte.

Hinter mir lag der türkisblaue Lake Peyto vor einer eindrucksvollen Bergfront. Durch den Winkel, den Tara zum Fotografieren gewählt hatte, würde die gesamte Weite des Tals einfangen werden.

»Bereit?« Tara schaute am Handybildschirm vorbei und sah mich fragend an. Ich nickte nur und hob meinen Arm. Mit Daumen und Zeigefinger formte ich eine kleine Zange und hob mein Handgelenk so hoch, dass ich glaubte, die Illusion auf dem Foto könnte ungefähr funktionieren.

»Kannst du das Foto so ausrichten, dass es so aussieht, als würde ich den Berg mit den Fingerspitzen halten?« Taras Grinsen wurde noch breiter, und ich konnte selbst nicht wirklich glauben, dass diese Worte gerade wirklich aus meinem Mund gekommen waren.

Tara ging einen winzigen Schritt zur Seite, kippte das Handy leicht nach vorne und nickte einige Sekunden später. Ich löste mich aus der unangenehmen Pose und gab die Poleposition auf der Aussichtsplattform wieder frei.

»Das ist großartig.« Tara wischte zwischen den verschiedenen Bildern auf ihrem Display hin und her und markierte ihre Favoriten. »Das muss ich mir ausdrucken und in das Reisetagebuch kleben.« Ich schüttelte den Kopf, und konnte nicht so recht glauben, dass es wirklich geklappt hatte und ich aussah, wie ein nervtötender Tourist, der einen Berg zwischen Daumen und Zeigefinger hielt.

»Damit steht es dann wohl 3:1 für mich!« Tara hob den Kopf, und ich sah sie triumphierend an.

»Jaja, wie auch immer.« Sie winkte ab und steckte das Handy wieder weg. »Wir fahren ja noch eine Weile.« Sie zuckte mit den Schultern und lehnte sich auf das braune Holzgeländer, das die menschengeflutete Aussichtsplattform begrenzte. Ich sah kurz auf mein Handy, steckte es aber wieder ein, als ich sah, dass keine neuen Mitteilungen eingegangen waren.

»Immer noch nichts Neues.« Ich lehnte mich neben sie und starrte auf den länglichen See, der als Touri-Magnet funktionierte.

Meine Hand streifte ihre, und diese simple Berührung entlockte mir ein breites Grinsen. Dennoch fanden meine Gedanken viel zu schnell zum eigentlichen Thema zurück. Es war Tage her, seit wir das letzte Update von *Parks Canada* bekommen hatten. Das Gebiet war weiterhin gesperrt, und es würde bestimmt noch Wochen dauern, bis ich weitere Tests durchführen konnte.

»Wie stehen unsere Chancen, die Verbindung zu *Johnson & Co.* nachzuweisen?« Tara sah mich nicht an, aber ich hörte, wie der Optimismus langsam aus ihrer Stimme wich und Platz für die rauen Erkenntnisse namens Realität machte.

»Möchtest du eine ehrliche Antwort, oder eine, die dich glücklich macht?« Ich schnaubte leise. Wir beide wussten genau, was das hieß.

»Die ehrliche«, flüsterte Tara, und ich drehte mich zu ihr. Ihre blonden Haare waren zu einem lockeren Pferdeschwanz gebunden. Einige wenige Strähnen hatten sich gelöst und bildeten einen feinen Rahmen um ihr zartes Gesicht, das weniger strahlte, als ich es mir wünschte.

»Wir können es ja nicht mal selbst beweisen«, sagte ich ruhig. »Wir haben lediglich ein Motiv.«

Ich war alle Fakten und Daten durchgegangen. Immer und immer wieder. In jeder schlaflosen Minute, von der es in den letzten Tagen ziemlich viele gegeben hatte.

»Wer weiß, was man finden würde, wenn wir einen Blick ins Büro oder den E-Mail-Verkehr der Firma werfen dürften.« Ich umklammerte die Kante des Balkens, auf dem meine Unterarme stützten. »Aber es gibt weder einen Durchsuchungsbefehl, noch haben wir beide ein Detektivbüro aufgemacht.« Ich schüttelte den Kopf, bevor ich ihn auf meinen verschränkten Armen ablegte.

»Schade. Und ich dachte, du fragst mich gleich, ob ich mit dir irgendwo einbrechen will.« Tara lachte leise, und ich genoss den

Klang. »Und dann kopieren wir die Daten auf einen USB-Stick, den ich in letzter Sekunde noch einstecke, bevor der Big Boss wieder zurückkommt.«

»Seilst du dich in der Vorstellung dann auch aus dem Büro ab?«, fragte ich.

Tara richtete sich auf und nickte eindringlich. »Natürlich! In meinem komplett schwarzen Tarnoutfit aus super unpraktischem Lack und Leder.« Sie zuckte mit den Schultern, während sich vor meinem inneren Auge sehr unpassende Bilder von Tara in hautengen Lederleggings formten. Tara sah sich noch ein letztes Mal um und drehte sich dann wieder zu mir.

»Warten wir dann jetzt auf so was wie ein Wunder?« Sie lief die wenigen Treppenstufen zum Hauptweg zurück.

»Könnte man so sagen, ja.« Ich setzte meine Füße von der Holzplattform auf den Weg zurück zum Parkplatz, und allein die Tatsache, dass dieser breite Weg asphaltiert war, bewies mir, dass dieser schrecklich schöne Ort von Touris überlaufen war. Immer.

»So ein Mist.« Tara kickte einen kleinen Tannenzapfen vor ihr auf dem Weg.

»Ich glaube, wir sollten uns einfach glücklich schätzen, dass wir Chubby retten konnten. Und in ein paar Wochen können wir Tests laufen lassen und müssen einfach hoffen, neue brauchbare Daten zu finden.« Ich schob die Hände in die Taschen meiner dunklen Shorts und lief neben Tara her. Wir wussten nicht, wie sehr das Insektizid das Ökosystem beeinträchtigt hatte, und konnten quasi von vorne starten.

»Ich bin ein bisschen verwirrt, dass du optimistisch denkst und mir positiv zusprichst.« Tara lachte auf, und ich spürte ihren Blick auf mir.

Ich zuckte nur mit den Schultern, was sicher viel weniger unbeeindruckt aussah, als ich mir das in meinem Kopf vorstellte.

»Das muss dein schlechter Einfluss sein.« Ich drehte mich zu Tara und traf direkt auf ihre hellen grünen Augen, die mein Herz höherschlagen ließen.

Ich griff sie am Handgelenk, und noch bevor wir beide ganz zum Stehen gekommen waren, hatte ich sie auch schon geküsst. Als ich mich wieder von ihr löste, starrte Tara mich mit weit aufgerissenen Augen an. Ganz gleich wie oft wir uns küssten, es würde sich nie normal und alltäglich anfühlen. Wie auch, wenn jede Sekunde, die wir erlebten, fernab von Alltag war.

Wenige Stunden später saßen wir auf den Felsen, die das rauschende Wasser im Mistaya Canyon rund geschliffen hatte. Ich packte die leere Box, in der unser Mittagessen verstaut war, wieder in den Rucksack und reichte Tara die Wasserflasche.

Sie trank einen Schluck, stellte die Flasche zwischen uns und lehnte sich dann zurück. Die Sonne schien ihr auf ihr zartes Gesicht, und mich überkam das spontane Bedürfnis, ihre Sommersprossen zu zählen. Ich wollte mich so nah neben sie legen, dass ich sie am ganzen Körper berührte, und sie mich. Ich lehnte mich ebenfalls zurück, als mich ein plötzlicher Gedanke überkam. Wie würde das alles werden, wenn wir zurück in Nanaimo waren? Was würde überhaupt passieren, wenn Tara irgendwann beschließen sollte, zurück nach Deutschland zu fliegen?

Aber ich hatte kein Anrecht auf dieses Wissen, schließlich waren wir nicht zusammen. Wir waren ja nicht mal befreundet, oder? Wir waren nur zwei junge Menschen, die viel Zeit miteinander verbrachten und die Gefühle des Moments genossen. Mehr nicht.

Aber eben auch nicht weniger.

Ich zog das Handy aus meiner Tasche und tippte eine schnelle Nachricht an Zoey.

Hilfe. Ich glaube, ich mag Tara.

Es dauerte nicht lange, da war die Nachricht auch schon gelesen, und Zoey setzte zu einer Antwort an.

Sag bloß!

Direkt hinterher schickte sie ein GIF einer Katze, die schockiert die Augen aufriss.

Der Mittelfinger-Emoji schien mir eine passende Antwort zu sein.

Erzähl, wie hast du Mastermind es rausgefunden?

Ich schüttelte nur den Kopf, weil ich mir sicher war, dass Zoey gerade lachend über ihrem Handy hing. Sie hatte recht gehabt. Mal wieder.

Ich tippte die ersten Worte, die mir in den Sinn kamen, nur um sie dann doch wieder zu löschen. Mein Daumen schwebte über der Tastatur, während der winzige Cursor im Textfeld vor sich hin blinkte. Sicher drehte Zoey bald durch, wenn ihr die ganze Zeit angezeigt wurde, dass ich antwortete, aber keine Worte auf ihrem Bildschirm erschienen.

Wenn sie da ist, fühlt es sich an, als würde die Sonne scheinen. Aber in mir drin.

Ich schämte mich fast ein wenig für diese Worte, auch wenn ich mir nicht so recht erklären konnte, wieso. Was war schon dabei, Zoey zu sagen, wie es sich anfühlte. So war es nun mal.

Das kam jetzt irgendwie unerwartet.

Ich brauchte die Nachricht nicht noch ein zweites Mal lesen, um genau zu verstehen, was sie meinte. Noch bevor ich zu einer Antwort angesetzt hatte, ploppte auch schon die nächste Sprechblase auf ihrer Seite des Chats auf.

Aber ich freu mich für dich, Jaimie. Ehrlich! Glücklich sein fühlt sich toll an, oder?

Wenn sich so glücklich sein anfühlt? Dann Ja.

Ich drehte mich auf die Seite und sah Tara an, die ebenfalls ihr Handy in der Hand hielt.

»Was machst du?«

Tara

Jaimies ruhige Stimme erschreckte mich.

»Nichts«, log ich schnell und spürte, wie mir die Hitze in die Wangen schoss. Es war nicht ganz gelogen. Bis eben hatte ich noch nichts gemacht, außer die Augen im Sonnenschein zu schließen. Jetzt tippte ich eine Nachricht an Zoey.

Ich glaube, ich mag Jaimie.

Sie war online, aber es dauerte trotzdem einige Sekunden, bis sie meine Nachricht las.

Ach ne ... So 'ne Überraschung.

Ich hörte den Sarkasmus ganz klar in jedem ihrer Worte.

> Was mach ich denn jetzt? Sag ich ihm das? Ich habe Angst, dass ich mich total blamiere, weil ich da viel zu viel rein interpretiere und er mich gar nicht mag.

Ich kaute auf meiner Unterlippe herum und starrte auf das Handy in meiner Hand.

> Ach … ich glaub, da brauchst du dir keine Sorgen machen.

> Wie kannst du dir da so sicher sein?

Es brauchte wieder einige Sekunden, bis Zoey die Nachricht las, aber ihre Antwort erfolgte innerhalb kürzester Zeit.

> Ich hab da so ein Gefühl.

Ich schielte an meinem Handy vorbei und sah zu Jaimie, der meinen Blick allerdings nicht bemerkte, da er selbst im Display seines Handys versank.

Jaimie

Ich spürte Taras Blick ganz genau auf mir, während ich mich weiter auf die Worte vor mir konzentrierte.

> Ich fühle mich ein bisschen wie in der Highschool.

Das war meine letzte Nachricht an Zoey gewesen, woraufhin sie nur mit einer Reihe lachender Smileys reagiert hatte.

Glaubst du, ich kann es ihr sagen?

Zoey war durchgehend online, brauchte aber immer wieder einige Zeit, um meine Nachrichten zu lesen.

Ja.

Mehr kam nicht. Ein simples Ja.

Was ist, wenn ich gerade viel zu sehr vorpresche, es viel zu schnell geht und sie das alles gar nicht so sieht?

Mein Herz pochte so laut, dass ich mir sicher war, Tara musste jeden einzelnen Schlag hören.

Ich glaube nicht, dass das passieren wird.

Ich lachte leise auf. Natürlich, sie konnte das so einfach sagen.

Woher willst du das wissen?

Diesmal las sie die Nachricht direkt.

Ach, ich hab da so ein Gefühl.

KAPITEL 40

Tara

Der Drehverschluss klemmte leicht, aber nach einigen Sekunden hatte ich die Dusche, die ich außen am Van befestigt hatte, zugedreht. Wie üblich tröpfelte sie noch ewig nach, aber ich war schon dabei, das Handtuch um meine Haare und mich zu wickeln, und flüchtete ins Wageninnere. Jaimie war gerade an der Anmeldung des sehr sporadischen Campingplatzes, der eigentlich nicht mehr war als eine Aneinanderreihung von kleinen, abgetrennten Bereichen, in denen Vans und Zelte standen. Ich hoffte, dass er irgendwo etwas Feuerholz auftreiben konnte. Die kleine Feuerstelle, die voller Asche lag, lachte mich schon den ganzen Abend an.

Die dünnen Leggings klebten an meiner feuchten Haut, und ich zuppelte an allen Ecken und Enden, um sie über meine Beine zu bekommen. Ich hüpfte einige Male auf der Stelle, bis der Bund endlich in meiner Taille saß.

»Stör ich?« Ruckartig fuhr ich herum, doch ich atmete erleichtert auf, als ich feststellte, dass ich die Vorhänge zugezogen hatte. Wenigstens einmal hatte ich in weiser Voraussicht gehandelt. Ich warf mir schnell einen Hoodie über und band den Handtuchturban um meine nassen Haare neu.

»Nö, komm rein.« Die Tür rollte zur Seite, und Jaimie stand im bläulichen Dämmerlicht. Ich spürte, wie er seinen Blick einmal über mich gleiten ließ, woraufhin die Hitze direkt wieder in meine

Wangen stieg. Er kam in den Van und ließ sich auf den Beifahrersitz fallen, den wir um 180 Grad gedreht hatten. Er sah mich an, während ich mich aufs Bett fallen ließ. Irgendwas war anders. Er mahlte mit seinem Kiefer, und die Anspannung stand ihm geradewegs auf die Stirn geschrieben.

»Was ist los?« Ich setzte mich in den Schneidersitz und musterte Jaimie unsicher.

»Lies selbst«, sagte er nur und reichte mir sein Handy, dessen Display hell leuchtete. Ich überflog die Nachricht darauf und …

Johnson & Co. hat das Gift an Mount Cartier verteilt und den Tod des Bären zu verantworten. Ich habe Beweise.

Nein … Das konnte nicht sein. Ich las die Nachricht noch mal. Und noch mal …

»Was zum …« Ungläubig sah ich auf zu Jaimie, der nur nickte.

»Du sagst es.« Er sank tiefer in den Sitz und nahm das Handy wieder entgegen.

»Von wann ist die Nachricht?« Jaimie sperrte das Handy und legte es auf seinen Schoß.

»Kam vor fünf Minuten.«

»Was machen wir jetzt? Ich meine … von wem ist die Nachricht?« In meinem Kopf überschlugen sich die Fragen, und ich hoffte, dass Jaimie Antworten für wenigstens eine davon parat hatte.

»Ich weiß es nicht. Anonymer Absender«, sagte er stattdessen und überkreuzte die ausgestreckten Beine. »Ich weiß ehrlich gesagt nicht mal, ob wir der Nachricht glauben sollten. Ich meine … wer zur Hölle meldet sich einfach aus dem Nichts und behauptet dann … so was?« Jaimie fuhr sich durch die Haare, die daraufhin kreuz und quer in alle Richtungen abstanden.

»Auf der anderen Seite …« Ich verstand die Skepsis, und doch wollte ein kleiner Teil von mir den wenigen Worten einfach glauben. »Die Person hat Informationen, die eigentlich nur wenigen Menschen zur Verfügung stehen.« Ich rieb meine Fußzehen aneinander und bemerkte, dass ich mir in der Eile noch gar keine Socken drübergezogen hatte. »Welches Interesse hätte *Johnson & Co.*, dir fälschlicherweise so eine Nachricht zu schreiben?« Ich zuckte mit den Schultern. Wir waren in keinem spannenden Thriller, in dem wir ernsthaft Gefahr liefen, in einen Hinterhalt zu geraten. Hoffte ich zumindest.

»Stimmt schon …« Jaimie sah auf seine Füße, und auch wenn er es sichtlich versuchte, verschwand die Skepsis aus seiner Stimme nicht. »Aber wer sollte irgendetwas wissen, das uns helfen könnte? Und überhaupt … Woher hat die Person meine Nummer? Was will sie uns sagen?«

»Frag doch einfach.« Ich erwartete jetzt nicht unbedingt, dass die mysteriöse Person uns verraten würde, wer sie war. Wenn sie das vorhätte, hätte sie es längst getan. Aber irgendetwas mussten wir antworten.

»Und was?« Jaimie sah auf sein Handy und tippte einige Male darauf herum. »Woher weißt du das? Was für Beweise? Können wir die haben?« Jaimie lachte auf und schüttelte den Kopf.

»Ja, warum nicht?« Ich zuckte mit den Schultern. »Absolut keine Nachricht wird sich richtig anfühlen, weil wir nicht sonderlich oft inmitten eine Folge der *Drei Fragezeichen* geraten.«

»Du meinst die drei Detektive, oder?« Jaimie ließ sein Handy sinken und sah mich verwirrt an.

»Die drei was? Nein … ich …« Mir wurde bewusst, dass die drei Fragezeichen im Englischen wohl nicht die *the three questionmarks* hießen. »Ja«, schob ich hinterher, und Jaimie lachte nur.

»Und was machen wir, wenn das alles auch zu nichts führt?« Jaimie lehnte sich nach vorne und stützte sich auf seinen Knien ab.

»Dann haben wir es wenigstens versucht«, sagte ich. Jaimies Gesicht hellte sich auf, und er schüttelte kaum merklich den Kopf.

»In was sind wir hier nur reingeraten?«

»Direkt in die neuste Folge der zwei Detektive«, witzelte ich. »Untertitel: Chubby und die Gangster-Umweltverschmutzer.« Ich malte mit meinen Händen ein großes imaginäres Banner in die Luft. Die Folge würde sich sicher gut verkaufen, so viel Spannung, wie das hier garantierte.

Jaimie schreckte zusammen, als das Handy in seiner Hand vibrierte. Sein Blick flog über den Bildschirm, während ich ihn nur anstarrte. »O mein Gott!«, rief er so laut, dass ich mir sicher war, man würde ihn auch außerhalb des Vans hören.

»Was?« Ich setzte mich kerzengerade ins Bett und starrte Jaimie gespannt an.

»Wer auch immer das ist, will sich mit uns treffen!« Er hielt das Handy mit beiden Händen umklammert und blickte immer noch aufs Display, das sein Gesicht anstrahlte und in ein schummrig gelbes Licht tauchte.

»Was?« Mein Herz stolperte. Wer auch immer diese Person war, sie war der unerwartete Strohhalm, an den sich gerade all unsere Hoffnungen klammerten. »Wann, wie, wo?«

»Das kläre ich noch, aber wohl irgendwann nächste Woche.« Jaimie schüttelte den Kopf, und jetzt hob er endlich den Blick. »Das ist wundervoll, Tara.«

Er stand vom Beifahrersitz auf, wobei er immer noch halb gebückt zu mir kam, um nicht an die Decke des Vans zu stoßen. Er kletterte aufs Bett und warf mich nach hinten um. Ich lachte, während er sich über mich stemmte und die Arme rechts und links von meinem Oberkörper aufgestellt hatte. Jaimies moosgrüne Augen strahlten, und er beugte sich langsam zu mir runter. Der vertraut frische Duft nach Kernseife und Wald stieg mir in die Nase, und ich wollte, dass er mir noch eine ganze Weile so nah blieb.

»Das hier, das könnte echt was werden«, flüsterte er, und ich spürte, wie das Lächeln sich langsam auf meine Lippen stahl. Für einen kurzen Moment war ich unsicher, von was er sprach. Ging es immer noch um unsere *Drei-Fragezeichen*-Folge, oder meinte er … uns? Ganz gleich, was es war, von mir aus konnte auch einfach beides etwas werden.

Jaimie telefonierte mit Beth, und seine gedämpfte Stimme drang immer wieder in einem unverständlichen Murmeln zu mir durch.

»Ich freu mich für dich, Tara.« Es tat gut, die Stimme meines Bruders endlich mal wieder zu hören.

»Danke«, nuschelte ich in mein Handy und zupfte an meiner Decke herum. »Ich habe nur Angst, dass es vielleicht die falsche Entscheidung war.« Ich atmete tief durch, spürte die Erleichterung in mir, nachdem ich Matty erzählt hatte, dass ich meinen Heimflug auf unbestimmte Zeit aufschob.

»Ich glaube, es gibt da aktuell keine richtige Entscheidung«, beruhigte er mich schnell »Es wäre nur falsch gewesen, überhaupt keine zu treffen.« Mein Bruder schnaubte leicht, und ich sah das sanfte Schmunzeln in seinem Gesicht vor mir. Natürlich fand er wie immer die richtigen Worte.

»Und wie sage ich das jetzt Mama und Papa?« Ich ließ mich ein klein wenig tiefer in das Kissen sinken und hoffte darauf, dass mein Bruder auch auf diese Frage einfach die perfekte Antwort kannte.

»Ich weiß es nicht«, stammelte er.

Na toll.

»Versuch ihnen einfach zu erklären, was in dir vorgeht und warum du das möchtest. Mehr kannst du nicht tun.« Ich sog die Unterlippe ein und nickte, auch wenn Matty mich nicht sah.

»Ich möchte dieses Gespräch nicht führen.« Ich drehte mich auf die Seite und stöhnte frustriert auf.

»Du musst aber.«

»Danke, du Trottel, das wusste ich schon.« Das änderte nichts an der Tatsache, dass ich mich so gut es ging vor diesem unangenehmen Gespräch drückte.

»Mach's ganz schnell. Wie bei einem Pflaster.«

»Du ratterst jetzt auch einfach eine Dorfweisheit nach der anderen runter, oder?«

»Hast du je etwas anderes von mir erwartet?« Matty lachte, und ich verdrehte genervt die Augen.

»Nicht wirklich, nein.« Jetzt lachte auch ich und war froh, dass Matty mich einfach verstand. Wir verabschiedeten uns, und nachdem ich aufgelegt hatte, war die Aufgabe, die vor mir stand, zwar nicht kleiner geworden, aber ich fühlte mich ihr gewachsener.

Immer wieder starrte ich auf das Handy in meiner Hand. Ein Wort nach dem anderen ging ich durch und überlegte, ob es perfekt an diese Stelle im Satz passte. Wenn ich meinen Eltern schon so eine lange Nachricht schrieb, dann musste alles sitzen.

Ich würde gerne in den kommenden Tagen länger mit euch telefonieren.

Ich schüttelte den Kopf. Das klang, als wollte ich ein Business-Meeting mit ihnen vereinbaren. Ich ersetzte *in den kommenden Tagen* durch *demnächst* und war nun endlich zufrieden. Auch der letzte Absatz war hoffentlich so geschrieben, dass meine Eltern schon verstanden, was ich ihnen sagen wollte.

Es geht darum, dass ich mir immer noch unsicher bin, wann ich zurückkommen möchte. Aktuell fühle ich mich hier sehr wohl, und ich glaube, hier gibt es noch viel für mich zu lernen und zu erleben. Aber darüber würde ich gerne persönlich mit euch reden.

So persönlich, wie es eben ging, wenn man sich auf zwei unterschiedlichen Seiten des Globus befand. Ich hatte immer noch keine finale Entscheidung getroffen, wie lange ich bei Beth bleiben würde und um was für ein Praktikum ich mich danach bemühen wollte. Aber ich wusste, dass es mich in den nächsten Wochen oder sogar Monaten nicht nach Hause zurück verschlagen würde. Ich wusste, dass Kanada auf unbestimmte Zeit zu meinem Zuhause werden würde.

»Na, was machst du?« Mir glitt das Handy aus der Hand, und es landete mit einem lauten Knall auf dem Boden des Vans. Ich hob es auf und schickte die Nachricht schnell ab, bevor ich es mir noch anders überlegte.

»Ich komme einem Punkt auf der Bucketlist gefährlich nahe.« Das Reisetagebuch lag auf der passenden Seite vor mir aufgeschlagen. So viele Haken hatte ich schon setzen können, und so viele Seiten hatte ich schon gefüllt. Natürlich waren immer noch einige Punkte offen, aber Jaimie und ich hatten ja noch viel Zeit, diese Dinge in den nächsten Monaten zu erledigen. Vorausgesetzt, er wollte noch so viel Zeit mit mir verbringen, wenn wir zurück in Nanaimo waren …

»Was?« Jaimies Frage riss mich aus meinen Gedanken. Ich schüttelte mich kurz und schob ihm zur Antwort das Reisetagebuch unter die Nase. Ich tippte einige Male auf die zwei freien Kästchen. Unter einem ein kleines T, direkt daneben ein kleines J.

»Okay …« Die Verwunderung in Jaimies Stimme war nicht zu überhören. Er sah mich an, in seinen Augen leuchtete stumm die Frage, die er sich nicht traute zu stellen.

»Ich habe meine Eltern in einer langen Nachricht um ein Telefonat gebeten«, begann ich und atmete tief ein. »Ich möchte länger in Kanada bleiben.« Da. Jetzt hatte ich es gesagt.

»Okay …«, wiederholte Jaimie, und ich schluckte. Ich hatte mir keine spezielle Reaktion erhofft, aber diese war es dennoch nicht. Er brauchte eine Sekunde, und dann, endlich, strahlte er mich unverhofft an. »Das ist fantastisch, Tara!« Er drückte mir einen Kuss auf die Wange, und ich schloss ihn in eine Umarmung. Na gut. Das war die Reaktion, die ich mir erhofft hatte.

»Ich weiß auch nicht. Nach dieser Nachricht vorhin hat mich die Euphorie einfach gepackt.« Ich zuckte mit den Schultern, während Jaimie aus dem Van stieg und mir bedeutete, ihm zu folgen. »Ich wusste ehrlich gesagt schon lange, dass ich hierbleiben will, habe aber geglaubt, dass zu viel dagegensprechen würde.« Ich presste die Lippen aufeinander. »Aber um ehrlich zu sein, ist das Einzige, was der Sache im Weg steht, ich selbst.« Ich lachte auf, bei dieser Erkenntnis, die für andere sicher schon lange auf der Hand gelegen hatte. Etwas als neutraler Betrachter von außen zu erkennen, war allerdings immer leichter, als sich selbst den Spiegel vorzuhalten und einen kritischen Blick auf das zu werfen, was man sah.

Jaimie hatte das Lagerfeuer entzündet, und wir setzten uns auf zwei kleine Baumstämme, direkt an die züngelnden Flammen. Die angenehme Wärme kroch direkt in meine kühlen Knochen, und ich schaute den Funken zu, wie sie im Feuer tanzten.

»Ich bin sehr stolz auf dich, Tara.«

»Danke.« Ich starrte weiter in die dichten Flammen und lachte leise auf. »Aber lass es erst mal zu diesem Telefonat kommen. Wenn ich dann auch nur ein Wort rausbekomme, kannst du stolz sein.«

»Ich bin aber jetzt schon stolz.« Ich sah zu Jaimie, der meinen Blick direkt erwiderte. Er machte mich sprachlos. Immer und immer wieder.

»Wie steht's da eigentlich bei dir?« Ich lachte und vergrub die Hände in der Tasche meiner Daunenjacke. »Nimmst du dir jetzt ein gutes Beispiel an mir und gehst den Punkt auch an?«

Die Anspannung erfasste seinen Körper sofort. »Nein«, sagte er entschieden. In seinem Gesicht stand die gleiche Entschlossenheit geschrieben, die mich eben noch beflügelt hatte. Doch ihn schien sie runterzuziehen, wie ein Betonklotz, den er sich geradewegs an die Füße gebunden hatte. Dass er sich überhaupt an der rettenden Oberfläche dieses Sees aus Wut auf sich selbst halten konnte, war ein Wunder.

»Wieso?« Meine Stimme war kaum ein Flüstern.

»Weil, Tara …«, sagte er nur und machte deutlich, dass er nicht darüber reden wollte.

»Weil was?«, fragte ich dennoch nach. Er konnte aufstehen und gehen. Er konnte diese Grenze ziehen, wenn er wollte. Aber solange er hier saß, war er bereit, mit mir zu reden. Dann war er auch bereit, sich meinen Fragen zu stellen, auch wenn er sich sicher nicht so fühlte.

»Weil es nicht geht, Tara.« Seine Stimme schnitt durch das Knistern des Feuers und jagte mir einen Schauer über den Rücken. Ja, das sagte er immer. Es ging nicht. Aber warum? Irgendwann musste er sich der Sache stellen oder aufgeben und den Punkt von der Liste streichen. Die Entscheidung lag bei ihm.

»Ich verstehe es nicht …«

»Das musst du auch nicht«, antwortete er direkt. Seine raue Stimme hielt mich auf Distanz. Aber ich hatte keine Lust mehr darauf, mich ständig nur wegschieben zu lassen. Am liebsten wäre ich aufgestanden und hätte ihm laut alle Fragen dieser Welt an den Kopf geworfen. Stattdessen atmete ich tief durch.

»Ich würde es aber gerne verstehen.« Meine Stimme kaum mehr als ein Flüstern. Ich wollte nicht, dass er einen Schlussstrich unter diese Konversation setzte, noch bevor sie richtig angefangen hatte. »Ich würde gern verstehen, warum du jedes Mal, wenn es um deine Familie geht, kaum ein Schatten deiner selbst bist.«

Seine Gesichtszüge entgleisten ihm schlagartig. Die züngelnden Flammen spiegelten sich in seinen Pupillen, und er starrte mich erschrocken an. So deutlich hatte ich ihm das noch nie gesagt. Aber vielleicht hielt ich ihm gerade den Spiegel vor, den er sich selbst nicht traute in die Hand zu nehmen. Ob er hinsah oder die Augen vor seinem eigenen Spiegelbild verschloss, lag bei ihm.

»Ich kann nicht, Tara«, sagte er noch mal, aber dieses Mal schwang etwas in seiner Stimme mit, das ich nicht kannte. Es war … Trauer? Seine Stimme wirkte traurig.

»Warum?«, versuchte ich es noch einmal. Als würde ich mich Stück für Stück einem scheuen Reh nähern, das ich unter keinen Umständen verschrecken wollte. Jaimie so zu sehen, länger als nur einige Sekunden, erschreckte mich. Gleichzeitig war ich dankbar, dass er sich mir so zeigte. Verletzlich machte. Ich war da und würde nirgendwo hin verschwinden.

»Ich …« Aber er brach wieder ab. Er senkte den Blick, fuhr mit der flachen Hand über sein Gesicht und starrte dann in die Flammen zwischen uns. Er kämpfte so sehr mit sich, dass es mir wehtat. Ich hatte nicht mal eine Vorstellung davon, wie es ihm ging.

»Ich dachte, du möchtest mit deinen Eltern reden …« Ich schluckte schwer. »Weil … du es ja auch auf die Liste gesetzt hast«, schob ich schnell hinterher, in der Hoffnung, nicht zu viel Druck zu erzeugen. Wenn alles in ihm sich dagegen wehrte, warum hatte er dann nicht einfach Nein gesagt? Gott, ich wollte nichts lieber, als ihn in den Arm nehmen und einfach nur halten. Ihm ins Ohr flüstern, dass alles wieder gut werden würde. Aber das konnte ich nicht. Nicht jetzt.

»Doch schon, Ja …« Er rückte sich auf seinem kleinen Baumstamm zurecht und schabte mit seinen Schuhen unangenehm laut über den Kiesboden. Ich nickte nur, ließ meinen Gedanken freien Lauf, in der Hoffnung, dass er das Gleiche tat.

»Und dein Bruder? Möchtest du nicht mit ihm reden?« Die erdrückende Stille wurde nur durch das stetige, arrhythmische Knistern der Feuerscheite ab und zu unterbrochen.

Jaimie schnaubte verächtlich und schüttelte den Kopf. »Glaub mir Tara … Es gibt nichts auf dieser Welt, was ich mehr möchte, als mit meinem Bruder zu reden.« Der Schmerz in seiner Stimme zerriss mich innerlich. Ich dachte an Matty, während mich das dringende Bedürfnis überkam, meinen Zwillingsbruder in den Arm zu nehmen.

»Aber …«, begann ich, doch ich verstummte. Jaimie sah auf, und der Ausdruck in seinen Augen brachte mich fast um.

»Es geht nicht Tara, okay?«

Die Trauer, die von ihm ausging, überrollte mich so unerwartet, dass mir die Tränen in die Augen stiegen und ich nicht einmal wusste warum. Ich war kein bisschen schlauer als eben noch, und doch ließ mich das Gefühl nicht los, dass er ehrlich mit mir war. Er sagte mir die Wahrheit. Ich löste meinen Blick nicht von ihm, öffnete den Mund kaum einen Spalt weit, aber noch bevor ich meine Worte formen konnte, kam Jaimie mir zuvor.

»Ich kann das nicht, Tara.« Ich presste die Lippen aufeinander. Jaimie sank in sich zusammen, die Unterarme auf den Oberschenkeln abgestützt. Die Last, die er mit sich herumtrug, drückte ihn fast bis auf den Boden. Wenn er mir doch nur erlauben würde, ihm etwas davon abzunehmen.

»Ist da nichts mehr, wofür es sich zu kämpfen lohnt?« Mit glasigen Augen sah ich ihn an.

»Tara …« Jaimie flüsterte meinen Namen so leise, mit Blick zu den Steinen unter seinen Schuhen, dass ich für einen kurzen Moment zweifelte, ob ich mich verhört hatte.

Ich wollte nicht lockerlassen, und doch gab es Grenzen – Jaimies Grenzen –, die ich respektieren musste.

»Es tut mir leid?«, sagte ich stattdessen.

»Tara«, flüsterte er wieder nur.

Ich konnte das nicht mitansehen. Jaimie ging vor meinen Augen unter, ertrank in einem See aus Trauer und Wut und weigerte sich, zu schwimmen.

»Ich bin da, falls du reden magst.« Es fühlte sich belanglos an, aber es war alles, was ich in diesem Moment tun konnte.

Jaimies Kopf schnellte hoch, und der Ausdruck in seinen Augen ließ mich zurückschrecken. Er sah mich so eindringlich an, seine Konturen immer wieder verwischt von den Flammen, durch die ich starrte. Vielleicht wollte er etwas sagen, aber er saß einfach nur da, zu wenig Kraft übrig, um irgendetwas zu tun.

Warum kämpfst du nicht darum, dass Josh wieder Teil deines Lebens wird? Die Worte lagen mir auf der Zunge, aber ich konnte Jaimie nicht weiter in die Ecke treiben. In mir tobte der Sturm, der in Jaimies Augen wütete. Matty. Matty. Matty. Mein Gehirn spulte in Dauerschleife den Namen meines Bruders ab, während der Mann, der mein Herz in den letzten Tagen hatte höher schlagen lassen, jetzt dafür sorgte, dass es sich fast zu schwer anfühlte, um überhaupt noch etwas zu tun.

»Josh ist tot.«

Die Welt um mich herum blieb stehen. Ich wollte schockiert aufschreien, konnte mich aber nicht bewegen. Regungslos blieb ich sitzen und wartete darauf, dass ich reagierte. Dass ich schockiert Luft einsog. Aber ich war nicht schockiert. Der Knoten in meinem Magen sagte mir, dass ich es schon länger gewusst hatte. Dass der Ausdruck in seinen Augen gereicht hatte, um es zu wissen.

Jaimie verschwamm vor meinen Augen, während die Träne sich löste und leise über meine Wange floss. Wo eben noch die Trauer gesessen hatte, war nun … nichts mehr.

Jaimies Gesicht war so ausdruckslos und leer, dass mir kalt wurde. Sein Mund öffnete sich, er redete ganz klar mit mir, aber es dauerte einen Moment, bis die Worte auch zu mir durchdrangen.

»Mein Bruder ist tot. Und es ist meine Schuld.«

KAPITEL 41

18.07.2022

Joshs Isomatte quietschte unter ihm, während er sich auf die Seite drehte. »Ich glaube, wir werden mal die Welt retten. Du und ich.« Ich zog die Augenbrauen zusammen und versuchte Joshs Gesicht im dunklen Zelt auszumachen.

»Hast du zu viel Salzwasser geschluckt?«

»Überleg doch mal!« Mein Bruder überging meine Frage und stützte sich stattdessen auf die Unterarme. »Du studierst an der VIU weiter, und ich lasse mich nach dem Grundstudium zum Ranger ausbilden. Dann arbeiten wir beide bei *Parks Canada* und erklären die ganze Welt zum Naturschutzgebiet.«

»Die ganze Welt?« Ungläubig sah ich ihn an und lachte.

»Die ganze Welt.« Ich nahm sein Nicken wahr, und auch wenn ich wieder lachen wollte, klangen seine Worte seltsam ernst. Ernst und … überzeugend. Vielleicht war es möglich, die Welt zu retten. Mit Josh gemeinsam. Mit meinem Bruder an meiner Seite konnte ich alles schaffen.

Draußen raschelte es, aber wir ließen uns nicht davon aus der Ruhe bringen.

»Wird da draußen noch gefeiert?« Josh sah mich an, aber ich zuckte nur mit den Schultern. Wer auch immer nach elf noch dazu aufgelegt war, draußen zu sein, es war mir egal. Vor allem, wenn der nächste Tag wieder voller Matsch und Anstrengung sein würde. »Und warum sind wir nicht eingeladen?«

»Vielleicht weil ich mit unserem Lieblingsbriten vorhin noch mal ein Gespräch über den Umgang mit Bären geführt habe?«

»Hast du nicht getan!« Joshs schockierte Stimme ließ mich grinsen, und ich nickte nur zur Bestätigung.

»Was hat er gesagt?«

»Jaja.«

»Du bist dir bewusst, dass das so viel wie ›Leck mich am Arsch‹ heißt?«

»Jaja.«

»Wow, Jaimie, du bist …« Doch weiter kam er nicht.

Auf einmal ging alles ganz schnell. Die Geräusche draußen wurden laut, fast schon panisch, und ich hörte einen ersten Schrei. Was zur Hölle war da los? Ein kurzer Blick zu Josh reichte. Ich schob meinen Schlafsack von mir und nestelte am Reißverschluss des Zeltes herum, Josh dicht hinter mir, während mein Puls zu rasen begann. Eine zweite Person schrie, neben lautem Geklapper von Töpfen, auf die jemand schlug. Das durfte nicht sein. Das konnte nicht sein.

Ich stieg aus dem Zelt und versuchte verzweifelt, etwas in der Dunkelheit zu erkennen. Noch bevor ich die Situation voll erfasst hatte, bestätigte sich meine größte Angst. Eine tiefe Stimme durchschnitt das Chaos, und mein Herz blieb stehen.

»Bär im Camp!«

KAPITEL 42

Jaimie

Ich beugte mich nach vorne, sodass meine Stirn an das warme Metall stieß, aus dem Chubbys kleines Gehege bestand.

»Na, kleiner Freund?« Chubby spielte nur wenige Meter von mir entfernt mit einem ausgehöhlten Baumstamm, in dem ein bisschen Obst und Erdnussbutter versteckt war. Dafür, dass Sit und Renée nur auf Kleintiere ausgelegt waren, boten sie Chubby ganz schön viel. Auch wenn man merkte, dass sein Gehege nicht für Tiere seiner Größe gedacht war. »Bald hast du es geschafft.«

Wie aufs Stichwort tauchte Sit hinter mir auf. »Chubby wird morgen früh abgeholt, dann geht es ins Reservat nach Valemount.«

Ich nickte dankbar und hoffte, dass der kleine Kerl die Fahrt gut überstehen würde. Auch wenn Valemount nur wenige Täler, und knappe 100 Kilometer entfernt war, würde die Fahrt dorthin fast fünf Stunden dauern.

»Danke Sit.« Ich sah zu ihm auf, und er nickte nur. »Ich weiß nicht, was wir ohne dich gemacht hätten.«

»Ach, alles halb so wild.« Sit klopfte mir auf die Schulter, und ich sah zurück zu Chubby. Zu dem kleinen Bärenbaby, das unsere gesamte letzte Woche ziemlich auf den Kopf gestellt hatte. »Er freut sich sicher, dass ihr noch mal vorbeigeschaut habt.«

Es war komisch zu wissen, dass wir morgen Abend schon wieder in Nanaimo sein würden. Während Chubby die Reise in seine neue Heimat antrat, traten wir unsere an. So schnell konnte es gehen.

»Wo ist eigentlich Tara? Sie will den kleinen Frechdachs doch sicher auch noch mal sehen?« Wie auf Kommando schubste Chubby den Baumstamm mit seinen Pfoten hin und her und stellte sich auf die Hinterbeine.

»Ich weiß nicht … vielleicht draußen irgendwo?«

»Was ist da eigentlich los zwischen euch beiden?« Sit sah mich an und lehnte sich lässig gegen Chubbys Übergangs-Zuhause.

»Was meinst du?« Ich sah zu ihm auf und räusperte mich schnell, um die Überraschung aus meinen Worten verschwinden zu lassen.

»Es geht mich zwar nichts an, aber beim letzten Mal habe ich euch wie zwei rumknutschende Teenies unterbrochen, und heute verbringt ihr keine Sekunde länger gemeinsam in einem Raum als nötig.« Ich schluckte schwer und sah zur Tür, die nach draußen führte und hinter der ich Tara vermutete.

»Es ist kompliziert.« Ich seufzte und wandte meinen Blick wieder Chubby zu.

»Das kannst du in deinen Facebook-Status eintragen, aber für mich klingt es wie eine lahme Ausrede.« Ich riss die Augen auf und sah zu Sit, der nur gelangweilt mit den Schultern zuckte. »Du, es geht mich nichts an, und du musst auch gar nicht mit mir drüber reden. Aber ich habe das Gefühl, mit irgendwem solltest du drüber reden.« Sit stieß sich vom Gitter ab, das leicht klapperte, und auf einmal war ich wieder allein mit meinen Gedanken.

Ich musste mit jemandem reden, da gab ich Sit recht. Nur war der Jemand, mit dem ich reden wollte, Tara. Tara, der ich seit der Wahrheit über Josh aus dem Weg gegangen war und die sich in meiner Gegenwart nun so verhielt, als liefe sie auf rohen Eiern.

Ich wollte mit ihr reden, und gleichzeitig verbrachte ich so wenig Zeit mit ihr wie nur irgend möglich. Auf der Fahrt hierher hatte ich sie angeschwiegen und in meinem Kopf Selbstgespräche geführt. *Lächerlich Jaimie. Einfach lächerlich.*

»Hey!« Tara zuckte zusammen und ließ das Brot in ihrer Hand fallen. »Oh sorry, ich wollte dich nicht erschrecken!« Sie sah mich nicht an, sondern hob ihr Mittagessen vom Boden auf, das direkt neben den Reifen des geparkten Vans gefallen war, und betrachtete es von allen Seiten.

»Kein Problem, Drei-Sekunden-Regel.« Sie zuckte mit den Schultern und biss in das Brot. Sie musterte den Belag genau, während ich meinen Blick nicht von ihren blonden Strähnen lösen konnte.

»Du …«

»Ich …«, begannen wir im gleichen Moment. Aus Angst, sie könnte eine Aussprache suchen, plapperte ich weiter. »Ich habe ein Treffen mit unserer anonymen Quelle ausgemacht.« Bei den Worten anonyme Quelle fühlte ich mich wie in einem Kinder-Detektivfilm. Die anonyme Quelle, die aus dem Nichts auftauchte und alle Probleme löste. Zack, Fall gelöst. Ganz so leicht war das in der Realität leider nicht. Der CEO von *Johnson & Co.* war noch eine Woche im Urlaub, weshalb erst danach weitere Anhörungen und Meetings geplant waren, und unser Treffen mit Wem-auch-immer fand auch erst in zehn Tagen statt. Bis dahin war rein gar nichts gelöst, und wir standen immer noch vor dieser unüberwindbaren Mauer aus Problemen.

»Okay.« Taras Stimme riss mich aus meinen Gedanken. »Und wie läuft das jetzt ab?« Ein sanfter Ausdruck lag auf ihrem Gesicht, den ich sicher schön gefunden hätte. Wenn er nicht dafür stünde, was in den letzten Tagen zwischen uns geschehen war. Das vorsichtige Annähern, nur um dann doch weiter um das große Thema zwischen uns herumzuschiffen.

Josh.

Tara

Ich hatte seinen Bruder mit keinem Wort mehr erwähnt. Nach seinem emotionalen Geständnis hatte Jaimie sich komplett zurückgezogen.

»In zehn Tagen treffen wir uns in Vancouver«, sagte er nach einer gefühlten Ewigkeit, und ich atmete erleichtert aus. Das war doch schon mal etwas.

»Okay«, sagte ich wieder, aus Angst, sonst das Falsche zu sagen. Was auch immer das war.

»Das bedeutet, wir können uns auf den Heimweg machen.« Jaimies Adamsapfel hüpfte, während er die Hände in seinen Hosentaschen vergrub. So unsicher hatte ich ihn noch nie gesehen.

»Tara, ich …« Doch weiter kam er nicht, bevor die restlichen Worte ihm im Hals stecken blieben.

»Schon gut«, antwortete ich schnell. Das war es auf verquere Art und Weise wirklich. »Mit dem verunsicherten Jaimie kann ich viel besser leben als mit dem Stinkstiefel vom Anfang.«

Jaimie entwich ein leises Schnauben, und ich erhaschte einen kurzen Blick auf das schmale Lächeln, das ich so vermisste. Aber es stimmte. Ein kleiner Teil von mir war froh, dass er nicht komplett dicht machte und dabei wieder zu einem emotionalen Eisblock wurde. Mit Verunsicherung konnte ich leben. Abweisung tat weh. Zumindest jetzt, wo ich wusste, wie Jaimie eigentlich war.

»Nimm dir die Zeit, die du brauchst.«

»Danke.« Jaimie starrte auf den Boden vor sich. Seine Hand zuckte, und ich war versucht, danach zu greifen. Seine Hand zu nehmen und ihn zu spüren, ihn zu berühren. Aber ich blieb starr sitzen und wartete ab. Ich wartete ab, bis er sich bereit fühlte mit mir zu reden. Ich hatte Zeit und würde noch eine Weile in Kanada bleiben. Aber erst mal stand unsere Heimreise an.

KAPITEL 43

Tara

»Okay, Moment, Moment …« Milas Stimme erfüllte das gesamte Wohnzimmer, auch wenn sie nur aus dem kleinen Handylautsprecher auf der Küchenzeile kam. »Ihr findet euch doch ganz gut, hattet Sex, dann wurde es emotional, und seitdem redet ihr nicht mehr miteinander?« Ihr Englisch war einwandfrei, auch wenn man ihr den deutschen Akzent durchaus anhörte.

»Mhhmmm«, brummte ich nur.

»Aber so richtig gestritten habt ihr euch nicht?« Zoey holte zwei Coladosen aus dem Kühlschrank und reichte mir eine.

»Nicht wirklich.« Ich lehnte mich gegen die Arbeitsplatte und atmete resigniert aus.

»Ich glaube, ich komme nicht mit.« Mila schüttelte den Kopf, der auf dem schmalen Handydisplay winzig erschien.

»Was sie sagt.« Zoey deutete mit dem Zeigefinger auf meine beste Freundin und nahm dann einen großen Schluck Cola.

»Ich weiß doch auch nicht …« Schwungvoll stieß ich mich ab und tigerte in Beths kleiner Küche auf und ab. »Es ist einfach anders, seit er mir das mit seinem Bruder erzählt hat.«

»Na ja, erzählt ist da jetzt auch ein großes Wort.« Mila ließ sich auf ihr Bett fallen und hielt die Kamera nah an ihr Gesicht, sodass wir den skeptischen Ausdruck darauf sehen konnten.

»Ich finde es krass, dass er ihn überhaupt erwähnt hat.« Zoey zog die Augenbrauen kraus, und ich war versucht, sie über Jaimies Bruder auszufragen. Aber erstens wäre es nicht richtig und zweitens bezweifelte ich langsam, dass sie überhaupt mehr wusste.

»Hmm«, knurrte ich nur und nahm selbst einen Schluck Cola, woraufhin ich die Kohlensäure leicht aufstieß. »Ich weiß einfach nicht, woran ich bin. Wir sind jetzt seit drei Tagen wieder hier, und ich habe das Gefühl, wir wären nie weg gewesen.«

»Da ist wohl die Seifenblase geplatzt, die ihr euch so schön aufgepustet habt.« Ich warf Mila einen bösen Blick zu, dabei verwendete sie nur die Metapher, die ich vor Wochen in den Raum geworfen hatte. Aber letztlich hatte sie recht, genau so fühlte es sich an. In den Bergen hatte sich so etwas wie eine Freundschaft entwickelt, vielleicht auch mehr. Hier waren wir anders. In der Realität waren wir rein gar nichts.

Jaimie

Ich kehrte den Ziegenstall aus und ließ mich dabei immer wieder von zwei raufwütigen Ziegenböcken anrempeln. Das würde sicher blaue Flecke geben, aber gerade war es mir egal. Sollten sie doch versuchen, mich aus dem Gleichgewicht zu bringen. Da waren sie nicht die Ersten. Das gleichmäßige Kratzen über dem Boden hatte fast schon etwas Meditatives, als ich aufsah und Tara beobachtete, wie sie mit einem Eimer in jeder Hand über den Weg schlenderte. Sie blieb vor dem Gehege etwa zwanzig Meter von mir entfernt stehen und öffnete das Gatter, durch das die Besuchenden sonst den Streichelzoo betreten konnten. Direkt wurde Tara von den Schafen und Ziegen umringt, die nach dem Futter in ihren Eimern gierten. Mit geübten Handgriffen verteilte sie das Futter und ließ sich weder umrempeln noch großartig aus der Ruhe bringen.

Es machte etwas mit mir, sie so selbstbewusst zu sehen. Gegenüber Ziegen. *Mein Gott, Jaimie.* Wenn ich mir noch eine Sekunde länger versuchte einzureden, dass ich nicht gnadenlos auf diese Frau stand, machte ich mir etwas vor. Aber darin war ich einfach so herausragend gut. Ich ließ den Besen locker in meiner Hand baumeln und sah Tara ganz genau dabei zu, wie sie die Eimer ineinander stapelte und dann Baarbara ein paar extra Streicheleinheiten schenkte. Es gab Tage, an denen ich mir wünschte, ein Schaf zu sein. Und wenn Zoey hören würde, was ich dachte, würde sie mir sagen, dass ich längst eines war.

Plötzlich spürte ich einen harten Schlag in der Kniekehle, und ehe ich verstand, was vor sich ging, landete ich auch schon volle Kanne auf meinem Hintern. Mitten im Dreck, den ich gerade dabei war wegzukehren.

»Sir Winston!« Ich sah zur Seite, direkt in die Augen des Ziegenbocks, der mich auf den Boden befördert hatte.

»Na, hast du es dir bequem gemacht?« Taras Lachen unterbrach meine Konversation mit der Ziege. Ich sah hoch, direkt zu ihr, wie sie am rot gestrichenen Gatter stand und sich auf den obersten Balken lehnte.

»Na klar, du weißt doch. Arbeiten ist nicht so meins«, antwortete ich grinsend und kam schwerfällig wieder auf die Beine. Kurz überlegte ich, mir das Heu von der Hose zu klopfen, doch ich entschied mich dagegen, um mir die Hände nicht mit Mist zu beschmieren. Ein letztes bisschen Würde wollte ich mir bewahren.

»Na klar«, sagte sie nur und schaute sich dann betreten im Stall um.

Sicher gab es tausend angefangene Sätze, Fragen und Konversationen in ihrem Kopf. Zumindest hoffte ich, dass ich nicht der

Einzige war, der sich Tag und Nacht den Kopf darüber zerbrach. Über all das hier. Über die Frage, was wir waren und vielleicht sein wollten. Außerhalb des Roadtrips, inmitten dieser schweren Realität, die sich über alles gelegt hatte. Ich wusste, es war falsch, und Tara würde es niemals von mir erwarten, aber ein kleiner Teil von mir glaubte, ich sei ihr Joshs Geschichte schuldig. Und bevor ich mich zwingen ließ, über Josh zu reden, sagte ich lieber gar nichts.

»Also dann«, murmelte Tara nur, nachdem ich bestimmt geschlagene zwei Minuten geschwiegen hatte. Ich kaute auf den Gedanken rum, überlegte, was ich antworten könnte, da war Tara auch schon vom Zaun gestiegen und mit schwingenden Eimern in der Hand auf dem Rückweg. Wenn ich nicht bald den Mund aufmachte, war es zu spät.

KAPITEL 44

Tara

Ich stellte den Wecker ein zweites Mal auf Schlummern und schälte mich trotzdem aus dem Bett. Die Tiere brauchten Essen und ich ganz dringend Kaffee. Ich entsperrte mein Handy und checkte wie jeden Morgen zuerst meine Nachrichten. Meine Eltern ghosteten mich seit Tagen, auch wenn sie sicher nicht mal wussten, was der Begriff bedeutete. *Gelesen* stand kursiv unter meinem Text, bei dem ich jedes Wort so bedacht zurechtgelegt hatte. Keine Antwort, kein Anruf, keine Reaktion. Natürlich hätte ich mich bei ihnen melden können, aber das wollte ich nicht. Ich hatte es satt, ihnen hinterherzurennen, nur um dann wieder die Entscheidungen über mein eigenes Leben zu rechtfertigen.

Ich schlüpfte in meine Hausschuhe und warf mir einen Hoodie über, den ich nur so lange brauchte, wie die Sonne am Horizont noch keine Kraft hatte. Ich öffnete die Zimmertür und erstarrte mitten in der Bewegung. Vor meinen flauschigen Pantoffeln lag das Reisetagebuch. Mein Reisetagebuch. Unser Reisetagebuch. Ich hob es auf und ging zurück in mein Zimmer. Die Tür fiel mit einem leisen Klicken ins Schloss, und ich setzte mich – den Blick starr auf das Buch in meiner Hand gerichtet – auf mein Bett. Ich streifte mir die Hausschuhe, die ich eben erst angezogen hatte, von den Füßen und kuschelte mich unter der Decke ein. Vorsichtig strich ich über den Einband, als würde ich vor einem Haufen längst verloren geglaubter Erinnerungen sitzen. Ein bisschen war es auch so. Dieses Buch war voller Erinnerungen, die präsent vor meinem inneren Auge leuchteten und doch mit jedem Tag, den ich in der Realität verbrachte, ein klein wenig mehr verblassten. Ich schlug die ersten Seiten auf und stellte fest, dass ich immer noch kein Titelbild gemalt hatte. Das musste ich dringend nachholen. Ich blätterte um und schmunzelte bei dem Gedanken, wie sehr ich mich in unserer ersten Nacht vor Bären gefürchtet hatte. Wie ich mein Ego beiseitegeschoben hatte, damit Jaimie mich beruhigen konnte. Ich blätterte weiter, an der Bucketlist vorbei zu den Seiten voller Abenteuer. Die Aussicht am Echo Lake, der Tag, an dem wir Fotos der Baird-Ammer gefunden hatten und Chubby, der kleine süße Bär, den wir gerettet hatten. Ich blätterte um, erwartete eine leere Seite und stockte, als ich eine Handschrift sah, die nicht meine war.

21. August, 20 Uhr – perfektes Date mit Jaimie, stand da mit Bleistift geschrieben. Darunter nichts als der noch weiße Rest der Seite, die ich noch füllen musste. Ein Gedanke erfasste mich, und ich blätterte zurück zur Bucketlist. Ich überflog die Punkte, die ich seit Wochen kannte, bis nach unten, und tatsächlich, da war ein neues Kästchen aufgetaucht.

Date mit Jaimie außerhalb der Seifenblase.

Ich lachte leise und rutschte noch ein Stück tiefer in meine Decke.

Das war machbar. Dieses Kästchen würde ich abhaken können.

KAPITEL 45

Tara

»Bruderherz!« Mit schleimig sarkastischem Unterton nahm ich Mattys Anruf an, während ich das *Rescue Center* über den breiten Kiesweg verließ.

»Hey …«

Abrupt blieb ich stehen.

»Was ist los?« Mattys Unterton machte mich stutzig, und ich runzelte die Stirn.

»Ich … also …«, druckste mein Bruder herum, und mein Herz schlug plötzlich schneller.

»Geht es dir gut? Ist irgendwas passiert?« In meinem Kopf spielten sich die dramatischsten Szenarien ab. Ich fummelte nervös an dem feinen goldenen Ring herum, den ich extra für das Date mit Jaimie angezogen hatte.

»O Gott, nein!«, sagte Matty schnell, und ich atmete erleichtert aus.

»Du hast mir Angst eingejagt.« Ich schloss die Augen und konzentrierte mich auf meinen gleichmäßigen Atem.

»Sorry«, nuschelte Matty kleinlaut, und auch wenn mein Puls wieder gesunde Bereiche annahm, verschwand das mulmige Gefühl in meiner Magengegend nicht.

»Matty …«, begann ich ruhig, auch wenn ich die Worte aus ihm rausschütteln wollte. »Was ist los?« Ich wünschte mir, dass kein großer Ozean vor mir lag und ich meinen Bruder in den Arm nehmen konnte. Nach diesem Gespräch musste ich ihn unbedingt fragen, ob er mich besuchen kommen wollte.

»Ich glaube, ich finde es nicht gut, dass du in Kanada bleiben willst.«

»Was?« Entsetzt riss ich die Augen auf und war mir sicher, dass mein Bruder nur dieses eine Wort von mir brauchte, um mich vor seinem inneren Auge zu sehen, wie ich gerade hier stand.

»Ich …« Aber wieder druckste er nur rum.

»Na, auf die Begründung bin ich jetzt aber gespannt.« Ich kickte einen kleinen Kieselstein den Weg entlang und hielt das Handy kurz von meinem Ohr weg, um auf die Uhr zu gucken. »Aber komm zum Punkt, ich hab noch was vor.«

»Ich denke einfach, es wäre besser, wenn du wieder nach Hause kommst, hier weiterstudierst und …« Vielleicht war es unfair, aber ich fasste es nicht, was er da gerade sagte. Er klang wie unsere Eltern.

»… und dann die Praxis mit dir übernehme, in eine Doppelhaushälfte neben dir ziehe und jeden Sonntag zum Brunch bei unseren Eltern gehe?« Ich erinnerte mich an meinen Traum nach der Ankunft in Kanada und schüttelte mich beim Gedanken daran, dass Matty das wollte.

»Tara, es ist einfach …«

»Was Matty?«

»Du gehörst hierher, ich vermisse dich!«

»Wenn das so ist, komm mich doch einfach besuchen. Ich habe gerade kein Heimweh.« So hatte ich mir die Einladung nicht vorgestellt.

»Das geht nicht.«

»Aha.« Kurz sagte keiner von uns etwas. Aber es war kein gutes Schweigen, sondern das, wo die unausgesprochenen Worte und

Gedanken in der Luft hingen, von denen sich keiner traute, sie auszusprechen.

»Also entweder du erklärst mir, was dich dazu gebracht hat, deine Meinung zu ändern, oder ich lege jetzt auf.« Meine Brust schmerzte beim Gedanken daran, mitten im Streit mit meinem Bruder aufzulegen.

Matty schwieg. Ich hörte, dass er weiter auf schweren Gedanken herumkaute, und fürchtete kurz, er würde es nicht über sich bringen, etwas zu sagen.

»Ich habe ein Gespräch mitbekommen …« Matty seufzte, während mein Magen sich verknotete.

»Und um was ging es?« Ich traute mich kaum die Frage zu stellen. Matty klang so bedrückt, dass ich mich vor der Antwort fürchtete.

»Ich weiß es nicht.«

»Du machst mir solche Angst und weißt nicht mal, warum?« Ich lachte auf. »Matty, was soll das denn für ein Gespräch gewesen sein, dass du auf einmal nicht mehr auf meiner Seite stehst?« Wenn es nicht so wehgetan hätte, hätte mein Lachen sicher ehrlicher geklungen.

»Es ist einfach so ein Bauchgefühl, dass sie uns etwas verheimlichen.«

»Und wegen eines Bauchgefühls soll ich zurück an den Ort, der mich unglücklich macht?«

»Tara …« Aber ich hatte gar keine Lust mir anzuhören, was er noch dazu zu sagen hatte.

»Selbst wenn es schlecht um die Praxis steht, oder sie uns irgendein Problem damit verschweigen, ist es nicht die Lösung, mich zu erpressen, damit ich zurückkomme. So läuft das einfach nicht.« *Nicht mehr,* dachte ich und war mir sicher, dass ich noch vor wenigen Wochen nicht solche deutlichen Worte gefunden hätte.

Matty schwieg, und mit einem Mal spürte ich, dass da kein weiteres Wort mehr von ihm kommen würde.

»Na dann, wir hören uns.« Ich legte auf, und der Bildschirm flimmerte unter meinem Daumen. Jetzt stand es drei gegen eine. Meine Eltern hatten Matty auf ihrer Seite, und es gab kaum ein Gefühl, das schlimmer sein konnte als das verräterische Ziehen in meinem Herzen.

Ich hatte mir Beths Truck geliehen und war zu der Adresse gefahren, die Jaimie mir gegeben hatte. Es wunderte mich überhaupt nicht, dass ich auf einem abgelegenen Parkplatz landete. Ich war den Schildern zum Dolphin Beach etwa zehn Kilometer außerhalb von Nanaimo gefolgt, aber Jaimies Standort war nicht am Strand voller Touris. Ich stieg aus und knallte die Fahrertür hinter mir ins Schloss.

»Pünktlich auf die Minute.« Jaimie lehnte an seinem Truck und sah auf die Uhr. »Ich hätte wetten können, du kommst zu früh.« Er stieß sich von der Karosserie ab und bewegte sich einige Schritte auf mich zu.

»Ich wurde aufgehalten«, sagte ich ruhig, während er kurz vor mir zum Stehen kam. Ich sah zu ihm hoch, und der entspannte Ausdruck in seinen Augen zog mich direkt in seinen Bann.

»Hauptsache, du bist jetzt hier«, flüsterte er, und ich spürte seinen Atem auf meiner Haut, so nah war er mir.

»Ja«, hauchte ich und sah ihm in die moosgrünen Augen, während meine Finger ganz automatisch seine fanden. Erst berührten sich nur unsere Fingerspitzen, tasteten sanft nacheinander, um sich dann fest miteinander zu verschränken. Es war nicht viel, aber diese Berührung erdete mich, nahm mir die Unsicherheit der letzten Tage, in denen mich die Frage gequält hatte, wie es werden würde, sobald wir in den Alltag zurückgefunden hatten. Oder es eben auch nicht taten.

»Komm.« Er zog mich mit sich zu einer kleinen Anlegestelle. Erst jetzt bemerkte ich das kleine Motorboot, das locker festgebunden war und auf das wir geradewegs zugingen.

»Was …?« Ich sah Jaimie an, der mich nur verschmitzt angrinste.

»Lass dich überraschen.« Jaimie stieg in das wacklige Boot und reichte mir seine Hand. Mit einem großen Schritt hopste ich ins Boot, das gefährlich schwankte. Jaimie musste schon länger hier gewesen sein, denn das Boot war beladen mit einer Picknickdecke, einem Korb und einer Kühltasche. Mein Herz schlug ein klein wenig schneller beim Gedanken an Jaimie, der alles genau geplant und hierhergebracht hatte.

»Also.« Jaimie startete den Motor, und ich zuckte unter dem erschreckend lauten Geräusch zusammen. »Sorry! Du gewöhnst dich gleich dran!«, rief er über das schrille Surren hinweg, während er das Boot weg von der Anlegestelle aufs Meer steuerte. »Das Boot gehört Ashton. Da er die Nacht auf Vancouver Island verbringt, hat er es uns freundlicherweise geliehen. Genau wie seine Insel.«

»Seine was?« schrie ich fast über den Lärm hinweg. Er hingegen konzentrierte sich nur auf das weite Meer vor ihm.

»Seine Insel«, wiederholte Jaimie, und langsam schloss ich aus, dass ich mich verhört hatte. Ich schielte an Jaimie vorbei in Richtung Horizont und machte tatsächlich eine winzige Insel aus, auf die wir zusteuerten.

»Ballenas Island!« Jaimie löste eine Hand vom Steuer des Motorboots und präsentierte mir die Insel, als hätte er sie höchstpersönlich entdeckt.

»Okay …«, stotterte ich und zog die Augenbrauen kraus, während Jaimie das Tempo drosselte und wir noch gut 200 Meter vom Anlegesteg der Insel entfernt waren.

»Ashton arbeitet für die Naturschutzbehörde auf Vancouver

Island.« Jaimies Stimme war ruhiger, da der Motor kaum noch zu hören war. »Den gesamten Sommer über lebt er auf Ballenas, ist für den Leuchtturm verantwortlich und betreibt meeresbiologische Forschung in den kleinen Hütten, die du dort siehst.« Jaimie deutete auf zwei kleine weiße Gebäude, deren orangerote Dächer in der goldenen Sonne glitzerten.

»Woher kennt ihr euch?« Neugierig musterte ich Jaimie, während er die zwei Taue zurechtlegte, mit denen wir uns gleich am Steg sichern würden. Ich wollte es nicht aussprechen, aber ich wunderte mich, dass Jaimie doch so etwas wie Freunde hatte.

»Wir haben im Bachelor zusammen an der VIU studiert.« Auf Jaimies Gesicht zeichnete sich ein zufriedenes Lächeln ab, und ich hoffte, dass er sich gerade an eine gute Zeit zurückerinnerte.

»Verstehe.« Ich lächelte ebenfalls, und in meiner Vorstellung zeichnete sich ein Bild von zwei Einzelgängern, die genau darin verbunden waren. Jaimie drückte mir eines der dicken Seile in die Hand und deutete auf den Steg, der nur noch gut fünf Meter von uns entfernt war.

»Sobald wir nah genug sind, springst du rüber.« Er sah mich zuversichtlich an, und ich nickte. »Dann musst du uns erst mal nur halten. Festbinden ist der zweite und leichtere Schritt.« Ich nickte noch mal, diesmal allerdings mit weniger Zuversicht.

Jaimie gab uns einen letzten kleinen Stups mit dem Motor, und ich visierte mein Ziel an. Ohne weiter darüber nachzudenken, hopste ich auf den Holzsteg und drehte mich zurück zum Boot. Kurz glaubte ich, die Aufgabe besser als gedacht gemeistert zu haben, als das Tau plötzlich auf Spannung sprang und ich leicht in die Knie ging, um mich dagegen zu stemmen. Es brauchte nur einen kurzen Moment, den das Boot in die andere Richtung zog, bevor das Seil in meinen Händen wieder leicht durchhing. In diesem Moment sprang Jaimie ebenfalls rüber und legte das zweite

Seil um den Holzpfahl. Ich beobachtete ihn genau und tat es ihm gleich. Erst einige Male umwickeln, dann eine Schlaufe bilden und festziehen. Ich klopfte mir die Hände an der Hose ab und stemmte sie danach in die Hüften. Nickend betrachtete ich unser Werk und war stolz darauf, mein erstes Boot sicher angelegt zu haben. Jaimie berührte mit seiner Hand meinen Rücken, und ich sah zur Seite zu ihm hoch, in die moosgrünen Augen, die so einnehmend glitzerten.

»Also dann«, flüsterte er und hinterließ eine warme Spur dort, wo eben noch seine Hand gelegen hatte. Er griff ins Boot und lud alles auf den Steg, wo wir es aufteilten und über die kleine Insel hinweg zum Leuchtturm gingen. Wir suchten uns einen angenehmen Platz am steinigen Strand direkt davor, wo wir den perfekten Blick auf den Sonnenuntergang haben würden. Ich breitete die Picknickdecke aus, während Jaimie Getränke und Snacks auspackte. Ich staunte nicht schlecht, als mein Blick auf die Sandwiches fiel.

»Wenn du gleich noch selbst gemachte Schokoerdbeeren auspackst, falle ich, glaube ich, in Ohnmacht.« Wie viel Zeit hatte Jaimie hiermit verbracht?

»Keine Sorge, ich habe zwar einige Prinzipien hierfür über Bord geworfen, aber auch ich habe Grenzen.« Er lachte, als er eine Tupperdose mit klein geschnittenem Obst öffnete und neben all die anderen Snacks auf die Picknickdecke stellte.

Wir hatten über eine halbe Stunde gegessen und kaum etwas gesagt, die Stille zwischen uns genossen, genau wie die Snacks. Die fertige Erdbeerbowle aus dem Supermarkt kribbelte angenehm in meinem Bauch, auch wenn ich immer noch an meinem zweiten Glas nippte.

»Ich sehe was, was du nicht siehst …«, begann ich und suchte mein Blickfeld nach etwas Geeignetem ab. »… und das ist blau.« Ich sah zu Jaimie, der skeptisch eine Augenbraue hochzog, aber dann sofort kopfschüttelnd lachte. Er stellte sein Weinglas ab und setzte sich etwas aufrechter hin.

»Also gut«, nuschelte er, und ich verfolgte seinen suchenden Blick am Horizont. »Ich hoffe für uns beide, dass es nicht das Meer ist.« Ich lachte und nahm einen Schluck des süßen Alkohols. Jaimie suchte weiter, und ich stellte fest, dass meine Wahl vielleicht gar nicht so gut war. Viele blaue Alternativen gab es nicht. Ich musterte Jaimie weiter, während er das steinige Ufer mit seinen Blicken absuchte.

»Der Deckel der angespülten Plastikflasche.« Ich nickte, und Jaimie atmete schwer aus. Bevor ich mich darüber beschweren konnte, wie schnell er es erraten hatte, stand er auf und stieg von Stein zu Stein runter ans rauschende Wasser, bis er die Plastikflasche griff. Mit ihr in der Hand kam er wieder zurück und legte sie zu den leeren Tupperdosen in den Korb neben uns.

»Die gehört hier nicht hin«, flüsterte er, und ich hörte die Traurigkeit in seinen Worten.

Ich schluckte schwer, während mein Blick weiter auf Jaimie ruhte. Jaimie, auf dessen Gesicht wieder dieser Ich-muss-die-Welt-retten-Ausdruck lag, der ihn immer wieder runterzog, wenn er feststellte, wie schwer die Aufgabe war, die er sich selbst auferlegt hatte. Ich wusste nur noch nicht so recht, wieso. Ich überlegte fieberhaft, was ich sagen konnte, um ihm etwas von dieser Last zu nehmen.

»Du bist dran«, sagte ich stattdessen, und als einer von Jaimies Mundwinkeln sich hob, stahl sich auch auf meine Lippen ein kleines Lächeln. Jaimie sah zum Horizont, wo die flammend rote Sonne immer weiter zum Wasser sank und die feinen Schleierwolken um sie herum in unzählige Orange-Rot-Nuancen tauchte.

»Ich sehe was, was du nicht siehst …« Jaimie holte tief Luft und sah mich an. »… und das ist unsere gemeinsame Zukunft.« Mir klappte der Mund auf.

»Ich …«, stammelte ich, aber Jaimies beruhigendes Lächeln ließ mich innehalten. »Wieso sehe ich das nicht?« Meine Stimme kaum mehr als ein Flüstern, weil ich mich vor seiner Antwort fürchtete.

»Ich weiß es nicht.« Jaimie löste den Blick von mir und starrte stattdessen auf seine Hände, die er auf den Knien abgelegt hatte. »Dieser Gedanke hat mich die letzten Tage sehr beschäftigt und nachts wachgehalten.«

Ich stellte mir Jaimie vor, wie er sich nachts unruhig von einer Seite auf die andere drehte. Genau wie ich es getan hatte, bevor ich mit Mila und Zoey gesprochen hatte.

»Ich glaube schon, dass ich sie sehe.« Ich schob meine Hand über die kühle Picknickdecke zu Jaimie, bis ich seine Hüfte berührte.

»Aber …«, setzte Jaimie an, doch ich sah in seinen Augen, dass er sich nicht traute, diesen Gedanken auszusprechen.

»Warum glaubst du nicht, dass ich diese Zukunft sehe?« Ich wanderte mit meiner Hand an Jaimies Bein entlang und rückte ein Stück näher zu ihm, während ich meine Finger mit seinen verschränkte.

»Ich weiß nicht, ich …« Wieder stockte er, aber ich drängte ihn nicht.

Ich lehnte meinen Kopf an seine Schulter, starrte in die letzten roten Umrisse der Sonne, bevor sie hinterm Horizont verschwand und gab Jaimie Zeit. Schließlich hatten wir so viel davon an diesem Abend, der sich auf unserer kleinen Insel unendlich anfühlte.

»Es ist nicht so einfach mit mir.« Jaimie drückte meine Hand etwas fester, und ihm war anzuhören, wie schwer dieser Gedanke für ihn wog.

»Ach, keine Sorge, ich kann auch ziemlich anstrengend sein«, witzelte ich, doch ich spürte deutlich, wie Jaimie sich neben mir anspannte. Ich nahm meine zweite Hand und strich langsam und sanft über unsere verschränkten Finger.

»Ich glaube schon, dass es Dinge gibt, die mit dir sehr einfach sein können. Einfacher sogar als ohne dich«, begann ich und fuhr über jeden unserer Finger. »Ein Roadtrip durch die Rockies zum Beispiel? Definitiv einfacher mit dir zusammen.« Jaimies kaum merkliches Lachen ließ mich aufatmen.

»Oder Ordnung in die eigenen Gedanken bringen, weil du zuhörst, ohne zu werten. Definitiv einfacher mit dir.« Ich spürte in mich hinein, merkte mein Herz, das in diesem Moment ein klein wenig mehr für ein *uns* schlug als nur für mich allein.

»Entscheidungen treffen. Für mich selbst einstehen. Definitiv einfacher mit dir zusammen.« Ich fuhr über Jaimies kleinen Finger und danach über meinen eigenen. »Weil du mir den Rücken stärkst und hinter mir stehst, anstatt dich mir in den Weg zu stellen.«

Jaimies Atem ging ruhig und doch leicht zittrig. Er drückte meine Hand, lehnte sich gegen mich, so wie ich gegen ihn, und gemeinsam hielten wir uns in diesem Moment aufrecht.

»Aber nicht alles muss immer einfach sein, Jaimie.« Ich schluckte beim Gedanken an meine Entscheidung, in Kanada zu bleiben. Kaum etwas daran fühlte sich einfach an. Und wenn, dann war es Jaimie, der sich in all diesem Chaos gut anfühlte. »Wir beide, das ist gut, gerade weil es nicht immer einfach ist.« Ich rückte mich sanft an seiner Schulter zurecht, die mir schon so oft Halt gegeben hatte, auch dann, wenn ich nicht physisch dagegen gelehnt hatte.

»Wir beide, das ist gut, weil wir einander verstehen. Weil wir einander sehen.« Für einen winzigen Augenblick dachte ich zurück an die alte Tara, die niemals den Mut für diese ehrlichen Worte aufgebracht hätte. Ich hatte mich verändert, und mochte die Version von mir, die ich hier geworden war. Da waren so viel mehr Gedanken in mir, die ich mit Jaimie teilen wollte, aber für den Moment war es genug. Sie würden mir nicht wegrennen. Ich konnte sie festhalten, auf meinem inneren Notizzettel notieren und nach und nach mit Jaimie teilen. In all der Zeit, die wir miteinander hatten und haben würden.

»Wir zwei, das ist gut«, begann Jaimie mit dieser tiefen Stimme, die mir einen Schauer über den Rücken jagte. »Weil der Sonnenschein in dir auch für mich reicht, und ich nicht weiß, womit ich das verdient habe.«

Ich blickte zu Jaimie auf und sah die kleine Träne, die ihm die Wange runterkullerte. Ich löste mich und nahm sein Gesicht in meine Hände. Ganz langsam drehte ich seinen Kopf zu mir, sodass er mich ansah. Ich blickte ihm tief in die Augen, hielt seinen Blick fest und all die Gefühle, die mich durchströmten, gleich mit. Ich wollte Jaimie all die guten Dinge sagen, die er verdient hatte. Dass sein Herz auch für mich Sonnenschein bedeutete, und wie gut er mir tat. Aber ich sah ihn nur an und flüsterte die fünf kleinen Worte, die für immer alles verändern würden.

»Ich liebe dich, Jaimie Fredrickson.«

Das verräterische Brennen hinter meinen Augen wurde stärker, und ich zog ganz ungeniert die Nase hoch. Jetzt war nicht der Augenblick für ein Taschentuch. Dieser Moment gehörte nur uns zweien. Für immer und jetzt.

Für den Bruchteil einer Sekunde hatte ich ihn. All die Trauer löste sich, nur um dann noch stärker zurückzukehren und alles auszulöschen, was ich eben noch gesehen hatte.

»Ich weiß nicht, ob du das noch kannst, wenn ich dir erzähle, dass ich meinen Bruder umgebracht habe.« Jaimies Stimme brach, und eine weitere Träne löste sich aus seinem Augenwinkel. Sie kullerte über meinen Daumen, den ich nicht von seinem Gesicht löste.

Etwas in mir zog sich zusammen. Nicht, weil ich Jaimie plötzlich für einen Mörder hielt. Sondern weil ich zum ersten Mal verstand, welchen Schmerz dieser Mann vor mir jeden Tag mit sich herumtrug.

»Möchtest du mir erzählen, was passiert ist?« Ich strich ein letztes Mal mit meinem Daumen über Jaimies Wange und löste meinen Griff dann. Langsam rückte ich mich zurecht, ließ mich nach hinten sinken und zog Jaimie mit mir, der seinen Kopf unerwartet auf meinem Bauch ablegte und sich eng an mich schmiegte.

»Wir sind den West Coast Trail gegangen«, begann er ruhig, und ich erinnerte mich, irgendwo gelesen zu haben, dass das ein Trail an der Südwestküste der Insel war, der durch ein Gebiet führte, das auch als kanadischer Regenwald bezeichnet wurde.

»Es war der fünfte Abend, und wir hatten schon zwei Tage mit einer Gruppe Engländer zu tun, die sich nicht so recht an die Regeln mit den Bären halten wollten.« Ich schluckte schwer bei der aufkeimenden Angst vor Bären, die bei Jaimies Erzählung zurückkam. »An einem Abend haben sie Essensköder ausgelegt, um einen Bären anzulocken. Für Fotos. Oder das Erlebnis. Keine Ahnung.«

Ich fuhr sanft über Jaimies dichtes blondes Haar, das ich in der Dämmerung kaum noch ausmachen konnte. Ich kannte Jaimie. Er regte sich immer über solches Verhalten auf. Aber gerade war seine Stimme so monoton, dass es mir einen Stich versetzte.

»Josh und ich wurden von den Unruhen im Camp geweckt, es ging alles so schnell …« Ein Wort nach dem anderen verließ ruhig seinen Mund, während in ihm sicher die schmerzhaften Erinnerungen tobten.

»Er …« Jaimies Stimme brach erneut, und ich spürte die Tränen feucht auf meinem Shirt. Es tat mir weh, ihn so zu sehen, also tat ich alles, was möglich war. Ich hielt ihn und hörte zu. Hörte zu, wie er von der vermutlich schmerzvollsten Erinnerung seines Lebens erzählte.

»Wir sind aus dem Zelt gestürmt, um zu helfen. Alle hatten panische Angst, es war das reinste Chaos.« Ich legte meine Hand auf Jaimies Schulter und strich mit meinem Daumen in immer gleichen Bewegungen über sein Shirt.

»Wir haben versucht, den Bär zu verjagen, als er aufgescheucht wurde. Er kam direkt auf uns zu, also habe ich Josh aus dem Weg geschubst und bin selbst in letzter Sekunde zur Seite gesprungen.« Ich spürte, wie Jaimie sich unter den letzten Worten immer mehr anspannte.

»Ich weiß nicht mehr viel von dem, was danach passiert ist. Doch als ich mich aufgerappelt habe, lag Josh immer noch da und regte sich nicht …« Jaimies Stimme zitterte, und er konnte nicht länger verbergen, dass er weinte. Er weinte um seinen Bruder. Seinen toten Bruder. »Er … Ich … Er lag einfach da und …«

Ein lautes Schluchzen entfuhr ihm, und ich drückte ihn ganz fest an mich. Ich konnte den Schmerz nicht lindern, den er gerade erneut durchlebte. Aber ich konnte hier sein und ihn halten, während er nach all der Zeit zusammenbrach. Während er sich erlaubte, zu fühlen.

»Da war so viel Blut, Tara.« Vor meinem inneren Auge formte sich das Bild von Matty, und allein der Gedanke daran, dass ihm etwas zustoßen könnte, setzte mir zu.

»Ich habe ihn umgebracht, Tara.« Jaimie schluchzte, und sein ganzer Körper bebte, während er bitterlich weinte.

»Shhh«, machte ich und versuchte ihn zu beruhigen. »Es ist okay, Jaimie«, flüsterte ich und zog ihn fest an mich. »Es ist okay«, wiederholte ich, während er weiter weinte.

»Ich habe ihn umgebracht, Tara.« Seine Stimme klang nur gedämpft an mein Ohr, aber jedes Wort kam schneidend klar bei mir an.

»Ich habe Josh getötet.«

KAPITEL 46

21.07.2022

Ich saß auf dem schmalen, unbequemen Stuhl, auf dem ich schon die ganze Nacht gesessen hatte. Direkt neben Joshs Bett und zwischen all den Maschinen, die in seinem Krankenhauszimmer standen.

Hirntot.

Dieses Wort bestimmte all meine Gedanken, seit ein Oberarzt mit mir gesprochen hatte.

Epiduralblutung.

Ungünstig gestürzt.

Hilfe in der Wildnis kam zu spät.

Diese Gesprächsfetzen hatten sich in den letzten Stunden in meine Erinnerungen eingebrannt. Zusammen mit der Erkenntnis, dass sein Hirndruck vielleicht nicht so stark gestiegen wäre, wenn wir nicht fernab jeder Zivilisation gewesen wären.

Drei Tage waren vergangen, seit wir vom West Coast Trail gerettet worden waren, und ich hatte kein Auge zugekriegt, während Josh seine nicht geöffnet hatte. Was er nie wieder tun würde, wie ich seit heute wusste.

Das Gespräch mit dem Oberarzt hatte sich wie eine Halluzination angefühlt. Ich glaubte, er hatte ebenfalls erklärt, wie es jetzt weitergehen würde, aber ich hatte ihm nicht mehr zugehört. Meine Welt war stehen geblieben, als er mir erklärt hatte, dass Josh nicht mehr aufwachen würde. Dass ich in einer Welt ohne meinen kleinen Bruder leben musste.

Ich sah zur Glastür nach draußen auf die Station, auf der ständig Menschen umherwuselten. Menschen, deren Alltag und Routine das hier war. Deren Welt nicht gerade zusammengebrochen war. Irgendwo in einem dieser Räume saßen meine Eltern. Ich wusste nicht, was sie klärten. Ob Joshs Organe gespendet wurden, wann man die Maschinen abstellte und was dann mit ihm passierte. Ich wusste nur, dass ich den Gesichtsausdruck meiner Eltern nie mehr vergessen würde. Er hatte sich in mein Gedächtnis eingebrannt. Die Trauer, die Enttäuschung, die Wut, als ich ihnen erzählt hatte, was passiert war. Ich kannte diese Gefühle, weil sie alles waren, was mich seit diesem Moment einnahm. Aber es zu sehen, auf den Gesichtern meiner Eltern, denen Josh so ähnlich war, hatte mein Herz noch ein kleines bisschen mehr zerrissen. Auch wenn ich kaum glaubte, dass das noch möglich war.

Ich sah zurück zu meinem Bruder, auch wenn eine Pflegerin versucht hatte mir zu erklären, dass er das nicht mehr war. Das hier war Josh. Der kleine, nervige Kerl, der immer seine Regenjacke vergaß und die Welt retten wollte. Hinter meinen Augen begann es erneut zu brennen, und ich starrte auf den dicken Verband, der um seinen Kopf gewickelt war. Ich konnte einfach nicht verstehen, dass das hier nicht mehr mein Bruder sein sollte, sondern lediglich ein Körper, der von Maschinen am Leben gehalten wurde. Solche Szenarien kannte ich nur aus Moms dramatischen Arztserien.

»Josh«, flüsterte ich und sah meinen Bruder an, in der festen Überzeugung, er könnte mich hören. Er musste. Das hier durfte nicht wahr sein. »Es tut mir so leid.« Meine Stimme zitterte genau wie meine Hand, die nach seiner griff. Seine Finger waren warm. Er war warm. Er lebte. Mein Bruder lebte, weil er nicht tot sein durfte. Wenn er starb, würde ich das nicht überleben.

»Josh«, flüsterte ich noch mal und klammerte mich an den

winzigen Rest Hoffnung, dass er auf wundersame Weise die Augen aufschlagen würde. »Komm schon, Mann!« Meine kratzige Stimme erfüllte den Raum und verdrängte das stetige Piepsen der Maschinen, die in unzähligen Schläuchen in seinen Körper führten.

»Wach auf!«, rief ich verzweifelt. »Du darfst nicht sterben, Josh.« Ich wollte schreien, ihn packen und schütteln, bis er aufwachte. Stattdessen war meine Stimme ein kratziges Flüstern, und ich hatte kaum noch Kraft, aufrecht auf diesem Stuhl zu sitzen.

»Ich brauche dich doch.« Die Tränen rannen mir heiß über die Wangen, während ich immer mehr Sekunden in einer Welt ohne meinen Bruder existierte. Ich starrte in sein Gesicht, reglos und mit geschlossenen Augen lag er dort, genau wie heute morgen, genau wie gestern Abend. Genau wie in dem Moment, als ich mich aufgerappelt und Josh reglos am Boden gesehen hatte.

»Ich liebe dich, Josh«, sagte ich mit letzter Kraft und konnte ihn kaum noch ansehen. Ich konnte dem Anblick meines toten Bruders nicht standhalten. Nicht, wenn ich wusste, was ich getan hatte. Nicht, wenn ich wusste, wie meine Eltern mich angesehen hatten. Immer wieder ansehen würden, wenn sie Josh in mir sahen. Ich drückte Joshs Hand ein letztes Mal und zwang mich, ihn anzusehen. Mit tränenverhangenen Augen schaute ich auf Josh hinab. Auf meinen kleinen Bruder, den ich immer hatte beschützen wollen. Ich sah ihn an, während ich meine letzten Worte an ihn richtete. Meine letzten Worte für immer.

»Mach's gut, Kleiner«, flüsterte ich und konnte das Schluchzen nicht länger unterdrücken. »Das hast du nicht verdient.« Quälend langsam löste ich meine Finger von seinen.

»Ich hoffe, du hast es gut da oben.« Ich sah ihn einen letzten kurzen Augenblick an und setzte mich dann wie ferngesteuert in Bewegung. In Gedanken stand ich immer noch an Joshs Bett, während ich wahrnahm, wie ich die Glastür öffnete und wieder schloss. Ich lief über die Station, stieg in den Aufzug und verließ das Krankenhaus. Ich verließ Edmonton, verließ meine Eltern und Josh. Ich ließ sie alle zurück. Und mit ihnen die Version von mir, die ich in einer Welt mit Josh gewesen war.

Ich verließ den Jaimie, der ich nie wieder sein würde.

KAPITEL 47

Tara

Wir hatten uns die Couch ganz oben im Leuchtturm ausgezogen, und es uns inmitten der Decken und Kissen bequem gemacht. Der helle Schein des Leuchtturms fegte in immer gleichen Abständen über das tiefschwarze Meer. Wir hatten noch lange draußen gelegen, uns einfach nur gehalten und gemeinsam in diesem Moment existiert, in dem der Schmerz und die Trauer das erste Mal seit Jahren Jaimies Körper verlassen hatten. Wenn auch nur erste Bruchstücke.

Wir hatten uns gehalten, bis der kühle Meerwind eine Gänsehaut auf meiner Haut hinterlassen hatte und Jaimie mir eröffnet hatte, dass wir die Nacht über hierblieben. Er hatte alles gepackt und sogar einen kleinen Rucksack dabei, in den Zoey Schlafsachen, Zahnbürste und Wechselklamotten für mich geworfen hatte.

»Woran denkst du?«

Ich lag in Jaimies Armen und schaute durch die breiten Fensterfronten nach draußen. »Wie sexy ich es finde, dass du das alles hier vorbereitet hast.«

Jaimie grinste verschwörerisch, und mir wurde ganz warm bei seinem Anblick. »Ich hoffe, ich habe die Erwartungshaltung für das nächste Date nicht zu hoch geschraubt.« Er kratzte sich leicht an der Stirn, und ich zuckte nur mit den Schultern.

»Keine Sorge, das hier ist ein Once-in-a-Lifetime-Moment, den ich nie wieder vergessen werde.« Ich rückte mich an seiner Brust zurecht, während er seinen Arm noch enger um mich schlang. »Außerdem bin ich das nächste Mal dran. Da muss ich mir echt was einfallen lassen.«

Ich nahm mir fest vor, mit Zoey und Mila zu brainstormen, was wir unternehmen konnten. Den Anspruch, das hier zu toppen, setzte ich mir gar nicht erst. Das war überhaupt nicht machbar.

Ich legte meine Hand auf Jaimies nackten Bauch und fuhr sanft über die feinen Härchen, die seine Haut bedeckten. Ich verschränkte meine Beine noch enger mit seinen und zog mich so nah an ihn wie möglich. Ich wollte alles von Jaimie spüren, ich wollte *ihn* spüren.

Meine Hand wanderte weiter nach unten an den Bund seiner Boxershorts, während ich mich aufstützte und begann, ihn zu küssen. Er erwiderte meinen fordernden Kuss, während meine Hand in seine Hose glitt. Ich spürte ihn hart unter meinen Fingern, und dieses Mal ließen wir uns nicht so viel Zeit.

Kaum zwei Augenblicke später hatten wir uns komplett ausgezogen, und ich saß nackt auf ihm. Kurz unterbrach er mich, fischte nach einem Kondom, und die Sekunden, in denen er es sich überzog, fühlten sich wie eine quälende Ewigkeit an. Ich beugte mich zu ihm runter, schmiegte meine Brüste an ihn und küsste ihn leidenschaftlich. Ich bewegte die Hüfte vor und zurück, reizte ihn unter mir und mich gleich mit. Jaimie legte eine Hand in meinen Nacken und zog mich fordernd zu sich, während ich unter seinen Berührungen immer feuchter wurde. Langsam ließ ich mich auf ihn sinken und legte meinen Kopf in den Nacken, während Jaimie aufstöhnte.

»Tara«, flüsterte er meinen Namen, als ich zögerlich begann, mich auf und ab zu bewegen. Ich nahm ihn ganz in mir auf, genoss das Gefühl von ihm in mir und das angenehme Kribbeln, dass ich bis in meine Fußspitzen spürte.

»Ich liebe dich, Tara«, flüsterte er weiter, und mein Herz sprang mir fast aus der Brust. Ich liebte Jaimie. Und Jaimie liebte mich. Ich fand mein Tempo, ließ alle Hemmungen fallen und gab mich ihm, mir, *uns* hin.

»Davon werde ich nie genug kriegen.« Mein Blick lag auf dem Mann, den ich liebte, und ich musterte ihn ganz ungeniert. Jaimie lachte leise und zog mich in eine kurze Umarmung. »Ich will jede freie Minute mit dir verbringen und unmenschlich ungesunde Mengen Sex mit dir haben, Jaimie.«

Ich löste mich aus der Umarmung, und ging auf die kleine Wendeltreppe zu, die mich runter zum Bad brachte. Ich spürte Jaimies Blicke auf mir und genoss das Wissen, was mein Anblick mit ihm anstellte. Ich war schon auf halbem Weg nach unten, da stellte er sich ans Geländer und sah zu mir.

»Du und ich, Tara …«, er lehnte sich auf das Geländer und lächelte mich an. »Wir beide, das ist was Gutes.«

KAPITEL 48

Tara

Das stetig sanfte Meeresrauschen war das Erste, was ich wahrnahm, noch bevor ich die Augen öffnete. Mein Atem ging immer noch langsam und tief, meine Lider brannten, und die Sonne, die sich glitzernd auf dem Wasser spiegelte, blendete mich.

Ich drehte mich um, sah zu Jaimie, der zu meiner Überraschung noch tief schlief. Ich beobachtete ihn, sah, wie sein Brustkorb unter der dünnen Decke sich im immer gleichen Rhythmus hob und wieder senkte. Es war ungewöhnlich für ihn, so lange zu schlafen, aber der Abend gestern hatte ihn mental sicher ausgelaugt. Das wollte aufgeholt werden.

Ich schlug die Decke zurück und tapste über den kühlen Boden zur breiten Fensterfront des Leuchtturms, in dem wir die Nacht verbracht hatten. Das Wasser unter mir brach sich am steinigen Ufer und rauschte und krachte in unregelmäßigen Abständen zwischen den Steinen hindurch. Der Sommer würde bald zu Ende sein, die Tage wurden kürzer und kälter, und bald schon würde der feuchte Nebel die ganze Insel überziehen. Auch wenn ich Respekt vor der Entscheidung hatte und immer noch nicht verstand, warum Matty ein doofes Bauchgefühl reichte, um sich gegen mich zu stellen, freute ich mich auf meinen ersten Herbst und Winter in Nanaimo.

»Morgen.« Jaimies kratzige Stimme holte mich aus meinen Gedanken, und ich drehte mich ruckartig zur breiten Schlafcouch, die heute Nacht unser Gästebett gewesen war.

»Morgen«, flüsterte ich und verkroch mich noch etwas tiefer in dem weiten Schlafshirt, das ich trug. Ich ging zurück zum Bett und kniete mich auf die weiche Matratze.

»Gut geschlafen?« Jaimie stützte sich auf die Unterarme und musterte mich mit einem neugierigen Grinsen. Ich nickte eilig und sog an meiner Unterlippe. Jaimie hob eine Augenbraue und musterte mich skeptisch. Nervös rückte ich auf meinen Knien hin und her. Ich hatte einen Entschluss gefasst, doch ich wusste nicht, wie Jaimie reagieren würde.

»Was ist?« Jaimie setzte sich auf, wobei die Decke weiter runter rutschte und den Blick auf seinen nackten Oberkörper freigab. Für einen Moment blieb mein Blick am Bund seiner Boxershorts hängen. Ich hob die Hand und bedeutete ihm, kurz zu warten. Rasch ging ich zu meiner Tasche, die ich selbst gepackt hatte und zog mit einem sicheren Griff das Reisetagebuch raus. Ich tapste zurück zum Bett und legte es auf die feine Daunendecke zwischen Jaimie und mir.

»Weißt du, ich habe mir gedacht …« Sanft strich ich über den dicken Einband und blickte dann wieder hoch zu Jaimie. »Nur weil unser Roadtrip vorbei ist, ist unsere Reise mit diesem Buch hier nicht zwangsläufig zu Ende.« Ich schluckte und schlug die zweite Seite auf. »Unsere Bucketlist ist noch nicht abgearbeitet.«

Langsam überflog ich die einzelnen Punkte und schmunzelte, als ich beim untersten ankam. »Wobei … das Date mit Jaimie kann mit einem erfolgreichen Haken bedacht werden.« Ich nickte zufrieden, sah mich im Leuchtturm um und dann wieder zu Jaimie, der mich kopfschüttelnd anlachte.

»Das klingt verdächtig nach einem Aber.« Jaimie hob wieder eine Augenbraue und schmunzelte.

»Aaaaaaber«, begann ich lang gezogen und atmete dann einmal

tief durch. »Da warten noch ein paar Punkte, und ich denke, einige davon würden uns sehr guttun.« Ich kaute wieder auf meiner Unterlippe herum und starrte Jaimie abwartend an. Er musterte mich und mahlte mit dem Kiefer.

»Ich nehme an, mit uns meinst du mich und mit ein paar Punkten eigentlich nur einen.« Die Schwere war in Jaimies Stimme zurückgekehrt, aber das schmale Lächeln auf seinen Lippen beruhigte mich trotzdem.

»Möglich.« Ich zuckte mit den Schultern und schob das Buch etwas weiter zu ihm rüber.

»Ich glaube …« Aber weiter kam Jaimie nicht, denn sein vibrierendes Handy unterbrach ihn. Ich suchte das Bett nach der Quelle des Störgeräuschs ab und fand es im selben Moment wie er. Ich las Alans Namen, noch bevor er mir den Bildschirm hinhielt. Ich nickte nur verständnisvoll, während er den Anruf schon angenommen hatte.

Jaimie

»Ja?« Mein Herz pochte. Einerseits, weil Alan sicher wichtige Nachrichten hatte, wenn er anrief. Andererseits, weil Tara mich damit konfrontiert hatte, dass ich immer noch vor dem Gespräch mit meinen Eltern davonlief.

»Jaimie!«, begrüßte er mich überschwänglich, als hätte er nicht damit gerechnet, dass ich tatsächlich ans Handy gehen würde.

»Was kann ich für dich tun?« Ich setzte mich im Bett zurück und schielte zu Tara, die mich angespannt musterte.

»Es gibt ein paar Neuigkeiten, und ich dachte mir, wenn sie zufällig irgendwo durchsickern sollten, dann doch zu dir!«

Ich lachte leise auf und schüttelte den Kopf. Aber natürlich würde ich nicht widersprechen. »Das ist sehr löblich von dir.« Ich lächelte Tara an und signalisierte ihr mit einem gereckten Daumen, dass es ein guter Anruf war.

»Unsere Tests konnten ebenfalls eine Endosulfan-Vergiftung nachweisen.« Eine kurze Stille breitete sich zwischen uns aus. Auch wenn das gute Nachrichten waren, waren es gleichzeitig absolut keine guten Nachrichten.

»Okay …« Ich schluckte bei dem Gedanken an die langfristigen Folgen, die das noch haben würde.

»Wir haben sie mit deinen und einigen von unseren früheren Werten verglichen und auch die Blutuntersuchungen von dem kleinen Bären doppelt geprüft.«

»Ihr habt Chubby untersucht?«

»Chubby?« Ich sah Alans verwirrten Blick vor mir.

»Der … der kleine Bär, den wir gerettet haben. Wir haben ihn Chubby genannt.«

»Ich hätte dich nicht für jemanden gehalten, der Bärenbabys einen Namen gibt.« Ich lachte leise auf. War ich auch nicht. Aber Tara war es. Und sie hatte einen guten Einfluss auf mich.

»Na ja, du weißt eben nicht alles über mich.« Ich zuckte mit den Schultern und lächelte Tara an. »Aber was bedeutet das jetzt für uns?«

»Das bedeutet, dass alles zusammenpasst.« Für einen kurzen Moment freute ich mich, stockte dann aber. Alans Tonfall passte nicht mehr zu seinen Worten. Es waren gute News, und doch schwang in seinem Schweigen etwas Beunruhigendes mit. Ich stellte das Gespräch auf Lautsprecher und sah Tara tief in die Augen. Ich zog die Augenbrauen kraus und traute mich, das eine kleine Wort auszusprechen, vor dessen Antwort ich mich fürchtete.

»Aber?« Ich hörte Alan laut ausatmen. Das war kein gutes Zeichen.

»Aber es gibt keine Beweise, Jaimie.« Stille. Keine der guten Art.

»Aber …«

»Jaimie, ich bin mir genauso sicher wie du, dass dieser Saftsack Johnson und sein Lackaffe dahinterstecken. Aber wir sind kein Detektivbüro. Wir können es nicht beweisen.«

Ich schluckte und mustere Tara noch eindringlicher. Sie knabberte an ihrer Unterlippe herum, aber kaum zwei Sekunden später nickte sie.

»Wir haben Beweise.« Mein Herz schlug wild in meiner Brust, und ich sah Tara an, dass es ihr ähnlich ging.

»Ihr … was?«

»Wir haben Beweise.« Ich rieb mir mit der flachen Hand über das Gesicht und versuchte meine Gedanken zu ordnen. »Also na ja, vielleicht. Ich weiß auch nicht so recht.«

»Jaimie, du musst schon ein bisschen deutlicher werden.«

Ich warf den Kopf frustriert in den Nacken und wusste nicht, wo ich anfangen sollte. Das Thema war mir so wichtig, dass es mich emotional überforderte, so nah dran und doch so weit weg zu sein.

»Wir wurden kontaktiert«, half Tara mir aus. »Wir haben eine anonyme Nachricht bekommen, in der jemand behauptet, Beweise dafür zu haben, dass *Johnson & Co.* hinter der Sache steckt.« Sie rückte ein Stück näher ans Handy und damit auch näher an mich. Unsere Knie berührten sich und jagten ein leichtes Kribbeln durch meinen Körper.

»Habt ihr eine Ahnung, von wem die Nachricht stammen könnte?«

»Ich weiß nicht, hat dir das Wort anonym das Gefühl gegeben?« Ich schnaubte und spürte, wie die Frustration immer mehr Besitz von mir ergriff. Es war der letzte Strohhalm, an den ich mich klammerte. Dabei war es nicht mal ein richtiger Strohhalm. Ich schwieg, Alan schwieg, nur Tara hielt dieses Gespräch am Laufen. Und damit auch mich.

»Wir treffen uns mit der Person, die die Nachricht geschrieben hat. Wir werden rausfinden, was dahinter steckt und haben dann womöglich Beweise.«

»Also sind wir doch ein Detektivbüro.« Ich sah Alans Kopfschütteln förmlich vor mir.

»Du musst damit nichts zu tun haben, wenn du nicht willst. Das ist unsere Sache, und wir regeln das.« Ich klang, als würde ich meinen Schlägertrupp mit zu diesem Treffen nehmen.

»Offiziell muss ich dir natürlich sagen, dass ihr euch nicht strafbar machen solltet. Ihr dürft keine Grenzen übertreten, müsst die Privatsphäre anderer respektieren und nichts im Namen von *Parks Canada* unternehmen.«

Taras leises Lächeln verriet sie.

»Und angenommen«, begann ich unsere gemeinsamen Gedanken auszusprechen, »niemand würde je von diesem Telefonat erfahren, was würdest du dann sagen?« Alan lachte leise auf und holte tief Luft, während Tara und ich uns gebannt in die Augen sahen.

»Findet Beweise, damit wir dieses verdammte Schwein endlich drankriegen können.«

Wir saßen noch bestimmt drei Minuten nach Alans Anruf still nebeneinander, starrten uns an und hingen unseren Gedanken nach. Jetzt hatten wir gehört, was ich seit Tagen befürchtete. Dieses Treffen mit wem auch immer war unsere letzte Chance. Die allerletzte Möglichkeit, *Johnson & Co.* den Gesetzesbruch nachzuweisen und damit das Naturschutzgebiet zu retten, noch bevor es existierte. Mount Cartier zu retten und damit auch meine Erinnerungen an Josh.

»Ich glaube, ich kann das nicht«, sprach ich die Worte aus, die so schwer auf meiner Brust wogen.

Tara griff nach meiner Hand und drückte sie fest. »Wir machen das schon.« Sie lächelte mich zuversichtlich an »Wir fahren nächste Woche nach Vancouver, kriegen die besten Beweise überhaupt, und dann kannst du die Welt retten.« Ihr Lächeln wurde schmaler, als ich nicht reagierte.

»Das … das meinte ich nicht.« Sie folgte meinem Blick, der zum aufgeschlagenen Reisetagebuch glitt, das etwas weiter von uns entfernt immer noch auf dem Bett lag. Für einen kaum merklichen Augenblick lockerte sich ihr Griff um meine Finger. Aber sie ließ nicht los. Das würde sie nie, das wusste ich. Ich vertraute ihr.

»Okay«, begann sie ruhig, und ich glaubte ihr wirklich, dass es das war. »Magst du mir erzählen, wieso?«

Ich holte tief Luft und spürte den Knoten um die Brust, der es so viel schwerer machte. »Seit gestern Abend kann ich an nichts anderes mehr denken. Die letzten Momente mit Josh und meinen Eltern laufen in Dauerschleife in meinem Kopf ab und …«, ich stockte, sah auf unsere verschränkten Hände, »… ich halte das nicht aus, Tara. Ich bin nicht stark genug dafür.«

»Stärke ist manchmal auch zu verstehen, dass man nicht alles im Leben schaffen kann. Und auch gar nicht muss.«

Woher holte sie nur immer zum passenden Zeitpunkt diese Sprüche, die auch als Wandtattoos durchgehen würden? Ich lachte leise auf und sah sie an. Als ich ihren eindringlichen Blick sah, runzelte ich die Stirn. Vielleicht war es doch nicht so okay, wie sie behauptete.

»Ich denke dennoch, dass du nicht weiter davonlaufen solltest.«

»Und wie genau stellst du dir das vor?« Ich legte den Kopf schief und musterte Tara. Ich dachte, sie verstand mich. Verstand, dass ich mich diesen Dämonen gerade nicht stellen konnte.

»Ich verstehe, dass dir die Kraft fehlt.« Ein schmales Lächeln stahl sich auf ihre Lippen, und ich nickte. »Aber das heißt nicht, dass du einfach nichts tun solltest. Von nichts wird es nicht besser.« Ich nickte wieder, auch wenn es mir dieses Mal schwerer fiel.

»Du hast dir dieses Vorhaben aus gutem Grund gesetzt, Jaimie.« Tara rückte noch näher an mich heran und legte mir eine Hand an die Wange. »Es ist okay, wenn du die Konfrontation gerade nicht packst, aber du solltest einen anderen Weg finden.« Ihre Worte hallten in meinen Ohren nach. Einen Weg finden. Ich sah Tara an, in deren Augen das Verständnis leuchtete. Mehrere tiefe Atemzüge ließ ich mir Zeit, bis sich der klare Gedanke in meinem Kopf zusammengesetzt hatte. Ich nahm das Buch und zog den Stift aus den metallenen Ringen, die die Seiten zusammenhielten. Vorsichtig und so gerade wie möglich strich ich den Kasten mit dem kleinen J drunter durch, neben dem »Mit meinen Eltern reden« stand. Stattdessen malte ich am unteren Ende der Liste einen neuen Kasten und begann meine Worte danebenzuschreiben. Die Buchstaben waren wacklig und meine Hand zitterte, als ich den Stift wieder absetzte. Ich schob das Buch zu Tara und las meine Worte ein letztes Mal. Doch diesmal war ich mir sicher, dass ich das schaffen würde.

Mit der Vergangenheit abschließen.

KAPITEL 49

Tara

Etwa zwei Minuten, bevor mein Wecker klingeln würde, öffnete ich die Augen. Kurz blickte ich mich verwirrt um, bis ich mich erinnerte, wo ich diese Nacht verbracht hatte. Und mit wem. Dass Jaimie in meinem Bett in Beths Haus schlief, war noch gewöhnungsbedürftig, auch wenn er spät in der Nacht gegangen war, um heute pünktlich an der Uni zu sein.

Ich griff nach meinem Handy und wollte den Alarm deaktivieren, bevor er losging, doch ich stockte. Weitere drei ungelesene Nachrichten und fünf verpasste Anrufe von Matty. Das ging die letzten Tage schon andauernd so, aber ich schaffte es nicht, zurückzurufen. Und rangehen wollte ich auch nicht. Ich ignorierte meinen Zwillingsbruder aus Angst, er könnte mich doch überreden. So weit war es jetzt schon gekommen.

Schau mal, der Tag heute war super spannend!
OP an einem Labrador mit Tumor!

Daneben ein Bild von einem großen und zugegebenermaßen süßen Hund. Eigentlich hätte ich es lustig gefunden, dass er jetzt schon Bilder mitschickte, um mich zu überreden, aber die Enttäuschung überwog. Ich war verletzt.

Wir alle würden uns wirklich freuen, wenn du wiederkommst, du fehlst hier.

Ich schluckte schwer und las die letzte Nachricht.

Ich vermiss dich. Bitte komm nach Hause.

Ich vermisste sie auch. Ich vermisste Matty. Aber ich verstand einfach nicht, woher dieser plötzliche Sinneswandel kam. Der Gedanke, dass etwas vorgefallen war, ließ mich nicht los.

Ich zog die lange Arbeitshose an, und auch wenn sie in der Sonne später an meiner schwitzigen Haut kleben würde, wusste ich mittlerweile, dass sie mich vor unzähligen Kratzern von Zäunen oder Tieren schützte.

»Morgen«, rief ich in die untere Etage, während ich die Treppen runterkam.

»Morgen, mein Kind.« Beths angenehme Stimme drang aus der Küche. Ich blieb auf der letzten Stufe stehen und sah mich im offenen Wohnzimmer um, ließ meinen Blick bis in die Küche schweifen. Sicher, ich vermisste meine Familie. Aber das hier war jetzt mein Zuhause. Zumindest bis ich etwas Eigenes gefunden hatte.

»Kaffee?« Beth schielte zur Kanne, die dem Dampf nach zu urteilen gerade erst aufgebrüht worden war. Ich nickte, als mich mein vibrierendes Handy erschreckte. Ich löste den Klettverschluss und zog es aus der großen seitlichen Tasche, in die ich es gesteckt hatte.

»Ja?« Nachdem ich Jaimies Namen gelesen hatte, wurde mir gleich etwas wärmer an diesem kühlen Morgen.

»Hast du Zeit?« Seine Stimme klang ruhig, aber der angespannte Unterton ließ mich aufhorchen.

»Ich starte gleich in die Arbeit, ich wollte eben noch einen

Kaffee mit Beth trinken.« Ich legte den Kopf schief und sah zu Beth, die mich ebenfalls musterte.

»Wunderbar, der Kaffee muss heute ausfallen.«

»Ich weiß ja nicht, was daran wunderbar sein soll?« Ich lachte auf und zog die Augenbrauen zusammen. Der Mann musste dringend lernen, auf den Punkt zu kommen.

»Ich bringe eine kleine Schildkröte. Wäre super, wenn du dir das Kerlchen anschauen könntest.« Der Kaffee mit Beth verschwand aus meinen Gedanken und wich einer ersten Checkliste, die ich gleich im Vet-Zimmer durchgehen würde, bevor Jaimie eintraf. Dann war er wohl nicht in der Uni wie geplant, aber eine Schildkröte in Not ging nun mal vor.

»Wann bist du da?« Ich ging zum Eingang, wo meine Schuhe abgestellt waren und schlüpfte hinein.

»Etwa 20 Minuten schätze ich.« Ich ging in die Hocke, klemmte das Handy zwischen Schulter und Ohr ein und band den ersten Schuh so fest, dass er den ganzen Tag nicht verrutschen würde.

»Gut, ich bereite alles vor.« Jaimie nickte sicher am anderen Ende der Leitung. Damit war unser Gespräch beendet, aber keiner von uns legte auf.

»Ich freu mich, dich zu sehen.« Die Anspannung war aus Jaimies Stimme gewichen. Stattdessen hörte ich das helle Lächeln heraus. Ich ließ die Schnürsenkel sinken und hielt mir das Telefon wieder eng ans Ohr.

»Ich mich auch«, flüsterte ich, denn diese Worte waren nur für Jaimie bestimmt.

»Was gibt's?« Beth stellte sich hinter mich, während ich meinen zweiten Schuh schnürte.

»Jaimie hat angerufen, er bringt Zuwachs. Eine Schildkröte.« Ich stand auf und blickte Beth auf Augenhöhe an. Sie zog ihr Handy aus der Tasche und sah auf den Bildschirm.

»Seltsam. Er hat gar nicht versucht, mich anzurufen.« Sie ließ das alte Handy wieder in ihrer Tasche verschwinden und sah mich an.

»Ja, also … keine Ahnung, er hat mich direkt gebeten, alles vorzubereiten und mir den kleinen Kerl mal anzusehen.« Ich presste die Lippen aufeinander und hatte Schwierigkeiten, ihrem verschmitzten Grinsen standzuhalten.

»Soso.« Beth verschränkte die Arme vor der Brust und lächelte. »Ja, dann gehst du jetzt mal lieber und bereitest alles vor, nicht wahr?«

Ich nickte eilig und kam mir vor wie die zwölfjährige Teenie-Tara, die ihren ersten Freund vor ihrer Mutter geheim halten wollte. Ich drehte mich zur Garderobe und griff meine dünne Softshell-Jacke, die mich in den ersten Stunden vor dem Wind schützen sollte, während ich Beths gedämpfte Schritte in der Küche hörte. Zum Glück war sie einfach gegangen und hatte nicht weiter nachgehakt. Ich checkte meine Taschen, klipste das Funkgerät an meinen Gürtel und ging im Kopf ein letztes Mal alles durch.

»Hach!« Beths theatralisches Seufzen riss mich aus meinen Gedanken. Ich fuhr herum und sah, dass sie entspannt an der Arbeitsplatte lehnte. »Junge Liebe ist so etwas Schönes.« Sie grinste mich an und schlürfte dann lautstark an ihrem Kaffee. Ich wollte im Erdboden versinken.

»Ich, ehmm …«, stammelte ich und zeigte, die dünne Jacke in meiner Hand, auf die Tür in meinem Rücken. »Ich mach mich dann besser mal auf.« Ich nickte verlegen und drehte mich um, um die Tür aufzuschließen.

Beth nickte nur wissend, woraufhin ich nur gespielt die Augen verdrehte. Beth hatte definitiv viel zu viel Spaß an der Sache.

Jaimie stieß die Tür auf, aber ich erschreckte mich nicht. Vor fünf Minuten hatte er mir geschrieben, dass er auf den Parkplatz gefahren war. Er stellte den kleinen Kerl im viel zu großen Käfig auf der silbern glänzenden Platte zwischen uns ab, während ich das Stethoskop vor mir platzierte. Das Tuch, das Jaimie zur Beruhigung drüber gelegt hatte, rutschte an einer Seite etwas runter, sodass ich einen dunklen Schatten in der Ecke des Käfigs ausmachen konnte.

»Westliche Zierschildkröte. Hilflos gefunden an einem abgelegenen Strand, vermutlich Verletzungen an Hals und Vorderbein. Ansonsten weitestgehend unauffällig.« Jaimie ratterte die Fakten runter, während ich Desinfektion und Verbandszeug aus den Schränken holte und auf der weißen Platte darunter abstellte. Ich drehte mich zum Käfig und griff nach einer Ecke des dunkeln Tuchs darüber.

»Na, dann wollen wir mal sehen.« Vorsichtig schob ich das Tuch zur Seite und holte tief Luft, als ich die arme, kleine Schildkröte vor mir sah. Ihr Hals steckte in einem Plastikring, der sich viel zu eng darum schlang, und zwischen ihrem rechten Vorderbein und dem Übergang zum sicheren Panzer ragte etwas kleines Rotes hervor. Der Anblick trieb mir die Tränen in die Augen, aber ich wischte sie mir schnell mit dem Handrücken aus dem Gesicht. Jetzt musste ich diesem armen Kerlchen helfen. Später konnte ich wütend auf die Menschheit sein. Ich atmete tief durch und öffnete den Käfig. Vorsichtig hob ich die kleine Schildkröte heraus, während Jaimie den Käfig unter mir wegzog und auf den Boden neben sich stellte. Der kleine Patient lag ruhig in meiner Hand, ließ sich von mit berühren und schreckte nicht einmal zurück, als ich den Hals ganz vorsichtig drehte, um den dünnen Plastikring darum genauer zu begutachten. Manchmal spürten Tiere einfach, dass man ihnen helfen wollte.

»Ich denke, du musst dir nicht allzu große Sorgen machen.« Ich sah zu Jaimie auf, der mich mit verschränkten Armen ansah. »Vermutlich wird das kleine Kerlchen ganz bald schon zurück nach Hause können, aber eine finale Aussage möchte ich erst treffen, wenn ich weiß, wie es darunter aussieht.« Ich deutete auf das Plastik, das dem kleinen Patienten vor mir sicher zu schaffen machte. Jaimie nickte, und auch wenn er bedrückt wirkte, sah ich, dass er mir vertraute.

»Schaffst du das allein, oder brauchst du meine Hilfe?«

Überrascht zog ich die Augenbrauen zusammen. »Vier Hände sind zu viel für den kleinen Kerl, ich mach das schon«, sagte ich ruhig und konnte dennoch nichts gegen den verwunderten Unterton machen.

Jaimie nickte und lächelte mich kurz an, bevor er den Raum verließ. Ich kannte ihn mittlerweile gut genug, um das Lächeln auf seinen Lippen zu deuten. Es verwirrte mich dennoch, dass er nicht dabei sein wollte.

Ich schüttelte mich kurz, um mich zu sammeln. Meine volle Aufmerksamkeit galt jetzt der kleinen Schildkröte vor mir.

»Gleich geht's dir besser«, flüsterte ich und griff nach einer schmalen Zange und einer Schere. Vorsichtig umschloss ich das Plastik mit der Zange und zog es ganz sacht vom Hals der Schildkröte weg. Gerade so weit, dass ich mit der Schere darunter kam und den Ring durchknipsen konnte. Sacht löste ich den Ring und schluckte schwer, als ich den Abdruck am Hals sah. Wie lange steckte sie schon fest?

Gute zwanzig Minuten später kam Jaimie wieder rein, aber mein Blick lag auf der süßen Schildkröte, die fröhlich quer über den Untersuchungstisch tapste. Geradewegs zu auf ein Stück Apfel, das ich ihr aus dem Nebenraum besorgt hatte.

»Hier!« Ich blickte auf, und sah mich Jaimie gegenüber, der mir eine dampfende Tasse entgegenstreckte. Der angenehme Duft von Kaffee stieg mir in die Nase, und das Aroma füllte schnell den ganzen Raum. »Ich dachte, wenn ich dich schon um deinen ersten Kaffee bringe, kann ich wenigstens für Ersatz sorgen.« Sein Lächeln war ansteckend, und auch meine Mundwinkel hoben sich. Ich schielte kurz zur Schildkröte, die den Apfel mittlerweile erreicht hatte, aber sicher noch eine Weile beschäftigt sein würde. Dankbar griff ich nach der Tasse und fragte gar nicht erst nach, ob er auch ausreichend Zucker hinzugefügt hatte.

»Du bist extra zu Beth gegangen?« Ich pustete ein paarmal in die dampfend heiße Tasse, wobei mir der vertraute Geruch von Beths Kaffee in die Nase stieg.

»Der ist gut und gratis.« Er zuckte nur mit den Schultern, während ich gespielt die Augen verdrehte. Zögerlich nahm ich den ersten Schluck und seufzte leicht, als der Kaffee seinen Weg in meinen Magen fand. »Außerdem hatte ich noch was mit Beth zu besprechen.« Jaimie sah mich mit einem zufriedenen Lächeln an und musterte mich weiter, während ich dankbar den Kaffee trank.

Die Frage, was er mit Beth besprochen hatte, brannte mir auf der Zunge. Das sah er mir sicher an, aber sie konnte noch ein paar Minuten warten.

»Also«, begann ich und stellte die Kaffeetasse kurz auf der Arbeitsfläche hinter mir ab. »Ich konnte zwei große Plastikteile entfernen. Den Ring um den Hals, und das hier … Es steckte halb in Panzer und Bein.« Mit der Zange umfasste ich den winzigen roten Strohhalm, der von einer Saftpackung oder ähnlichem stammen musste und hielt ihn vor Jaimie in die Luft. »Unter dem Ring am Hals war die Haut schon leicht eingeschnitten, aber eine Entzündung konnte ich zumindest oberflächlich ausschließen.«

Jaimie nickte und beobachtete ebenfalls die Schildkröte, die immer noch über den Apfel herfiel, der aber mittlerweile deutlich geschrumpft war.

»Ich habe eine Wundversorgung gemacht und vorsorglich ein Breitbandantibiotikum gespritzt. Unser kleiner Freund hier darf also wieder zurück nach Hause.« Ich lächelte zufrieden und war froh, dass wir hier nicht den nächsten dauerhaften Bewohner vor uns hatten.

»Das sind wirklich gute Nachrichten,« Jaimie lächelte und strich sanft über den Panzer des kleinen Patienten. Ich nahm einen weiteren Schluck Kaffee und sah auf die Schildkröte, die wir erfolgreich gerettet hatten. Manchmal konnte es doch so einfach sein.

»Du, Tara?« Ich sah hoch, direkt in Jaimies leuchtend dunkelgrüne Augen.

»Hmm?« Ich trank meinen Kaffee weiter und hatte mittlerweile die halbe Tasse gelehrt. Gott, tat das Koffein gut!

»Hättest du noch kurz Zeit, wenn ich von der Auswilderung zurück bin?« Jaimie hatte angespannt die Lippen aufeinandergepresst. Diese kindliche Nervosität, die in seinen Augen schimmerte, war mir neu.

»Ja klar, ich bin sowieso den ganzen Tag hier.« Ich nickte und trank den letzten Schluck Kaffee. Lauter als beabsichtigt stellte ich die Tasse hinter mir ab.

»Wirst du mir verraten, um was es geht, oder muss ich die nächsten Stunden ganz aufgeregt die wildesten Szenarien in meinem Kopf durchgehen?«

»Ich denke letzteres.« Jaimie lachte auf und hob den Käfig wieder auf die Untersuchungsliege.

»O mein Gott, möchtest du mit mir Schluss machen?« Ich fasste mir übertrieben theatralisch an die Stirn.

»Ja, ich wusste nicht so ganz, wie ich es dir sagen soll, deshalb dachte ich, wir machen einfach einen Termin dafür aus.«

»Oh, okay« Ich zog mein Handy aus der Tasche. »Dann ist später doch ungünstig. Wie steht's heute Abend bei dir?« Ich scrollte durch meinen Kalender, in dem kaum ein Termin vermerkt war und sah zu Jaimie.

»Puh …« Er kratzte sich am Hinterkopf. »Da wollte ich eigentlich schon unfassbar heißen Sex mit meiner Freundin haben.«

»Verstehe.« Ich tippte einige Male auf meinem Display herum. »Der erste Freitag im nächsten Quartal wäre dann die nächste Option bei mir. Davor muss ich leider ohne Ende Tierbabys retten und einen freien Mitarbeiter des *Rescue Centers* aus der Ferne anschmachten.« Ich zuckte mit den Schultern und ließ das Handy sinken.

»Verstehe«, wiederholte Jaimie meine Antwort. »Da lässt sich nichts machen. Dann wohl der erste Freitag nächstes Quartal.« Er nickte sacht und kam mit langsamen Schritten um den Tisch herum auf mich zu.

»Dann haben wir ab jetzt also ein Ablaufdatum?« Ich flüsterte meine Worte leise, so nah stand Jaimie vor mir. Ich legte den Kopf leicht in den Nacken und sah ihm tief in die Augen.

»Ich fürchte schon.« Sein warmer Atem traf auf meine Haut und zog eine feine Gänsehaut über meinen ganzen Körper.

»Aber … das mit dem heißen Sex heute Abend?« Ich schluckte und spürte das verräterische Ziehen, das sich direkt in meiner Mitte bündelte.

»Das steht noch.« Jaimies Grinsen wurde breiter, während er mir die flache Hand an die Wange legte. »Ich muss doch jeden Augenblick mit dir auskosten.« Er küsste mich sanft. »Jetzt, wo es nur noch so wenige sind.« Er küsste mich wieder, diesmal fordernder, ließ seine Hand in meinen Nacken wandern und zog mich eng an sich.

»Vielleicht verschieben wir das Ablaufdatum noch etwas nach

hintern«, wisperte ich atemlos zwischen zwei Küssen. Ich drückte meine Lippen wieder auf seinen Mund, stieß mit der Zunge gegen seine und presste mich näher an ihn.

»Ich denke, damit könnte ich leben.« Jaimie war genauso außer Atem wie ich, aber dieser Kuss wurde mit jeder Sekunde hungriger.

»So um 60 Jahre vielleicht?« Jaimie legte die andere Hand auf meinen Rücken, während ich ihn weiter umklammerte.

»70«, nuschelte ich an seinen Mund. Für einen kurzen Augenblick löste er sich und sah mich mit zusammengezogenen Augenbrauen an.

»Du schätzt unsere Lebenserwartung ziemlich hoch ein.« Er lachte, und in meinem Kopf blitzte das Bild von Jaimie mit Falten im Gesicht und vereinzelten grauen Haaren auf dem Kopf auf.

»Möglich«, antwortete ich schulterzuckend.

»Wir sterben eh vorher gemeinsam, wenn die Welt untergeht.« Keinen von uns interessierte eigentlich, was wir hier gerade von uns gaben. Also stürzten wir uns zurück in unseren Kuss.

Ich fuhr mit meinen Händen über seinen Rücken nach unten, schob die Finger unter sein Shirt und legte sie auf seine warme Haut. Ich merkte, dass ich feucht wurde und bereit war, es gleich hier drin auf der Arbeitsplatte mit ihm zu treiben.

Jaimie war genauso bereit. Das spürte ich seit einigen Minuten an der Härte, die sich gegen meinen Bauch drückte. Ich …

Ruckartig lösten wir uns voneinander, als ein dumpfes Geräusch uns aus dem Moment riss. Aufgeregt sah ich zu dem Ursprung des Geräuschs, hoch auf die silberne Platte und dann zu Jaimie, dem das breite Grinsen schon ins Gesicht geschrieben stand. Die kleine Schildkröte hatte die Reste des Apfels auf den Boden befördert.

»Hat uns gerade ein Stück Obst davon abgehalten von einer Schildkröte beim Sex beobachtet zu werden?« Jaimie starrte mich an, und ich konnte es nicht mehr aushalten. Ich brach in schallendes Lachen aus, und auch Jaimie stieg ein.

»Wir machen heute Abend genau hier weiter« Jaimie deutete mit dem Zeigefinger zwischen uns hin und her und beförderte die kleine Schildkröte dann in den Metallkäfig, den er sicher verschloss. »Ich bin schneller zurück als du denkst.« Mit dunklem Verlangen in den Augen sah er mich an, während ich mir auf die Unterlippe biss.

»Ich zähle die Sekunden«, flüsterte ich, bevor ich ihm einen Abschiedskuss gab.

KAPITEL 50

Tara

»Was?« Hoffentlich schreckte der schroffe Ton in meiner Stimme Matty ab.

»Du lebst ja noch.« Mein Bruder schnaubte am anderen Ende der Welt in sein Telefon.

»In der Tat. Auf meiner kleinen, feinen Insel namens *Lass mich in Ruhe, wenn du mich nur überreden willst, nach Hause zu kommen.*«

»Ziemlich unpraktischer Name, wenn du mich fragst.«

»Ich hab dich aber nicht gefragt!« Er ätzte mich an. Ich ätzte mich an. All das ätzte mich an.

»Spielstopp!«, rief mein Bruder nur, wie wir es früher immer beim Versteckfangen getan hatten. Eine Regel, die man nicht brechen durfte.

»Was zum …«

»Spielstopp!«, rief er nur noch mal, und ich behielt die Worte, die mir auf der Zunge lagen, für mich.

»Okay«, nuschelte ich genervt. »Du hast zwei Minuten.«

»Echt jetzt? Das ist …«

»Eine Minute und 55 Sekunden«, unterbrach ich ihn. Ich meinte das ernst. Weiter würde ich ihm heute nicht entgegenkommen.

»Hör zu, Tara …« In der Stimme meines Bruders lag echte Verzweiflung. »Ich kann das hier alles nicht mehr. Ich verstehe dich, aber es ist einfach so schwer. Keiner redet mit dem anderen, und wenn ich anspreche, dass die beiden sich mal bei dir melden sollten, werde ich nur weiter angeschwiegen. So geht das nicht weiter!«

Mein Bruder tat mir leid, aber das würde nichts an meiner Entscheidung ändern. Dass er jetzt ins Kreuzfeuer geriet, war unfair von meinen Eltern. Vielleicht sollte er mich wirklich einfach hier besuchen kommen. Heute noch in den nächsten Flieger steigen. »Warum könnt ihr nicht alle einfach mal miteinander reden?«

Ich schnaubte und schüttelte den Kopf. »Falls du dich erinnerst, haben die beiden ganz erwachsen meine letzten Nachrichten einfach ignoriert.« Es tat weh, das so offen auszusprechen. Kommunikation war in dieser Familie noch nie sonderlich gut verlaufen, aber das erreichte ganz neue Züge.

»Ich weiß. Sie schaffen es einfach nicht, ehrlich mit dir zu sein. Mir erzählen sie ja auch nie etwas.« Mein Seufzen ging in seines über, und ich fühlte die Frustration, die auch er in diesem Moment spürte.

»Aber dann verstehe ich nicht, warum es mein Job ist, zurückzukommen. Ich verstehe nicht, warum du auf einmal deine Meinung geändert hast.«

»Ich weiß es doch auch nicht.« Der seltsame Unterton in der Stimme meines Bruders beunruhigte mich.

»Ich glaube, du solltest einfach noch mal versuchen, Mama anzurufen. Vielleicht erzählt sie dir ja, was los ist.«

»Ist das dein Ernst?« Mein Puls beschleunigte sich.

»Tara, ich …«

»Nein, nichts Tara.« Ich hatte das dringende Bedürfnis, auf etwas einzuschlagen. »Du weißt irgendwas. Irgendwas ist passiert, aber du willst es mir nicht sagen. Mama und Papa wollen es mir nicht sagen, stattdessen machst du mir am anderen Ende der Welt mit irgendwelchen halbgaren Aussagen Angst, damit ich zurückkomme?« Ich schnaubte und wünschte, Matty könnte die Wut in meinem Gesicht sehen. »Das ist so richtig scheiße, weißt du das eigentlich?«

»Ja, das weiß ich, Tara.« Seine zittrige Stimme verunsicherte mich nur noch mehr.

»Und was jetzt?«

»Es ist nicht an mir, dir das zu sagen.«

»Ach ja, jetzt kann ich auf einmal wieder Entscheidungen treffen?« Ich kickte einen Stein vom Weg, der mehrere Meter weiter im Gras landete.

»Nein, ich meinte …«

»Ich weiß, was du meinst«, unterbrach ich ihn, verstand aber trotzdem nicht, warum er mir nicht sagen konnte, was los war. »Ich weiß nur nicht, womit ich diesen Kindergarten verdient habe.«

»Es tut mir leid, Tara.«

»Ja, mir auch.« Noch in der Sekunde meiner Antwort legte ich auf. Ich drückte meinen Bruder weg, schaltete mein Handy aus und kniete mich auf den Boden, wo ich damit fortfuhr, die Maschen von Louis und Chesters Zaun zu verstärken – mal wieder.

Die Tränen liefen mir stumm über die Wangen, während ich den Draht mit der Zange zurechtbog. Ich drückte so fest mit der Zange zu, dass er unter dem Druck in zwei Teile zersprang. Ich schluchzte und stützte mich auf den harten Kies. Die Steine drückten sich unangenehm in meine Handflächen, aber der Schmerz erdete mich.

»Tara!« Ich schreckte zusammen, blieb aber genauso zusammengekauert auf dem Boden knien. »Hey …« Jaimie ging neben mir in die Hocke und zog mich zu sich hoch. Er schloss mich in eine feste Umarmung, und ich lehnte meinen Kopf gegen seine Brust. Er hielt mich, strich mit seiner Hand immer wieder über meine Haare. Ich atmete tief durch, spürte das Pochen von Jaimies Herz an meinem Ohr und merkte, wie auch mein Puls sich verlangsamte. Meine Atemzüge wurden tiefer und ruhiger, und irgendwann traute ich mich, wieder die Augen zu öffnen. Ich wische den Tränenschleier weg, der meine Sicht trübte und löste mich von Jaimie.

»Besser?« Ich schüttelte mich kurz und rieb meine Augen ein letztes Mal trocken, bevor ich nickte.

»Geht wieder.« Ich stieß den Atem hörbar laut aus und sah Jaimie an. »Ich habe nur eben mit Matty telefoniert.« Jaimies Stirn legte sich in sorgenvolle Falten. »Er hat seine Meinung nicht geändert, und ich werde das Gefühl nicht los, dass etwas passiert ist, aber keiner redet mit mir.« Ich schluckte schwer und spürte das beklemmende Gefühl, das wieder drohte, meine Brust einzunehmen.

Jaimie setzte an, aber ich kam ihm zuvor. »Ich glaube, ich möchte gerade nicht darüber reden, wenn das okay ist.«

»Natürlich ist das okay.« Sein verständnisvoller Blick erleichterte mich, und er zog mich erneut in eine feste Umarmung.

»Also«, begann ich nach einigen Sekunden und sah ihn, die Arme immer noch um ihn geschlungen, aus brennenden Augen heraus an. »Wenn wir das Schlussmachen verschoben haben, über was wolltest du dann sprechen?«

Jaimies Mundwinkel hoben sich. Er griff nach meiner Hand und zog mich mit sich zu einer Bank gegenüber des Bärengeheges. Es war kurz vor Sonnenuntergang, und sicher würde Dawson bald aus der Höhle kommen.

Jaimie

»Ich will den West Coast Trail noch mal gehen«, brach es auf einmal aus mir raus, und ich sah Tara aufgeregt an.

»Okay …« Tara zog die Augenbrauen leicht zusammen und brauchte vermutlich ein paar Sekunden, um meine Worte einzuordnen.

»Ich glaube, das ist es, was ich tun muss, um mit der Vergangenheit abzuschließen. Zumindest fühlt es sich so an.« Ich zog mit dem Finger kleine Kreise auf ihrer Handfläche und spürte Taras Blick auf mir. »Ich habe den Trail abgebrochen, den Kontakt zu meinen Eltern abgebrochen, mein bisheriges Leben abgebrochen. Alles fühlt sich so unfertig an, und wenn ich zumindest etwas davon zu Ende bringe, kann ich … ich weiß nicht, vielleicht besser damit umgehen.«

Seit Tagen dachte ich über nichts anderes nach, und doch fühlte es sich komisch an, den Gedanken laut vor Tara auszusprechen.

»Ich finde, das klingt nach einem schönen Plan.« Taras ruhige Stimme traf auf die offene Stelle an meinem Herzen, die ich ihr gerade offenbart hatte und legte sich wie ein Pflaster darüber.

»Ich … habe mit Ashton gesprochen, weil ich weiß, dass er jemanden aus der Community kennt, der für die Permits zuständig ist.« Große Hoffnung hatte ich bei meinem Telefonat nicht gehabt, da es fast unmöglich war, an eine Genehmigung für den Trail zu kommen, wenn man sich nicht gerade am ersten Tag der Freigabe mit sieben Laptops gleichzeitig einwählte. Aber offensichtlich hatte Ashton ein gutes Wort für mich eingelegt. Oder irgendjemand hatte Mitleid mit mir. »Es gab eine spontane Stornierung, ich könnte übermorgen den Trail gehen.«

»O mein Gott, das ist ja super!« Tara umarmte mich überschwänglich und strahlte mich an. Ich versuchte mich ebenfalls an einem Lächeln, wartete aber gleichzeitig darauf, dass die Zahnräder in Taras Kopf einrasteten.

»Moment …« Nach einigen Sekunden zog sie die Augenbrauen kraus und legte den Kopf schief. Ich nickte nur, da wir jetzt gedanklich am gleichen Punkt angekommen waren.

»Ich wollte nicht final zusagen, ohne es vorher mit dir abgesprochen zu haben.« Ich ergriff Taras Hände und hielt sie wie ein Band zwischen uns. »Ich weiß, wir wollten am Tag darauf nach Vancouver, aber …«

»Ich mach das!«, unterbrach sie mich schnell. »Also … wenn das für dich okay ist, natürlich«, schob sie verlegen hinterher.

»Genau das wollte ich dich fragen.« Ich lachte leise und genoss, dass sich mein Gesichtsausdruck auch in ihrer Mimik spiegelte.

»Ich wollte dich fragen, ob du dir zutraust, das Treffen allein zu machen.«

»Wenn du mir das zutraust …« Taras Stimme war ein unsicheres Flüstern.

»Ich traue dir alles zu.« Ich nickte und sah ihr tief in die Augen. »Ich vertraue dir, Tara.« Ich neigte mich zu ihr vor und drückte einen sanften Kuss auf ihre Stirn, in dem all die Liebe steckte, die ich in diesem Moment für sie empfand.

»Ich freue mich so für dich.« Tara hatte sich im Schneidersitz auf die Bank gesetzt und zu mir gedreht.

»Ich glaube, ich freue mich auch.«

»Das Strahlen in deinem Gesicht lässt es zumindest vermuten.«

»Halten wir das aus? Eine ganze Woche ohne einander?« Tara wusste, dass es auf dem Trail kein Netz gab. Keine Steckdosen, kein

Internet, kein Kontakt zur Außenwelt. Aber vielleicht war es auch genau das, was ich gerade brauchte. Eine Woche allein mit mir und meinen Gedanken. Aber darauf war ich vorbereitet. Ich löste den Verschluss meiner Kette und schloss meine Faust fest um den kleinen Bärenanhänger.

»Ich will, dass du die hier trägst«, sprach ich aus, was ich in den letzten Stunden fest beschlossen hatte.

»Was … ich … ich kann nicht …«

»Sag jetzt nicht, das kannst du nicht annehmen.« Ich lachte leise, während ich die Hand öffnete. Tara sah auf das glänzende Metall in meiner Handfläche. »Ich muss den Trail allein machen. Für mich. Und ich will, dass du so lange auf Josh aufpasst.« Ich schluckte und hoffte, sie würde das Kauderwelsch verstehen, das ich da gerade von mir gab.

»Wir werden uns sicher gut verstehen.«

»Er hätte dich gemocht.« Tara sah zu mir auf und blickte mich aus großen Augen an. »Außerdem hast du dann etwas, um die Woche ohne mich auszuhalten, auch wenn das natürlich eine Tortur ist«, scherzte ich, weil ich nicht länger mit der Anspannung klarkam.

»Es wird schwer, aber ich glaube an uns.«

»Ich auch.« Ich lachte leise und zog sie enger zu mir. »Außerdem haben wir danach alle Zeit der Welt.«

»Ganz genau.« Ich atmete tief ein und ließ zusammen mit der Luft aus meinen Lungen alle Anspannung los, die ich während der letzten Stunden in meiner Brust gespürt hatte.

Ich war bei Tara, und Tara war bei mir. Während ich die Frau, die ich zu lieben gelernt hatte, in meinen Armen hielt, sah ich der goldenen Sonne dabei zu, wie sie sich dem Horizont näherte. Aber ich brauchte die Sonne nicht, um glücklich zu sein. Der Mensch, der sich wie Sonnenschein anfühlte, war bei mir.

»Wir haben nur noch für immer«, witzelte ich und dachte daran, wie wir unser Ablaufdatum vorhin noch verschoben hatten.

Tara lachte leise und drehte sich so, dass wir einander tief in die Augen sahen.

»Unser ›für immer‹ fängt gerade erst an.«

KAPITEL 51

Tara

Mit meinem Kaffee in der Hand saß ich auf der kleinen Veranda vor Beths Haus. Jaimie war so früh aufgebrochen, dass die Sonne erst jetzt – Stunden danach – aufging, und der dichte Nebel immer noch mystisch zwischen den Bäumen hing. Beth fuhr Jaimie zum Start des Trails, und Zoey nervte die beiden sicher auf der Rückbank. Wir hatten für uns beschlossen, dass wir uns hier verabschiedeten. Das war einfacher für uns alle. Ein Montag ohne Besuchende, ohne Beth und ohne Zoey. Nur ich, mein Kaffee und die aufgehende Sonne.

Es war kaum zu glauben, was in den letzten Wochen alles passiert war. Ich war zu einer anderen Version von mir geworden. Eine Version, von der ich nie geglaubt hatte, sie einmal sein zu können. Ich beobachtete die aufsteigenden Nebelschwaden, während ich die Zeit hier Revue passieren ließ. Wie ich Jaimie gehasst hatte, weil er mich gehasst hatte und wie ich notgedrungen mitgefahren war. Wie wir uns auf einem Roadtrip, der alles veränderte, näher kennen- und irgendwann sogar lieben gelernt hatten. Wir hatten einen kleinen Bären gerettet und waren dabei, einer großen Firma gehörig ans Bein zu pinkeln. Wir versuchten die Welt zu retten und ganz nebenbei auch uns selbst. Jaimie gab mir Halt und Rückendeckung, genauso wie ich ihn bestärkte.

Ich liebte alles an Kanada, an der Tara, die ich hier war, und an ihm. Ich liebte Jaimie und würde es ewig tun. Da war ich mir sicher.

Zufrieden sah ich mich um. Bis mein Blick an einer Silhouette kleben blieb. Konnte das … Nein, das war nicht möglich. Oder?

»Matty?«, schrie ich fast und hielt die Hand gegen die blendende Sonne, da ich mir sicher war, dass meine Augen mir einen Streich spielten.

»Tara!« Seine Stimme hallte über den Kiesweg zu mir, und ich sprang von der Treppenstufe auf, wobei ein kleiner Schwall Kaffee auf mein Shirt traf. Ich lief die zwei Stufen runter und eilte auf ihn zu, aber kurz vor ihm hielt ich inne, da ich den Blick auf seinem Gesicht bemerkte. Wir blieben einen guten Meter voneinander entfernt stehen und sahen uns an. Ich musterte meinen Bruder, den ich so lange nicht gesehen hatte. Der Bartschatten stand ihm nicht, aber mehr Sorgen machten mir die tiefen, dunklen Ringe unter seinen Augen.

»Was machst du hier?«, flüsterte ich und klammerte mich fest an meine Kaffeetasse.

»Ich …« Mattys Stimme brach. Er rieb sich mit der flachen Hand übers Gesicht und kämpfte sichtlich mit sich. Immer wieder öffnete sich sein Mund leicht, doch kein Wort kam heraus. Er brachte es nicht über sich. Sein Kehlkopf bewegte sich auf und ab, während er schwer schluckte. Ich atmete tief aus, und mit einem Mal erfasste mich Gewissheit. Ich sah Matty an, wie er da so kraftlos vor mir stand. Niemals würde ich erklären können, woher diese Klarheit kam. Ob das diese seltsame Zwillingstelepathie war, von der immer alle sprachen, und die ich genau in diesem Moment verfluchte? Aber ich wusste es, noch bevor die Worte seinen Mund verließen.

»Mama hat Krebs.«

Die Kaffeetasse fiel mir aus der Hand, zersplitterte in tausend kleine Teile, die man nie wieder würde zusammensetzen können, und ich gleich mit.

Mein Herz setzte aus. Aber es schlug nicht schnell und unaufhaltsam weiter. Es hörte einfach auf zu schlagen. Ich sah meinen Bruder an, die Trauer und Ausweglosigkeit, die in sein Gesicht geschrieben stand und war mir sicher, dass ich genau in diesem Moment starb. Ich starb, weil ich verstand, was er mir sagte. Und gleichzeitig verstand ich die Welt nicht mehr.

Meine Mutter hatte Krebs. Mein Bruder war um den halben Globus geflogen, um mir das zu sagen. Das war keine dieser Wir-haben-es-früh-erkannt-Krebsbotschaften. Seine Augen füllten sich mit Tränen, und jede einzelne von ihnen sagte *Komm nach Hause, um dich von deiner Mutter zu verabschieden.*

»Warum hast du es mir nicht erzählt, sobald du es wusstest?« Die Tränen rannen mir heiß über die Wangen, und ich schüttelte verzweifelt den Kopf. Mein Bruder war nur noch ein tränenverhangener Umriss vor meinen Augen, aber ich sah, wie er verzweifelt schluchzte.

»Ich wollte bei dir sein, wenn du es erfährst.« Er streckte seine Hand nach mir aus, zog sie aber im letzten Moment zurück. Ganz langsam schüttelte ich den Kopf. Brauchte Sekunden, um ihn von einer Seite zur anderen zu bewegen.

»Nein …«, begann ich, aber meine Stimme brach erneut. Ich zog die Nase hoch und wischte mir über die Augen, aber ich hatte keine Chance gegen all die Tränen, die über mein Gesicht liefen.

Ich hatte noch nie verstanden, was Menschen meinten, wenn sie sagten, die Welt stünde still. Ich dachte an diese Herzklopf-Momente bei Liebe auf den ersten Blick. An kribbelnde Gänsehaut bei guten Nachrichten.

Nie hatte ich an meinen Bruder gedacht, der mir sagte, unsere Mutter würde sterben. Unsere Mutter würde sterben, und ich hatte unsere Zeit auf der anderen Seite der Welt verschwendet und dabei mir ihr gestritten.

Aber jetzt in diesem Moment stand meine Welt still. Und ich wollte nicht, dass sie sich je weiterdrehte. Ich wollte nicht, dass meine Mutter auch nur einen weiteren Tag verlor, an dem ich nicht bei ihr war. Ich wollte nicht gehen, Kanada nicht hinter mir lassen, Jaimie nicht hinter mir lassen.

Aber es war egal, was ich wollte.

Das war es in dem Moment geworden, als die Kaffeetasse am Boden zerschellt war.

Ganz langsam nickte ich, und ich sah Matty an, dass er verstand. Er verstand, dass ich eine Entscheidung getroffen hatte. Eine, die ich niemals hatte treffen wollen und die vielleicht auch keine wirkliche war. Denn ich hatte keine Wahl.

Eine Wahl würde bedeuten, dass ich frei war. Aber mit meiner Freiheit war es vorbei. Vielleicht war ich auch nie wirklich frei gewesen, hatte mich nur so gefühlt, während ich mit Jaimie der Realität entflohen war.

Ich schluchzte erneut auf, als ich an Jaimie dachte, hob aber die Hand, als Matty auf mich zustürzte. Ich wollte nicht, dass er mich berührte. Das war alles gerade zu viel. Es gab nur einen einzigen Menschen, in dessen Armen ich gerade liegen wollte. Ich griff nach der Kette, die an meinem Hals hing. Dieser Mensch war ohne Netz unterwegs auf dem West Coast Trail und würde erst in fünf Tagen zurückkehren. In fünf Tagen, wenn ich nicht mehr hier war, sondern bei meinen Eltern, mit denen ich seit Wochen nicht geredet hatte. Meine Mutter, die sterben würde. Ich fühlte mich nur noch wie eine Hülle meiner selbst, konnte aber nichts dagegen tun. Ich schloss die Augen und sah mich um, wohlwissend, dass es das letzte Mal sein würde.

Ich sah zu den kleinen Waschbären, mit denen alles angefangen hatte und wusste Sebastians Gehege dahinter, der Seeotter, den ich an meinem ersten Tag verarztet hatte.

Ich rieb mir die Augen, versuchte verzweifelt die Tränen zu stoppen, aber es war aussichtslos. Ich starrte auf meine Hände und bemerkte eine feuchte Wimper, die an meinem Zeigefinger klebte. Ich wollte sie wegpusten, mir etwas wünschen, von dem ich wusste, dass es sowieso nicht in Erfüllung gehen würde. Stattdessen rieb ich sie an meiner Hose ab und starrte weiter auf den Boden. Auf die hellen Scherben, die überall um mich herum verteilt waren. Ich inmitten dieses Scherbenhaufens.

Das Gefühl der Leere in mir fraß mich auf, schon nach so wenigen Minuten. Alles, was ich hoffte, war, dass es nicht für immer halten würde. Dass ich mich nicht für immer so fühlen würde.

Aber wenn ich nach heute eines wusste, dann, dass es nicht für immer so sein würde.

Es gab kein für immer.

Alles hatte ein Ablaufdatum.

ENDE

DANKSAGUNG

Man möchte meinen, Danksagungen zu schreiben wird mit jedem Buch einfacher. Aber nach dem vierten Buch sitze ich hier und kann voller Überzeugung behaupten: Das ist eine Lüge.

Denn irgendwie realisiere ich immer erst bei der Danksagung, dass ich ein Buch geschrieben habe. Schon wieder. Dass ich das immer noch kann und die ganzen Zweifel auf dem Weg bis hierher völlig unberechtigt waren.

Ein ganz großes Dankeschön geht wie immer an meinen wundervollen Verlag HEYNE, der diesen zwei Herzensbüchern ein Zuhause geschenkt hat.

Frederike, du bist meine Frau. Du machst es möglich, dass ich mein Manuskript löchrig wie einen Schweizer Käse abgeben kann und schaffst es immer, das Beste aus meiner Geschichte rauszuholen. Und du hast nicht gezögert, als ich dir eröffnet hab, dass das Buch jetzt doch in Kanada spielt. Du hast mir einfach vertraut, dass es das Richtige ist. DANKE!

Silvana, wir haben bei diesem Buch das erste Mal zusammengearbeitet. Und ich könnte nicht glücklicher sein. Du findest jede noch so kleine große Stelle, an der man etwas aus der Story rauskitzeln kann und legst dabei eine Feinfühligkeit an den Tag, die ihresgleichen sucht.

Auch wenn das Dasein als Autorin früher vielleicht dieses stilisierte einsame Im-Kämmerlein-Hocken war, ist das heute etwas anders. Ich habe ein ganzes Dorf hinter mir (und auf der anderen Seite des Bildschirms, mit dem ich Selbstgespräche führe) und mache da kein Geheimnis draus.

Danke Sarah, dass du meine beste Freundin bist, in der Buchwelt und auch außerhalb. Auch wenn du keine Ahnung hast, von welchen detaillierten Szenen ich manchmal spreche, ich darf dich zumüllen und du hast den perfekten Rat.

Mama. Ich weiß überhaupt nicht, wo ich anfangen soll. Danke wäre ein Start. Ohne dich wäre dieses Buch nicht das, was es ist, das ist Fakt. Und auch wenn das eine Glückskeksphrase ist, stimmt es. Du hast mich mit nach Kanada genommen. In einer Zeit, in der es mir nicht sonderlich gut ging, habe ich mich neu verliebt. In Kanada, in mein Leben, ach Gott, irgendwie in alles. Und vor allem in die Wanderungen, bei denen wir stundenlang darüber diskutiert haben, was denn eigentlich genau mit Jaimie und Tara passieren könnte. Ich sage dir das oft, aber trotzdem noch viel zu selten: Du bist die beste Mama auf der ganzen Welt.

Jessi, auch wenn du erst im zweiten Band deinen Glanzauftritt bekommst, wäre der erste ebenfalls nicht ohne dich möglich gewesen. Du bist immer da, auch dann, wenn ich gar nicht weiß, dass ich dich dringend brauche, aber es mir mit dir sofort besser geht.

Juli, Jacky, es tut mir leid, wenn ich euch mit diesem ganzen Buchdings auf die Nerven gehe. Aber ihr seid nun mal zwei Herzensmenschen, mit denen ich alles teilen möchte. Ich hoffe, das bleibt für immer so.

Janek. Weil es so schön ist, bei den Dingen mit J zu bleiben. Es ist komisch, mit jemandem zusammen zu sein, der immer nur arbeitet. Das hab ich herausgefunden, als ich dich kennengelernt habe. Und jetzt, da du weniger arbeitest und ich nicht, bin ich dir noch dankbarer. Dass du da bist, dich um mich kümmerst und Verständnis hast, wo andere längst aufgegeben hätten. Wir machen es uns manchmal nicht so einfach, aber einfach wird, glaube ich, immer bleiben, dass ich die liebe, du doofer Pupskopf.

Sofia-Tamara Fischer (es tut mir leid, Namen anders verwenden ist meine Love-Language und du kannst rein gar nichts dagegen tun), ich bin der festen Überzeugung, dass unsere WG perfekt wäre (perfekt chaotisch auch, aber vor allem perfekt), und auch wenn das nicht passiert, ist die Halb-WG der Schreibcamps genau das, was ich brauche. Lieb dich sehr, du cutie patootie (du hast mir erzählt, das würde man so schreiben).

Viele Autor*innen danken heutzutage ihren Leser*innen. Wer hätte es gedacht, ich bin auch eine davon. Ihr macht diesen Traum von einem Job erst möglich. Danke an jede*n Einzelne*n von euch.

Aber es ist neu – zumindest für mich –, einer Community zu danken.

Booktok, du bist was ganz Besonderes. Ich weiß jetzt, da ich diese Worte tippe, nicht, wie das laufen wird. Mein Masterplan ist noch nicht einmal online, ich bin nur unfassbar aufgeregt. Aber auch jetzt schon bin ich euch allen unfassbar dankbar. Die Buchcommunity ist seit Jahren eine zweite Heimat für mich, aber gerade in diesem Jahr habe ich so richtig das Gefühl, anzukommen. Wenn wir gemeinsam in den Livestreams sitzen und uns über Bücher unterhalten, während ich an meinem neuesten schreibe. Wenn ich Videos drehe, in denen ich mich für unglaublich witzig halte und ihr tatsächlich lacht.

Ich darf dank euch so richtig ich selbst sein, und es gibt kaum etwas Schöneres im Leben, als man selbst sein zu können. Außer natürlich, dann auch noch genau so akzeptiert zu werden.

Ihr seid die Besten.

Ich habe in vielen meiner Bücher auch mir selbst gedankt. Ob ich das bisher in jedem getan habe, weiß ich gar nicht. Das müsste ich jetzt extra nachschauen, aber das passt mir gerade nicht so in den Kram.

Jedenfalls ist das etwas, was man nicht vergessen sollte.

Wir sind nämlich alle viel zu selten stolz auf die Dinge, die wir leisten. Nicht, weil Leistung automatisch dafür sorgt, dass du mehr wert bist (hat gedauert, das zu lernen).

Ich bin aber stolz auf die Person, die ich während des Schreibens war und geworden bin. Ich bin stolz, eine Geschichte erschaffen zu haben, in der ich mich gesehen fühle. In der viele von euch sich gesehen fühlen können. Verstanden.

Ich bin einfach fucking stolz auf mich, weil ich das darf.

Und ihr auch.

Also wenn ihr dieses Buch zuklappt, seid einfach mal ein bisschen stolz auf euch.

Das müsst ihr euch nicht erst verdienen. Das dürft ihr einfach so sein.

Eure Josi

Dieses Buch enthält potenziell triggernde Inhalte zu folgenden Themen: Krebserkrankung, Verlust eines Familienmitglieds, Skin Picking Disorder, Gewalt an Tieren, Familienkonflikte.

Julia Hausburg

Romantisch, dramatisch und voller Geheimnisse:
Willkommen auf Corvina Castle,
einer der exklusivsten Universitäten der Welt!

978-3-453-42860-7

978-3-453-42861-4

978-3-453-42867-6

Leseproben unter **www.heyne.de**

HEYNE